·长篇小说·

春晖梦

王宏定◎著

人民日报出版社

图书在版编目（CIP）数据

春晖梦 / 王宏定著 . —北京：人民日报出版社，2019.1
ISBN 978-7-5115-5812-1

Ⅰ.①春… Ⅱ.①王… Ⅲ.①长篇小说－中国－当代
Ⅳ.① I247.5

中国版本图书馆 CIP 数据核字（2019）第 017176 号

书　　名：**春晖梦**
作　　者：王宏定

出 版 人：董　伟
责任编辑：周海燕
封面设计：张合涛

出版发行：**人民日报** 出版社
社　　址：北京金台西路 2 号
邮政编码：100733
发行热线：(010) 65369527　65369846　65359509　65369510
邮购热线：(010) 65369530　65363527
编辑热线：(010) 65369518
网　　址：www.peopledailypress.com
经　　销：新华书店
印　　刷：三河市华东印刷有限公司

开　　本：710mm×1000mm　1/16
字　　数：362 千字
印　　张：21
版　　次：2019 年 3 月第 1 版　2019 年 3 月第 1 次印刷

书　　号：ISBN 978-7-5115-5812-1
定　　价：75.00 元

目录

第一章

花开时节

一九八八年春，在一个阳光灿烂的日子里，吉市中心街，一大群男女老幼围拢在一栋刚装修一新的楼房的铁闸门口，从楼顶窗口吊下一串串垂到地面的红色鞭炮。八点整，鞭炮噼噼啪啪响起来，硝烟弥漫了半条街，随着鞭炮声响，一块写着"春晖旅社"足有三米长的双面灯箱冉冉升起，竖在大门的右边。密集的鞭炮声足足响了半个钟头，地面散了一大片炸碎的花纸。

爆竹炸开了"春晖旅社"年轻老板人生的光辉历程，炸开了他创业和爱情的是是非非和复杂的艰难曲折的前进道路。同时也引出了一个又一个不同年代人物的爱情和事业的悲悲喜喜，故事中的故事反映了改革开放前后人们不同的政治生活和命运。

春晖旅社的老板肖忠文今年二十三岁，中等身材，生得清清秀秀，一副文质彬彬的书生相。他从小就喜爱画画，在读小学的时候就被老师称为小小画家，到了高中时他的山水、花鸟、人物画就被市文联选为展画。高中毕业后，他一心想考美院，只因差三分落了榜。他没垂头丧气，仍精神抖擞，信心百倍，决心在自学的道路上拼搏、奋进，走自学成才之路。他还拜市文联一位有名气的国画家为师，又买了几十部绘画资料，夜以继日地专心致志扑在画画门道上。高中毕业那年他创作几幅山水画，参加了市文联举办的国庆画展，评选了两幅出席省春节画展，荣获了省三等奖。从此肖忠文在这座山城里有了点名气，成了青年小伙子和姑娘们的羡慕者。向他求爱的姑娘也日益增多，有明察、有暗访，有投情书，有电话约会等等的，他一时感到难于应付。

肖忠文日夜沉浸在绘画中，没有把爱情婚姻当回事，对所有真心追求他的姑娘采取"一刀切"的办法：来信必复，三言两语后，拜拜。让约会者都在指定地点和时间同时集合，一见面就一大群，搞得姑娘们尴尬极了。有时他就请大家看一场电影或者吃顿简便的夜宵，有的见此情况独自溜开，有的不服气，一而再再而三，三番五次不停地追，外面约会不成就亲自登门拜访。这样，家里成了聚集的地方，每次少则三五成群，多则成班成排。凡进家门者个个一样，人人平等，每人一杯开水招待。高兴时卡拉 OK 歌舞一番，陪她们唱唱跳跳。时日一长，弄得他心烦意乱，大大地浪费他宝贵的创作时间，分散了创作精力。他醒悟过来，对自己大喝一声：不行！这样会削弱自学的意志！如继续这样下去会白白浪费金石时光。因此，他来个"急刹车"，紧闭门户，身藏画室，两耳不闻窗外事，一心专注绘画功。如此一来，姑娘那火辣辣的心，好似被寒冬十月的寒风吹冷了，再也不约会不上门了，连情书也没人写了。时日一长，他又感到寂寞和孤独。最主要的是他要物色一个模特儿，这是一件不容易的事。

一日，他高中的同班同学周小琴和李莉萍双双踏进了他的家门。此时他正在盼望着能找个最理想的模特儿，见她俩进来，他眼睛一亮，心想：有了，这正是雪中送炭，就请她俩过来做模特儿，她俩身材长得很标准，做模特再好不过了。肖忠文喜出望外，急忙放下水淋淋的画笔，赶紧热情招待。一番寒暄后，趁机迫不及待地问："两位同学来得正好，我正急需请个模特儿，你俩能否给我做一次模特呢？行吗？"

周小琴和李莉萍听得目瞪口呆："做模特不是要全裸体吗？我能做一丝不挂的模特？我是姑娘，从未被男人窥视过裸体，今天能赤条条站在你面前摆弄各种姿势任你一笔一笔描绘吗？再说你肖忠文虽然是同学，谁能保证不会做出非礼的事来，万一有什么不轨，连衣裙都来不及穿，就会束手就擒，这不是送肉上砧板吗！"周小琴越想越不对劲，谁知道你肖忠文的葫芦里究竟卖的是什么药，耍的什么花招。因此她脸一红，忙起身道："不行，我才不干呢！"说完向门边走去。

李莉萍见周小琴站起来要离去，也转身向门外走去，边走边说："你找错了人，我也不干。"两人急急忙忙出门了。

肖忠文眼巴巴地瞪着她俩那婷婷娜娜远去的背影，真有点无可奈何地摇了摇头。从此以后他想：只要找着一位标准的，能大大方方站在面前让自己尽情挥毫描绘的姑娘，就可以做终身的伴侣。

肖忠文十五岁那年母亲就因心脏病不治去世，他母亲姓黄名丽，是共产主义劳动大学总校农学系毕业的，她心地善良，才貌双全。大学时她心怀壮志，在教授们的指导下和同班男同学孟川涛正成功地研究用人工授粉培育出中国第一代水稻杂交良种。文化大革命期间她和孟川涛因为不积极参加批斗走资派，被彻底打倒。她和孟川涛都被划成右派分子，戴着这顶标志着政治生命处于死地的帽子，被遣送回原籍继续劳动改造，并被以观后效。同她一起受到如此待遇的还有王琼。从此她受尽了政治上的严重歧视，精神上的严重打击，和孟川涛的美好爱情也因政治问题不允许结婚被迫中断。因生活所迫，她和当年在县劳动服务公司的肖太善结了婚，婚后生了独子，取名忠文。

肖忠文的父亲忠厚老实，是县饮食服务公司的负责人，改革开放后承包了公司招待所，这家招待所在六十年代是全市三家招待所中最好的一家，房子和设备仍保留原来的不变，经营方式也是老一套，服务人员也是将退休的老人。虽然有三四十个床位，可是设备和经营方式跟不上改革开放的新时代，那些有钱的顾客是不屑一顾的，房价也低得可怜，只能住一些小商小贩和打工的来往人员，所以赚不到几个钱。尽管如此，肖太善还是节衣缩食，勤勤俭俭以微薄的收入维持肖忠文读到了高中毕业。古人说的"肥田当不了瘦店"，在某种情况下也确有道理。

六十岁的肖太善突然病了，经医师诊断为贫血性的心脏病，需在家休养，店里的生意由肖忠文接管。当他踏进招待所时，那些自认为有几十年服务经验的老服务员瞧不起他。其实他们是靠吃大锅饭、拿固定工资、摆吃国家粮的老架子。这些死教条已经过时了，根本谈不上生意场上的老经验，早已不生也不意了。

肖忠文是一位生龙活虎，有文化、有知识、有远见，胸怀改革开放有雄心壮志的现代青年，他一心一意以商养艺。他理解改革开放后经济越来越发达，人们的思想要求和物质要求也越来越高，像这样老一套的经营管理方法是"死路"一条。不要说赚钱，连粥汤都会喝不上，搞得不好还会被大发展的新形势新潮流所淘汰。要搞好它必须彻底改革，彻底更新，用新思想、新潮流和新的经营管理制度，方能使旅社焕然一新，生气勃勃，生意才兴隆，才能取得良好的经济效益。前几年，他虽多次向父亲提出去除旧的，树立新的，但建议都未被年老的父亲采纳。如今自己做主了，就得按照自己的设想和意图去做。因此，他找来几位生意场上颇有成就的好友，向他们提出对招待所的基本改革方案，征求他们的意见。大家听了都认为他的方案大有改革之势，能取得较好的经济效益，只要大胆实施定有很大的作为，也能出现生机勃勃的新局面。当然，肖忠文的改革方案，也离不开一笔较大的经济投资，初步预算也要四五万元，他只好求助朋友的资助，借来了四万多块钱。说干就干，实施大修整的计划。首先他向招待所的所属单位申请延长承包合同，原单位领导见肖忠文有远见有魄力能勇于开拓进取，所以同意将原十年的承包期限改为三十年，如此一来他的信心就更足了。

第一步，把那些对改革处处设障碍、阻拦计划实施的服务员解雇一批，火速招收四名有文化有知识求上进的年轻姑娘，经过几天的参观培训后把她们分到各楼面进行管理。第二、三步是同时进行的，一方面彻底更换设备，把客房分为三等：三楼四间房设高等套房，有卫生间、热水器、浴盆、地毯、席梦思床、24 小时彩电、电话、空调及高级沙发，办公用具等。四间普通单房，除没有卫生间外其他设备相同。前者每晚房价为 120 元，后四间为 80 元。二楼全是双人、三人房，席梦思床、彩电等，每床位价 12 元、8 元不等。一楼有四人床和大通铺，每床位为 8-5 元不等。不管哪等房都全部换上新的被褥床帐，原来经历了几十年沧桑补了补丁的破旧被帐、破旧木架床、摇摇晃晃的桌凳都统统扫地出门，换上了新装。墙壁门窗全面粉刷，大门重新装修一新，来了一个改头换面。

旅客餐厅的台椅也全更新，厨房的煤灶也改为气灶，餐厅粉刷后正中镶嵌一幅 3×2.2 米肖忠文作的黄山迎客松，两边墙上挂满了字画，都是来自他自己之作，还设了两间雅座和一间情侣座。住店旅客可享受两菜一汤只收三元钱的中晚餐。

原来饮食服务公司招待所的牌子也藏起来，改为"春晖旅社"，一切妥当后，就出现了开头的一幕。

肖忠文唯一的目的是以商养艺，生意上赚来的钱用来发展自己的艺术，他把二楼原先的两间乱七八糟的储藏室布置一新作为画室，把家里的文房四宝全搬到这里来了，只要有空就钻进了画室。

一月下来，朋友、同学多方给他做口头宣传，一传十，十传百，旅社在城内有了一定的影响。加上自己在车站路口画了大幅宣传广告竖在醒目的地方，住店的旅客日益剧增，生意一日比一日兴隆起来。

一日中午，肖忠文正在聚精会神地作画，服务员李小翠带进一位二十岁左右的姑娘。肖忠文抬头一见来人可把他惊呆了，站在他画前这位人间难找的天仙美女竟生得如此得体、丰满、健美，他招的六名服务员也算是经过精选长相标准的美女了，但是和这位姑娘比较差了一大截。只见她大大方方明眸一闪，微笑着问："这位就是肖老板？"姑娘有些怀疑地看着他。

"是是是！找我有事吗？"肖忠文边谈边用欣赏高级艺术品似的眼神从头到脚看了她一通。

"我是在街上看到你贴的招工广告，特前来应聘服务员的。"姑娘为避开他的眼光把头往墙上的画看去。

"啊！原来是这么回事，请坐！请坐！小李，给客人泡茶。"肖忠文心想：

这广告早就过期了，人员也已经招够。但是见这位美女又不好拒绝，因此很有礼貌很热情地招呼。

"肖老板原来还是一位年轻画家！"姑娘自然而然地走到墙下欣赏挂着的作品说道。

"不但是年轻的画家，也是一名企业家。"李小翠一边递上茶一边介绍道。

"了不起，真了不起！"姑娘佩服地说。

"坐啊，坐啊！"肖忠文再次招呼道。

"别客气，肖老板我是真的想来你这里打工，行吗？"姑娘用期望的眼神看着他说。

"啊！"肖忠文心里不知怎么回答，本来已经招得差不多了，可是对这位美女的恳求怎能拒绝。如果换一个人的话，一定会说："你来晚了，已经招满了。"

"请你给我登记，我姓刘，名素华，20虚岁，初中毕业，是属马的，八月十四日生，家住樟木坪乡莲花村莲花池组。"刘素华向肖忠文自我介绍道。

"怪不得，原来是出水莲花！"肖忠文边记录边自言自语道。

"肖老板，我今天行运了，你能收下我真幸运，在你这里打工可以学到很多知识，我在学校读书时曾一度想学画画，却没遇上能教画的老师，今天遇上你这位画家，可以在你的指导下学画画，真是踏破铁鞋无处找……"刘素华内心来说，不要谈学画画，在这里当一名服务员也是好运气了。

"好，很好，"肖忠文心里满意极了，连连点头说："你也是美术爱好者，那好，以后有空就来画室画画。"

"太好了，就怕自己没有艺术细胞啊！"刘素华其实心里也没底，只是说说罢了。

"不过我们旅社的工资不高，包吃包住每月只有二百五十元，就怕刘小姐不满意。"肖忠文故意这样试探地考验考验她。

"没关系，只要肖老板肯收留我，不要说每月还有二百多元工资，只要能混口饭吃也就心满意足了。"刘素华说的是实实在在的心里话，她根本就不计较工资的多少，只要能留下当服务员早日摆脱那个狼心狗肺的魔鬼李勇也是天大的好运了，这样就能少受一天非人的折磨，有个落脚处就是不幸中的万幸了。

"刘小姐，你过于谦虚了，我这里能招到你这样灵巧的姑娘管理事务，也是我旅社的幸运，如不嫌弃，今天就留下来，好吗？"肖忠文给刘素华的待遇远远不止二百多元的工资，别说还会帮他做事，就在服务台前坐一坐，旅社里进进出出，行行走走招呼一下客人，也不至于二三百元的工资。同时他又想到做模特儿的事，日子长一些，也许她的胆子更大，能应酬，论她的身材是最标准的，在市内是无法找到的，肖忠文心下正想马上留下她，真有点担心她是闹着玩的。

"今天要到亲戚家去拿衣服和日用品，肖老板，明天上午十点前一定赶来上班。"刘素华心里明白，得趁早把放在李勇那里的行李全部拿出来，如不从速，魔鬼一回来就是泡汤了，也少不了挨他的一阵拳脚。

"你亲戚在哪里？我租车送你去。"肖忠文关切道。

"谢谢肖老板，我是乡下人走路惯了，也不远，半个小时就能到，不必烦劳肖老板。"其实刘素华哪敢让他租车送，自己不幸的遭遇和不光彩的事绝对不能让他知道，如果他知道了会把自己看得比鸿毛还轻，一文不值，绝对不会收留自己，这时刘素华边说边迈出了画室，又急忙转头笑着说："肖老板，明天上午十点前准时上班，拜拜！"咚咚咚下楼去了。

"好，拜拜！"肖忠文也挥手告别，情不自禁地急急送出走廊，有点恋恋不舍地目送着她婷婷娜娜的背影在视线中远去。

刘素华走后，她那美丽的脸庞和丰满的身影时时浮现在他的眼前。几年来他所接触过的姑娘可没有一个能在他脑海里留下如此深刻的印象。只有刘素华，见面只有短短的一个多小时就使他失眠，使他留恋，魂也好似被这美人勾去了，他盼着早点天亮，她能早早来到他身边。他告诫自己，要好好地待她，要她做模特儿，如果她不拒绝，当然就进入了自己的情网圈内……夜，实在漫长啊！

上午八点，刘素华提着一个包，来到了春晖旅社门口。

肖忠文早就在门口踱来踱去等着她的到来，一转身见她已向他走来，肖忠文如接久别重逢的情人笑着急上前迎接，并从她手里提过包，直往画室而去。他亲手泡了茶，热情地双手献上问道："怎么跑路来，不叫车？"

"走路惯了，叫车还要花几块钱呢。"刘素华双手接过茶，微微笑着答道。

"到了这里我会付嘛！"肖忠文道。

"没什么行李，只几件破衣服，走路也顶舒服的。"刘素华又问："肖老板分我做什么？时间还早，让我去上班。"

"别急！别急！你刚来，好好地休息几天，熟悉熟悉情况，我会安排好，而且要安排最合适、最恰当的事给你做。要人尽其才，才尽其用，我这个人最重用人才，最爱惜人才。"肖忠文边说边拿出苹果、香蕉又道："来，吃点水果，不用客气。"

"肖老板你错了，我算什么人才，书读得太少，知识贫贱，是一名文盲、知盲、法盲，完完全全是一名做苦工的农村土姑娘。"刘素华惭愧地说。

"不，读书不论多少，只要发挥自己的主观能动性，积极追求上进，都大有作为，这叫有分热发分光，好了，且不谈那些，我叫小李给你收拾一下房间。"肖忠文说后走出走廊喊道："李小翠！过来！"

一会，李小翠来到了画室门口问道："肖老板，有事吗？"

"你把204房打扫干净，从小仓库里拿一套新的床上用品，还有彩电、沙发、席梦思床等全套用具。钥匙在这里。"肖忠文吩咐道。

李小翠接过钥匙到204房打扫去了。李小翠今年十九岁，瓜子脸上常挂笑容，一米五八的苗条身材，线条突出，如果刘素华没来，她是春晖的上上美女，她招来之后，肖忠文见她性格内向，有很多事还待进一步的了解，不过在他心里也占有一席位置，不管大小事都叫她来帮忙，因此她的工作比其他服务员繁忙的多。

204房就在画室隔壁，梅小红也拿着拖把来到了画室门口，瞧见刘素华奇怪地问道："这位是……"她话一出口又不知怎么说，所以停了下来。

"我是来打工的。"刘素华敏捷地回答，又忙上前接过她手中的拖把道："我来打扫，你忙去。"

"素华，你歇着，先喝喝茶，等她们去打扫。"肖忠文急忙放下画笔，上前去拉着她，可是没来得及，刘素华已经进了204房。

刘素华也不知道这房整理好是给她住的，因为她知道自己是和其他服务员住在一起的，但心里有点疑问，难道肖老板真的叫我住在这里吗？但又不好意思问，管他怎样，打扫卫生是服务员本分的事。她按第一次上班的标准，初来要给老板一个好的印象，因此她拼命地干，擦窗户、拖地板，都从李小翠手中接过来干，不时和她说说笑笑，她还不断催李小翠休息休息，床铺、沙发也是她一人从一楼背上来的，干得也特别起劲，心情特别舒畅，尽管干得满头大汗，把罩衣一翻，又欢快地将崭新的席梦思、靠背椅及床上的新被褥等等搬进了房，一切就绪就待肖忠文来安排布置了。

肖忠文一进来见到刘素华累得满头大汗把外套都脱了，关切地说道："素华，看你累成这个样子，重的东西两人抬嘛，何必背得这样苦呢！"同时发现她脱去外套时的身材显出更为惊人的美，他心里暗想：真是最标准的模特了。

在肖忠文的指挥下，一间初具现代的卧室布置完毕，最后肖忠文亲自搬来一台24寸的彩电，放好后对刘素华说："素华，你看还缺什么？"问得刘素华一时答不出来，呆呆地站在房内，许久才答道："肖老板，我也不知道。"

"好吧，先把行李提过来，住下后少什么添什么，旅社没有的我去买来。"肖忠文笑着说。

"肖老板，你叫我住这里？"刘素华好像不相信自己的耳朵，问道。

"是啊，就是这么简简单单，迁就一下，随便点，暂时也只有这种条件，就委屈一下吧！"肖忠文仍然笑着说。

"不行不行，我是来打工的，不是客人，怎么能住这样高级的房子，我应该和其他服务员一起住。"刘素华做梦也没想到她能住这么高档的房子，不好意思接受如此厚待，因此这样说道。

"别客气了，来，拿着，这是房间的钥匙。"肖忠文递给她钥匙，她没接，又道："拿去，你休息，有什么事到画室来找我。"

"我真的不好意思住这里，还是留给客人住吧，这房间每晚最少也可值三四十块钱，让我住太可惜了，其实也不必要，我和大家住不是很好么。"刘素华仍未接他的房间钥匙。

"好！我问你，你是不是来打工的？"肖忠文无奈，只好这样问。

"是啊，我是来打工的，所以没有必要享受，随便住下就行。"刘素华答道。

"既然是来打工的，要不要听老板的吩咐和安排？"肖忠文说着又想：真是乡下人有福不会享。

"做事我可以一切听老板的分工，叫我做什么就做什么，而且不折不扣地尽自己的力量完成任务。"刘素华正正经经地说。

"回答得很好，现在就要你的实际行动了。刘素华，你把行李提到这里来。"肖忠文摆出一副老板的架子，用吩咐的口气喊道。

刘素华尴尬地呆在那里看着肖忠文仍不动步，为难地吞吞吐吐说："我……我……"

"快去！"肖忠文故意拉长着脸，严肃地说。

"是！"刘素华无奈这才勉强地去画室把自己的那个包提过来，放在写字台上，转身看着肖忠文。

"快把204房的钥匙拿去！"肖忠文继续装腔作势地吩咐道。

"好。"刘素华走上前去接过肖忠文递过来的房间钥匙，激动地说："谢谢肖老板的关心。"这时她有点迷惘，肖老板为什么要这样关心自己，难道他心另有所求，还是有别的打算？

"这就对了，好好地休息吧，要上班的时候我会叫你的。"肖忠文说后又从口袋里掏出一张百元钞票递过去说："先拿去零用。"

"谢谢肖老板。"刘素华也没推让，接过钱心想："这位老板真会关心打工的，他好像翻过我的口袋，知道我身无分文，也好买点卫生纸、洗衣粉什么的，他不给还得向他借了，他真会体贴别人，我真好运气，这回碰上世间难寻的好老板，我要尽心尽力，好好为他做事，支持他的事业……"刘素华的心渐渐起伏，激动极了，她感到有生以来第一次享受到这样的优待、关心和重视。她走到席梦思床前用手压压床垫，然后坐在很有弹性的床边，起来又坐，坐下又起来，她干脆睡了上去，真舒服，自己长这么大还是第一次睡这样的床，今晚就可以好好地享受享受了。接着她打开电视机的开关，然后又坐到皮革沙发上，情不自禁地坐下站起，站起又坐下，心又想：怎么啦，我不是成了《陈焕生进城》影片中的乡巴佬陈焕生了吗！刘素华想到这里，靠在沙发上独自笑了起来，慢慢感到有些疲倦，不一会不知不觉地舒舒服服地睡着了。也怪不得，昨夜她高兴得一夜没合眼，天刚蒙蒙亮就起床提了包早早地离开了那座房子，直到走到车站时才想起太早了，旅社里的人准还没吃早餐，怕老板错认为自己是赶来挣早餐吃的，因此就坐在候车室里等了一会，又怕睡着，提起行李在周围来回走动着，这时真的感到肚子有些饿，又到一小食摊里坐下，买了一碗白粥和两个馒头慢慢地吃着，这早点足足吃了近一个钟头，才提起行李回到候车室坐下，见电子钟到七点半，她才提着包袱用散步的脚步慢慢地向旅社走去。

服务员们都纷纷猜测着、议论着，这位新来的小刘和老板的关系不一般，可能是老板的女朋友。只有李小翠否认，但来前不是，目前可能很有这个苗头。肖老板这样特别关心她，说明她来的第一天就看中了她，现在还可能生米煮成熟饭了呢。

刘素华每天起床后就把画室和肖忠文的卧室打扫得干干净净，无论是拖地板、抹桌子、洗茶具都一丝不苟，然后才帮其他服务员扫洗走廊，每当肖忠文看见都会叫她回画室帮他做事，当她干完活回来时，肖忠文很关切地说："这些事是她们做的，你帮着做了，她们就学懒了，没事你就坐在这里看我画画，不是非要劳动不可。"

"我是打工的，吃了饭不做事怎么行！"刘素华微微一笑说道。

"我会这么大方吗？过些日子你做的事多得很呢。"肖忠文也笑着说。

"现在不可以叫我去做吗？没事做闲着玩，你不说我也过意不去，总不能等着你叫唤。"刘素华说着明眸对着他闪了闪。

"好吧，等一下你就到服务台去先熟悉熟悉，我带你半天，估计你很快就会熟悉的。"肖忠文说。

"到服务台去能行吗？"刘素华问。

"能行，现在李小翠不是在服务台值班吗，以后就你俩轮流，你为主，今天带你半天，把交接手续搞懂了就行。"肖忠文说。

刘素华认认真真地听着记着，下午就单独值班了，每天把餐厅、旅社的账一笔一笔清清楚楚地做好，把现金交给肖忠文，从此肖忠文就不要值班了，把全部的时间和精力都用在绘画上。刘素华也就负担起旅社这副重担，餐厅由张小兰负责，要购物时由刘素华付给现金，晚上把收支向刘素华报账。半月下来，春晖旅社的生意日益兴旺起来，肖忠文也轻松多了，心情更开朗。

由于心情舒畅，生活吃用又好，刘素华的容貌比初来时更美更漂亮了。春晖旅社的服务员是全市最美最漂亮的，服务态度也是全城第一流的。不知不觉就到了第二年百花争艳的春天。

有一天肖忠文把刘素华叫到画室，热情地给她泡上茶，关切地问："素华，这段时间工作很累吧？"

"不累，只是工作没做好，请肖老板多多批评帮助。"刘素华心里很不自在，认为有什么账目出了差错，很可能要受一顿训，所以她预先说出谦虚的话。

"不，你的工作做得很出色，很认真，有你这样尽心尽责地诚诚恳恳地帮我，我就轻松多了，更能放心的了，今天我还有件事要请你帮忙，不知你愿不愿意。"肖忠文微微地笑着说。

"肖老板，只要我会做的又能够做的事，我怎会不干呢，就不知道你要我做什么？"刘素华向肖忠文明眸闪了闪道。

"你真的喜欢画画这门艺术吗？"肖忠文试问道。

"喜欢，但你要我画画是一窍不通的。"

"我不要你动画笔，你就站着让我画行吗？"

"你要我做模特？"刘素华在学校读书时就曾听老师讲过，美术学院专门请有模特小姐，赤身裸体站着让大家画人体素描。肖老板也要我裸体让他画？她心里惊慌了一阵，红着脸问道。

"对。"肖忠文笑笑地回答。

"要裸体的吗？"

"没错，要裸体的。"

"我这身材能行吗？"

"行。你是最理想的模特儿，不瞒你说，我找遍了全城也没找到像你这样全面、标准的人呢，你来的第一天我就看中了你。"

刘素华现在明白了一点，为什么他对自己无微不至的关怀，给自己特种优待，原来还有这个打算，不管他有什么打算，他对自己实在太好了，让他画一次也没什么了不起的，因此回答道：

"可以，不过我有个要求。"

"什么要求，钱吗，每次给你二百元。"

"我不在乎钱，我的要求很简单，画室里的窗子要用窗帘遮好，千万不得有第三者看见，要做到绝对保密。"刘素华说这些话的时候脸上没一丝笑容，非常认真，和平常判若两人。因为她怕发生猝不及防的意外，心里还是有些提心吊胆。

"你不用说我都会做好这步工作，你尽管放心。"

"什么时候开始？"

"就现在，只要个把小时。"

"今天我值下午班，不要说个把小时，一个上午都行。"

"好，等我一切准备就绪，你就脱衣服。"肖忠文边说边把整个窗户用深蓝色的窗帘遮得严严实实，刘素华还是不放心，跑到走廊里从窗外认真地往里看了一遍，直到确认看不见室内的东西为止，才回到画室，亲自关上门的保险，还有点不放心地问道："途中有没人来找你？你还有没有什么东西要出去拿的？"

"今天没人来找我，万一有也不会直接找到这里来，值班室会叫我的，一切都准备好了，没什么要出去拿的。"

"你做好准备没有？我可以脱衣服了吧？"刘素华确认已经安全了，才问道。

"一切准备好了，开始吧。"

"先把脸朝那边，不要看我，我叫你画的时候你再转过身来。"

"行。"肖忠文按她的要求转过身去。

刘素华见他老老实实转过身去后，就开始脱去单薄的外套、长裤，直脱得只剩三点式时停住了。想再脱又有点不好意思，她心不安地跳了一阵，然后轻声地问道："行了，可以转过身来了。"

肖忠文从对面墙上的镜子里看到她脱衣的每一个细致的动作，当刘素华脱去内衣，全露出洁白如玉、丰满圆润的胸脯时，心就不由自主地跳了几跳，他目不转睛地直勾勾看得一清二梦，高高突起圆圆实实连奶罩只盖住半截的双奶，三角裤下露出修长白嫩油光透红的大腿，使他的心骚动起来，这可能是男人应有的先天性、必然性的骚动的反应。肖忠文咬紧牙关竭力控制并严格告诫自己千万不能胡思乱想，她在为自己的艺术服务，是为支持自己艺术成功而献身的，她是艺术宇宙中的一尊女神，也是人体艺术完美的造诣……肖忠文苦苦地沉浸在欣赏美的意境里，被刘素华带着羞意的脸孔软绵绵地喊了声"可以看了"时，才从梦幻中醒过来，转身道："还有三点式也要脱。"

"一切听你的。"刘素华的回声简直微小得只有她自己才能听得清，她没多想，微微抖动着手脱下三点式，这时她除了脸已红得发烫之外，心也扑通扑通地跳了起来，幸好和他相距有七八米远，肖忠文一时觉察不了。

"好，双手叉腰，挺胸。"

她一叉腰，胸挺得高高的，臀部往后突起，半斜着身子站在肖忠文面前。

肖忠文的脑海里，心里一阵紧似一阵的骚动，全身燥热起来，拿笔的手也不听使唤，这样僵持了足足五分钟，他真的想蹿上去一把抱住她，最后理智控制了自己。

"肖老板为什么还不动笔？我都站累了，如果不行就穿衣服了。"刘素华这句话好似一块巨大的冰雪一下就把烧得旺旺的欲火压熄了，他清醒了，自问自答道：怎么作了魔，开小差啦。这才急忙微笑着回道："不不不，你实在太美了，我想仔仔细细地看个够，美美地欣赏一遍，因为我有生以来第一次荣幸地欣赏到如此完美的人体，这是天赐的完美艺术，你的一切把我迷住了，忘了下笔。再说也不知从何处下笔，生怕画不完美而破坏这种完美，哪怕一点点也是可惜的。好，现在我就开始了，请站好。"肖忠文转弯抹角，顺理成章地编造了这个理由来掩盖自己的真实心理，然后开始认真细致地描绘。

刘素华听到他赞美自己的一席话，心里热乎乎的，很自然地、毫无顾虑地放松了自己。

画室里顿时静悄悄的，只听见肖忠文手中的画笔发出唰唰如流水轻浪的声音，不时也听到他自言自语的赞美声。

一个小时快到了，一幅完美的裸体素描在肖忠文手中完成了。

刘素华像完成一项光荣而艰巨的任务一样轻松而高兴地穿上衣服。然后走到肖忠文身边瞧着自己的裸体相，惊呼道："肖老板你真神，好似用相机拍的一样。"当她看到自己的乳房又笑着说："有的地方好像有夸张。"

"你认为什么地方有夸张？"肖忠文笑笑地问。

"比如，唔，比如，这个地方。"她有点不好意思直白地说女人的敏感部分，吞吞吐吐地用手点着说。

"并没有夸张，就是这样丰满！"肖忠文边说边转过去瞧着她的胸部，看得她本能地往后退了一步。

"还有，不能把我的脸部画得太清楚了，否则别人一看就知道是我，多不好意思。"

"好，你放心。"肖忠文认真做修补。又兴奋地抬头向刘素华微笑着关切说道："你累了，坐在这里休息一会。"把她拉到身边的椅子上坐下。

刘素华泰然自若地转过头去看见对面墙上有一块镜子，心想：真蠢，刚才叫老板转过身去，不让他看自己脱衣服，这不是一目了然了吗，不过也没什么，只是多此一举，现在不是一切给他看个够嘛。想到这里她不但不感到难堪，而且还有自乐和快感。因此她自自然然折回来，微微地娇声娇气地说："肖老板真坏，对面墙上还挂了面大镜子。"

"啊！哈哈哈，谁让你要我转过身去，面对面和转过身去还不是一样吗，反正都是我看的。"肖忠文笑着抓住了她的细嫩的手。

"还笑……"刘素华没有抽回被肖忠文抓住的手，而是低着头微微笑着柔柔地说："看够了吧，满意了吧？"

"满意，就是看不够，今天能让我把你那珠圆玉润、完美无瑕的玉体一丝不苟地画在纸上，我感到无比的满足和幸福啊！我不知要如何来感谢你，……"肖忠文太喜欢她了，心里太激动了，一对眼睛直直地瞪着她那丰满的胸部，更闻到了一阵浓似一阵少女本有的芬芳，这芬芳扑鼻而来，冲进了他的脑海里，使他兴奋起来，不由自主地伸出另一只手在她的背后游摸着，他慢慢搂住她纤细的腰，伸过头去吻她之际，刘素华突然把手抽了回来，扭动了一下被他搂着的身子，微笑着说："肖老板，我的身子全给你看遍了，以后你讨厌我了吧，会认为我是个傻得可怜的大傻瓜，叫我脱衣就脱个赤条条的，毫无羞耻地一丝不挂，老老实实地站在你面前让你看个够，画个够，这样傻的人难道你不讨厌吗？"

"素华你想错了，你是对我一片赤诚，你用实际行动支持我，无私地帮助我，助我事业成功和理想实现，你的行为使我感激不尽，终生难忘，如果你能一辈子在我身边会给我五彩缤纷的人生增添色彩，将对我的事业有很大帮助。"肖忠文越说心情越激动，又情不自禁地伸手轻轻地搂住了刘素华纤细的腰，另一只手又重新轻轻地抓住她的手，火辣辣的眼光射向她那闪闪发亮水汪汪的双眼。

刘素华顿时全身都感到软酥酥的，脸上浮现出红红的光亮，她顺从地慢慢低下头去，娇柔柔地笑着说："肖老板怎么啦？"

"我，我喜欢你，我实在喜欢你，爱你，让我亲亲你，行吗？"肖忠文的手有些哆嗦，说话声有些颤动。

"肖老板，我是一个农村姑娘，又没本事，比我更漂亮有文化有知识的城市姑娘多得是，我离你的要求相差太远了，我这样的人不是你的追求对象，你说的喜欢我也是一时冲动，爱我更是信口开河，这些话不是来自你的心底深处，而是为我给你做了裸体模特后的表面激动之词，我值得你爱吗？"刘素华心里想：我不能马马虎虎听其言，要接受前车之鉴，肖忠文可能是因自己美貌所触动，男人的心高深莫测，变化无常，弄得不好覆水难收了，他真的喜欢还是假心假意，还得待日久的表现，不得急于求全，更不能随随便便答应他的非分要求，否则他会错认自己是一位轻浮的女人，那就失去了自己的价值，我得控制他，考验他，千万不能操之过急。

"不！你完全理解错了，你要知道，从你来店那天起，我就喜欢上你了，当晚我就想你一直未眠，盼着早早天亮，天亮后就盼你早早来到我的身边，万一你不来，我真的会什么事也做不上手，真会找到你家里去。现在你来了，我就决心好好地保护你，素华，我问心无愧，我没有说丝毫假话，是我心坎深处的话。你问我为什么，我怎么回答你，只知道你漂亮、纯洁、厚道、诚实、有远见、能大胆支持我的事业。前些时候也有不少姑娘追求我，可我一提出做模特的事，她们就跑了。她们也说爱我，支持我的事业，可我要求她们用实际行动来支持我时，就跑得无影无踪了，对这种人我没抱丝毫希望。你呢？就不同了，你没有半点犹豫，就是真心诚意地支持我，这样的人我不爱，天下间还有我爱的人吗！"肖忠文说着说着把她搂得更紧了，而且慢慢地往自己怀里拉，火辣辣的眼神烧在刘素华的脸上。

刘素华被肖忠文那情深似海、感人肺腑的话打动了。当肖忠文把她往怀里拉时还用力顶住，站得稳稳的，他拉了几次都未拉过来，这是假意的做作，可没有走躲的意思，顶了一阵子，身子就放松了，顺从地让他拉过去，慢慢地倒在他的怀里。

其实刘素华更爱肖忠文，只是深藏在心底里，不到火候吐露真情。

肖忠文急忙低下头去，把火辣辣的嘴含住了刘素华的樱桃小嘴，他的舌尖伸进了她的嘴里，并拼命地吸吮着她那甜美的口液，久久地、久久地不停……

刘素华闭着双眼任他去亲去吻，去揉去摸，只是身子在他怀里转来侧去。她不敢放纵，抑制着烧得熊熊的爱火。当肖忠文的手往两腿中间摸去时，她紧闭的眼睛突然睁圆，闪出惊慌的光，猛然挣脱被他抱紧的手突然从他怀里坐了起来。走到沙发上坐下，故意揉揉眼睛问道："肖老板，刚才我是不是睡着了，真对不起，让你抱着睡了一会，请莫怪！"

肖忠文不知真相，只好顺水推舟地回答："也可能睡着了，也可能是闭目养神，只是时间太短了，你就起来了，我愿意天天都有机会这样抱着你睡，才感到真的幸福呢！你睡得甜吗？"

"甜！"

"你睡得香吗？"

"香！"

肖忠文又急忙走到沙发前，紧紧地靠在她身边坐下，然后把她抱起来在画室里绕了一圈，重新回到沙发上，弄得刘素华咯咯咯地笑个不停。他又紧紧地把她搂在怀里，手又伸向她奶旁，慢慢地揉到了她的两腿中间，刘素华双腿交叉，按住脐下的手，说道："这是禁区，行者必止！"

"这是禁止他人，并没禁我吧！对我应该是通行不止，行不行？"

"不行。"

"为什么？"

"条件不成熟！嘿嘿嘿！"刘素华说完甜甜地笑着。

"肖老板！有人找你！"楼下传来李小翠的喊声。

"好！叫他在值班室等我，马上就来！"肖忠文对着窗外回话道。

"快去，快去，人家会找上楼来的。"刘素华催促道。

肖忠文很不情愿地离开了刘素华，又抱起她亲吻了一阵，轻轻地说道："亲爱的你休息，我去一下就来。"

"都快开中饭了，我洗把脸，就去餐厅。"

肖忠文走后，刘素华回到卧室，对着镜子仔细地看了看摸了又摸被肖忠文亲过吻过的脸，梳理了头发，总觉得被他亲过的地方还在热乎乎地发烫，他的舌尖仍在嘴里搜来抖去似的，特别是他摸过的奶也好似在发胀，总之全身都留下他的余热，"亲爱的你休息"这样甜蜜的话，在她耳边久久回荡着。

刘素华倒在床上好似倒在肖忠文的怀里，她闭着眼睛专心致志地回味着画室里所发生美好的一切经过，她渴望他重新再来。

当晚，肖忠文一反常态，没有在画室作画，而是在服务台陪着刘素华直到深夜，谈人生、谈事业、谈未来的美好日子，窃窃私语，乐乐欢笑……

第二天上午刘素华也没有去卧室补眠，而是坐在画室陪着肖忠文画画，她给他泡上香洺。晚上，他早早就来到刘素华卧室，形式上是看电视，其实他没心思看电视，眼光一直在她身上转来转去，坐下不到五分钟，他就伸过手轻轻地搂住了她。刘素华对他的一举一动都感到很满足、渴望，不但不反对，而且配合得很默契，她突然拉住他的手问："我没来之前，对其他服务员也是如此吗？"

"你认为？"肖忠文微笑着反问道。

"我认为可能差不多！"刘素华用水汪汪的眼神看着他回答说。

"昨天上午向你做全面明确而又深刻的答复了，我也无法再向你做解释了，亲爱的，你还不相信我吗？！"肖忠文说完使劲地把她拉过了怀里，他那情深似海的行动和火一样的眼光烧得她全身无法忍受，心在躁动，她受不了他一次又一次的性欲的进攻，她对性爱已经有了一定"经验"了。肖忠文慢慢地解开她的衣扣，直到解下奶罩，她一直紧闭双眼，一动不动，软软地躺在他怀里。肖忠文猛然抱起她轻轻地放在席梦思床上……

"你睡了我，准备怎样安排我？"

"和你结婚，从现在起你就是我的妻子，答应我吗？"

"你说的是真心话吗？真的爱我吗？"

"当然是真的，因为你具备了做我妻子的全部条件，我要你做的事都已经做到了，我真心爱你一辈子的，你是我最理想的妻子。"

第二天，肖忠文把钱柜里的钱、仓库里的物资全部清点给她保管，还把银行的存折也交给了她。从此，刘素华就成了春晖旅社名副其实的全权使者，旅社的人员全归她指挥。她掌管旅社大权后，生意更一天比一天兴旺起来。刘素华的心情格外好，性格也开朗多了，比原来越来越美了，她一有空就和服务员们说说笑笑，和旅客谈天说地，她那大大的水汪汪的眼睛总是含情脉脉，给人们制造一种无忧无愁的气氛，晚上她就洒尽百般柔情和娇态献给情深似海的肖忠文。肖忠文也一天比一天活跃起来，更加聚精会神地搞美术创作，当他画好一幅画时迫不及待地把刘素华叫去欣赏，她总要抽出时间跑到画室去似懂非懂地赞扬一番，他也就兴奋地抱起她在画室里兜一个圈子，亲了又亲，吻了又吻，然后抱到卧室，把她轻轻放到床上乐一番……日子过得无比甜美。

不久肖忠文把自己的卧室腾出来做客房，204房成了两人的爱巢。

刘素华提议不能婚前先孕，经肖忠文同意采取了避孕措施。

旅社的全体人员及左邻右舍，谁都知道那位美如仙女的刘小姐原来是肖老板的老婆。由于刘素华的美貌吸引着附近几条街巷的人们，他们无论男女都有事无事故意来旅社问这问那，来服务台前看看，有的买包烟，有的买几粒糖或一包瓜子，借此机会和美女说上几句话，有的到餐厅里走一走，不炒菜不买酒，故意问问炒菜的价钱，也有的什么也不买不问，特意在旅社大门内外站一站走一走，其目的也不例外，瞧瞧漂亮的老板娘。

肖忠文的亲朋好友、同学，甚至曾苦苦追求过他的姑娘，还有曾经要她做模特被吓跑的周小琴、李莉萍也不服气，都统统跑到旅社来看个究竟，经实地验证后，个个都羡慕他有如此美貌的妻子，个个都夸奖、赞美，祝贺他找到一位赛西施的姑娘。

肖忠文听了喜上眉梢，一种满足和幸福感涌上心头。

刘素华能得到肖忠文的宠爱，更是心满意足，特别听到来来往往、进进出出的人都甜甜地称她老板娘更为喜笑颜开。

他们同居两个多月了，刘素华准备请她妈妈来旅社玩玩，让她高兴高兴，因此她微笑着对肖忠文说："忠文，我想叫妈妈来旅社玩玩，也让她见见你这位画家女婿，可不可以？"

"可以可以，本来早就应该把妈请来，遵守她的意见，现在成了先斩后奏了，妈会不会有怪意？"

"不会的，妈是通情达理的，以前她曾对我说过，婚姻自由，只要两人情投意合，互相关心，同心同德，他真心爱你的，就允许我和他结婚。这次她来看到你一表人才，又是年轻画家，又是经营这么一栋大旅社，老板进老板出的，还会笑得合不上嘴呢！"

"好吧，什么时候去你自己决定吧，要不要两人都去？"

"店里不能两人都走，我去就行了，最好是明天一早坐早班车回去，下午五六点钟就可以回来。"

两人商量后决定第二天刘素华回去请她妈进城。天刚蒙蒙亮，肖忠文骑自行车载刘素华到了汽车站，肖忠文又塞给她五千块钱，说是给她妈的，并买了糖果什么的一大包，送她上了车。

刘素华的妈妈张秀兰，五十多岁，虽然人到中年，她那白里透红的瓜子脸上还看不到明显的鱼尾纹，仍然保持着苗条丰满的身段，如果母女俩走在一起，不知情的人还会认为她们是姐妹呢。

二十五年前张秀兰和三十多岁的理发社当会计的刘旺发结了婚，婚后只生下独女刘素华。刘素华十岁那年父亲就得急病离开了人世。从此张秀兰带着刘素华没有再嫁，过上了守寡的日子。那时她还年轻，人又长得很漂亮，经常都有人登门来劝她改嫁，她说："人活在世上最重要的是自由，自由自在就是幸福，嫁人哪有母女俩生活乐道，如果是为了吃穿，人人都有一双手，都靠劳动度日，嫁人还要受男人管着来劳动，现在我可以自由自在的劳动，何必找根铁链把自己捆绑起来，再说我女儿都十岁了，如果找个不疼爱她的继父，不是使女儿也受罪吗！"张秀兰这些话把那些说媒劝嫁的人一一堵了回去。

张秀兰的性格开朗乐观，是个外向型的女性，心地善良、温柔、大方，不管男女老少，逢人就笑朗地问寒问暖。人们都说她"天掉下来都当斗笠花，无忧无愁。还特别关心姑娘和小伙子们的婚事，一见就说帮她介绍个顶帅的小伙子。有的姑娘已经看中了心爱的小伙子，但在七十年代人们的思想很守旧，大部分男女找对象还得请个会说会道的媒人，所以姑娘小伙子们虽然相互看中了，也要请张秀兰到对方的父亲面上撮合撮合。由于她善说会道，嘴巴甜蜜，每年由她牵线搭桥结成美满良缘的也不少于十多对。从此，张秀兰的名字在樟木坪这个山区乡镇里更人人皆知。

近几年仍有男人对张秀兰想入非非，见面和她说些言外之意的话，现在什么都开放了，为什么你还不开放，我都盼望你早日开放，甚至做梦都想你开放等等借东喻西的挑拨话。有的还偷偷摸摸地三更半夜敲她的窗户呢，不管来自何方的挑衅，都被她婉言谢绝。谁能知道她心下还埋藏着一位二十五年前被人称着孟秀才的"右派分子"。

刘素华下车后跑了两里多弯弯曲曲的田间小道，还未进家门就大声喊道："妈——妈——我回来了！"

张秀兰正在厨房做午饭，听得女儿的喊声连忙高高兴兴地跑出来接她。

"妈，我是来接你进城去玩玩。"刘素华兴奋地说。

"要我进城去玩，好，好，好，就是没时间。你的工作找到了吗？"

"不是那个地方，我另外找了一家旅社，在那里上班。"刘素华把去春晖旅社招工和肖忠文的情况一一向她作了介绍，并掏出一把大钞递给张秀兰。

张秀兰高兴得目瞪口呆，问道："你从哪里搞来的那么多钱？你上班只几个月。"

"我上班呀！其实才两个多月，这些钱呀是旅社分红得来的。"刘素华撒了个谎道。

"你打工那里有分红？"张秀兰有点不放心，怕女儿干了坏事，钱来历不明。

"旅社有我的份，一个月就能分到这么多钱，不信？进了城你就知道了。"

"好，我跟你进城去看看。"张秀兰心想，这样看来很有必要到城里去了解了解真相。

"下午就要跟我一起去，因为旅社的生意特别好，人员又少，今晚我还得回去值夜班呢。"

张秀兰听了女儿的话有些半信半疑，为了弄个水落石出，也准备下午就跟素华进城去。

刘素华把她妈直接带到自己的卧室，放下小手袋来倒茶水；然后急忙跑到画室向肖忠文喊道："忠文，妈来了！"

肖忠文急忙放下画笔跟着刘素华进了卧室，满脸笑容地喊了声："阿姨！"

刘素华立即脸色一沉，对着肖忠文问道："你叫我妈什么？阿姨？"

"啊，不不不，妈。"肖忠文不好意思地摸摸后脑，像姑娘一样红着脸支支吾吾道。

"这位是？"张秀兰也听得满头雾水，这位年轻小伙子叫我阿姨是对的，为什么女儿要责备他，难道他俩是对象。

"他就是这里的老板，肖忠文，也是画家，他天天只顾埋头画画，店里的生意全由我负责。妈，你看这里的生意不错吧？"刘素华说道。

"肖老板，你叫我阿姨是对的，素华像不懂事的孩子，在老板面前也开玩笑，没有一点礼貌。"张秀兰笑着对肖忠文说。

"妈，我没开玩笑，是他开玩笑，妈妈都不会叫，还叫阿姨。"刘素华正色地道。

"是是是，快给妈妈泡茶。"肖忠文改口说。

"你给妈泡茶，我坐车坐累了，有些头晕。"刘素华说着一屁股坐在沙发上。

肖忠文急忙泡了茶，双手恭恭敬敬向张秀兰献上说："阿姨，啊，妈，喝茶。"由于没叫习惯，开头还是叫了声阿姨，知道错了立即改口叫了妈。

刘素华靠在沙发里听他说得很别扭的话后哈哈大笑起来。

张秀兰接过茶后看看肖忠文，又看看素华，心中还是疑团未解，又见肖忠文也端了一杯茶双手递给劳累相的素华。

"好吧，你们好好休息休息，我到餐厅去吩咐她们炒几个菜。"肖忠文说往楼梯走去。

"有多好的就炒多好，妈不喝酒，做个团鱼汤。"刘素华急忙跑出去喊道。

"你放心，包你满意。"肖忠文在楼下应道。

肖忠文走后，张秀兰问女儿道："素华你和那位老板唱什么戏，我看你俩不是一般的关系，他是你对象吗？"

"妈，你看这个人怎么样？"

"他啊，生得清清秀秀，一表人才，是个文质彬彬的书生，他真是这里的老板吗？这么大的一座旅社他能行吗？"张秀兰有点不相信地问。

"妈，跟我来。"刘素华没有回答她妈的话，而是速即站起来，拉着她妈往画室走去，她知道跟妈说是说不清楚，要让她看看就知道他的本事了。

张秀兰心想：看你又在耍什么花招。因此跟着她进了画室。

"妈，你看，这里所有的画都是他画的。"刘素华指着墙上挂着的画说，然后又指着桌上一幅湿漉漉墨色还未干的画说："这幅是他还没完工的画，你看这一大堆画笔、颜料、宣纸和墨，他天天作画，旅社的生意就由我来负责，碰到什么难题就他来解决。"

"唔，有本事，是个了不起的人才，这才算真正的秀才。"张秀兰看了画室里他作的画后，高兴得不亦乐乎，虽然只有初中文化，但她对于文学艺术的价值还是有所认识，所以对肖忠文的才学赞美不绝。又轻声地问女儿道："你刚才说他不该叫我阿姨，要叫妈妈，是不是你们已经恋爱了？"

"哈哈，妈，哪那么容易啊，人家还不知道要挑选什么高级人才，你女儿这么笨，他能要吗？"刘素华故意笑着说。

"不过他能找到你这样漂亮的姑娘，也称得上郎才女貌了。"

"按你这样说，妈，如果他真的给你做女婿，还顶满意的啊！"

"满意，满意，就怕他看不上你，如果他真的喜欢你、爱你，你也有前途，有名誉，有享不了的福。"……

肖忠文叫厨下做了八菜一汤：全鸡、全鱼、白果炒猪肝、果子狸烧鸡心、龙凤戏珠、芙蓉出水、丝线吊金钟、百合猪心煲，中间一缸灵芝龟甲汤。一切准备好后他叫张小兰上楼请客吃饭。

张秀兰正和女儿在画室交谈时，张小兰进来向刘素华喊道："老板娘，肖老板叫你们吃饭了。"

"妈，我们吃饭去。"刘素华听了小兰的叫吃饭，就拉起她妈走出了画室，往餐厅走去。张秀兰听得一清二楚，进来那姑娘确实叫女儿老板娘，难道我会听错，总不会称我老板娘，到吃饭时桌前定能见分晓。

刘素华把张秀兰引进了小雅座，张秀兰见桌上放的菜很多没见过的，花花绿绿，各式各样。她有点好奇心想问素华，又见有旁人不敢开口。坐好后李小翠进来倒酒，肖忠文叫李小翠也坐下来一起吃。李小翠给刘素华倒酒，她说不要太多，半杯就顶可以了。

李小翠说："那怎么行，老板娘要学会喝酒，肖老板不会喝更加要学，以后陪客、请客，主人不会喝酒，客人就不好多喝，按当地的风俗习惯，明年正月新春，你们夫妻都要上娘家做新客，岳父岳母家里就要新郎喝酒越多越好，不会喝酒的主人要灌酒，把你灌醉为止，哈哈哈！"

刘素华听了李小翠流水般地说了一席话，不觉得脸都红了，不知怎么回答才好，只好说："我们家乡可没有这个的规矩。"

肖忠文只顾给张秀兰夹菜，也显得有些不好意思地看了看小翠一眼回道：

"没有那回事吧！"

张秀兰听得呆呆的，就连肖忠文敬到自己碗里的菜也没理会，心想：没错了，他俩已经谈好了，可能睡在一起了。她瞧瞧肖忠文，又瞧瞧脸上红扑扑的女儿，想说什么但又没说出来。

"妈，喝酒，啤酒没关系，喝不醉的。"

"妈，吃菜，这些在农村可能比较少吃，多吃点。"肖忠文这才比较自然地叫出了妈。

张秀兰心里想，管他什么，吃就是，这些菜难得吃，真的要多吃一点，女儿的福也要享受享受，因此她毫不客气地吃起来。吃得心里特别舒服，特别甜香。

肖忠文和刘素华又在画室里摆上一桌丰盛的茶果席招待张秀兰。桌上有油炸的黄灿灿的花生米、紫红的瓜子、甜心可口的开心果及各种糖果，还有香蕉、红富士、橙子、桔子、荔枝、桂圆等，画室里充满了四溢飘香的各种水果的综合香味，闻着使人特别舒心醒脑。

"妈，本来前一个月就应该请您来玩玩的，只是忙于装修布置，没有时间，现在旅社基本走上了正常轨道，所以才把你请来，对不起，请莫怪呀！"肖忠文边递水果边解释道。

"妈，他是从他爸爸手里接过来一栋破破烂烂的旧房子，经肖忠文全面粉刷一新，门窗重新油漆，换上玻璃……"刘素华做了全面的介绍，张秀兰听了也很佩服，认为肖忠文确实大有作为，因此夸奖道："忠文，你真有本事，了不起，真了不起啊，素华能找到像你这样有能耐的人，是她的好福气。素华从小也很聪明，文化水平不高，因为家里穷，只读到初中毕业。做生意抄抄写写算算账她是没问题，不会输给别人。不过见识不如你广，当这么大的家，全靠你多多指点指点。她的脾气也温柔，也懂得体贴人，人品也不会差过别人，比上不足，比下有余，和多才多艺的你相配也称得上郎才女貌了。我做妈的很满意，希望你俩和和睦睦，把旅社的生意做得红红火火，赚到大钱，我也好沾沾你们的光。"

"感谢妈的关怀和教育。"肖忠文说。

"妈，吃荔枝，这是去年的鲜果，经过几个月的保鲜，还和刚从树上摘下一样，多吃点还可补血呢！"刘素华说着剥下一颗荔枝肉想往张秀兰嘴里送。

"忠文我还有一件事告诉你，我只生素华一个独女，她没兄弟姐妹，她十岁那年死去父亲，我一人把她带大，现在我还不算老，可以养活自己，今后我老了，不能自持了，到那时就得靠你们养活了。"张秀兰说。

"当然当然，应该应该，养老敬老是我们后代应尽的义务，我们会尽到责任的。"

"妈，他的情况和我一样，他是独生子，也没兄弟姐妹，他爸现在还带病在家休养呢。"刘素华介绍说。

"你们要经常去看看他老人家。"张秀兰说。

"我去过他家两次，离城只有十五里路，属城郊……"刘素华说。

"他的家也是你的家了，旅社是做生意的地方。"张秀兰说，她听见女儿说肖忠文的父亲称他爸爸。

"我家是破旧的房子，素华看不起眼。"肖忠文说。

"没关系，今后你们发了财就在城买新楼。"张秀兰说。

"谁知要牛年马月才能有这个运气啊！"肖忠文说。

"还有一件很重要的事顺便讲一讲，你们知道吗，如果不是党的改革开放好政策，私人是绝对不允许开旅社的，现在允许私人开旅社，就不能忘记党和国家，税一定要按时交纳，千少万少可不能少国家的税。虽然八仙过海各显神通，但是不能光顾自己发财，不顾国家利益。还有富日子要当穷日子过，当花就花，不当花的不要乱花，多存几个钱。要勤俭治家，勤俭办一切事业，这些都是我们应该发扬的光荣传统。肖忠文是有知识的人，不必多说，你们比我清楚，但是我喜欢啰唆，想要说的就要说，说了心里就舒服。"张秀兰说。

他们的茶果席一直延伸至深夜十二点，因刘素华明天要值早班，也就结束了。

转眼间就到了四月，春晖旅社的美名真是一日千里，已是名扬四海了。春晖旅社并不是"春晖"二字起得好，除了服务热情周到的首要原因之外，那就是春晖老板娘刘素华那婷婷娜娜貌赛西施的美丽，以及所有的服务员都美得匀称有很大的关系，再就是她们人美、言美、行为美，再加上设备完美，价钱不高，住房廉价也是美，清洁卫生好环境美，美丽的姑娘美丽的环境映缀得处处都是美，因此美名扬四海，这些都给春晖旅社带来了经济上高效益。由起初每月收入只有一两千元猛增到两三万元。由此可见，改革开放后人们除了对服务质量、物质的要求越来越高之外，对服务人员的美也有较大程度的要求和选择。

肖忠文有了丰厚的经济收入应该是满足的，可是他的目的不是金钱，他总的追求目标是艺术，艺术的成就才能使他满足。现在收入稳定了，他要发展的事业就是艺术，以商养艺条件已经成熟，因此他对艺术的追求更加迫切。

他打算走出画室，打破闭门造车的僵局，到实地去，到大自然中去学习，去奋斗。大自然才是孕育人才和发展艺术成就的天地。对自学者来说尤为重要，这正是海阔凭鱼跃，天高任鸟飞。古人有训道：舍不得娇妻，做不了好汉。这是警导胸怀大志的年轻人应先立业，后成家。人人都说肖忠文是全城最幸福最潇洒的青年，因为拥有全城最漂亮的姑娘做妻子，又有一家生意兴旺收入丰厚的旅社，金钱美女都有了，应好好地享受了。难道有文化有知识的肖忠文不懂得享受吗，还白天黑夜钻在画室里搞什么美术创作，也可能他是个书呆子，被知识塞蠢了。也有一部分朋友则不然，金钱美女不能削弱一个人的壮志，难道我肖忠文真的舍不得娇妻吗，不，千万不能被美女禁锢在她的石榴裙下。在几名好友的激励下，他正打算外出写生之际，县文联给他打来电话，说市文联准备搞一个"文艺研讨会"，因经费不足，要他捐点款，少则两千，多则不限。

肖忠文想：为了发展和繁荣市里的文学艺术，捐两千不合适，最少也要捐五千，他跟刘素华一商量，刘素华说："你现在就算大富翁了，是吗？捐五千我不同意，最多三千，如果你捐五千人家不但不感谢你，反而会眼红，今后接踵而来的各种捐款会无休止的，难道这个单位捐了款，那个单位就不捐吗，到时就难得收场啰。"

"你说得有理，就照你的办。"

肖忠文捐了三千块钱给市文联，市文联关主席高高兴兴笑眯眯地说："小肖，谢谢你对我们市文学艺术发展的支持和贡献，什么时候开'研讨会'会电话通知你，你捐不捐款都要参加的。"

肖忠文捐了款心里很舒服，认为自己给市文艺事业做了些小小的经济支持。他还画了几幅画和写了心得体会，准备参加"研讨会"。

市文艺研讨会在市委宣传部的主持下很快就召开了。来自全市各县有成就的作家、画家50多名，还特邀请了省作协、美协的领导及有关专家教授亲临指导。

肖忠文是参加这次会议的最年轻的一位，好似一只刚会拍翅学飞的幼鹰。

会议的中心内容是：市里一位年近七旬的画家陈冰的作品参加全国农民画展一举夺魁，得了金奖。

市委宣传部长古月先同志在报告中最先祝贺陈冰先生取得的光辉成就，然后重申党百花齐放、百家争鸣的文艺方针，号召文艺界的全体工作者紧跟改革开放的新潮流，深入改革开放的巨潮热浪中去，投身到各条战线中去体验生活，搜集创作素材，不能关门造车，关门造车是创作的死胡同。有成就的艺术家、文学家都懂得生活就是艺术，艺术就在生活中。最后他希望全体文艺工作者创作出更多更高水平的精品来，为繁荣我市的文学艺术事业而努力奋斗！

陈冰先生介绍了他由一位只有初中文化的农民美术爱好者，现在成为中国美协会员的经过。他说："我在二十世纪六十年代是一手拿锄头，一手拿画笔，常常是带着笔杆到田头，集体劳动统一休息时，社员们吸烟谈天，我就拿出笔杆和画夹，抓住时机面对身边的劳动者、耕牛、犁耙及田园，静静素描，晚上除了上队里开会评分之外，就是在家里煤油灯下画画，就这样默默苦学了十五年。最初是县宣传部一位姓郭的干事来到队里蹲点，才发现这个农民美术爱好者，要我画几幅画参加县文联举办的春节画展，展出后受到了好评，五幅（简单的农画）田头地尾画，寄来展出稿费十五元，在一九七五年间，可以抵三个月的劳动日，当我收到展出费时高兴地跳起来，跑到大队代销店买了几包香叶烟，全队社员每人一支。从此每年国庆节、春节都寄几幅画去县里展出。七九年县里又评选我三幅画参加地区展出，也得了奖。次年又评选两幅到省里举办的农民画展，评为二等奖。改革开放后很多人劝我到沿海开放城市去画，为了开开眼界，搜集更广泛的创作素材，我卖了家里一头肥猪作路费，几经周折，进了一家广告公司，画了三年的广告画，积储了一笔资金，然后我决心退出这家公司，来到了井冈山等地作画，由于井冈山的灵气激发了自己创作灵感，作了一幅原来无法构思的作品，以此走遍了湘赣地区，基本踏遍了几千里的山山水水，很多画都在报刊或画刊上登载过。一九八五年在长沙、南昌等市举办了个人画展，省美协批准为会员。近几年走遍祖国名川大山，彻底打破了创作的局限性、低微性，领略了自然界那雄伟壮丽、气势磅礴的势魄，因此创作出不少较为成功的作品，所以才夺得了全国农画展的金奖。"他说："这成绩的取得，除了党和政府领导的鼓励和支持及老前辈的指导之外，那就是个人持之以恒的决心，艰苦奋斗努力搏击的精神，这是决定性的内因。不少年轻的美术爱好者问我成功的诀窍是什么，其实，我的体会除了上面所说到的之外，还有一点就是要确定自己要走的路，也就是人生创业的目标，这是一个关键的问题。人生的诀窍就是要苦心经营长处，也就是爱好。在人生的坐标里，一个人如果站错了位置——用短处而不是长处去奋斗去经营和谋生，那就是非常可怕的。西瓜芝麻，冬瓜蒲子一起抓，没有重点，结果冬瓜不结瓜，芝麻不结果，就是结了瓜果，也不丰收。要抓住重点，也就是要抓住自己的一技之长为人生的主攻方向，对自己的爱好和特长始终要保持成功的信念，即使它不怎么高雅入流，也可能是你改变命运的一大财富。也就是说：宝贝放错了地方便是废物。"

　　肖忠文听得特别出神，深深认为这位老前辈的亲身体会是成功的宝贵经验，得到了深刻的启发。

　　古部长的报告，陈冰先生的成功经验，与会的专家教授及所有发言老前辈对肖忠文来说好似一盏盏透亮的指路明灯。

　　肖忠文心里暗暗地盘算着一个只争朝夕的可行计划。他放弃了同刘素华举行婚礼的打算。正是：

> 改革开放无限好，
> 经商养艺是绝招。
> 研讨会上深受益，
> 立志创业步步高。

第二章

西湖结伴

正在此时肖忠文接到一名同班同学打来的电话，说是星期天在校开同学会叫他无论如何都要参加。离星期日还有两天，因此他准备开了同学会再走。

88届高中毕业的就有十五位同学没能上大学，因家庭经济困难不能上大学的就有九名，其余六名因家庭和自己种种原因干脆不去考。

肖忠文早早来到母校，原班主任王建老师安排和主持他们的集合。八点半同学们陆续来到了母校，同学们都高兴地围着肖忠文问店里的生意收入每月最少有多少？创作了多少画……七嘴八舌地问个不停，瞬间整个教室沸腾起来。王建老师高高兴兴地进了教室，还未待同学们静下来，王老师拍着手说："同学们早啊！""老师好！"大家本能和习惯地一同喊道。

"大家都毕业了，已走上社会，奔赴在各条战线上，正在改革开放的滚滚热潮中创业，为建设四个现代化而努力。但同学们没有忘记母校和老师，我表示感谢！"一阵热烈的掌声中，王老师继续说："同学们，可以趁大家聚集在一起的机会，谈谈自己今后的打算吧。"

大家沉默了一会，肖忠文首先发言了，他说："在老师的教育下，我决心从事自己爱好的一项绘画事业。已准备外出到大自然里去写生学习，请王老师指教。"

"肖忠文很不错，改革经营的'春晖旅社'在市内很有名气，听说还创作不少美术作品，可喜可贺，希望你再接再厉，在百花齐放、百家争鸣的文艺方针路线的指导下，创作出高质量高水平的优秀作品来。"

肖忠文听了王老师的一席话后，心潮澎湃，全身热乎乎的，说道："一定听老师的话，绝不辜负老师的期望。"

另一名同学也争着道："我没有什么特长，我可以到沿海开放城市打工，学技术，学到了技术再回家乡创业，为建设新农村出力。"

接着又一位同学说："我也没有什么特长，如果国家征兵，我第一个报名参军，学好本领保卫国家，为国防现代化而努力。"

"我哪里都不去，我要承包村里的几十亩荒地，开垦出来种蜜桔，同时在桔园里建一个养鸡场，五年奋斗结出黄灿灿桔、养出满园乱跳乱飞唱着咯咯咯的鸡，那时桔子丰收鸡也丰收，到了那时请大家到我桔园里来做客！"王小泉笑着向大家说道。

肖忠文听了也很感兴趣地说："好，王小泉同学的想法很好，到时我一定来参观学习，还可以品尝到那甜蜜蜜和香喷喷的蜜桔呢！还可以画几幅画呢！"

"对，我们都会来拜访！"

"我要邀请一些朋友到你那里旅游呢！也能让你的桔子走向全国各地。"

"这就是为建设新农村，搞活农村经济做贡献。"

"我要搞水稻高产新品种，要达到亩产三千斤，不用农药，种植完完全全的绿色大米，我已经承包了五十亩水田搞科研试验，估计用不了五年，试验一定成功，为农业现代化出力！"李卫民同学满怀信心地说。

他的话音一落，一阵热烈的掌声响彻教室，"好！好！很好！"

大家为实现祖国的工业现代化、农业现代化、国防现代化、文化教育现代化，为实现四个现代化而努力奋斗的勇气及行动，各有各的打算和理想，每个人心灵深处都埋藏着奋斗目标，好似一团红红的火球……

肖忠文信心百倍乐呵呵地向刘素华一一介绍了此次研讨会和同学会的内容及自己的心得体会与今后打算。

刘素华听了目瞪口呆，心里不是滋味，顿时觉得忠文变了，许久才冷冷地说："你打算不管店里的事了？"

"哪有不管的！"肖忠文心情有些不愉快地答道。

"你人都不在店里，怎么管呢？一走千百里，还能朝去晚回吗？"刘素华无可奈何地说。

"当然不可能，你在这里管理不是一样吗？你又不是管不了！"

"管不了！"刘素华很不高兴地说。她心里知道自己的水平，他在的时候有心胆，万一他走了就只身无靠了。

"那你就不支持我搞创作了！要我关在店里不闻窗外事了，这样还能画出好的作品来吗？"肖忠文还是怀有信心地说服她。

"你一定要走我也没办法，反正我们还没有正式办结婚，是名誉的夫妻，不是合法夫妻，我没有权利来管你。"刘素华此时才感到自己轻了许多，自己的命运和婚姻是那么不幸，她在这一瞬间感到站在她面前的肖忠文是那么的狡猾轻浮，欺骗了自己，片刻她站了起来，边往画室外走边说："你看着办吧，不要问我了，旅社我不管了！"

肖忠文被刘素华突然而来的举动慌了手脚，心想万一刘素华真的不为自己管理旅社的话，他还能外出写生吗？其他服务员没有一个能比得上她，在经济上也不可靠。当他想到这些时，只好温柔地赶上前去说："素华，不要生气嘛，我是跟你商量，旅社一定要有人管，你是我最可靠的人，对于我们的婚礼推迟一点办，待我们的事业成功后再热热闹闹办一场婚礼不是双喜临门嘛！"

刘素华内心也不是真的丢下旅社不管了，只是一种气话，目的是想留住肖忠文不要离开自己和旅社，万一他执意要走出去创作那也没办法。因此她无奈地轻声地说："好吧，我听你的安排了。"正在此时，肖忠文接到一位同学打来的电话，两人意见基本统一之后，肖忠文告别了刘素华，踏上写生之路。

肖忠文首先坐上到中国第一大城市——上海的列车，他在上海住了几天，游览了上海著名的南京路、外滩、中国共产党第一次全国代表大会会址等几十处名胜风景及历史文物旧址，拍下照片二百余张，写生作品三十余幅。他走马观花似的结束了上海旅游后，直达古今中外闻名的旅游胜地杭州。

"天上有天堂，人间有苏杭。"作为美术爱好者不去杭州览胜摄其灵气实在是终生遗憾。杭州有游不完、观不尽的西湖风光，千百年来她给人们留下了不知多少神话般的优美动人的故事。

一天，肖忠文在三潭印月写生，他正在全神贯注地描绘着那迷人的一景时，没注意后面和左右两侧的一切动静。当他写完这个景物时，站起身来伸伸手直直腰踢踢腿，活动活动全身筋骨，一转身，眼光恰好触到一位年轻姑娘也在写生。他定睛细看，发现这位容貌美得惊人，她双眼正亮晶晶地瞧着他，肖忠文意识到她肯定也正对着自己写生。他忍不住再转头瞧她时，正巧两人的眼光碰在一起，双方都好似大吃一惊，双方忍不住向对方施以一笑。这一笑，却搅乱了肖忠文的心，他故作镇静，勉强安分地速即回到座位坐下，有心无意地把要结束的画修整起来。虽然坐在那里看看画画，可是他的心却像一粒石子击在平静如镜的西湖水中，瞬时掀起了层层细浪似的，久久不得平静。因为在离他不足二十米处，有位和他同行的姑娘独自坐在那里写生。她的眼光又和自己对视了一下，他看得很清楚，标准的瓜子脸，一对水汪汪晶莹照人的大眼睛，明晃晃地勾人魂魄。又显露出她的聪明才智，她有沉鱼落雁之容、闭月羞花之貌，虽然她坐着，也可测到她结实苗条的身材。特别是她微微一笑时，两个酒窝美得惊人，使肖忠文的心底深处甜滋滋的，她的明眸虽然才向他瞥了一下，足使他魂不守舍，心神荡漾不安。肖忠文想：刘素华也算是有名的美女了，可和这位姑娘相比，差了一种味道。刘素华虽然人美，但哪有艺术细胞，别说能画画，连画笔也拿不起来。他心下猜测，这位姑娘可能是某美术院校的学生，如有机会和她接触，说说话，请教请教，在艺术技巧上也许能得到她的帮助。何不设法跟她接触接触，如不趁机也许就如山中的凤凰，马上展翅飞往遥远的地方去了，再没重逢的机会。主意打定，要紧紧抓住良机，机不可失，时不再来。肖忠文沉浸在深思冥想中。

"先生，请指教指教！"一阵银铃般的话声在他耳边响起。

这金声玉韵把肖忠文从思潮中惊醒过来。心里一跳，忙抬头一瞧，姑娘笑得像初开的玫瑰，站在他身旁，把手中的素描伸到他面前。

怎么回事？她为何主动上前和他搭讪呢？原来那姑娘来到杭州写生一星期了，她期望能碰上比自己更强的同行，求得指教，她好容易盼到了今天，现在机会来了，因此她心生一计，用速写的手法，构了肖忠文的形象，借此理由来到他的身边，诚恳地征求他的指教和帮助。也能表面了解他的水平和自己水平谁高谁低，如果他的绘画功底赛过自己就很有必要请教他，如果他还不如自己那就上前说几句话也无妨。因此姑娘就来到了肖忠文的身边。

肖忠文听到这话声才如梦方醒，急忙双手接过她的素描画，粗略地看看。此时那姑娘的眼光如聚焦镜头似的，在他的素描作品中扫视个透，从中看出这位年轻人的绘画功底大大地超过了自己，此时她一阵暗喜涌上心头。

肖忠文接过她的人物速写一看，惊喜道："画得很好，线条如清溪流水，笔笔恰到好处，繁简相应，静动尽在其中，我还得请教你呢，请问小姐你是哪所美院毕业的？"

"先生过奖了，我是业余美术爱好者，美院的大门都未进过，哪有先生说得那样好的功底，先生你才是美院毕业生呢！"她用羡慕的目光正视着肖忠文的风景素描画说道。

"小姐，我才是真正的、名副其实的业余美术爱好者。"肖忠文一边回答一边自然而然地扫了姑娘裙下的修长大腿，然后很有礼貌地站了起来。

姑娘见他举止文雅、潇洒，文质彬彬的谈吐，半信半疑地笑着说："先生，你说的可是实话？！"

"小姐，我没有丝毫假话，高中毕业没考取大学后，就一直自学到现在。"

"啊，你的自学进步真快，竟有如此深厚的功底，佩服佩服。请问先生高姓大名？家住何方？"姑娘问道。

"我姓肖，名忠文，家是江西吉州城。转问小姐你呢？"

"敝姓沈，小名小燕，是江西南昌人。"

"啊，怪不得，自古江西多才女。"肖忠文紧接着又说："你的名字也取得很美，真如燕子一般轻巧，远走高飞，心灵手巧，坚韧挺拔，漂洋过海，不知飞越过多少高山平川，不畏艰险，在坚实的栋梁中结出丰硕的果实，美哉美哉！"肖忠文极力赞美道。

"没错，江西自古多才子，可是我就沾不上边，不过我父亲确实是一位很有成就的画家，是陶瓷学院美术系的教授，但文革中被迫害因伤势太重早早去世。"沈小燕有些悲痛地说。

"原来还是老乡，老乡见老乡，两眼泪汪汪。"肖忠文惊喜道。"不不不，应该是老乡见老乡，欣喜在他乡。"沈小燕急忙改道。

"好，好！说得好，原来沈小姐还是出身艺术之家，有遗传的天才和艺术功底，从小受艺术的熏陶，怪不得功底如此之深厚。请问，沈教授大名？"

"我爸爸叫沈天泉，如果他没去世的话，我肯定有进美院学习的机会，也绝不会落到现在文不文武不武的地步。"沈小燕有些难过地说。

"沈小姐不要难过。现在的国家政策好了！今天有幸和沈小姐在这美丽的西湖相识，也是天时地利人和，更是我个人的幸运。"肖忠文说。

"也是我的幸运。请问肖先生现在住什么地方？"沈小燕见时间不早了，因此问道。

"我住在湖滨旅馆，307房。"肖忠文回道。

"那就巧了，我也住那里，218房。"

"巧极了，今晚我请沈小姐一同进晚餐，能否赏脸？"

"你请我？那不好意思，应该是我请你才对，论资格你比我老，论经验你比我丰富，你是大哥，怎么能让你破费。"沈小燕微笑着说。

"咱们是同乡又是同行，按年龄可称兄妹，何必客气，今晚就这样讲定了。"肖忠文诚恳地说道，"亲不亲故乡人！"

"肖兄既然如此，敝人就不讲客气了。"

"对，这样才畅快。"

肖忠文和沈小燕边谈边往湖滨旅馆走去。

沈小燕虽然初识肖忠文，但对她的影响不一般，有一种一见钟情的感觉，特别见他生得一副清秀高雅的学士之貌，言谈举止文雅，和他说话极其投机，虽然对他还不了解，但从他的艺术水平和外表来看，绝对不是鲁莽之士，轻浮之人。所以很佩服他，在性格上感到很融洽，她产生一种相见恨晚的感觉。

沈小燕听肖忠文口口声声叫她小姐，觉得不合适，因此说："肖先生，你不要称我小姐，就叫我小燕最好。"

"这样太随便了吧！那也好，你也不要叫我先生，称兄道妹也太机械太庸俗，还是互相都叫名字更感到亲切大方。"

"是啊！称先生小姐好似隔了堵墙，叫名字更有亲切感。"沈小燕说。"好吧，我们都叫名字。""就是，叫起来自在，无拘无束。"沈小燕说后，不知为何脸上出现了淡淡不易被人觉察的红润。

回到了旅馆后各自洗了澡，肖忠文来到了218房门口，请沈小燕一同进晚餐。他俩走进离旅社不远一家比较洁净的餐馆，选了一间清静的小雅座坐了下来。服务员拿来菜谱，肖忠文要沈小燕点菜说："小燕，你喜欢吃什么菜就点什么菜。"

"不，还是你点，你喜欢吃的我也喜欢吃。"沈小燕明眸一闪把菜谱递给肖忠文。

"还不是一样，你喜欢的我也喜欢，你吃辣椒的我更会吃辣的，还是你点，不要再推了。"肖忠文又把菜谱推到沈小燕跟前。

服务员小姐见状就忍不住笑了，说："小姐就你点吧，现在的男人最尊重女孩子，都想让姑娘满意，先生你说是不是？"

"这位小姐说得对，点吧！"肖忠文感到这位服务员很会说话，也笑着说。

当沈小燕接过菜谱还未看时，服务员小姐诚恳地介绍道："我给你们推荐一道红烧全鱼，我们的红烧全鱼可不一样，是用富春江上最有名的沙勾做红烧鱼，那鱼肉特别细嫩香甜，美味可口，只有我们杭州才有其他城市是吃不到的，来杭州不尝尝富春江上的沙勾，真会感到遗憾。"沈小燕听了服务员的一番介绍，顿生好奇心，尝尝就尝尝。"好吧，就来个红烧沙勾吧。"

"红烧豆腐、炒白菜、三鲜汤，行了。"沈小燕对服务小姐滔滔不绝的介绍很感兴趣，速即点了三菜一汤。

"再来一盘清蒸排骨。"肖忠文觉得初次请人进餐没有肉太寒酸了。

"太浪费了，两个人哪需这么多菜。"沈小燕说。

服务小姐又问："喝什么酒？"

"小燕，你喝什么酒？"

"我不会喝酒。"

"来两瓶啤酒吧！"肖忠文对服务小姐说。

酒菜上来了，肖忠文倒了两杯啤酒，一杯放到沈小燕面前，然后举杯道："来，首先为我们的认识，为我们在艺术的道路上共同的理想干杯！"

两人碰杯一饮而尽。

沈小燕提起酒瓶为两人倒满酒，也举杯道："为我们在艺术道路上并肩前进，共同成功，干杯！"

"为我们的友谊长青干杯！"

肖忠文听着沈小燕那流利有序的祝词，心情激动，倍加佩服。

在席间，两人心情启动，互相举杯祝贺，互相夹菜。但两人各怀心事：肖忠文想，长这么大，单个和一位有才学的美女在一间包厢里进餐还是头一回，虽然和刘素华一起不知吃过多少次，她从来没有在酒席上吟过祝酒词，只会倒酒敬菜，她还没沈小燕这等本事，也没有这般文文气气，这也是她文化水平低，知识太贫乏的原因所致。今天和沈小燕进餐，显得气氛格外高雅浓情，心情格外舒畅和欢乐。

沈小燕也不例外，也曾遇过多少小伙子，他们一碰上面开口就到什么舞厅、录像厅、桌球电子游戏、人民公园等等娱乐场所玩乐。从不谈及事业和前途的追求，这些人在她的眼中只是过眼云烟，一过即逝，没有一个能给她留下好的印象和回味。今天碰上这位肖忠文，仅仅是几个小时的接触，话题是谈事业、谈奋斗、谈前途、谈创业、谈人生的未来，他对自己的理想和事业有独见之处，这一切都好像和自己的心理息息相通，有同一个鼻孔出气的感觉，产生一种莫名其妙的激情，她想趁此机会拉拉他的家常，因此问道：

"忠文哥，你的父母在家干什么？"

"小燕，谈起家里的事感到很惭愧，只有我父子俩，说句不好听的话，两个光棍，和尚家庭吧。"肖忠文叹道。

"你妈呢？"

"八年前，我妈因病不治就丢下爸爸和我到另外一个世界去了。只有父子相依为命。"

"你爸爸做什么工作？"

"我爸爸在劳动服务公司干了几十年，直到改革开放后，他才承包了公司的一所招待所，现在因病在家休养，招待所就由我接管……"

肖忠文把接管后如何改革经营招待所的全过程向沈小燕详详细细地说了一遍。

"你怎么有时间出来写生？"沈小燕听后感到面前这位小伙子很有魄力，更加佩服。但又产生了怀疑，旅社这么好的生意，为什么还不好好地经营，独自出来写生，因此问道。

"你要知道，做生意虽然能赚到大钱，但不是我追求的事业，我的事业就是画画，旅社是我绘画事业走向成功的桥梁，目的是经商养艺，旅社赚的钱用来发展自己的艺术事业，我不能因做生意可以赚钱享受，把自己埋在生意场上误了更远大的理想和奋斗目标，我就请了位妹妹帮我经营生意，这样就出来写生了。"肖忠文喃喃地说。

"你真有远见。"沈小燕心想，你肖忠文真有决心诚诚恳恳从事美术事业。

"本来我准备明年三月才出来的，只因一个原因把我提前了一年。"

"一个什么原因？"

"是市文联的'鞭策'，促使我提前了一年行动……"

"市文联要你快点出来写生？"

"不，……"肖忠文又把市文联要他捐款筹办"文艺研讨会"的事说了一遍。

"好事，市宣传部和市文联对你抱有很大希望，真是前途无量啊！提前一年出来，也可以提前一年成功，准备什么时候回去？"

"我不能关门造车，既然出来了，我就打算走遍全国的名山大川，石涛大师说：搜尽奇峰打草稿，花上几年或十几年，画几百上千幅比较成功的画，然后整理好，幻想搞个人画展……"肖忠文自信道。

"你胸怀大志，有这个雄伟蓝图，实在了不起，不过要很多钱，开支从何处来？"

"旅社就是我的后勤。每月让旅社从收入中汇一次款，现在我也备了半年的费用。"肖忠文有些得意地回答。

"你一个人长期在外不感到孤独吗？"

肖忠文一听她这句话，心中窃喜，他可以顺着话柄，试探对方，因此回道：

"孤独？当然会有，但谁愿跟我去冒这个险，再说必须是美术爱好者，你是美术爱好者，你会同我一起去么？"

"你会要我去吗？如果你要我去，在经济上也不允许，我哪有这种优越条件，我去对你不会有什么帮助，对我当然是多多益善，只是，哎呀，我做不了这个梦啊！"沈小燕内心当然羡慕，为什么要变成一个女孩子！

"小燕，如果你有这个想法，我们一起研究绘画技巧，互相都有好处，经济上的问题你就不要考虑，一切开支全由我承担，你现在对我的经济力量和为人还不了解，可以先相聚一段时间，认为合作得顺心，可以长期合作下去，直到事业成功，如果感到别扭，随时都可以散伙。"肖忠文诚恳地说。

"我花费了你的钱，又什么时候还给你呢？"沈小燕心想，万一我不跟你去了，你要我还了钱才让我散伙，那不是自找苦吃，不行，万一进了你的圈套，受害的还是自己，现在不能随随便便答应，人心难测水难量。再说自己是个女孩，单独和一个男人天天在一起也有些不方便！沈小燕想到这里，确有苦衷。因此长叹道："唉，难啊！谢谢肖兄看得起我。"

"不计较时间长短和花去多少钱，统统一笔勾销，绝对不会要你还。我说话算数，我要的是希望和成功的艺术火光……"

"真的是这样？"沈小燕听得半信半疑，心想真的有这样的好事吗？一位无亲无故的人，花了钱不要还是好事还是坏事？

"这是我的心里话，我肖忠文从不说假话。"肖忠文斩钉截铁地回答。

"好吧，真的能让我和你一起去探索大自然，向大自然学习，太好了！太好了！"沈小燕高兴得拍起手来。但一阵激动后她又马上静下来想道：可能他是信口开河，故意捉弄人使我开心，让人高高兴兴而已，哪有这么简单的事，花了钱不要还的。想到这里她又反过来想：看他的言行举止又不像吹牛扛大炮的，管他怎么样，跟他同行一个月就能见分晓，看他的诺言能不能实现，是否真的牛皮吹破天。反正我身上的钱多少都不拿出来花，总不会上他的当。

"好，从明天起，一切开支由我负担。"肖忠文坚决地说。

"不，等我身无分文的时候就由你负担也不为迟。"沈小燕说这句是有企图的，如果肖忠文真的要等到自己身无分文他再负担的话，就说明他有阴谋，不安好心，身无分文那就寸步难行了，能跑到哪里去呢，非死死地跟着他不可了，如果我身上经常保存有几百元也可随时想走就随走，他就控制不了自己，到时就有退路。

"你自己的钱留着做储备，万不得已的时候才拿出来支用。比方汇款还要差几天才到，可这边又没钱了，两人总不可能饿着肚子来等，不过这种情况也不会时常发生，甚至不会发生，可以提前叫家里汇款来。"肖忠文解释说。

"唔，有道理。"沈小燕基本打消了怕中圈套的顾虑，认为肖忠文是诚恳的。

"我们只顾谈话，菜都忘了吃，来，吃完后回房去好好研究研究。"肖忠文说。

沈小燕随着肖忠文来到了312房，一是讨论下一步计划，二是顺便欣赏欣赏肖忠文的作品。

肖忠文泡了杯绿茶敬上，说："我长年喝绿茶，有提神健胃的功能。"

沈小燕接过茶说："谢谢，太客气了，我也是顶喜欢喝绿茶，茶是疲倦时必备的兴奋剂，特别是我们画画的人，可能没几个不喝茶的，啊！请你把近作给我欣赏欣赏，学习学习！"

"好，请你指教指教。"肖忠文从皮箱里取出一卷画展开放在床上，道："这些是在上海的素描，家里带的不多，照片有一叠。"

"真好，层次分明，线条简洁流畅而活泼，轻重恰如其分，功底深厚，使人看了意味深长，你可能拜过不少名师吧！"沈小燕一边赞扬一边翻阅着。

肖忠文听到她的赞许，心里好似灌进一瓶蜜似的甜滋滋的。待她看完画后又把一叠在家画的照片给她看，歪着头等待她的评语。

"我的水平和你相差甚远，还得好好地向你学习。"沈小燕从来是虚心向别人学习。

"小燕不要奉承，要多多批评指正才是我希望的。"其实肖忠文听了沈小燕的夸奖，有点不知自我。

"我没有奉承，成功的就是成功，不过我本身的水平低，也看不出什么问题，更谈不上批评指正，总之比我强多了。我看还是谈谈今后的打算吧！"沈小燕谦虚地说。

"是啊，今天能碰上你，很荣幸，将对我的绘画水平有一个突飞猛进大大提高的希望，如你真的愿意同我一起外出写生，互相可以取长补短，互相学习，共同研究，一定能够创作出一批较为成功的作品来，力争三五年的时间举办两人作品展！"肖忠文踌躇满志地说道。

"好，好极了，你有如此雄伟蓝图，我也应该向你祝贺，如果我真的有幸和你一起去学习，去奋斗，当然也可以分享这份成功的荣誉。"沈小燕说到这里又稍停片刻，接着说："但是……"未说下文。

"但是什么？当然困难很多，我相信没有克服不了的困难，从南到北，从东到西，都要去请教大自然，何况现在交通方便多了，各方面的条件都好了，难道我们还会被困难所吓倒吗？只有那些意志薄弱的人才在困难面前低头。"还未待肖忠文说完，沈小燕打断了他的话说道："这些我懂，我会给你增加经济压力的，就怕经济上接不上来，没有钱坐不了车，住不上旅社，上不了饭店。"沈小燕还是有些不踏实，所以再次提醒。

"请你不要担心，我是量力而行的。我们在追求艺术，在前进的道路上同舟共济，你要相信我，经济开支我全包得了的，还有什么难处，除非你的男朋友不让你去，或者看不起我这个无知之人，另有图谋。"

"哈哈哈！如果我有男朋友就不会一个人出来啰，更没什么其他图谋，如果我看不起你，今晚就绝对不会赴你的宴请，你说的这些都不是原因，原因只有一个：经济不允许。今天遇到你，就是遇到了贵人，虽然经济你会负担，我又何时来还你？再说你的女朋友知道了我们一男一女同行，恐怕会闹翻天啊！"沈小燕又进一步探测道。

"哈哈，哈哈！"肖忠文仰面大笑了一阵后，说道："小燕，我刚才说过了，我家只有两条光棍，就是没有哪个姑娘能看上我这个书呆子，天天只知道沉浸在画画的门道上，谁会跟我交朋友，这个你尽管放心。"肖忠文的一席话如一阵春风把她脑子里的迷雾吹散了。

"好，我相信你，既然从中没什么阻隔，就等于一路顺风了，谢天谢地，还是要感谢感谢你。"

"不必谢，你尽管放心就是，我一个单身汉自己说了算，一言既出，驷马难追，从明天起一切费用由我支付。"肖忠文诚恳地表示道。

"我找到靠山了。就说说我们的计划和行动路线吧！"沈小燕高兴得跳起来，拍着巴掌像小孩子一样在原地转了一圈。

"对，闲话少说，言归正传，依我看，杭州再呆一个星期，因为这里是实现我们远大理想和我们相识的圣地，应该多描绘'天上有天堂，人间有苏杭'的美景，然后去千岛湖、龙虎山、武夷山、厦门、广州、桂林、昆明、西双版纳、大理、峨眉山、成都、西安、华山、兰州、敦煌、乌鲁木齐、银川、延安、郑州、洛阳、神农架，然后北上去北京、锦州、沈阳、大连、吉林、长春，再南下天津、济南、泰山、青岛、合肥、黄山、南京，乘船由长江水路到九江、武汉、三门峡、重庆、九寨沟、遵义、贵阳、张家界、长沙、南昌、庐山、井冈山，最后回到杭州整理，这是总体线路，除了青海、西藏、内蒙古三省外都到了，尽量避免走重复路，你看是否可以？"肖忠文口头上粗略地说了一遍。

沈小燕仔细认真地听着他的写生路线，说道："基本情况是这样，不过你说的尽是城市，那些风景名胜地区还得说上几个。"

"现在也不能说得这么详细，只要到了一省的首府，自然就能了解到那里的名胜风景区，就可以从那里出发到该省内的景区写生，比如到了南昌，就可以以南昌为中心，再到庐山、井冈山、三青山、龙虎山等，到了长沙，就知道除张家界外，还有衡山、韶山、岳麓山、君山、天子山、九嶷山等，到了广州，就知道飞来山、西樵山、七星岩、丹霞山、罗浮山等名胜风景，反正都得先到省府，然后再下到各个景区，这样就全面了。"肖忠文解释说。

"这样面面俱到，一个省都要几个月，全国那么多省市，要走多少年呢？"

"这也不一定所有的风景区都去，对那些平平淡淡不出名小景区没必要去，捡重点有代表性，陡险而有特色的非去不可，比方云南的西双版纳、大理，它不但原始性很强，还有少数民族的民风民俗，丰富多彩供我们摄取，画出来作品给人们有新意，也有很强的梦幻性，创意性。"肖忠文稍停了一下又说："时间现在是无法定下来，也很难预算到，我认为总不要十年吧！"

"十年？那我们都老了。"

春晖梦

"老了？哈哈哈，只有三十多岁，就算老了？"肖忠文笑道。

"女人三十老肯婆，男人三十正当旺。"沈小燕说。

"那是过去的说法，现在不同了，特别是改革开放后，人的寿命大大增长，八九十岁的很普遍了，我们这辈人可能有百多岁的寿命，你三十岁还是青年呢，还是创业的旺盛期，怎么能说是老肯婆呢！"肖忠文说。

"万一在经济上发生了危机，我们就一路卖画，就是讨饭也要坚持下去，把这只船撑到彼岸，不获全胜，决不收兵。"肖忠文坚决地表示说。

"有豪气，万一弹尽粮绝的时候，我想最好的办法就是在旅游区当众边画边卖，也不至于当叫花子。"

"还可以当场表演书画，更能吸引人。小燕，你的书法一定不错，有你露一手当然不需讨饭。"

"书画本来是一家么！戏文班出有人看，马马虎虎过得去，只要有人接受，多少钱也卖，一幅能买上几只馒头充饥也可，既练练笔法，提高水平，又可以平息肚皮战，也是一箭双雕的好事，但不能以此为主，只能在青黄不接的危机时作为一种副业门路而已。"沈小燕笑着说。

"好，有你这样的同伙要上天脚下也会生云，有什么困难不能迎刃而解，成功一定有望。"

"事情也不要看得那么简单，但也不能被困难吓倒，多设想些难处是有好处的，预先有个思想准备，到时不会束手无策。这是长满荆棘而漫长的艰巨之路，我们要披荆斩棘，越尽艰难险阻，跨越一个又一个的障碍，一切都须考虑周到，不打无准备之仗，尽管你有座旅社作后勤，好似一座武器弹药、粮食充裕的军火后勤部，支援我们在前线作战一样。但也不能浪费一枪一弹，钱要用在刀刃上，有钱要当无钱使，少花钱办好事为原则。"沈小燕说。

"你真会精打细算。"肖忠文说。

"现在不是讲享受的时候，全国人民乘改革开放的春风正在艰苦奋斗创大业，我们是花硬钱的消费者，你说不精打细算行吗？"

"对对对，不管怎样，吃两根香蕉再说。"肖忠文从桌上拿起香蕉递给沈小燕说。

沈小燕接过香蕉深情地向肖忠文瞥了一眼说道："香蕉含有丰富的维生素，每天吃上两根香蕉就是够补充人体所需的维生素 B，又能润肠通便。"

"好吧，以后你每天就吃两根香蕉，吃了延年益寿，长命百岁。"肖忠文笑笑地说。

"谢谢你的祝贺，你也一样。"沈小燕甜甜地向他微微一笑。

肖忠文见沈小燕笑时一对酒窝显得那么美，一时看得发呆，情不自禁地向她丰满的胸脯看去。

　　沈小燕见肖忠文瞧着自己发呆，心里感到很不自在，因此站起来，转身往窗口走去，望着窗外的晚景。

　　肖忠文有些尴尬地喝着茶，心想：她是位知识丰富和饱含艺术情操的姑娘，可不能像对待刘素华那样随便，更不能流露出庸俗语言和举动，处处都要以互相交流艺术体验为重。因为她是出自艺术家庭，争取以后可以通过她能直接欣赏学习她父亲沈教授的作品，从中学到更深刻更广泛的绘画艺术技巧，万一有一步之差和稍微的闪失，一旦遭到沈小燕的不满和责备，都会造成这条路的中断。想到这里，肖忠文急忙打开电视开关说道："小燕，坐下来看看新闻，放松放松，脑子思考的多也会疲劳。"

　　"我们的计划还得说完，有个开头还要有个结尾，一切安排好了我还要回家去告诉我妈妈，能否向妈妈要点钱。"沈小燕坐下又说："看十分钟新闻。"

　　十分钟到了，沈小燕关了电视。

　　肖忠文接着她的话题道："小燕，最好是写封信或打个电话回去，如果你回去把情况这么一说，你妈就不一定会让你去的，钱的事就没必要向她要，一切按计划办吧。"其实他最担心就是她妈知道了一男一女同行不会同意，其次是沈小燕现在口头上说得比钢还硬，心里则是开开玩笑，借她妈不同意为由，一走了之，给自己留下一种心病。

　　"不，写信、打电话都不能解决问题，你要知道，我妈是最通情达理的，她是省市有名的书法家，不但她的书法有名，近几年她的画也有一定的影响。现在又创作少年儿童喜爱的连环画呢，如果她知道了我们的行动计划，她不但不反对，而且会大力支持。"还未待沈小燕说完，肖忠文激动得忍不住连忙打断她的话，高兴得跳起来说道："啊！你妈妈是书法画家，真了不起，真了不起，真是名副其实的艺术之家，今天我真幸运，能碰上你是缘分啊！"肖忠文羡慕极了。

　　"忠文，你相信我，当然要更加相信我妈妈，我不会在我妈妈面前说只有两人同行，我妈毕竟是四十年代过来的人，对男女之间或多或少还存在着一些顾虑，对于这些如何应对当然我自有主张。你就尽管放心吧！"沈小燕说。

　　"话是这么说，万一你妈不同意你来呢？"

　　"万一，假如有个万一，我也一定会来。你要知道，我妈妈最疼我，凡是我下了决心要做的事，她绝不会阻挡我的。"

　　"你千万不要向她要钱，我会负责到底，你就别担心了。"肖忠文认为要带这么多钱去花，她妈肯定不会同意的。

"钱还是要她拿一点，如果我身上没有钱，她更会担心的。"

"你准备什么时候回去？"

"明天。"

"要几天才回来？"

"三四天吧。"

"依我看啊，最好是过几天再回去，趁这段时间天气晴朗，杭州还很多景区没去，还是把杭州主要的地方走完后再回去不迟。"肖忠文心想：我们见面才几个小时，她对我只不过外观感，还没有时间实现诺言的余地，一定要挽留她一起过几天学习和生活的时日，这也可以证实我的话不是不负责任的空谈，而是说到做到，使沈小燕切实感受到我肖忠文是说话算数的，这样可以增进彼此了解，使她增强实施计划的信心。

"有必要吗？"沈小燕问。

"说实话，很有必要，经过几天的学习和生活也可以增进彼此之间的了解，我们毕竟还是萍水相逢，我肖忠文绝对相信你的，那么你对我呢？是否有疑虑，你先别急，一星期后你回去，我在这里整理画稿，等你回来就地去龙虎山、武夷山，不是更好吗？"肖忠文说道。

沈小燕听了他的这些知己话，也觉得实在有道理，所以也就点点头认可道："好吧，过几天就过几天吧。"

肖忠文听了她满意的回答后心里也踏实多了，因此两人继续讨论计划的实施。肖忠文打开电视机，荧幕上出现一名歌星正在演唱名为《万水千山总是情》的歌：

> 莫说青山多障碍
> 风也急风也劲
> 白云过山峰也可传情
> 莫说水中多变幻
> 水也清水也静
> 柔情似水爱共永
> ……

肖忠文和沈小燕顷刻听歌生情，肖忠文惊喜道："唱得好，唱得好，《万水千山总是情》正是为我们写生计划而唱，我们正是走出书斋，走向社会，走遍祖国的万水和千山嘛，不是正好为我们而歌唱吗？"

"对对对，好极了，我们此次就叫《万水千山总是情》的写生行动。"沈小燕兴奋得拍起掌来叫好。

小燕说得对，我们的行动就叫《万水千山总是情》写生征程，妙极了！妙极了！"肖忠文高兴跳到了沙发椅上。

"真是好兆头，还未待我们整到这一层，电视给我们安排好了，我们的事业一定能成功。"沈小燕满脸喜悦地说。

肖忠文拿起毛笔展开画纸激动地写下了《万水千山总是情》七个大字，沈小燕也接过他手中的毛笔也挥毫书写了"万水千山总是情"七个大字。

一个星期过去了，肖忠文和沈小燕只走完杭州西湖等周围三分之二的美景，每人创作了一些素描画。

在这短短的七天里，肖忠文对沈小燕百般照护，日常生活体贴入微，还买了一套五百多元的高级毛笔、徽墨、墨砚文房四宝送给她，还给她买了一架佳能调焦照相机及平时急需用的化妆品等，本来肖忠文要买两套比较高级的衣裙送她，被她拒绝了。

沈小燕对肖忠文说："你这样过分地关心我，使我心里忐忑不安，我们是为了事业，为了实现《万水千山总是情》的宏伟蓝图而走在一起的，不是为了别的，更不是为了找个朋友享受享受。我们在一起的日子好似万里长征才刚开始，来日方长着呢。刚开始就这花钱那花钱，往后怎么办，生活可以艰苦些，你买文房四宝之类的东西送我就最关心了，相机就可买可不买的东西，你有一架暂时可以共用，等经济允许再买也不迟，我们前几天说的，一切从节约，节约二字时时刻刻都要记在心里，切不能大手大脚地花钱。明天我回去告诉我妈，并把我们的计划简略地向她说说，在家呆一天，马上返回来。"

"好，你说的我都记住了，速回速返，路上要注意安全。"肖忠文对沈小燕说的那些话觉得很有道理，对自己既关心又鞭策，很有分量。

沈小燕回到家兴高采烈地把"万水千山总是情"的写生计划向她妈妈罗敏梅粗略地说了一遍。罗敏梅有些莫名其妙的地问："你能有这么大的魄力吗？"

"不是我，在杭州写生的时候碰见几位美术爱好者，互相认识后大家一起讨论，决定组织一个名为《万水千山总是情》的旅游写生活动，走遍全国名山大川……"沈小燕还未说完，罗敏梅亲切问道：

"走遍全国名山大川，你哪里来这么多钱？"

“不要多少钱，有人赞助呢。”沈小燕从来在她妈面前说过谎，可这次谎言一出口心就不安地跳起来，脸也有些发烧。

“还有谁这样热心支持你们？”

“一位叫肖忠文的老板，他也是美术爱好者。”沈小燕简略地介绍了肖忠文的情况。

“他哪里来这么多钱？除非是香港大老板什么人，你想想，改革开放后的这么多年，人们只注重经济，谁会花钱赞助你们毫无经济收效的事业，有钱的就拼命投资赚钱做生意，对你们这些自学者谁会干这事，让你们去游山玩水啊，这叫肉包子打狗，有去无回的蠢事！”罗敏梅不相信有这么好的事。

“妈，你听我讲清楚……”沈小燕把肖忠文开旅社、餐馆收入丰厚的情况加油添醋地一一介绍了一遍。

罗敏梅听了小燕的叙述后问道：“你认识肖忠文只有几天，就知道能靠得住吗？！没有一个政府或文化单位出面支持，靠一个人出钱很难成功，搞得不好不是‘万水千山总是情’了，会造成‘穷山恶水无人寻’了，成了龙头蛇尾。”

“怎么会，妈你放心吧，因为投资的老板本身就是美术爱好者，他有信心有决心破除万难争取胜利，大家一条心，就一定能成功的。”沈小燕耐心地说服她妈。

“就怕他没有这么多钱来赞助，肖忠文不是百万富翁，光靠旅社、餐馆一点一滴来支付你们，万一生意亏本了，连他自己都泥菩萨过河自身难保，还顾得了你们这么多，到时大家就喝西北风了，把你丢在半路上去不能回不了，那就惨了。”罗敏梅分析道。

“我就不考虑那么多了，今朝有酒今朝醉，到了没有钱的时候，他自己都到了穷山恶水的地步，当然是一朝无补兵马散，我就不会回来吗？”沈小燕固执地说道。

“就是，要去都得先做好这手准备，要准备留着随时可以回家的路费，拳头不能全部打出去。再说出门要多长个心眼，千万不能随便听信别人的甜言蜜语，头脑要放灵醒点，特别是你们年轻女孩子，没有经风雨见世面，刚刚涉足社会，识别能力还很差，好人坏人一时分不清，很容易上当受骗，你跟他们去旅游写生本来是好事，只是你身边没有一位亲人，我就有点放你不下。”罗敏梅只有这一个宝贝女孩，长这么大还是没离开过她，还是头一回让她去杭州写生，就碰上了这么个长时间的旅游写生，让她去确实不放心，不让她去也难阻挡，只好这样提醒、教诫她。

"妈，你放心让我去锻炼锻炼吧，去经风雨见世面，作为一个美术爱好者，天天关门造车不成了僵尸吗？我要走出画室，面向千山万水，面向大自然，这样才有进步。再说，我又不是小孩子，不是没有点知识的笨女子，怎么会随随便便上别人的当，受别人的骗。我跟他们个把月试试看，万一情况不妙，我就回家。如果没有回家路费，我就打电话叫你寄，难道你不寄给我吗！"沈小燕听了她妈松口的话，心中暗喜。

"好，你先去试试，有什么困难就打电话回来。这段时间我要把你爸爸的作品整理一下，把他收藏的几十幅古今名人字画一并捐给省美术馆和国家美术馆，放在家也不太安全。"罗敏梅说。

"准备什么时候送去？"沈小燕问道。

"春节前个把月，我还要先打个电话去北京，听听他们的意见，是委托省里收转，还是我们亲自送去，或是他们直接派人来取。"

"妈，你不是说爸爸生前收藏了不少古代名家真迹，有些是价值连城的国宝，幸好你藏得好逃过了文革一劫，现在献给国家也是表了我们的心意，放在家的确不安全，经常有些不三不四的所谓收买文物字画的人来问这问那，真有点担心被人偷掉，捐献给国家安全可靠，但是爸爸的画一定要留一部分供我学习。"沈小燕说。

"你放心，我会处理好的，既然你去参加他们的旅游写生，家里的事不要你担心，安心画画，不过要处处提防点，万万不可轻信别人的话，时时刻刻都得多个心眼，要记住害人之心不可有，防人之心不可无。在艺术上要多向别人学习，在绘画技巧上要得寸入尺，步步深入，不能故步自封，希望你能在大自然的熏陶之下取得辉煌的成绩。"

沈小燕怀着满心的喜悦，肩负着她妈妈的希望返回了杭州。她跨进肖忠文住的房内就兴高采烈地喊道："忠文，我回来啦，我说话算数吧！"

"小燕，很准时，辛苦了啊！是你妈妈允许你来，还是偷偷地跑出来的？"肖忠文听到小燕喊道急忙放下手中的画笔，惊喜地迎上前去说道。

"是我妈妈允许的，不但允许而且是大力支持。"沈小燕得意扬扬地说。

"我早就料到了这一步，你妈妈一是会支持的，因为她本身是书画家，是我们的老前辈，懂得有出息的文学艺术工作者都要走向生活，走向大自然，特别我们这些年轻的美术爱好者，更有必要如此。"肖忠文接过小燕的包，兴奋地说道。

"不过我妈妈也很担心，怕我们中途发生经济意外，搞成龙头蛇尾，难以坚持到底。"

"这种担心是难免的也是多余的。天下的父母心，哪有不为子女的事业操心的。"

"我从来没有说过谎，这次在我妈妈面前说了几句没有妨碍的谎话，事后总觉得做了亏心事一样，久久不得平静。"沈小燕说。

"说了什么谎话？"

"我说我们几个人组织'万水千山总是情'的旅游写生活动，几个人就是谎话，哪有几个人呢，只有两个，因为当时不敢向妈说是两个人，如果知道是一男一女的话肯定不会让我来。"

"这句谎话还是说得好，因为没有利害关系和损失，而是对我们的计划有利，这也不算做了亏心事，只不过心情迫切要参加这个活动的灵机一动而已。"

"晚上要打个电话回去告诉妈妈，我平安地了到达了杭州，叫她不要挂念。""对。"

"还是前几天说的，你太会花钱了，我真有点担心这样大手大脚地花怕店里供应不了，我看呀，不要有钱就头脑发热，万一没钱了就会像吃了老鼠药一样，什么事都办不成，我妈也说'你们年轻人，嘴巴无毛办事不牢，有钱发狂发热，没钱就死猫一条'。以后一定要富日子当穷日子过。"沈小燕边说边瞪了肖忠文一眼。

"你妈妈说得有理，以后一定注意。"

肖忠文和沈小燕又在杭州住了四天，把写生画、素描画重点的用各种手法画了十多幅，两人又在杭州市游览了一天繁华的市区，拍了三四个胶卷，买了一些绘画资料离开了杭州，前往龙虎山。

在离开杭州的当天晚上肖忠文打了个电话给刘素华，把近来情况简单地说了几句，然后就问起店里的生意。知道店里一切如常也就放心了。

刘素华刚接到肖忠文从杭州打回来的电话，张秀兰待刘素华放了电话问道："肖忠文现在在哪里？"

"在杭州，过几日就到龙虎山、武夷山，要我把钱存起来，过两个月每月要汇八千至一万元左右的钱给他，到时会来电话告知详细地点。"刘素华说。

"啊，每月要寄上万元给他，真是花花公子，他究竟要这么多钱花到什么地方去，每天三百多，他真的认为旅社是摇钱树，就是摇钱树，每月摘上万多片，也经不了几个月就光了，长也长不赢，别说还不是树叶，是钱，我们又不会印刷钱，全靠店里一点一点赚起来，生意也是时好时坏，哪有这么多钱来供他！"张秀兰听了素华的话惊讶地说道。

"妈，他要买画画的纸张颜料，又要买胶卷，坐车、吃、住他肯定要选好一点的，因为我们旅社的高级单房每夜也一百多元，在旅游区、大城市就要比我们的贵几倍，普通间也上百，出门的钱算不到的，解大小便都要付了钱才可以进厕所，我相信他不会乱花的，要尽量满足他，只要他安心画画就行。"刘素华解释说。

"他画的画能值多少钱？投资就花了这么多，一月一万，一年十二万，素华你想想，有这十二万存在银行里拿利息，每个月就有二千多块，什么都不需要做，坐着吃利息就够生活了，肖忠文这个读多了书，给书塞蠢了，不会去划算划算，还走出外面画什么画，在家里就不可以画吗！"张秀兰一肚子啰唆话对刘素华数落着肖忠文。

"妈，你不懂，人家是要提高艺术水平，要当名副其实的画家，当然要出去了解了解，多见多闻啊！关在家里哪能看到别处的风景，他这样出去叫作写生，就是到实地去对着风景山水素画，画好后回来再认认真真地画正稿。在家是瞎画，怎么能提高艺术水平！"刘素华再解释道。

"问题就在你没和他办合法的结婚手续，开放这么多年了，听人家说大城市什么都开放，连男女之间的事也开放，不比我们这个小城市清静得好。肖忠文没在你身边，今天跑上海杭州，明天跑南京苏州，青年人最易接受新鲜事物，手头又有钱，免不了走邪路，最主要的问题是你没和他办正式手续，真有点不放心。"张秀兰说。

"妈，你别这不放心那不放心的，男人有男人的事业，我相信他不是这山望到那山高的人。当然我也知道自己的条件和他相距甚远。"说到这里她长叹了一口气。"哎呀，缘分嘛，缘分也有长短，我顾不得那么多，由他的良心吧，他要变天天守在一起也没用，总之一切随缘吧！"刘素华心里也有难言的苦衷，但又不好什么都对她妈讲。

"你说得也有理，一切由他的良心，担心也没用，不过有一项事要先有个准备……"

"什么事？"

"钱。你算一算，这个月除了一切开支赚有多少钱？"张秀兰看看服务台外没人又小声地问刘素华道。

"二万六千八百元。"刘素华也小声地回答。

"除寄一万元给肖忠文，还有一万六千八，你就用你的名字另存一万，六千元存他的名字，八百作机动，每月一万，一年十二万就归你了，还有六万是存在银行给肖忠文，这样最合理了。你辛辛苦苦在这里做生意，还是肖忠文得最多，只要存有钱就不怕他变，这一手你必须预先做准备，等他回来了，就来不及了。"张秀兰为刘素华私人利益和退路做金钱的准备，才这样说道。

"……"刘素华只把她的话放在心上没有表达自己想法。

"素华你听懂了没有？"张秀兰见刘素华没回答也的意思，又重问道。

"我懂了。妈，你还蒙在鼓里呢，这个收入我清楚，我私人的小荷包，他是大荷包。"刘素华说后神秘地向张秀兰笑了笑。

"看你呀，老实巴巴的，始终会上人家的当，你的小荷包，可能是九牛一毛，你千万不能过于忠，你要懂得树直则死，人直则穷，这是说一个人不能过于忠直的道理。"

"不，妈，他对我照顾的太好了，我不能这样对他，如果这样做会受到良心的谴责。存了这点点我都有对不起他的感觉，他回来了都要如数交还给他，这样做还能算什么夫妻呢！"刘素华不赞成张秀兰的做法，因此反驳道。

"你是我女儿，我才会这样说，换别人管他上不上当。你听妈的话不会错，防着点，突然间的变故你想要也要不到了，到时后悔也来不及了，世界上是没后悔药吃的。其他千变万变你没办法变，也没办法防，只能在金钱上打点主意，趁你一人做主的机会，把水多流点自己的鱼塘里去就没错。不怕一万，就怕万一，你要想想：他兜着这么多钱游山玩水，钱多接触的人就多，见的世面也越来越广，有了钱，太多的都是花天酒地，免不了见异思迁，防着点就没错。"张秀兰百般劝刘素华道。

"妈，除这除那，还能有多少，我这点点的成了细水长流，日子长了，滴水成河吗。"

"这样想你就错了，思想太简单了，他外出有十年八载吗！肖忠文一回来你就别想捞私己钱了，就要趁他不在的机会多捞点，千万别错过这机会。"

"我确下不了手，上月在自己账户存了三百元都有点不自然，想到只作自己一月工资，和服务员一样，才感到不亏心，要我和他对半分，我可做不出。"

"他账户上存有多少？""三万多。""你取出一万五千来存入你的账户上。""不行。"

"怕什么，你不敢取我和你去取，取出后不要存在同一个储蓄所，存到另一个银行去，最好是存家里银行去，去呀！"张秀兰迫不及待地催促刘素华道。

"妈！你别这么急嘛，让我想清楚后再说嘛，人家是疑人不用，用人不疑。"刘素华反驳道。

"你就这样忠于他？""他都毫无顾忌地把旅社的一切都交给我，相信我，当然要忠于他啊！"刘素华有些反感地说道。

"你这个死丫头，你的脑筋可能是石头造的，怎么劈都劈不开，等你知道吃亏上当的时候就别在妈面上喊冤叫屈了。"张秀兰无可奈何地说。

"好啦，好啦！妈别说啦，不管我的脑袋是石头还是铁蛋，我自己会掌握分寸的，你就别担心好了。"刘素华越听越烦，心感不快地说道。

"不是我要你的钱，我的养老钱已经准备好了。"张秀兰说后站起来走了。

"好，我也一定好好地、全心全意地支持肖忠文的事业，盼望他能为自己争口气。"

山山水秀清如玉，六六奇峰翠插天。这是对奇秀甲东南的武夷山赞。

他俩看到这美不胜收的武夷风景时，精神立时振奋。

肖忠文情不自禁地仰着吟道："武夷山水天下无。"沈小燕："层恋叠嶂皆画图。"

肖忠文："神工斧劈如仙境。"沈小燕："身投此处情难书。"

肖忠文："画笔狂舞多作量。"沈小燕沉思。"精描细写下功夫。"

沈小燕被这壮观秀丽的景色吸引得不知自我，沉醉在迷人的景致之中，久久不曾下笔，她像小姑娘似的，指指点点，问这问那道："对面那座叫什么？你知道吗？"

"大王峰，又叫天柱峰，纱帽岩峰上有天鉴池、投龙池、仙鹤岩、开真观等遗址，三十六峰朝拱此峰，有五者之尊的荣称。"肖忠文一边说一边摆开写生的阵势。

"你怎么知道的？"沈小燕道。"你看"，肖忠文往对面一块路牌刻着"往大王峰"的路牌一指道。"啊！对对对！"

山下，绿茵如毯，草碧山秀、润绿侵心，原始健康的绿，活泼泼地可爱极了，凤尾般的嫩绿草尖上还沾满晶莹透亮的露珠，他俩就在这里摆开了写生的阵势。

肖忠文和沈小燕都沉浸在对景默默写生之中，许久没有出声了。

沈小燕突然问道："这样美的圣地，是哪个朝代人们才发现的？"

"据历史记载，它创建于唐朝天宝年间，当时是我国一座道教名山，至宋、明两代都是道教的活动中心之一。最盛极的时代算是宋朝，有殿宇达300余间。宋代的朱熹、陆游、辛弃疾名家大才都先后主管过观事，到了清代又败了下来，道教院宇倒的倒，塌的塌，三百余间中现在只存道院一座、龙井两口和宋代所植的桂花树两株了，明天我们上去就知道了。"

"真可惜，如果这座珍贵的文物还在更会增添它的迷人色彩，能吸引更多的国内外游客。"

"现在也不错，每年也有几十万甚至上百万来这里观光旅游的客人。"

"当然，同时增添了我们写生的对象，丰富了画面。"

"可不可以假设几座庙宇上去？"

"不可以，画出来就牛头不对马嘴。人们不承认是武夷山的风景了，不但不能被人们接受，反而被人们嘲笑，甚至骂我们画蛇添足，弄虚作假呢。"

"在题款中不写武夷山，随便命题，人们就不知道了。"

"那无关紧要，就一个人，身上穿便服，头上戴状元帽，武夷山的景，建故宫的殿堂是也！"

"这叫移花接木吗？"

"在美术创作方面当然可以在张三身上接上李四的头，写景也要量体裁衣，要进行裁剪。舍劣取优，还要锦上添花，这些不用说，你比我更透彻，其他方方面面还得多多向你学习。"肖忠文说。

"你不要老是拿铲子锄头挖苦我，我懂得的东西少得可怜，我只是从书本上学点理论，没有通过实践。你不管怎样还得过省级三等奖，可我呢，住在省城经常看别人的画展，可是没有自己的画。"沈小燕说。

"你为什么不去投稿？"

"前几年我也曾经想过送些画去试试，可是我妈严厉地批评我，说我画的画还不到小学程度，就去参加什么画展了，这样会妨碍一个人的进步。"

"不可能，这是要求进步的举动，送几幅画去展出不展出不要紧，主要的是求得专业人员的指导，不但不影响自己的进步，而且还可以取得更大更快的进步。"

"我的情况就不如你，你的作品他们当然会认真评选，我的呢，为了我爸爸妈妈的声誉，主持人总是放不下面子，好好坏坏都推上去，和展出的水准不相称，这就是没有帮助的主要原因。"

"有理，是你妈妈用高水准来束缚你，使你不可过早在文艺界抛头露面。"

"也对，就是不到纸厚笔硕之时绝不暴露，对自己的作品水平要低估，就是已经有一定成功的把握，也要认为很不够，很不够。要高水平高标准严要求自己，这样才能不断地取得进步和成功。"说到这里沈小燕看了看手表，又说："快到十二点了，画好这幅要吃两个馒头充充饥吧。"

"你一说，我的肚子也饿了。"肖忠文说后站起来伸伸腰，活动了一下全身筋骨，然后又坐下继续画。"有这样奇怪的事吗？"沈小燕问。"大概是受了你的感染吧。"

"哈哈哈！那么我说肚子很饱呢，什么都不想吃呢，其实你肚子饿极了，那你有何感受？"沈小燕奇怪地笑着问。"也同样地感到不饿。"

"这种感染力真强，真是不得其解。"

"这个道理很简单。"

"很简单？那你说说很简单的道理。"

"你看过《上甘岭》这部电影吗？"

"看过。这与感染力有何关系？"

"好吧，我就讲讲看：中国人民志愿军在抗美援朝战争时期，在上甘岭的战场上被敌人的战火围困了七天七夜没有吃的，就连水都喝不上，在饥渴交迫的情况下，个个都渴得口燥唇裂，干裂出一条条血口，连说话的声音都难发出来，有位连长留下仅有的一只苹果不舍得吃，就送班长吃，班长又拿给战士，战士见班长渴得难受，又重新递给班长，班长递给排长，排长又重新递给连长，大家都说不渴，让来让去，结果大家都说不渴，谁也没吃。难道他们真的都不渴吗？"肖忠文最后问沈小燕。

"渴。"沈小燕回道。

"这是什么力量在驱使他们？"

"共产主义战士的高尚品质，官兵一致，互相关心，互相爱护。"

"战士们被连长的行为所感染，这种感染力之强大就可想而知了。"

"这是一种思想支配的结果。"

"没错，一切行为和言论都受某种思想的支配，感染力也是如此。"

"我们到了这里心情感到兴奋，这也受一种感染力的支配吗？"

"无疑，是受武夷山雄伟壮观、风景优雅的感染，由于她的感染促使我们心情舒畅，精神饱满，驱除疲劳，多画几幅画，每一块石头每一棵树每处风景，都那么美，都舍不得放过。行了，画我们的画要紧，不要去讨论这个问题了。"

"对，我看你也口干了，喝喝水吃两个馒头充充饥吧！"沈小燕边说边拿起一瓶矿泉水拧开盖递到肖忠文面前。

"你先喝吧！"肖忠文接过又重新递回沈小燕手上说道。

"这里不是上甘岭，叫你喝就喝，喝个够，喝完了就到河里去装，这里的矿泉水千年万年都喝不完，还免费供应呢！"沈小燕打趣地说着又把矿泉水推给他。

"是呀，这里的清泉就如传说中的仙水，清澈如镜，甘甜可口，你瞧这里的鱼虾自由自在地游来游去，互相追逐、嬉戏，林中的鸟儿叽叽喳喳，唱着婉转的歌儿迎接游人，这里的一切都充满着绿色的生命力，这里是世外桃源。"

肖忠文充满喜悦和欢乐的心情说道。

"是啊，我们能在这绿色的世界里住上一辈子该多好，比在城里住起码要长几十年的寿命。"

"画好了吗？"肖忠文问。

"画好了，只等你。"

"我们到河对面去吧，那边可以看到一线天。"肖忠文指着对面道。

"这么说你还来过这里？"

"没有。"

"你怎么知道河那边可以看到一线天？"

"根据视觉来判断，这里被面前这座山挡住了，视线到对面去有块开阔地，就避开了那座山，所以定能看到一线天了。"

"也许是对的，走吧！"

两人收起写生画具，经过一条石径小道来到一条十多米宽清溪边，肖忠文一见清澈的水，惊道："多美的水。"说着蹲到溪边的石头上手捧一把水美美地喝了起来，赞道："多甜美啊！清凉可口，赛过城里的冰水。"说完又起劲喝了起来。

"别喝啦，喝多了会肚痛呢。"沈小燕上前把他拉住说道。

"不会吧？"

沈小燕也可能被他的举动感染了，也蹲下去喝着。

"不行不行，你真的不能喝。"肖忠文惊叫道。

"为什么？"沈小燕惊奇地站起来问道。

"因为你是女的，喝了肚子会鼓起来。"

"你——！你——！又不是西游记中的孕泉河！你，不许你开玩笑，哈哈哈！"沈小燕举起拳头笑着追过去打闹着，肖忠文笑着急忙跳到河里躲过她的拳头。

"你真坏！你真坏！今后不许你说这一类的话。"沈小燕说着又拼命地追。

两人嘻嘻哈哈追来逐去，沈小燕那银铃般的笑声飞向深山峡谷，吸引着旅客驻足观望，同时也引出树木的雀儿叽叽喳喳唱起了欢乐的歌。

沈小燕追逐着肖忠文，捧起河里的水往他身上浇去，直把肖忠文赶到彼岸，由于中间有一段急流，沈小燕才停下来作罢。

"过来呀，过来呀！"肖忠文站在岸边，得意扬扬地伸出手指呼道。

"我怎么不敢过来！"沈小燕不愿被人嘘诺，处处不甘落后的她，壮着胆子一步一步摇摇晃晃往急流走去，如果一不小心就会倒下去。万一倒下去了，就会被水卷走，不远处就有一处几十米高的瀑布，只要脚下一滑，就会有生命危险，五十多米处就是双河合流，水量大了一半多还不算，还有危险的涡旋一处接一处，这种险境他们根本不知。

"别过来，别来，别来！"肖忠文急了，一边大声阻止，一边火速跑过去，伸出双手正想去扶她时，沈小燕心里一阵慌张，脚正好踩在一块生了绿苔的石头上，脚下一滑，身子一倾倒下去。说时迟那时快，幸好被肖忠文伸出的手扶住她的胳膊，他不顾一切地拼命把她拉往自己的怀里，紧紧地把水淋淋的沈小燕抱住，这才避免掉进急流的一场危险。水湿透了她的全身，虽然是五月初夏的晴暖天气，可是武夷山的河水还是有些寒意，此时披着湿衣的沈小燕连连打了几个寒战，肖忠文急忙把她抱到晒着太阳的一块大石坪上取暖。

对面的游客也为沈小燕捏了一把汗。

"看你的衣裤都湿透了，这么凉的水，搭在身上会感冒的，快把湿的脱掉，摊在石板上晒干再穿。"肖忠文说着脱下他自己的外套递给沈小燕。

"累了吧，辛苦你啦！"沈小燕接过衣服不好意思地说道。

"不累，快点把湿衣脱下，搭久了会生病的。"肖忠文关切说。

"你走开呀！"

"好，我到对面把东西拿过来，不看你。"肖忠文说着又将长裤脱下丢过去，转身往河里走去。

"这个我不要。"但又无可奈何地拿在手上转到一丛灌木树下去脱下湿衣，不得不穿上肖忠文的宽大衣裤，从树丛里出来，把湿透了的衣裤扭去水，晒在被太阳洒得暖烘烘的大石坪上。

这时肖忠文把一大堆画具和食品从对面全拿过石坪里来了。

"如果我掉到又深又急的大河里去，你敢救我吗？"沈小燕突然问道。

"敢。怎么不敢呢。"肖忠文认认真真地回答。

"不认识的人你会去救吗？"

"不管什么人，只要发现了，我都会拼命去把他救起来。"

"你的水性一定很好啊！"

"一般。读书时学的，不过我也经过几次险情，差点淹死了，幸好被班主任发现得早才把我拉上岸来，从此我就拼命地练，所以在一般情况下淹不死。"肖忠文轻轻巧巧地说。

"还有馒头，吃！"沈小燕从食品袋里拿出馒头来递向肖忠文。

"馒头，干巴巴的，我去打点水来。"肖忠文速即往河里装了一瓶水回来。

"吃馒头。我给你讲馒头先生的故事。"沈小燕给肖忠文讲起了孟川涛在文化大革命期间冒着生命危险从关锁的监管队救出他爸爸的故事。

肖忠文认真地听了这个故事后非常激动说："在这场政治动乱的文革期间没几个人敢逆这种潮流，大部分人都是随波顺浪的，那位孟川涛敢逆道而行的确不简单，这个故事可与馒头没关系，为什么能称他是馒头先生？"

"因为他出身贫寒，毕业后又没工作，自然生活艰苦，后来他被一些单位调去做临时工，没工资，然后是计工分，每天只有十分的劳动日，年终每个劳动日分得两三角钱，所以每天出门时只到饮食店买十个馒头，吃两餐，那时的馒头五分钱两只，糖、肉包则要一角钱一只，日子长了大家都称他是馒头先生，直到现在还是如此。"

"他现在呢？"肖忠文急问。

"改革开放后他的右派帽摘掉了，政府给他平了反，但没有分配工作和任何安置，只好到处走，谁知道他到何方去了。"

"我们现在也是到处跑的流浪者，也许有一天能碰上他，如果碰上了你还认识吗？"

"如果碰到了当然认识啊！"沈小燕回道。

"好人一生平安。"

……

当天晚上，沈小燕翻来覆去睡不着，总感到被肖忠文抱过的身子留下不可消失的余热感，这种余感使她时而觉得热烈，时而觉得兴奋，她又重温了从杭州到龙虎山、武夷山近一个多月的日子里他对自己的关心，一直是正正经经一句玩笑都未开过，可是自己对他的感情发生了极大的变化，好似时时刻刻都离不开他，一时没看到他心里就空空荡荡的，只有他在身边才踏实自在，他不饿自己也不饿，他不渴自己也感到不渴，这究竟是怎么回事？难道我爱上他了？他是我心中的白马王子？近年来曾收到过两百多封求爱信，没筛选到一个比得上肖忠文的。妈妈曾多次暗示，指东道西催自己找个好的男朋友，还有不少朋友介绍的年轻工程师、技术员、经理、科长等职称的干部都一一拒绝了。沈小燕回想在杭州西湖一见面时对肖忠文就有一种亲切感，一接触就这么顺眼，和他说话也就那么投机，当一谈旅游写生就求之不得。初起是为了自己的事业，现在好似成了一箭双雕，即是事业也是爱情……快睡吧！别想这么多了，现在都凌晨三点半了，想起这些事还没打个盹呢，睡吧，明天又要早早起床去跋山涉水写生呢。沈小燕不断催促自己，压抑控制自己的思路，尽量闭上眼睛，放松神经，可是脑子不听使，只要一闭上眼睛肖忠文那俊美的脸孔和身影总在她脑海里不能离去……也不知过了多久她才迷糊睡了。一会进入甜甜的梦乡，梦见肖忠文捧着一束鲜花微笑着向她走来。大地百花盛开，好似在阁楼和亭榭的公园里，沈小燕兴高采烈地伸出双手迎接他，只是他走了很久很久才来到她身边，他张开双臂把她紧紧地抱在怀里，不断地亲她吻她……她醒来，才知道是梦，她紧闭双眼，竭力回忆这个甜甜的梦，渴望这是真的。

沈小燕回想起这个梦，脸上又一阵燥热，又忙闭上眼睛，回味着这甜甜的美梦，多好的梦，能一直做下这不消失的梦多幸福啊！

肖忠文早早起了床，洗刷完毕，整理了一下衣服，擦了一下皮鞋，还未见沈小燕下来，考虑到今天要赶早去玉女峰多画几幅画，因此他上楼去叫她，见房门紧闭，就边喊边轻轻地敲了几下门。

沈小燕起床正对着镜子梳妆，还在回味着梦里的余感：肖忠文吻过的脸庞，摸过亲过的手臂和其他各部位等，突然听到有人敲门和喊声，她才恍然大悟，急忙快步上前开了门，满心喜悦地笑盈盈道："你早，我还未洗漱呢，你坐，等等……"

"快洗刷，趁早去玉女峰。"肖忠文站在门口说话。

"进来坐，一会儿就洗好了。"

"我的房门没锁，在下面等你。"

"好，五分钟准时到。"

肖忠文和沈小燕背着画具坐在一家面食馆里买了十多只馒头和十只包子，早中餐的粮食和点心全在这里了。他俩边吃边迎着山地里射过来的金色朝阳，谈笑风生往玉女峰走去。

正是：

关门造车不成器，
名山大川寻灵气。
西湖巧遇名家后，
苦研画技成知己。

第三章

年代记忆

叮铃铃！电话响了。

刘素华一阵惊喜，心想：一定是肖忠文来电了，心里喜得扑通扑通地跳着，急忙上前拿起电话："喂！啊！是妈，我还以为是肖忠文。"

"肖忠文来电话了吗？"张秀兰在电话里问道。

"前半月来了电话。"

张秀兰在旅社里帮了刘素华几个月，因家里亲朋来电催她回去帮着说几门亲一事，她才回家的。现在想起女儿素华下月十四日是二十岁生日，亲戚朋友知道刘素华在城里发了财，都想趁给她做生日的机会好到城里玩玩。山区的农民老夫们几十年也没得进一次城，他们只听到一些在打工的青年人回来讲改革开放后现代城市建设一日千里，非常热闹繁荣，高楼大厦，繁华的街景，五彩缤纷的夜景，流水般的车辆，四季鲜花盛开的公园等等，滔滔不绝地讲述得那么扑朔迷离，好似进了京城那么得意。如今自己的外甥女在城里当了大旅社的老板娘，成了樟木坪人人皆知的富翁，这正是一个进城的大好机会，借着和她做生日之机去城里玩玩见见世面，正好是一箭双雕的好事，何乐而不为？

"八月十四你生日，我们亲戚朋友都说要和你做生日。"张秀兰在电话里说。

"我才二十岁，做什么生日，没有必要，那可不行，千万叫他们不要来。"

"你舅舅、舅母、姑姑、表兄弟、表嫂他们长年累月在农村劳动，进城给你做生日也可以顺便看看城里改革开放后的新面貌，我拦不住，推辞不脱，我看就算了，每人花两百块钱也没什么大不了的事，都是自己的亲戚么。再说你也有面光，我也可以沾沾你的光。"张秀兰说道。

"肖忠文不在家，我不做。"

"还不是办几桌酒席，自己有餐厅，买些肉什么的就行了，等我下来再安排吧。"

刘素华放下电话，转身见服务台前站着位五十多岁中等身材，体质结实，精力充沛的男旅客等待登记，便笑着热情地说："对不起，让你久等了。"

"哪里哪里，请问有没有便宜的单房？"客人问道。

"有一间简便单房，最便宜十五元。"

"有旅客食堂吗？"

"有，凭住宿证在这里买票，早餐1元，中晚餐两菜一汤，每份2元。"

"单房可不可以优惠一点啊？十二元行不行？"

"先生，住做生意的老板还收二十五元呢，不过我看你不像做生意的，所以特别优惠了。"刘素华头脑灵敏，接待各类人多，经察言观色，视其举止行动能确认其职业。

"小姐眼睛很厉害，一见面就看出了我不是做生意的。"客人带着佩服的口气说道。

"我没看错吧？先生是出差的？还是搞文艺的？当教师的？"刘素华进一步问道。

"我是搞文艺的，我这个搞文艺的是一个穷先生，所以住不起贵的房子，要求你优惠再优惠。"客人说。

"不。客房的价只有优惠到这个程度了。你准备住多久？"

"还说不准，至少半个月吧。"

"好吧，再破例优惠两元，十三元总可以了吧？"刘素华说。

"可以可以。谢谢！"

"先生你要知道，我这样优惠又优惠给你并不是怕房子空着没人住，这间房早上才退房，只有这间单房子，其他的单房无论高、中档的都已经全住满了，说明先生的运气好，如果明天来就没有了，正好钻了这空子。"刘素华边解释边递过登记卡。

客人登记后递过卡，刘素华一番惊讶道："原来先生还是写文章的作家！"

"不敢当，不敢当，只能说是业余文学爱好者。"客人谦虚地说。

"先生姓孟，名川涛，是井冈山人。"刘素华一边填写住宿发票一边说。

"对。家住井冈山下。再买三天的餐票，有馒头吗？"孟川涛递上钱问道。

"馒头？早餐才有，孟先生喜欢吃馒头？"刘素华有些奇怪地问道。她登记过成千上万的旅客从来没人问过有无馒头，馒头很少吃，餐厅每天早上只做少量的，可这位孟川涛对馒头最关心的了，其他食品不问就问馒头一事，她感到有点好笑。

"我早上中午都要馒头。"

"你早上多买一份，中午就没馒头卖了。"

"真是名不虚传，这位小姐这么会做生意，怪不得人人都说城里的春晖旅社服务态度最好，进了店就如到了家，确实是名副其实的旅客之家。"孟川涛夸奖道。其实并不是虚夸，他这是说得恰如其分，因为他走南闯北到过多少城市，住过不知多少有旅客餐厅的旅社、招待所，当问到中餐有无馒头时总是被服务员冷眼对待不理不答甚至遭人讥笑。春晖的服务员就能满脸春风和和气气地解释，像这样周到的服务员还是第一次碰到的，使他感到温暖。

"谢谢先生夸奖！"刘素华说后又对楼上喊道："小红！下楼等客！"

"来了！世上只有妈妈好……"小红唱着歌从二楼跑下来，温柔柔地向孟川涛道："先生！这些行李都是您的吗？"

"是。"孟川涛看了一眼小红回答道。

小红提起一些较沉重的包说道："先生请跟我来。"带着客人向三楼走去。

"先生是做什么生意的？"小红转头问道。

"我是画画写小说的。"

"真了不起，你认识我们老板吗？他也是青年画家。"

"啊！不认识，他贵姓？叫什么名？"

"他姓肖，叫忠文，服务台那位就是老板娘。"

"你老板在哪里上班？"

"外出搞创作，走了两个多月，还未回。"

他们边走边谈已到了三楼，小红提得气喘吁吁地，放下行李，开了房门问道："先生为何不住好一点的房间，这房子很简陋，对你画画写文章不太舒展吧！"

"没关系，这房光线顶好的。"孟川涛并没考虑房内的设施如何，考虑的只是房价和安静就行，因此并未扫视内房，就随意回答道。

"不过没有单房了，全部都住满了客，如果要更高级的，如明天早上有人退房，可以到服务台去换间高级点的。"小红说。

"好的好的，谢谢小姐。"

"别客气！"小红又把卫生间、洗澡房及膳厅等处向孟川涛介绍了一遍，转身出门又道："要开水就叫一声服务员，就有人送到房间来。这三楼是小李负责的，现在她到餐厅帮厨去了，我是暂时代一下。"小红说后转身往外走出房门，转身招手："拜拜！"然后唱着世上只有妈妈好的歌下楼了。

孟川涛很满意地住了下来，因为他以前住旅社都是填登记卡、看证件、交钱、提着行李找房间，叫服务员开门，服务员机械地看发票，开房门一声不响地走了，问一句答一句，多问几句不耐烦，满脸冷若冰霜。有的眼光只瞧派头，裤带上挂手机、头肥肚大的大款打扮的，可就嬉皮笑脸、说东道西，有事无事都往他们房里走，进也哈哈，出出哈哈，只重衣衫不重人的现象很是突出。春晖这种对旅客一律平等、热情服务、有问必答、有难处想方设法帮助的做法，使孟川涛格外舒畅。据他几天来的观察，整个旅社都洋溢着热情的气氛。各行各业都在展开激烈竞争的年代里，这是获得经济高效益的良策之一，也是文明经商的体现。这些在改革开放的今天尤为重要。下午五点多，孟川涛洗了个舒舒服服的热水澡后，溜达到楼下服务台前供旅客休息的木沙发上坐下，观察着服务台和服务员的工作情况，这时正是住客高峰时刻，只见四名服务员各自帮客人提行李领到各自管理的楼上。人人都是笑容满面，和旅客有说有笑，有的帮女客抱小孩提行李，还刚看小红帮一位70多岁的伯伯挑一担行李上二楼，她边走边关切地叫大伯注意慢慢走，总回头注意老人的脚步，生怕他滑倒。由于老人体质较弱，走不了几步就停下喘气，小红见状转过身去牵着他到二楼，小红关切地问："伯伯你是从家里出来还是从外面回家的？年纪多了，为什么不带个家人来照顾照顾呢？"

"我是从侄子工作的东莞回来的，他送我上了火车，因工作忙，我就不让他送了。姑娘，谢谢你啦！你们这里的服务态度真是呱呱叫的。"老伯非常感激地说。

服务台的工作有头有绪，一边和旅客说笑，一边办理手续，一会叫二楼服务员带客，一会叫三楼的服务员带客，服务员随着她的喊声上上下下忙个不停。

孟川涛走进餐厅，只见正面墙上镶嵌一幅三米多长的迎客松，四面墙上挂满了字画，全是肖忠文的作品，进入餐厅犹如身置书画展厅，给人们以艺术的享受。餐厅的地板、桌椅也洗得干干净净，摆布得整整齐齐。这时服务员们忙忙碌碌，所有的桌子坐得满满的，不但有秩序，而且每人脸上都显出满意的笑容，特别是服务员始终是带着开心的笑意，把旅客所需要的食品有条有序地送到各位的台上。

孟川涛在这舒适的餐厅里用过餐后回到住房，泡了杯茶，才走到窗前推开玻璃窗门，眼前出现一片高矮不等的楼房，相间长着美美绿树，紧靠窗前是一棵婆娑茂盛的玉兰树和结满果实的梨树，玉兰树盛开着雪白的玉兰花，香味四溢，一阵阵浓郁的玉兰香扑鼻而来，有一枝伸向窗边及手可折，他顺手摘了几朵闻了闻，一股清香灌入心肺，顿觉头脑清新，有心旷神怡之感。他一边闻着玉兰花一边眺望远方景色，新鲜空气源源冲入室内，原来这里是一处极好作画和写作的清静地方，他感到心情格外畅快，住在这里他满意极了。

几天后，孟川涛想欣赏欣赏这位年轻老板的佳作，因此来到服务台买餐票，想和荣为城花的老板娘说上几句话，了解了解是否应允。这时服务台前没人，孟川涛向里喊道："小姐，买点餐票。"

"好！来了。"刘素华说着和李小翠一同从里间出来问道："孟先生买多少？"

"两天的早餐，十六只馒头。"孟川涛说。

"孟先生，炒两个菜，一个鱼头汤，两瓶啤酒，舒舒服服地吃一顿，晚上睡个好觉，做个美梦，明天画幅好画，或写首好诗，赞美赞美我们春晖旅社，孟先生你看怎么样？"李小翠明眸一闪，带着几分稚气摇头摆脑微笑着说。

"是啊！这位李小姐真会安排，佩服佩服，作几首诗赞美春晖旅社是没问题的，但要我炒几菜宽吃宽饮可就难办了。待我有条件时候炒几个菜再请你这位李小姐和老板娘同进餐，行吗？"孟川涛也风趣地说。

"我还想今晚呢，看来还没这份口福啊！"李小翠假装失望地笑着说。

"哪里，有礼不在迟嘛，小李你只要耐心等待，孟先生一定会宴请你的。"刘素华说着把餐票递给孟川涛。

还未待孟川涛回话，进来一伙旅客，刘素华和李小翠忙于接待，孟川涛也自然离去。

几日后，孟川涛又来到值班室，正好李小翠也在场，他想欣赏肖忠文的美术作品，便对刘素华道："老板娘，我想欣赏欣赏肖老板的佳作，是否方便？"

"好，可以可以，现在吗？"刘素华问。

"是的。"孟川涛满意地道。

"小李，你陪孟先生去画室。"刘素华吩咐李小翠道。

李小翠接过刘素华递过来的钥匙说了声："请。"就带着孟川涛来到二楼，开了画室的门，摆出主人请客的口气微笑道："请！"

"李小姐请！"孟川涛说着进了画室。

他进门一见正中挂着一幅《繁忙的山村》的山水画，长2米，高1.5米左右，绢裱，画精而细，是用半工半写的手法描绘的，画面展现改革开放后山区农村奔小康那派繁荣的新气象、新面貌。

"孟先生，这幅画充分体现了改革开放后农民奔小康的景象，有的正在建一排排别墅式的小洋楼，一条条平平整整的乡道，有的整果园，田头铁牛隆隆耕作，大道上小汽车、摩托车、客车、货车川流不息，还有远远的山坡上一群群牛羊安详地吃油嫩的青草……李小翠如展览的讲解员比划着，指指点点，滔滔不绝。

孟川涛瞧着画连连点着头，心里暗暗道："是啊，画面布局合理，利用传统技法，功底深厚，画意新，展现了时代的新信息。

画室里大小二十多幅花鸟、山水、人物等各类题材的都有，最多的是山水。当孟川涛看到那幅女裸体画时，心中一亮，轻声地赞叹道："美哉！美哉！"

李小翠见孟川涛瞧着女裸出神，心想：动心啦！站在美女面前舍不得离开，看个够吧。

"李小姐，这幅画是模特写照吧，多美啊！真像你，每个部位都那么成熟、丰满、性感。"孟川涛夸奖道。

"你错了，我哪有这位姑娘漂亮，能比上她就不会在这里当服务员呢！"李小翠说。

"靓女当服务员更好，还不是为人民服务吗！"

"当服务员是很辛苦的，一般的人都瞧不起。"

"哪里。"

"本来就是，当服务员就是不好，要受几头气，服务不周到受旅客的气，不管有多苦，都得笑脸相迎，有些旅客不讲礼貌，不分场合动手动脚，碰上这种人也不敢当面发脾气，只好自己忍受着走开，否则他就没好颜色对你，还会在老板面上告你歪状，说你这不好，那不好，这样就会挨老板的批评，甚至扣工资。如果一切都按旅客的要求去做，自己吃了亏，赔了本还不算，老板还要埋怨你。不过，春晖的老板和老板娘都很好，对我们服务员就如亲姐妹，一视同仁。"李小翠说到这里开心地笑了。

"李小姐，这些矛盾任何时候都存在，也就是领导和被领导、员工与老板之间的关系问题。不要说服务行业，干任何一行都是如此，永远也不同程度地存在着距离和差别。我们只能正确地对待这种矛盾，是完全可以解决好的。对我们本身而言，就要干一行爱一行，而且要干好一行。有的工作看起来简单，要干好就不容易了。几天来我观察你们的工作干得很不错，我住过几百家旅社、招待所，你们的服务工作标准是一流的，我很佩服。"孟川涛鼓励地说。

"谢谢孟先生看得起我们当服务员的，有的人把服务员当丫头使唤。"李小翠说。

"这种人对社会分工不理解，难道人人都当老板，工厂里人人都当厂长，机关单位个个都当书记、主任什么的，没有做具体工作的工作人员，军队全是官没有兵能行吗？不行的。好比一个人，只有身躯没有手脚能走、能做事吗？不行呢，有了手脚还得有血、有肉和五脏六腑，少一样都不行，否则就成骷髅。学校要学生，工厂要工人，机关单位要职员，军队要士兵，旅社、餐馆要服务员，这是社会的结构和分工，缺一不可。"孟川涛进一步具体地说道。

"孟先生分析得很深刻，人人都能这样看问题就好了，可是社会上就有些人不是这样看问题，而是眼睛总往上看富贵，贬贱我们下层人。"李小翠说。

"是有这么一些人，他们受几千年来封建残余的流毒和影响，高高在上，鼠目寸光。干起事来十足的官僚主义，达官富贵，这种人终究是社会进步的渣渣和绊脚石，到了一定的时候就会和社会的文明和进步浪潮背道而驰，被社会遗弃。"

"但是，上中下三层人不论在哪个朝代都永远共存的，只要有人类存在就不可能避免的。"

孟川涛说着转身瞧去，见对面墙上挂着用精美镜框镶嵌的女半身相，他急忙跨上前去一瞧，可把他惊呆了：这不是黄丽吗？她的相怎么会在这里呢？不，不是，人有相像，物有相同。这是他一闪间的念头，他不相信自己的眼睛会这么走火，连黄丽都认不出来？是她，肯定是她，为验证自己判断没错，他摘下细看，底边写着一排细小而工整的文字：慈母黄丽（1942–1983）儿：肖忠文绘。啊！真是她，她怎么会嫁到这里来？又为什么早早地离开了人世？

"孟先生，这位是肖老板的妈妈，你认识她？"

孟川涛脑海里出现一连串的问号。

"小翠，下楼带客！"刘素华在楼下叫喊。

"孟先生你慢慢看，老板娘叫我了。"李小翠说。

"不，我也看完了，你锁门吧。"孟川涛一头雾水边说边走出画室又说："李小姐，有时间到我房里来坐坐。"心想小李说是肖老板的妈妈，她一定知他的内情，是否可以从她那里得些信息。

"好，一定来看你作画。"

孟川涛怀着极不平静的心情回到房里，心潮澎湃地叹道：黄丽，黄丽，你怎么这样早就离开了人间呢，如果你还在世的话，我们又重逢了。唉，二十多年了，常常做梦都会见到你。今天来到你儿媳开的旅社的第一夜还梦见你，原来是梦见你的灵魂。如果你还活着的话你一定会在这里帮你的儿子管理旅社，进进出出都在眼皮下，还可以叙叙旧情和不平凡的往事。黄丽啊黄丽，你为了支持我的正确立场和真理，使你在政治上受迫害，人格上受歧视，壮志未酬人归故。孟川涛满载悲困和迷惘走出了画室。

紧接着一幕幕往事在孟川涛的脑海里掀腾，使他回想起1967年春，文化大革命的恶浪席卷全国每个角落的时期。孟川涛和黄丽在共产主义劳动大学总校农学系就读，他俩在教授的指导下全方位地投入到水稻杂交研究之中。因没有积极参加红卫兵造反派冲冲杀杀的大批斗的运动，被卫东司令部的头头们视为保皇派、消极派，最后扣上了右派分子的帽子，把孟川涛和一些比较消极的同学都赶到校办农场去劳动改造。

校农场只有一栋简陋的二间办公室，两排用竹片搭起来的二十四间宿舍、一间仓库和一栋食堂。这时校里的走资派、校党委书记、校长、教授都是白天在这里强制劳动，晚上被造反派揪去批斗，白天揪去批斗的，晚上送回农场看管，一律不准回家，连家里亲属也不准见。

有一天，一个身穿军装的"卫东司令部"头头带了一班人来到孟川涛住的棚里，其中一位他同班同学，指着孟川涛说："这是我卫东司令部的刘司令，今天有重要任务交给你，孟川涛你要好好地听着。"

那位被称刘司令的一屁股坐在椅子上，霸气十足，带命令的口气吼道："从今天起给你一个反戈一击的机会，好好看守住那些走资派、叛徒、特务、反革命分子等牛鬼蛇神，别让他们跑了，如果你表现好，革命造反派还会接收你，好好地听毛主席的话，做毛主席的好战士，这是你唯一的出路，否则后果自负。"说完拿出一只红袖套要他戴上，又说："今天起你就是卫东司令部的战士了，并任命他为看守班的班长。"

孟川涛莫名其妙听着，也没有戴那红袖套，还是那位同班同学给他戴上。然后把各系赶到农场来劳动改造的同学都排好队集合在场地上，"司令"宣布了孟川涛为看班班长，李晓东为副班长，其二十六人为队员，发了红袖章，看守班就在阵阵口号声中成立了。

有一天李晓东突然问孟川涛道："你对我们学校的文化大改革怎样看？"

"我认为我们学校不可能有这么多走资派、反革命和叛徒，现在几乎把所有的院校领导、专家、教授都全部揪出来轮流批斗，你看今天又有三名校领导被批斗打成重伤，我实在想不通，特别是伤了不给治疗，这还有什么人道？"孟川涛叹气道。

"你想不通，说明你对这场史无前例的革命运动认识不足，你不懂也得懂，不通也得通，不信也得信。"李晓东装模作样地说。其实李晓东也是和孟川涛同个鼻孔出气的，观点、立场一致，只是提醒他不能太露骨，尽量避免引火上身。

"别吓唬我，我是个学生，说好说坏都不怕的，除非不当这个班长。"孟川涛毫不在意地说。

"跟他们斗有什么好处，识时务者为俊杰，好汉不吃眼前亏，忍得一时之气，免得百日之忧嘛，我们就向他们投降好了，还有什么想不通的。"李晓东劝说道。

"李晓东你想想，高人住在矮屋楼，不得不低头，杂交水稻的研究已经不可能了。"孟川涛气愤地恨恨说。

"对嘛，委屈一下就没错，不听就得打倒。分明是白的他们说是黑的，你只有跟着说黑的，分明是黑的他们说是白的，你也要跟着说是白的……"

"那不是混淆黑白，是非不分了吗？"

"那有什么办法，放聪明点没错，千万别吃眼前亏！"李晓东进一步道。

"孟川涛，你要认清形势，只能顺软流而上，不可逆道而行，就不会错。否则，后果不堪设想呢。"

他们正在论当前形势之时，孟川涛的同班同学、女友、研究杂交的得力助手——黄丽提着一包食品急急地走进来，把食品往桌上一放，道："孟川涛，你们的伙食太差了，我送点好吃的给你。他们又来押人去批斗了，不知谁又要受皮肉之苦了。"

"'走资派'是他们的笼中之鸟，想斗就斗，想批就批。"李晓东道。

"黄丽，你提的什么好吃的？"孟川涛高兴地看着眼前的丽人问道。

"早上在食堂里买了两份红烧肉，一个多月没吃猪肉了，知道你在农场里的生活很差，特意送给你吃。"黄丽微微一笑道，说着从包里拿出一只有盖的大口盅。

孟川涛见她送来的红烧肉，馋得口水都快流出来了，急忙上前打开口盅："啊！真香！真香啊！嘿嘿嘿！"说着用手抓起一块忙往嘴里送。

李晓东哪里忍得住，也上前道："我也来来尝尝。孟川涛真有福气，有人送好吃的。"说着也拿起一块往嘴里去了。又说："黄丽你对孟川涛的感情真不错啊！"

"李晓东你别乱说呀，我们是同学关系……"

还未待黄丽说下去，外面一阵急促的哨声打断了她的话。此时棚外响起了阵阵口号声。

"出去看看！"孟川涛一边把口盅盖好放到床头一边说着往外走。

"又有什么新名堂？"李晓东也紧跟了出去。

此时"卫东司令部"造反兵团的一个头目带领一队人马来到了农场的晒坪上。

"孟川涛你立即整好你的队伍，集中到这里学习中央文革领导小组文件。"一名头目命令道。

孟川涛和李晓东二话未说立即分头跑去通知工棚的同学。其实他们听到有哨声早就站在门口了，不到两分钟，人员就到齐了，孟川涛整队喊口令道："立正！向右看——齐！"

"怎么搞的？谁叫你向右看的？"那头目严厉地责问孟川涛道。

孟川涛听后感到惊奇，正愣着脑袋发呆，不知发生了什么差错。

"你这样喊口令，不是命令他们向右派看齐吗？向右倾机会主义看齐吗？重来！"还未待孟川涛醒悟过来，那头目又恨恨地指着他训道。

孟川涛听到那头目的话后才恍然大悟，心想：这些人实在可笑，左得连右字都不能说了。因此他就来了个大转变，把高个子和矮个子调了个位置，紧接着就喊了一连串的左字。

谁知那头目又严厉地训道："孟川涛你怎么搞的，老是左左左，是极左派，极左就变右，这叫性变，质变，立场变，变成危险分子，这顶帽子戴在你头上再合适不过了，给你一星期的反省检查，每天交一次检讨书。从现在起班长由李晓东代理，一星期后看你的思想认识和表现如何。"说着就对身边一个高个子队员命令道："取下孟川涛的红袖章交给李晓东戴上。李晓东！"

李晓东没有回话。

"李晓东，立正！向左——转！向左——转！向左——转！向前三步走！"头目喊口令道。

李晓东连续往左转，转到原位，向前三步，出队。还未等那鲜红袖章的高个子走近，李晓东问那头目道："请问，你刚才也叫了一串向左的口令，是否也是极左变极右？"

"李晓东，你也是个笨蛋，我叫的和孟川涛叫的完全是两种性质。我的口令是出自无产阶级造反派口里，他是危险分子，这一点界线都分不清吗？"头目振振有词地辩解道。

这时那头目一股恼恨，真想把李晓东赶下去，但又不敢当着大家的面出这口气，因此又清清嗓子，打着官腔道："像李晓东这样的造反派并不为奇，也充分证明他没有很好地学习。他的世界观没有改造好，无产阶级和资产阶级两条路线分不清，很容易被阶级敌人利用，如不加强学习，那是很危险的，也会和孟川涛同流合污，和危险分子一丘之貉……"

还未待那头目说完全场一阵哄笑，有的笑得前合后仰，有的吹起了口哨。

"你们笑什么？好大的胆，我们的副司令说的一点没错，有什么可笑的！"一名头目随从大声喝道。

笑声仍断断续续，随着又讽言讽语地说开了。那头目见势不妙，有些尴尬，连忙圆场道："大家笑得这么开心，说明我的话是正确的，在座的战友们学习最高指示很认真，站稳了无产阶级立场，李晓东的提问就说明了这一点。"

几天后，全市两派斗争越来越强烈，闹得整个城市日夜不得安宁。孟川涛写了一星期的检讨后又恢复了他的看守班长，李晓东仍担任副班长。两个月过后和卫东一派的三座院校的走资派及他们要批斗的重点对象都关到农场关押，除共大一班看守人员之外，其三座院校也派了看守人员，这些红卫兵都要服从孟川涛和李晓东两人的指挥。

有一天，一伙打着"井野"司令部旗子的造反派押来一名打得遍体鳞伤的人，孟川涛一见吓了一大跳，只见他血迹斑斑，头上的血厚厚地凝固在头发上，显然是被造反派打伤的，伤势严重，脸色苍白。孟川涛心里明白，必须立即给他服药治疗，否则有生命危险。此时正是下午三点多，其他人员都到田地劳动去了，被揪去斗的人还没送回来，孟川涛借此机会急忙打来一盆温水，慢慢地帮他洗去脸上、手上的血污，这时他才看到他背上那块牌，上面写着"中国头号走资派的忠实走狗，现行反改革分子：沈天泉"。

沈天泉拒绝了他的帮忙，拖着沉重的步子艰难地坚持自己洗，当他伸出手时，见他十个指头都血肉模糊时，显然是受了刑，把孟川涛吓了一大跳，他二话未说，急忙跑到医务室求助医务人员给沈天泉消毒上药，预防感染和发炎。那医生见他求医心切，认为他是伤者亲属，怀着治病救人的本能，因此马上前往工棚给伤者消毒上药、包扎。经检查又发现他的腰部有处钝器袭击的重伤。医生叫孟川涛上市药店买中华跌打丸和田七粉、白米酒内服。医生临走时又拿了几粒止痛药片和伤湿止痛胶药。此时快到下午五点半了。

李晓东一回来，孟川涛说声进城去了，急急跑向公路，赶乘进城的公共汽车。这期间什么车辆都不准时，时有时无。离城十五公里，正常时每半小时有一趟公共汽车经过。孟川涛足足等了一小时也未见进城车辆。他急得像热锅里的蚂蚁，再晚了就没返回来的车了。快到七点了，突然前面来了一辆货车，他心里暗喜，不管三七二十一急忙拦住这辆车，向司机说明情况，司机打开驾驶室车门，他火速跳进车去，这时他悬着的那颗心才放了下来。

孟川涛买药回来已是晚上九点多了，他马不停蹄地跑到沈天泉的棚里，守着他服下药后才安心回到宿舍。此时全场除几名流动看守人员外都已入睡了，大地笼罩着黑幕，一切都是静悄悄的，月初的牙月挂在山边，好像露出半边脸偷偷叹息人间悲剧。孟川涛坐在床边想起目前所发生的事，忘了劳累，忘了饥渴，一点睡意也没有，他起身走出棚去，一阵阵清凉的夜风袭来，使他精神更为清爽。就在此时，忽见前面一条黑影正朝他走来，眼看马上要接近他了，他本能地喝道："谁？站住！"

来人不但不站住，反而跑了过来，沉声闷气地轻声回答："站住站住，摆什么架子！"来人并不是别人，是孟川涛的女友黄丽。

孟川涛惊奇地问道："黄丽，这么晚了有什么急事吗？"

"有紧急事，这里不是说话的地方，跟我出去。"黄丽急忙拉起孟川涛往外快步走去。

孟川涛跟着黄丽来到一个早已荒废的瓜棚里，两人坐在一根木头上。黄丽拉住他的手急急地问："有一位叫沈天泉的教授、著名画家，是不是关在这里？"

"是，前三天被'井野'押去批斗，今天下午才送回来，被打成重伤，我去买药刚回来还不到一个小时，他刚服过药。你怎么认识他？"孟川涛惊奇道。

"我不认识他。有两位同学是他的亲戚，其中一名是'井野'的秘书，下午'井野'开会决定明天上午再斗，并准备了各种刑具，如果沈教授仍'顽固'到底，就要动大刑。他亲戚说一定要把他救出来。她还了解到负责看守的班长就是孟川涛，可是她们都不认识你，正好我们班上的王琼知道我们的关系，所以叫我出来请你千方百计在今晚要把他救出来，使他免这一死，我想你也一定能办到的。"黄丽急急地说。

孟川涛听后心里矛盾极了，今晚要放沈天泉是容易的事，他走后一切责任在自己身上，"井野"和"卫东"向自己要人，交不出人他们绝不会放过自己的。这种后果可想而知，如果今晚不放他逃出虎口，沈天泉的生命难保，在别人生死攸关的时刻能救不救也是罪过，想到这些他心情十分复杂和沉重，使他左右为难，一时不知如何表达。

"怎么不说话，怕了是吗？"黄丽严肃对着正在发呆的孟川涛问道。

"不是怕，我得考虑周全，放他走容易，他走后我们怎么办？"孟川涛提出后果和难处。

"我们已经准备好了，大家一起走，别犹豫了，快放人吧。"黄丽急切地说。

"一起走？走到什么地方去？沈教授家不能去，我家你家也不能去，凡是有牵连人的家都不能去。”

“没错，我们早考虑到了，就到王琼家。”

“王琼家在什么地方？”

“江西永新和湖南茶陵交界的山区，很安全。”

“这么多人去，人家会接受吗？”

“去了后再想办法。”

“路费、车费、吃、住怎么解决？我一点点钱都刚才买药用了，现在是身无分文。”

“这些问题都已经做好了充分准备，我们必须在天亮前步行到八一大道加油站，到了那里就有一辆开往永新的长途汽车，开车的司机是王琼的亲戚，王琼已和他联系好了。”

“唔！你们部署得很周到。”孟川涛听了她的话后，心里感到有了着落，计划比较周全，也就有了底细。

“走，王琼俩还在公路边等我们呢。”

黄丽说着急忙拉起孟川涛跑向公路。

再说王琼和张锐蕾坐坐走走仍不见黄丽回来，急得心焦，身边又有三个大包，坐在夜色茫茫的树底下，越等越觉得害怕，一怕碰见坏人，二怕黄丽找不着孟川涛，反而被其他人发现追问三更半夜来这里干什么？说不清道不明反被拘起来，三怕黑暗中突然跳出什么鬼怪来，一听有风吹草动就慌得毛骨悚然，总之黑暗是可怕的。

黄丽拉着孟川涛快到马路时，她拍了三响巴掌，王琼、张锐蕾不约而同地高兴说话：“来了，来了！”

“等急了吧？”黄丽问道。

“真有点急。”王琼道。

“沈教授他？”张锐蕾急问。

“沈教授还在里面，等我弄清全部情况后再带他出来安全点。”孟川涛解释道。

“好，孟川涛同学一切就拜托你了。”张锐蕾说。

“放心吧，车辆的事靠得住吧？”孟川涛担心地问。

“靠得住，开车的司机是我亲表叔。必须在五点前赶到八一大道加油站，他的车已经在那里等候了，这里到加油站大概有三十多华里路，需走三个小时。”王琼说。

“不够，因为沈教授伤势很重，最快也要四个小时，也许更多一点，现在快到十一点半了。"

"你也必须要和我们一起走，路上一切经费和通行证都有你的，不得犹豫，否则后果不堪设想。"王琼说。

"我的行李怎么办？"孟川涛为难地说。

"我们帮你收拾。"黄丽说。

"不行，房里睡有四个人，他们发现了会问的。"孟川涛没主张地说。

"不怕，万一他们发现问起来，就说你调回校去，我们是来接你的，保准没事。"王琼很有把握地说。

"对，这个办法好，就这样定，都快十二点了，走吧！"黄丽催促说。

孟川涛掂量了一下，确认这个办法可行，因为白天大家都在外面劳动，个个都较疲倦，睡得很沉，不易惊醒，再说自己是个班长，说要调回学校去也没人管这份闲事，因此叫她们把行李藏好，四人来到了孟川涛住棚。

由黄丽负责指挥装捡行李，孟川涛去沈教授的住棚周围看情况，待机开锁放人。

黄丽三人一会把行李捡好了。尽管她们动作很轻，还是惊醒了熟睡的两名同学，但也没问什么，只是迷糊不清地说："这么晚了还不睡，干什么呢？……"说了几句转身又呼呼入睡。王琼和张锐蕾提着孟川涛的行李往公路走去。

孟川涛带着黄丽慢慢地来到沈天泉住棚，他见流动人员已走到前面拐弯处时，立即开了锁，让黄丽进去，孟川涛装着查哨继续往前走。黄丽进到房里轻声地说："快跟我走，我们带你到安全地方去治伤。"黄丽扶着沈天泉出了棚，把锁锁上，急忙往公路走去。

孟川涛估计黄丽带着沈天泉已离开场地了时，返回见棚门锁上了，便为顺利成功而高兴得心里一阵阵猛跳，站了一会本能地张望了四周，像什么事也没发生一样，静悄悄的，他才拔腿往公路跑去。

两天后，他们五人安全地到了永新王琼家里。王琼的祖父王冲是老红军战士，曾经立过不少战功，红军长征北上时上级命令他在湘赣边区继续开展游击活动，牵制敌人。新中国成立后上级曾调任他为地区军分区政治部主任、后勤部长等职。1963年因身体虚弱，离休在家休养。王琼父亲王瑞，是县食品公司经理，党委书记，三十五岁，这次同样被造反派批斗了一阵子。批了一阵子也没什么大问题，只好草草了事，说可以站出来反戈一击，批判、揭露其他"走资派"的罪行。王瑞呢，只是自扫门前雪，唯一的就是天天读毛主席著作和积极发动群众，完成上交家禽家畜的任务。

沈天泉教授的到来给王冲增加了很多事务，急忙给他收拾了一间光线明亮，空气新鲜的房给他住，并且在当地寻找伤药，天天煎药、擦药等忙个不停。

沈教授激动得流着热泪说："谢谢你，王伯伯，请你无论如何都要帮我到城里买到宣纸、颜料和笔墨，没什么报答你，只有为你画张像作留念。如果我的伤好了，恢复了工作，也要常来拜访你，你们这样关心我，真是感恩不尽。"

王冲派女儿王琼到县城买了宣纸、毛笔、墨和颜料。沈教授就开展了他的创作活动。

王琼家一下增加了五个人的生活开支，在什么都按计划的年代里，的确增加了不少困难。特别是粮食，十天的粮食只够三天，到底怎么办？王琼暗暗地想到了生产队里有个副业队在茶陵一块钨矿山里打砂子，每年放暑假她都要去那里拾废石堆里的零碎矿砂，一个月时间就可以捡到一百多块钱，解决了一个学期的学费，何不一起去拾零砂子，卖钱以买点黑市粮，可暂渡过难关。王琼把这个想法告诉了大家，大家一致同意，三四天后，他们就去矿山了。

张锐蕾一人回南昌沈教授家，把沈教授目前情况告诉他家人不要担心。

沈教授一边由王冲伯伯安排服药，一边忍着伤痛坚持每天作画。王琼14岁的弟弟王立新也津津乐道地站在桌边仔细地看着他作画，并帮他磨墨、洗笔，有时也学着画起来，这样也给沈教授增添了乐趣。

王琼、黄丽、孟川涛三人来到茶陵矿山捡零砂，捡来零砂交给副业队统一卖钱，副业队的王队长是王琼的堂叔，见她还带两名同学来矿山，就问她道："王琼你在南昌读大学，为什么还没放假就回来捡砂子？"

王琼只好把城里造反派的斗争激烈，所有的大专院校都停课闹革命，天天冲冲杀杀，回来更安全的情况说了。她堂叔听了就帮他们在棚门口搭起两间草棚，安排他们住宿。王琼还帮副业队做饭。每天只有孟川涛和黄丽两人去拾零砂子，起初他俩辨认不出钨砂，在王琼的带领下几个小时就能认出矿砂，才让他俩出去捡。

一天，孟川涛和黄丽正坐在一棵大树底下休息。孟川涛叹气道："这样下去要到什么时候才可以回校上课？"

"管他什么时候，不到运动结束，校领导、专家、教授都放出来恢复原职才能复课，现在统统都打倒了，谁来上课？我们就只好耐心地等待。再说我和你只有在这里才能天天在一起，还不好吗？"黄丽拉过他的手深情地说道。

"天天在一起好是好，就是心里不踏实，总好像我们是在逃避一场重大的政治任务一样，闷得慌。"

"怎么办，出来只有几天，就过不下去了，你想想：运动没结束，我们绝不能返校，我们必须坚持下去，相信毛主席、党中央会有部署的，绝对不会长期这样乱下去。再说我们放走了沈教授，他是'卫东'、'井野'批斗的重点人物，他们绝不会放过我们的，你想回去给他们镇镇更过瘾吗？如今打破了他们的计划你还能活着出来吗？我们只有老老实实、安安心心在这里渡过难关。"

"你说的不错，但我心里总是不踏实，好似做了一件不该做的事或逃避一场轰轰烈烈的运动一样。"

"不，绝不能这样想，其实我们是做了一件极有益革命事业的事，是保护了国家人才，你还不了解沈教授是在国内外都很有荣誉的名画家，保护了他，也是保护国家的财富，他为国家培养了一大批美术创作人才，他的作品有不少是国宝，他没有任何罪过。

……

孟川涛三人在矿山住了半个月，他们的心里挂念着沈教授的伤势，在这闭塞的山沟里，外面的势态和消息风吹不进，水流不进，与世隔绝的环境里，他们感到孤单、冷静，越来越不习惯，心情也越来越烦躁，都想下山去，到城里去走一趟，听听风声，看看形势，了解了解运动的发展情况。最耐不住的是孟川涛，如果不是女友黄丽在身边的话，早就出山了，连日来总是唉声叹气，连饭量也减少了一半。黄丽见孟川涛如此不快，只好耐心安慰他，她总是柔情似水地劝说道："川涛，你不要总不安心，饭量少了，人也瘦了，我心里也很难受，你要知道，我们的行动就是革命行动，我们这样做也是革命的需要，不能认为自己做了亏心事，思想放开朗点，要王冲伯伯讲讲革命老前辈在井冈山革命年代里，在强大敌人包围之下，冒着枪林弹雨出生入死和敌人拼死拼活为了什么？还不是为解放全中国受苦受难的人民，那才是真正的艰苦。我们这个算什么，我们的条件比那时好几万倍，难道就受不了了吗？我们要牢记毛主席的教导：在困难的时候要看前途，要看到光明，要提高我们的勇气！再几天张锐蕾就会从城里带回消息来了！安心吧，亲爱的川涛，胜利是属于我们的！"黄丽耐心地、千方百计开导他，用感情、用温情柔柔地说，想尽办法使他的思想稳定下来。在生活上也尽自己的可能处处照顾他，几天来她利用空闲时间挖来淮山放在他的饭缸里蒸给他吃，使胃口调和，又多次和王琼商量劝解办法。

"丽，你说得对，其实你不说我也懂得这些道理。"孟川涛心里也明白，但他总感到就像离群之马。

正在他俩谈论之时，张锐蕾、王琼找来了。

孟川涛见她们来了，急忙站起来，离开黄丽几步之远，谁知王琼早就看到了他俩靠坐着在一起，为了不惊动他俩就轻手轻脚地走了过去，她笑呵呵地说："两位同志，对不起了，打扰了，哈哈哈！"（在 60 年代里一男一女坐在一块就算顶新鲜的事了）

"我们在谈正经事，你别误会。"孟川涛不好意思地红着脸说。

"王琼你又在胡说什么呀？"黄丽有些不好意思，脸像桃花说道。

"对不起，失迎了。"孟川涛说道。

"现在是天赐良机的时候，你们俩也应该好好谈谈心事，有什么不好意思的。"王琼道。

"哪里话，我们最盼望的是张锐蕾同志从城里带来的好消息，闲话少说，请她给我们讲讲吧，我都等得急死了啊！"孟川涛迫不及待地说。

张锐蕾介绍了沈教授被接走以后，"卫东"和"开野"因为人被放走了，双方打了起来，听说双方人员受伤都很严重。

"城里一刻也不得安宁，倒是这山沟里安宁，我舅舅不是你们尽心尽力的话，肯定被他们斗到另一个世界去了，我回去也一五一十告诉了我舅母，她很感动，表示今后要好好地感谢大家，她要我带给你们一份心意：每人五十元生活费（六十年代的 50 元可抵上 21 世纪的 500 元），还有笔记本、钢笔及毛主席著作，还放在王琼家里。"张锐蕾说。

大家表示：这些钱不能用掉，留着给沈教授买药和营养品。笔记本和书那正好是雪中送炭。

"锐蕾如果你给他带一支笛子来，他就不会闹情绪了。"王琼说。

"啊！我还不知他有这个特长，不过我带了一支不算好的笛子，可以送给你。"张锐蕾高兴地说。

"笛子我也帮他带来了，只是他心情不好，这次出来就没吹过，你的就留着自己用吧。"黄丽忙把张锐蕾这份情退了回去。

"好，明天就我吹几曲吧！你们就唱几曲吧！"孟川涛此时的心情开朗多了。

一天沈天泉正展开宣纸准备作画，突然肋骨一阵刀割似的剧痛，脸色苍白，站立不稳，同时头晕眼花。正好，孟川涛、黄丽、王琼、张锐蕾全部从矿山回来看望他，见他病情严重，急忙请了一部手拖，送往永新县人民医院急诊。进院后经 X 光拍照，左有一根肋骨折断，肺伤有瘀血，须住院治疗。必须先交五百元住院费，幸好张锐蕾带有七百元，其中一百五十元是补助孟川涛、王琼、黄丽三人的伙食费。还有药费、护理费等共计要交八百五十九元，但只有七百元，收费处的人说：钱不够要去医院文革小组负责人批示，没有批示我没权利让你们病人赊账。孟川涛和张锐蕾找到了医院文革小组李某，向他说明了情况，李某问："你们是哪里的？"孟川涛回答是茶陵某矿山的副业工，是被石头砸伤的。那头头见张锐蕾生得过人，才客气地让他们坐下，一双色眯眯的眼睛盯着她丰满的胸部，然后问是不是叫这姑娘护理病人，张锐蕾点头不语。李某又故意为难地道："你们在矿山找副业难道连一百五十多元都没有？"

孟川涛说："卖砂子的日期还未到，等卖了砂子就有钱。"

"今晚让伤者先住下来，要求你帮忙，赶快给他上药，我们先交七百元，差一百五十多元也只不过十天左右就交上来。"张锐蕾见李某不紧不慢心里很着急。

那造反派头头李某未明确答应，说要他亲自去看看病人。孟川涛两人带着李某到了急诊室。此时，只见沈教授坐在木板椅上脸色苍白，不断呻吟。李某对他一连串的发问，幸好预先统一口气，回答一致，没出任何差错。李某才在一百五十元的欠条上签了字。

几个小时手续总算办妥了，医生开了药，沈教授才安排在第三楼六号病房三号病床，此时大家才安下心来，舒了一口气，这时是下午六时半了，医院除急诊室外其他人都下班了。

孟川涛四人身无分文，王琼只好领着大家去找她爸爸王瑞。王瑞热情地接待了他们，首先给他们到食堂搞饭吃，大家还是早上吃了饭，个个肚子都饿得慌，吃起来真是狼吞虎咽。

然后又谈起还欠医院一百五十元住院费的事，王瑞说现在别急，待出院时再交也没关系，如果现在全交了，出院时没用到这么多钱，要退就难了，大家听了才恍然大悟。

由于医院的正常制度被造反派打乱了，医、药不协调，医生开出的处方，关键药不给，如田七、红花之类的跌打伤科要药，说是计划药品，要经上级主管部门批准才可以发，其实并不如此，完全是两派斗争所造成，医生一派，药房一派，也有少数医生站在药房一派，开的药方什么药都有给。而伤科医生恰恰和药房是对立派，因此沈教授的伤得不到合理的治疗。半个月下来伤还好不了多少，药房就停止发药，医院就催着出院。

孟川涛去院方结账时，只用了五百二十元，应退还一百八十元，文革负责人批示方能退款。无奈，孟川涛找到李某，他说退钱没那么容易，先得搞清楚病人的身份，是不是逃避批斗的走资派。

孟川涛一听心里慌了，心想算了吧，为了沈教授安全，快点离开这所魔鬼掌管的医院吧，只好丢下这笔款，忙接沈教授出院返回王琼家。

沈教授出院后伤势没好多少，还增加了他的心理压力，加重了精神上的负担，脸色仍然蜡黄，饮食不振，整日唉声叹气。王冲见此情况，跑到别的地方请了一位草药医生治疗，同时还经常陪他到附近走走看看，散散心。

孟川涛、黄丽、王琼仍回到矿山捡零砂子。张锐蕾回南昌筹钱和买些田七、红花等之类的中药。他们三人回到矿山又给副业队增添了不少乐趣。这回孟川涛每天一大早就和黄丽跑到山顶的大石头上吹起悠扬的笛子。黄丽唱着伴奏，银铃般的歌声、优美的笛声，给静静的群山带来了欢乐。"马儿啊！你慢些走呀！慢些走……""二呀二郎山，高呀个高万丈，……""北京有个红太阳……"等歌曲回荡在山沟里。

矿山们惊奇道：我们这山沟里从没听到过这么优美的歌声、笛声，真像装了高音喇叭一样。山上有几十个副业队，上千副业工，都不知道这笛声歌声来自哪个副业队？离山顶近的副业队听得最清楚，他们上到山顶看个究竟，不瞧不知道，一瞧可乐坏了，啊！哪里来的一对青年男女，生得好似天仙女下凡，但神仙怎么会唱革命歌曲，吹人间调子。矿工们见孟川涛还是一脸白嫩的书生气，和和气气，彬彬有礼就知道不是采矿工，又见黄丽，白白细细，嫩嫩葱葱，一定是城里来的，更打起招呼。在谈话中得知他们是上山来找亲戚的，住在王琼家那个副业队拾零矿砂。有人提议请他俩到他们副业队里去吹歌一阵子，解解山里的闷气。有人到王琼家副业队棚下来了解，王琼向他们介绍了孟川涛的笛子吹得很好，是全校最有水平的，黄丽的歌也是全校有名的，是大学里鼎鼎有名的歌星，他们经常一唱一和。有人问：到他们棚下去吹唱一会要多少钱时，王琼说："不要钱，我们不是专门卖唱的，是来捡零砂子的。"矿工表示会给点报酬，"你们唱歌就没时间捡零砂子，没有报酬吃什么呢？"王琼也支持道："好事好事，这山沟里长年累月听不到广播，看不到电影，没有一点文化生活，我们就成了一个毛主席思想宣传队，专门演唱革命歌曲和表演些短小的节目，给矿工们乐呵乐呵。"

孟川涛一贯爱好文艺，高兴得跳起来，举双手赞成道："很好，就唱革命歌曲，再编一些小而精的表演节目，穿插进去，会更丰富多彩呢！"

"乐器就你笛子单独伴奏也行，音韵格外好。"黄丽说。

他们答应利用休息时间到他们棚下去演唱。有位青年矿工邀请他们去棚下演唱，当三人来到棚下时，棚门口有十多人在叮叮当当捶矿石，见他们三人来了，全都放下手中活站了起来，高兴地笑着对那青年说："亚三，你真有本事，真的把他们请来了。"

"当然啰！这回我赢了吧。"叫亚三的小伙子得意扬扬地说。

原来全棚人都说他请不来，如果请来了每人给五角钱买烟吸，现在请来了，亚三当然乐滋滋的，感到自豪。

众人中有的说："亚三赢了，今天该你请客。"

有的说："他们是红卫兵，唱革命歌曲，宣传毛主席思想，当然会来的。"也有的说："这不算是亚三请来的，是他们为了宣传毛主席思想不请自来，亚三是遇个巧合，亚三也要向他们学习，不领大家五角钱。"

你一言我一语，说得亚三脸都红了，但亚三阵容未乱，一边招呼孟川涛三人坐下，倒了茶水，一边和伙计们闲拉扯。

一位年纪四十多岁的矿工笑嘻嘻地对亚三说："别理他们，说了要给的就要给，这事包在我身上，一言既出驷马难追么，发工资时扣上就是了。"说完急忙从口袋里掏出一包"建设"香烟，抽出一支恭恭敬敬地递给孟川涛。

孟川涛很有礼貌地站起来，抱拳说道："谢谢，我不会吸烟。"

这时亚三对孟川涛他们介绍道："他是我们副业队的李队长，我们都称他李四叔，从不叫他队长。"

孟川涛见那位李队长真有意思，拿着的香烟自己不吸又装进了口袋，又从另一处拿来一把烟斗，掏出烟丝，搓了一团，塞进烟斗划着火柴吸了起来，说道："宣传队的同志，山上条件差，请你们唱几首革命歌曲，没什么招待，中午就在这里吃顿便饭。"

亚三接着道："大家欢迎！"带着鼓起掌来。

孟川涛三人站了起来，黄丽向众人鞠了一躬，道："第一支歌'北京有个金太阳'"。

孟川涛吹起曲子，黄丽、王琼来个表演唱。优美、悠扬、嘹亮的歌笛声和优美的表演动作吸引得矿工们看得特别出神，每演完一个节目都赢得经久不息的掌声。几个节目表演后，引来了附近几个副业队的人都跑了过来观看，小小的场地挤满了人。孟川涛他们见观众越来越多，演唱的劲头也越来越大，表演方式也不断变化，表现得也越来越精彩了，有笛子独奏、女声独唱等他们一直演唱到中午12点才结束，但观众仍久久不想离去，都争着要求到他们棚下去表演，这时李队长道："大家要知道，他们并不是上级派来的毛泽东思想宣传队，是他们自己组织起来的，没有工分报酬，不管到哪个棚都要给点钱，给多少就你们定，饭还要吃，饿着肚子演唱不了，中午就在这里吃饭，另外每人补一元五角钱，相信你们也没什么意见吧。"

"老李，你们请得起，难道我们就请不起吗！下午就到我棚里来。"一位矿工说。

"下午还是到我棚里去，不远，就在下面，离这里不到二百米。"又一个棚的矿工说。

人们争着、谈论着、赞美着，逐渐散去。

午饭后，李队长拿着钱递到孟川涛面前，孟川涛不接，又递给黄丽、王琼，也不接，又返过来递给孟川涛，他坚决不接，互相推来推去，没法，李队长只好说："你们不收我只好送到王琼副业队去了。"

他们的第一次演出成功后，孟川涛、黄丽、王琼又不断增加演出内容，还用快板的形式编写了歌颂矿工们辛勤劳动的。内容是：铁锤叮当响，矿工采矿日夜忙，千担余石肩上挑，咳！肩上挑呀肩上挑！咳！铁锤叮当响，电石灯日夜亮，照得矿砂闪金光，咳！闪呀闪金光，手上血泡一个个，汗水全身淌，一担担余石，一担担钨砂矿，闪呀！闪闪亮！铁锤叮当响，矿工采矿日夜忙，艰苦奋斗担日月，毛泽东思想来武装！一锤锤，一凿凿，愚公精神放光芒，支援工厂造机器，造枪造炮强国防，造出农机多打粮，咳！多打粮那个多打粮！

词由孟川涛做出来了，作曲就由黄丽、王琼负责，但孟川涛一边吹笛子一边帮着作曲，作一段吹一段，发现问题立即改，定一段，唱一段，表演一段，直到深夜。

这个节目特别受矿工的欢迎。

不久，张锐蕾从南昌回来。孟川涛他们见她来了，都喜出望外，黄丽拉着她的手说："你来得正好，给我们宣传队增添了新力量。"

张锐蕾听了莫名其妙地问道："宣传队，什么时候来的宣传队？"

"你还蒙在鼓里呢，我们突发奇想，随便搞了演唱小节目，到各棚去演唱有十多天了，人们称我们是毛泽东思想文艺宣传队。还深受矿工的欢迎，你来了正是雪中送炭，无论如何都得参加一段时间，支持我们，否则人员太少了，想演的节目也演不了。"王琼说道。

"啊！真想不到，我走了十多天你们就搞出了新名堂，你们可以在这深山沟里大显身手，也好活跃活跃一下文艺生活，不然在这深山老林里闷得慌，孟川涛这下不会闹黄丽的情绪了吧？大家可以心情愉快地唱呀跳呀，心情就一定会沉浸在这欢乐之中。"张锐蕾高兴地说。

"你也说对了，目前最大的困难就是人员太少，你来了正好给我们增添了力量，我感到更加高兴。"孟川涛说。

"可是我还得回去呢！"

"宣传毛泽东思想不来也得来，你暂时不要回去。"

"是啊，还有什么比这项任务更重要的，沈教授在这里也只有慢慢服药。"

"你还回想去参加他们的武斗吗？"

大家你一言我一语地说道，其目的就是设法要她留下。

"哪里话，我是怕胜任不了这门差事。"

"又不是提你当官，有什么干不了的，看你也是顶活跃的人物，唱唱跳跳一定顶行。"

"是啊，我们三人太单调了，请你助我们一臂之力吧！"

经大家再三挽留，张锐蕾只好留下来，第二天她就参加了演出。张锐蕾提出要买一把胡琴，她喜欢拉琴。王琼急忙赶到家里拿来一把二胡一把板胡。这回可好了，增加乐器品种，孟川涛吹笛子，张锐蕾拉琴，多一种乐器伴奏，好似猛虎添翅，演技水平也大大提高了，半个多月演出二十六场，占全山矿棚数的百分之二十左右，观众近千余人。王琼又从家里买来两米红布，制了面"毛泽东思想文艺宣传小队"的旗帜，这回他们更威风了。王琼的弟弟王立新因学校停课闹革命，也赶来参加他们宣传演出。

有了这面红旗就等于有了指路明灯，他们更加神气了，信心更足了，可以大显身手，日演夜编，基本上日日有新节目，场场有新花样，一月下来就编了二十七个各种形式的小节目。他们正在劲头上，可好景不长，这消息不胫而走，传到了县收砂站和县矿务局的造反派头头的耳朵里，他们感到惊奇，这支宣传队从何而来？他速即去电话到各分社问了个究竟，又问收砂站是否有几位大学生在山上挖矿？要收砂站的造反派头头上山去了解。收砂站汇报说："除了王瑞女儿、儿子外，其他三人都不认识，听说是从省城来的大学生，演出后还收演出费等。"县局造反派头头刘添福听了大为恼火，拍案骂道："他们是打着红旗反红旗，宣传毛泽东思想还收演出费，这算什么宣传队？简直是挖社会主义墙脚，是社会主义蛀虫，无组织无领导，也不到我们单位请示批准，就明目张胆地到矿山搞什么演出，真是胆大妄为，非没收他的演出费把他们赶出山去不可……"正当他自个耍威风的当儿，县食品公司一位和王瑞顶要好的职工送肉票来到门外，听到刘添福正在骂本公司经理王瑞，因此停下脚步细细听了起来，直到刘添福骂完才大步进了办公室，交了肉票速即回到单位向王瑞报告了这一消息。

王瑞听了分析后火速骑上自行车连夜赶回家。到家后拿了手电又马不停蹄地赶到矿山，找到王琼，把这紧急情况告诉他们，要他们立即回家，不得延误。

王琼他们五人草草收拾，火速离开了矿山，连夜返回王家。

孟川涛他们离开矿山的第二天，刘添福就亲自带了几位亲信，趾高气扬地来到矿山搜查，他们问遍了所有的副业队，都说宣传队昨天还在这里演出，今天可没见他们的动静，不管他们怎么查也没查到孟川涛他们的影子。此时刘添福才想起送肉票的那个人，他气急败坏地说："王瑞，王瑞！咱们走着瞧吧！"

王瑞把孟川涛他们找回家，吩咐家人好好照顾，一大早就回单位去了。

事后，刘添福曾多次打电话和亲自找上食品公司来，都被该单位的造反派头头李向阳一肩担着，并驳斥他：宣传毛泽东思想不分地区和单位，任何人都有自觉宣传、学习的权利和义务，不须经任何单位和个人批准。谁也不准阻拦，谁人敢阻挡反对的话，那么无疑是反对毛泽东思想的人，那就要考虑考虑他的屁股坐在谁板凳上，这就是真革命与反革命的分水岭。再说他们是学生，你不但不支持，还竭力反对，甚至不择手段找差子，亲自带队去赶他们，你这种行为究竟是什么思想支配，我希望你好好地反省一下，否则后果自负！……

刘添福在电话里听李向阳向他说的那些话，知道这事搞不出什么名堂，只好自咽殴气而作罢。

孟川涛他们四人从矿山回到王琼家，像什么也没发生一样，主要是避开沈教授，免得增加他的思想负担，他们在房后的大松树下坐着商议如何立即离开王琼家，怕县造反派头头们找上门来，你一言我一语，总的是为沈教授的安全出发。

王琼想到了她姨妈那里有一座"皇灵仙"尼姑庙，住着一位老尼姑，前几年她姨妈带她到那里玩过，那里是我们落脚最理想的地方。她向大家介绍了"皇灵仙"的情况后，大家一致同意这个方案。

黄丽、张锐蕾一听兴趣来了，可以到那里去看看。孟川涛却不然，愁容满脸地说："我们到那里去吃什么？尼姑有粮食给我们吃吗？"

王琼道："不怕，走的时候从我家带米去，然后到我姨妈那里搞一点，到时就会车到山前必有路啰！"

"沈教授又怎样安排？"黄丽问。

"他同样跟我们一起走，不过要把文房四宝带去，特别要带足宣纸，生活上我们要尽量照顾他。"王琼道。

"庙里很清静，有利于沈教授养伤和作画。"王立新也在一旁说道。

"你怎么知道？你去过吗？"孟川涛问道。

"前几年放暑假去那里玩过，那时烧香、拜佛的人特别多，有送米、送油、送钱、送布的，甚至豆子、笋干都有人送。"王立新道。

"我认为很有必要先去看看，不知道造反派有没有把菩萨废掉，把尼姑赶走。"孟川涛道。

"也有道理，今年我还没去过那里，不知近来情况，先到姨妈家了解一下就清楚了。"王琼道。

"我去，可以当天回来。"王立新道。"好，就辛苦你了。"孟川涛说。

正是：

> 春晖画室见遗像，
> 文革遭遇忆旧章。
> 只因为救教授命，
> 同奔湘赣山区藏。

第四章

尼庵避难

"皇灵仙"坐落在四面高山环绕，群峰嶂叠，苍松翠柏的山下，这里四季云雾缭绕，绿荫蔽日。庙的右侧有一口长年累月冒着咕噜咕噜的地下泉，成了一口清澈如镜的小水库，人们引泉灌溉着山下几百亩肥沃的良田。这泉甘甜可口，喝上几口顿觉清爽，使人精神倍增。"皇灵仙"三个字和那口巨泉有个神话般的传说：也不知哪个朝代，有位皇帝带上千名官兵将士路过此地，因翻山越岭走了半天找不到水喝，不但官兵们口渴得难受，就连皇帝也口干舌燥，见山下有座庙，便令太监去那里讨水喝。那时庙里只有一位百岁的老尼姑，庙边唯有的是一滴一滴从岩石上往下滴的水，一日一夜只能够尼姑一人的用水，如果多一人就得在石头边烧香求水，求一次只够多一人用，来三人就得求三次。尼姑向太监说明要水得求水的事后，太监接过香在石头边跪着求水，很久才求得一碗水，急急忙忙跑回去给皇帝喝，皇上喝完这碗水后，精神倍增，有心旷神怡的感觉，他又问太监为什么这么久才讨一碗水，不提一桶来供大家喝？太监把求水的事向皇上说了，皇上听了感到奇怪，就要亲自去看个究竟。到了庙内向尼姑讨了一大把香，亲自求水，他不是求一人喝，而是求一千多官兵喝。说也奇怪，经皇上跪拜几下，口里念念有词，突然间石头底下就咕咕噜噜地冒出一大股清泉来，这时皇上哈哈大笑道："这庙小神灵！"全体官兵就可喝个够了。为了感谢庙里的神，皇上叫尼姑拿出纸笔墨，亲自赐予"皇灵仙"三个大字，并赐银三百两扩建寺庙，在清泉边修一口水池，让仙水蓄起来供过路人们饮用。

从此以后，来庙求神祝平安的人越来越多，香火日益旺盛。现在庙的建筑和门额上"皇灵仙"三个大字仍是几千年前保留下来的，至今这口泉不管天多旱，水太小不枯，长年累月保持稳定的流量，还供山外百姓用水和灌溉良田。这位尼姑据庙史和传说也活到一百多岁才仙逝，后来历代的尼姑都在百岁以上。

王立新回来说，庙里目前一切正常。大家又把情况告诉沈教授，他听了也表示很乐意去。因此孟川涛等一行六人，从王瑞家带上半月粮食及日常行李来到了"皇灵仙"。

据沈教授分析这庙是唐朝玄宗年间所建。

现在的老尼姑法号为静惠，孟川涛他们去的那年正好九十七岁，但神貌像五十多岁人。人虽清瘦，但精神饱满，腰杆子硬朗，每天天蒙蒙亮就跪在观音菩萨面前诵经两小时，中午诵经一小时，晚上诵经两小时，日三一二。

他们来到这里觉得这里风景优美、幽静，确是世外桃源，除了白天来几名烧香拜佛的人之外，就看不到来往的人了。初来他们吃自己带来的油盐米菜，但这里连鸡蛋也不许吃，天天只能吃全素，带来的菜吃完了老尼姑又拿给他们各种干菜和豆类菜，有时王琼姨妈也送些青菜和干菜，并帮着磨豆腐，庙里茶油多，就炸油豆腐，就算是改善生活了。为了照顾沈教授的身体，隔不了几天王琼就到姨妈家去煮几个鸡蛋或鸡、鱼、猪肉等，叫沈教授离开庙到远一点的山边或直接去姨妈家吃。

沈教授心情慢慢地好了起来，他给大家开设美术知识学习班，跟大家上美术课，孟川涛和王立新进步最快，一星期的学习他俩就可以写生了，沈教授也常常带大家出去写生、素描。出去坑坑垅垅采摘野菜做汤做菜，有时还用来当饭吃，有一种叫乌单（丹）菜的，据老尼姑说就是一种伤科药，可以去瘀血、止痛，所以孟川涛他们就每天都去采摘乌丹菜做汤做菜给沈教授吃。一月下来加上张锐蕾从南昌买来的各种伤科中成药和药酒内服外擦，沈教授病情确比原先大有好转，心情也就好多了，每天随大家早早起床，一起爬山登高，做做早操等活动。

孟川涛每天早上还站在仙泉边吹几曲笛子，黄丽也陪着唱几首歌，喜得满山遍野的鸟儿也婉转地唱着动听的歌儿，特别是深山里的画眉、斑鸠、鹧鸪和山雀它们也引颈高歌，嘹亮清脆的歌儿响彻山山巅巅，坑坑垅垅，就连老尼姑也喜笑颜开，每天都要和姑娘笑着说一会，慢慢地大家对这里的静寞、单调的生活有所习惯了。

沈教授初来一段时间身体较好，但一月以后身体逐渐感到不适，可能是不服山林里的水土所致，引起脸色变黄并有些浮肿。老尼姑煎了几次草药给他服，也是不见效，大家又担心起来。此时沈教授想回家，大家认为城里的两派斗争还很激烈，真要回，还得让张锐蕾先回去了解了解更为安全，经沈教授同意后的第二天，王琼送张锐蕾去山外的公路搭车回省城了。

王立新带回三地肩负粮食等的供应事务，好似后勤队长，并常常从家里带些营养食品给沈教授吃，在庙里时就常常陪着他在庙前庙后的坑坑垅垅去走走看看，说说笑笑，回到庙里就陪他画画，沈教授也常常给他讲讲故事，两人也很开心。

天气晴朗时孟川涛、黄丽、王琼也一同上山采野菜摘蘑菇。有一天他们走了半天也未发现蘑菇，当来到一山顶时从草丛里发现一只彩色鲜红的蘑菇。王琼说："蘑菇色红个小，肉嫩味鲜，是一种品美味佳的山珍。"三人就在四周寻找起来，一会王琼发现了一大丛蘑菇，然后孟川涛、黄丽相继也发现一丛丛蘑菇，黄丽高兴得哈哈大笑着采了一大袋。她对孟川涛说："我没东西装了，快把你的裤子脱下来装。""哪有脱裤子装的，脱衣服还可以。""把两只裤足扎住口不是装得很多吗！""我可不脱，要脱就脱你的。"孟川涛说后三人都笑了起来。黄丽又说："我们女人的裤子装的蘑菇你敢吃吗？"

"为什么不敢吃？男女都一样，得洗干净，不洗干净什么装的也不敢吃。说明你们女人总是看轻自己，什么都认为自己是女人身，低人一等，有严重的自卑心，你们都快大学毕业了，这种封建思想还不去除，我看必须清洗清洗你们的头脑。"孟川涛说。

黄丽反驳道："你呀，完全不理解，我们女人不是自卑，更不是自己看轻自己，而是处处都尊重男人，事事都鼓励和支持男人去发挥他们的智慧和才干。我们女人时时给男人创造良好的条件让你们好好地工作和学习，在个人利益上宁愿自己吃点亏，也不愿男人受苦受罪，享受方面愿让三分不争一厘，我们女人的心是最善良的。"

"对，黄丽说出了我们女人的心里话，这些是我们女人的本性，特别是对自己心爱的男人更能如此，在这方面黄丽表现得最突出。"王琼道。

"我再阐明一点，也是我们女人的弱点，由于女人有慈善、温柔、谦让、情爱、礼仪、激情之心，也就导致了软弱，使异性经常抓住这个弱点不断地摧残、折磨，甚至欺辱。女人呀！女人，我们是柔弱的女人，只是强忍着用慈善的心和行为去感化男人，不去反抗，常常是退到一边自责自地责怪自己不争气，为什么不变成男人，今世受了这么多苦，来世情愿变牛变马也不变女人了，这就是自己安慰自己，这就是大部分女人的致命伤。"黄丽说完长叹了一声。

"简单地说，女人心软，伤心时就是哭鼻子，一切伤心事都好似会跟着眼泪流了开去。"孟川涛说。

"我是女人，但并没有黄丽说的那么严重，更没有孟川涛说的那么简单，我的个性可能与其他女人不同，我要走我自己想走的路，毕业后走上了工作单位，就会不受男人的约束，大刀阔斧地去奋斗，给社会创造财富。"王琼道。

"好，我就看你的，看你能不能为我们女人争口气。"黄丽道。

"哟！装不了啦！孟川涛你真的要脱裤子了。"王琼道。

"别摘了，留着明天再摘吧。"孟川涛说。

"真的怕脱你的衣服装吗？"王琼道。

"不是的，摘多了吃不完就会烂掉，明天摘明天吃不是更新鲜吗！"孟川涛说。

三人提着满满的一大袋蘑菇兴高采烈地回庙去了。这回可乐坏了老尼姑，她说年轻时也会上山采蘑菇，趁新鲜吃上几餐真是美不胜收，已隔三十多年没尝到这样的山珍美味了，今天可多吃几碗饭了，从此老尼姑就和他们更近心了。

孟川涛他们想找个机会问问老尼姑的身世，为什么要到这深山沟里做尼姑，可是总找不到合适的机会，也不知从何说起才方便，王琼表示要想法来试问一下，大家都想解开这个谜。王琼的姨妈每逢初一、十五都会来庙里念经、烧香，再过三天就是初一了，她姨妈和老尼姑见面有说有笑很谈得来，对她的身世一定很了解。

再说张锐蕾到了她舅母罗敏梅家得知城里的消息，她也告诉了罗敏梅沈教授的近况。城里依然不太平。罗敏梅催促张锐蕾不能多待赶紧回去。

这日天气特别晴朗，沈教授正在为老尼姑画像，孟川涛他们正围着观看。

"王琼！王琼！"张锐蕾提着沉甸甸的背包边走边喊进了庙门。王琼他们听到她的喊声，急忙跑去迎接张锐蕾，一见面就如见到久别的姐妹一样把她抱住道："我们天天都盼你回来，今天可盼到了，真想死我了。"黄丽接过她的背包问："带来什么东西？这么重！""我舅舅的药，还有两斤糖果是给大家的。我舅舅呢？""沈教授正在画像。"黄丽道。

"我们回房去休息一会，等他画好了再去见他。"孟川涛道。

回房后，孟川涛急忙泡了一杯茶递给张锐蕾道："一路辛苦，请喝茶吧！"

"对，还是孟川涛会关心人。"王琼笑道。

"啊！真香，这是哪里来的高级茗茶？"张锐蕾接过茶未喝就闻到了一阵清香扑面而来，她呷了一口顿觉心胸舒畅，脑际爽悦。

"这茗茶啊！国际难找，只可惜藏在杳无人知的深山小庙边啊！"黄丽道。

"我们毕业后，再来'皇灵仙'开拓茶叶生产，叫这荒山变宝山，使无人知晓的香茗走向世界！"张锐蕾道。

"如果是上山下乡就要求到这里来，办一个茶场，不是很理想么！"孟川涛接着道。

"那我们的杂交水稻试验不就半途而废了吗？"黄丽道。

"不会，到时水稻、茶叶一起上，可以利用这口'仙泉'的水培育出耐高寒又高产的杂交水稻良种，对国家同样有贡献。"孟川涛道。

"对，水稻、茶叶两项科研一起上，同时走向世界前列，那真是双喜临门啊！只可惜我学的专业和你们不同，炉火里拿钱，插不上手。"张锐蕾道。

"哪里话，锐蕾，我们是泥巴大学生，学的是泥土植物，处处和泥巴打交道，你是学医的，到时我们可以帮你建一所药物研究所，搞一个药植物园，研究出一种可以让人类活到一百五十岁开外长寿药物，或可以治百病的特效药，到时你就成了世界著名人类工程师了。总之呢，泥巴活就我们包了，这样不是合作得很好吗，怎么会插不上手呢！"王琼眉飞色舞地说道。

"王琼说得对，就怕你还有更远大的理想，要出国深造，在这深山沟里会埋没你的前途。"孟川涛道。

"出国留学，不见得吧，现在正批判崇洋媚外，国内有无穷无尽的中医学科都学不完，为什么非出国留学不可。"张锐蕾道。

"这么说来你真有打算和我们合作啊！"王琼道。

"当然可以，不过，不一定要到这里来办研究所，比这里更理想的地方多的是，如云南的西双版纳，湖北的神农架，四川的峨眉山等等，还有数以万计待开发的，资源丰富的天然植物园呢，总之我们的理想将在不同的岗位上为祖国、为人民、为人类做出一定的贡献，这样才不会辜负祖国人民及自己父母的培养和期望。"张锐蕾说道。

"国内虽然有学不尽的科学知识，但也要学习外国的长处，这不是崇洋媚外，是为了学习人家的长处，吸取其精华。科学和技术的东西是强国富民的法宝，有了英明的领导还要有正确的指导方针和政策。政策和策略不但是党的生命而且是一切工作的生命，我们应该有现代的科学技术才能有强大的国防，我认为这个重任就落在我们这代人的肩上了。"孟川涛发表着自己的看法道。

王琼第二天就去了她姨妈杨三家里，把城里的造反派斗争形势向她介绍了一遍，然后就问及这几个公社的造反派的斗争情况。杨三说："'皇灵仙'是省级重点文物保护单位，大门边墙上还有一块省政府的禁令；严禁任何单位和个人破坏庙内外的一切设施，违者必究。谁敢来这里造反……"

"姨妈，造反派的头头们天不怕地不怕，省政府各级单位直到基层的党政大权都被他们夺了，难道还怕这山沟里的小庙吗。"王琼道。

"山沟里不比大城市，城市里的造反派也不会到这山沟里来，这乡下的造反派都是土生土长的，也没这么大胆量，还得为自己留点后路，万一他们来了，你们就把红袖章戴起来，还有毛主席思想文艺宣传队的旗帜，就说是路过这里的。"杨三道。

"行吗？"王琼没有底细地问道。

"对了，你们反正在那里没有事，又是大学生，干脆到附近生产队去搞宣传，我给你们接好头。首先就到我生产队去宣传演出，生产队长是我的侄子，大队长是我的表兄，我说话他们都相信，你回去做好准备，什么时候可以去演听你们的通知，我再通知他们。不要等他们走进来，你们要先走出去。"杨三道。

王琼听了兴奋地告别了，一路唱唱跳跳地向"皇灵仙"奔去，她脑海里回想起在矿山搞宣传演出的情景，一阵阵雷鸣般的掌声，一句句赞扬声，一幕幕的演出场面不断在她脑海里划过，想着想着不觉来到了山腰。这时一阵清凉的微风扑面而来，她不由自主地站在那里，抬头眺望"皇灵仙"，在影影绰绰的树林里露出一只燕尾庙角来。此时此刻想起孟川涛他们正在等待着她回来，因此站立了片刻，就急忙跑下山去来到庙前。结果庙里一个人都没有，她有点害怕，不知不觉唱起了"浏阳河——"。王琼的歌声飞到了孟川涛他们的耳朵里，都不约而同地接唱起来，一瞬间嘹亮的歌声响彻了山谷，飞向远方。

随着歌声，孟川涛、黄丽、张锐蕾等背着干柴出现在王琼的眼前，她高兴得跳起来急忙迎上前去道："可把我吓坏了，还以为你们丢下我跑了呢！"

"没有那么绝情吧！"孟川涛道。"没有你这位土司令的命令，我们就像一只没头的苍蝇，能往哪里跑？哈哈！"黄丽笑道。"是啊！没等你回来我们绝对不会离开这里，天塌下来也会顶着。"张锐蕾道。

"我们才是真正的亲密战友！"孟川涛道。"不但是战友、学友，还是难友呢！"王琼道。"我们成了'松、梅、竹'三友了！"黄丽道。

"沈教授呢？"王琼问。"沈教授和你弟弟上山玩去了。"孟川涛说。

"好，没事。"王琼心里安定了，又问道："老尼姑呢？"

大家面面相觑，正在此时，只见老尼姑背着一只竹篓从山窝里出来，原来她烧好香后就出去采野菜了。

大家回庙后都感到口干舌燥，叽叽咕咕地喝起水来，黄丽一边大口大口地喝水一边问王琼道："情况怎么样？你姨妈有什么新主意？"

"主意倒是有……"王琼把宣传队重新搞起来到附近生产队演出的事跟大

家说了一遍。

"举起'毛泽东思想宣传队'的大旗，到农村去演唱？"黄丽问道。

"是的，不要等外面的造反派走进来，我们先走出去。"王琼道。

"是好主意，我们重整旗鼓，再编些有关农村的新节目。对了，我来编个杂交水稻新品种的小节目，好，我下午就动手。"孟川涛兴奋道。

"这下好了，各人都可以大显身手，也可以走出山门了。"黄丽跳起来拍手道。"到农村去演出社员群众一定很欢迎的，可以活跃活跃农村的文艺生活。"张锐蕾道。

"先到我姨妈那个生产队，她会预先跟我们联系好，听她的通知就是了，不过我们要做好准备，通知一到就得出山。"王琼道。

"把原来的节目重温一次，孟川涛要赶快把杂交水稻的新节目写出来，今晚就开始排演。"黄丽说道。

当晚他们就把老节目重温一遍，沈教授在一旁指导，还特意请来老尼姑当他们的第一位奇特的观众。

老尼姑听着优美动听的笛子、胡琴演奏声，又见姑娘们唱歌表演很出神，不时乐得开怀大笑，对旁边的沈教授说："我是小时候看的戏了，已经空了六七十年没有听过这么优美的歌，也没有看过这么好的表演。"说明这次预演给老尼姑带来一次全新的感受。节目一个接一个地演着，不觉就到了九点，按惯例老尼姑是一年三百六十五天从不误分差秒，准时到殿堂烧香念经的，可是今晚她还沉浸在欣赏歌舞的欢乐之中。

为了不误老尼姑准时烧香念经，沈教授挥手对大家说道："休息一下吧，别妨碍别人的功课。"孟川涛理会，全场即停，一片肃静。

老尼姑不知其故，问沈教授道："怎么不演了？"

"快到九点了，你是不是要去念经？"

"啊！这么快！"这时老尼姑才恍然大悟说道，急忙起身离去，不一会就听见当当当的木鱼响。

"我们来了一个多月了，还是第一次见老尼姑笑得这么开心。"王琼道。"这是毛泽东思想的威力吧！"孟川涛道。"我估计她是有生以来第一次这么开心。"

"我姨妈说她十六七岁时就到了这里，从来没有离开庙门一步，据说也没亲人来看过，对于她的身世我还没听说过，可能我姨妈清楚，要去问问她。"王琼道"她的文化水平也不一般。"黄丽道。

"是啊！她的文化不错，那些经书的文字都很深，可是她读了一本又一本，她还能写一手顶好的毛笔字，前几年我就见过她写毛笔字。"王琼又道。

"这样看来她的出身不是一般的家庭，如果是穷苦家庭，在旧社会里就不可能读这么多书的。"孟川涛道。

"从这方面分析，她的身世是非常复杂的。"黄丽说道。

"肯定不一般，为什么正当青春年华就做了尼姑。而且来到这么深山小庙里。"张锐蕾说。

"王琼，你见过她几次面，比较熟悉，你去问问她。"沈教授道。

"是呀，这也是一个好素材，可以编个小节目。"孟川涛道。

"千人认得和尚，和尚不认千人，我认得她，她可能不认识我了，不过我姨妈估计她不会回答我的问话。"王琼说道。

"是啊，我们来这么久，问一点事都似答非答的，吞吞吐吐，沉默不语，更不会主动跟人说话。"张锐蕾道。

"明晚我们再请她来看戏，最好演一段白毛女的戏，看她有什么反应，从中可以观察她的表情，再从她的表情中可以分析一些情况，当然最好的办法还是王琼去向她姨妈了解。"沈教授道。

"'白毛女'黄世仁抢亲片段还是要演，到社员群众中去演出才不会出洋相。"孟川涛说道。

第二晚排演开始了，老尼姑高高兴兴地坐在昨晚的位置上，等待着他们的演出。

几个短小节目排演过后，接着演"黄世仁抢亲"的白毛女片段，当恶霸黄世仁带着家丁打死了杨白劳，喜儿在悲痛欲绝的情况被抢走的凄惨场景时，老尼姑突然伤心极了，眼眶湿润了，忍不住悲伤，迈着沉重的步子离开了。

大家见她如此伤心地离去，估计不完全是剧情所感染，很可能是触动了她悲惨的身世而伤心。从此她的心情一反常态，除了烧香念经之外，基本上看不到她往日那种乐趣的微笑面容。

几天后，孟川涛、王琼、黄丽和张锐蕾一行来到杨三家联系演出和顺便了解老尼姑的来历。孟川涛问杨三演出安排时，她说："已经和生产队长联系好了，今晚就到我生产队开个张，队里还给你准备了一桌晚餐，你们不来我还得亲自来请你们，你们来了我就少走这段路。"

大家听了都很高兴，幸好带了演出的乐器和旗帜。王琼、黄丽他们特意来到杨三家问及老尼姑的来历时，杨三道："老尼姑是个苦命人，也是好人，你们千万不能去批判她，千万不能……"

"不会不会，姨妈，你理解错了，我们还应该感谢她收留了我们，我们哪能没良心，应该感激不尽，还能会批判人家吗，姨妈你放心吧，我们绝对没有这个意思。一位近百岁的老尼姑孤孤单单地在深山沟里守着这座庙，上无人家下无店都怪可怜的了，我们住在那里也是避难的，本来我们应该好好地照顾她老人家，可是她脾气孤僻，不和我们交谈什么，也不吃我们的东西，连水果糖果她都不领，这样我们也就无能为力了。我们也知道尼姑是正常人，只不过信仰不同，我们哪能去伤害人家。"王琼对杨三解释道。

"王琼说的是，没错，我们都想了解了解她的身世，想编个小节目演演。"黄丽道。"姨妈你就给我们讲讲她的来历吧！"王琼把自己和同学们的态度做了解释。

"要我讲？……"杨三在大家恳求下有点进退两难，停顿了一下又道："要我讲，那我破例了。"

"对，就请你讲讲，我们都很喜欢听人家讲苦难史，可以从中受到深刻的、活生生的阶级教育，比上几堂阶级教育课受益匪浅，王琼姨妈以老尼姑为真实例子给我们上一堂活生生的忆苦思甜课。"黄丽像小孩子求大人讲故事似的说道。

"好吧，只好违反老尼姑的叮嘱了。"杨三说到这里停了下来，端过茶喝了两口然后长叹一声，回忆道：

一九四九年新中国成立后，随着打土豪分田地、妇女解放等一系列轰轰烈烈的运动，杨三当时当选为乡妇女委员，上级派她到庙里去劝解四名尼姑还俗的工作任务，除现在的李静惠年近六七十之外，其余的都有三十多岁，她和另外两名同志就进驻庙里和尼姑们同吃同住，组织她们学习党和政府对妇女解放、废除买卖婚姻，实行男女平等、婚姻自由自主等一系列政策后，其他三人都陆续被亲人接回去了，最后只剩下她一人没有亲人来领，三番五次地问她家住何方，家里还有什么人时，她总是摇头不语。杨三想这样顽固不化的人，再也无法做通她的思想工作，也就打算再住三天，万一开化不了，只好打道回乡了。就在杨三打算走的那天，她主动地来到了她俩的房间，静静地坐在她身边，当时杨三心里很高兴，认为她思想通了，可以解放出来了。可以完成政府交给的任务了，顿觉轻松起来。她流着泪讲述了她那悲惨的遭遇。

大约在一八八五年清末时期，鸦片战争给中国带来深重的灾难，军阀割据，外国人的残余仍有死灰复燃之势，日本侵略中国的野心越来越猖狂，很多特务以商人、传教士的身份为幌子，潜入我国各大中城市，搜集我各方情报。当时老尼姑的父亲是位爱国军官，他的上司趁国家大乱私通倭寇出卖军事情报被他父亲发现，为了保守秘密，他的上司竟杀人灭口，连她母亲也因莫须有的罪名被关进了大牢而失踪，李珍珍是独女，幸被保姆偷偷地把她转移到一个偏僻的地方住下。

一天又被特务认出，把她抓到另外一个和她父亲有密切关系的头目家里关押起来，准备把她卖给日本一个商人去做妓女。那时她才十六岁，喜诗书画，聪明过人，一日那军官带着日本商人来看她，说是送她去日本读书，又听那军官老婆说要那日本人付一千大洋才可以带人。日本人说明天付钱带人，还听那日本人说"大大的好"。他们走后又"当啷"一声把门锁上了。她知道自己成了笼中之鸟，插翅难飞了。当晚还有两名士兵看守。其中一名叫赵天山，曾当过父亲的勤务兵，一贯来受父亲的关爱，曾提拔他当过连长。赵天山为了报答她父亲的恩情，尤其是当这个反动军阀头目的警卫队长窃听到军官要把珍珍卖到日本为妓时，更决心铤而走险，一定要在当晚救出李姑娘——珍珍。

深夜十二点左右，人们正进入梦乡，突然一条黑影悄悄地向哨兵袭来，白刀进红刀出，把哨兵杀了，但没有钥匙打不开门，就用刺刀撬开了窗户的铁条，跳了进去，轻声对李珍珍说："小姐，我是赵天山，来救你的，快走呀！今晚不走，到了天亮他们就把你卖给日本人了。"李珍珍一听喜出望外。不能走前门只好再抓围墙逃走，赵天山知道一位少女三更半夜，人生地不熟，不知逃往何处，再说自己又杀了那个哨兵，也不能留在此地，决心救人救到底，带着李姑娘往自己家乡湖南湘乡方向走去。幸好赵天山也读了几年私塾，懂得不少社会上的规规矩矩，走了一阵见后面没有人追赶，自己也脱掉军装，穿上便衣装成兄妹。因当时正处在兵荒马乱的年代，不敢往城市走，尽走乡村小道，历时两个多月才由安徽的合肥到了赵天山亲戚家住了两天，打听家乡平安后才回到家里。李珍珍在赵家住了一星期，赵天山准备送她回湖北沙市她舅舅那里，正又碰上长沙、武汉各军阀发生激烈的战争，路上很不安全，只好暂留一段时间。

赵天山带回一名美如天仙的姑娘，很快传到一名当地大恶霸张豹子耳朵里，又了解到赵天山是逃兵，就派了名家丁偷偷地到赵家秘密打听虚实，这名忠实走狗亲眼看到李珍珍报告了张豹子，说确实有一名美艳的妙龄少女。张豹子一听兴奋至极，速即派了三十多名兵丁连夜团团围住了赵家，把李珍珍抢进了张府。当赵天山去亲戚家借钱回来时发现李珍珍被张豹子抓去，他恨得牙齿咬得咯咯响，他未经思索，立即从墙头取出手枪和五十发子弹及匕首，铁心要杀了张豹子救出李珍珍，他不顾父母的劝阻，连夜动身，趁着夜色杀气腾腾地往张家大院而去。

张豹子年近六十，抢得如花似玉的妙龄少女李珍珍后欣喜若狂，立即请走狗家丁吃喝。附近的恶棍为了讨好他，也纷纷赶来祝贺，酒席上张豹子得意扬扬，认为自己又有一名绝世美女做小老婆，可以乐个够了，因此大喝特喝，喝得醉醺醺的。两名保镖扶着他走过一条长长的过道，到了关押李珍珍的房门口，正要开锁进入房时，突然从角落里闪出一条黑影，来人正是赵天山，说时迟那时快，赵天山趁两名保镖还没反应过来就连连几刀把他们刺死了，紧接着手起刀落就把醉得东倒西歪的张豹子也杀了，连忙从他手里拿起钥匙火速开了门，边报姓名，边背起李珍珍翻越墙头逃出了魔窟张府。

李珍珍知道赵天山两次为救自己置生命不顾，现在又连杀三人，震惊当局，张家的反动势力不会饶他，就劝他不要再回家里。究竟到何处去呢？当晚两人只好藏在深山里商量，认为所有的亲戚家里都不能去，在走投无路的情况下，李珍珍提出要赵天山不要管她，自己走自己的，如果带着她更危险。为了李珍珍的安全他没有这样做，表示无论如何都要找一处最安全的地方渡过难关，等战争结束后再送她去她舅舅家。刚出虎口怎能让一个姑娘流落在外呢。最后赵天山想到了株洲市有他的一位朋友，曾经和他一起当过三年兵，但因在一次战斗中受了重伤，还是他把这位朋友背进了医院抢救才免一死，这个朋友在挥泪告别时留下了他家的详细地址。李珍珍又问他："你能记得他的地址吗？""记得很清楚，也一定能找到。"他俩又扮成兄妹往株洲而去，足足走了十五天到达了株洲，找到那里一问，赵天山的那位朋友已经死了。在株洲避难也成了泡影，因此他俩在株洲一家小客栈住了一夜，两人商定准备去江西萍乡煤矿找工做，这样可以躲过一时。煤矿一位搬运老板见赵天山身强力壮就收留了他，但见他"妹妹"身材瘦小，不能干重活，没事可安排，就拒收了她。赵天山对老板说："我妹妹身体不好，你只要给她安排一个住宿就行。"老板只安排一间茅棚叫俩人住在一起，不要说没有房可安排，就是有也不可能一个人一个房。没法，只好两人住在一起，每到晚上赵天山就在地上铺一把稻草睡，床就让给李珍珍睡，这样足足住了十多天，她为了不再连累赵天山，写了张告别字条，化装满身污秽的男乞丐不辞而别。经数月的乞讨，珍珍毫无目标地不知走过多少集镇和乡村，来到茶陵。又往东走，一天她突然发现一群男女提着香烛供果往深山而去，她也尾随其后，走到一座不大的庙门口时见庙内有一位年近花甲的老尼僧，她确认这是一座尼姑庙了。因此她就走到"仙泉"池洗净了手上有上的污秽，显出一位少女的原貌进得庙去，双腿跪在老尼姑面前，乞求收她为徒。这时老尼姑考虑到自己年老了，为庙里香灯不息，后继有人，才把她收下，法名静惠。李静惠年少聪明，有文化，很快就熟读了全部经文，并练得一手好毛笔字，深受老尼姑的关爱。

赵天山看到李珍珍告别字条，急忙四处寻找，走遍湘赣边区，足足找了一个多月，没有她的足迹，当他走到株洲时就碰到孙中山领导的北伐军，他毅然参加了讨伐袁世凯的革命军队。但他心里仍然记挂李珍珍，每到一个地方就向当地群众打听她的下落。

从此，李静惠每天烧香的头件事就是求"皇灵仙"大神保佑救命恩人赵天山健康平安，然后才念经。几十年如一日从未间断，她的心里一直没有忘记赵天山，唯一的安慰就是祝他健康、平安。

杨三向他们讲述这段故事的过程中时，曾三次感动得流着眼泪硬着喉咙三字一顿地慢慢地讲下去。

孟川涛讲完尼姑李静惠的身世和遭遇时，全"春晖"的姑娘们都感动得热泪盈眶，特别是李萍萍和刘素华竟哭出声来了。

"啊！怎么大家都流泪了呢？"孟川涛惊奇地问道。

"老孟，你不可怜老尼姑吗？"张小兰含着眼泪问道。

"这是一个真实的故事，不是瞎编造的，文革期间我和肖忠文的妈妈黄丽也在场，现在黄丽不在人世了。"孟川涛硬着喉咙说不下去了，他回想起从院校到矿山再到"皇灵仙"一对恋人的幕幕的往事涌上心头……

"老孟，你为什么发呆不讲了呢？是不是又想念你的恋人黄丽呀！"张秀兰惊奇地问道。

"别讲啦，下次再讲吧！"说完孟川涛转身回房去了。

孟川涛回房后继续回忆旧情。

孟川涛和王琼他们听了也被老尼姑那凄惨的往事流出流热泪，孟川涛用激动的心情编成剧本，经沈教授修改后，黄丽扮演李珍珍，孟川涛扮演赵天山，演出很成功，连续在附近十多个生产队演出，深受观众好评。

中共中央关于停止武斗、复课闹革命的命令下达后，共大总校革委会在全国各大中城市张贴了关于复课闹革命的通知。张锐蕾又到省城打探消息了，当她在醒目处看到了全国各大专院校复课的通知，心情特别激动，兴奋得跳了起来，马上往舅母罗敏梅家跑去，一进门就放肆地高声大喊道"舅妈，舅妈，告诉你一个特大喜讯！"

罗敏梅听到喊声莫名其妙地问："什么喜事这么高兴？"

"复课了，中央命令停止武斗，全国复课闹革命，我一下车就看到了中央布告和各大专院校复课闹革命的通知。"张锐蕾上气不接下气乐呵呵地说。

"我知道，前天我就接到到校上课的通知，你们也可以回来了。你舅舅回来可以到医院去治病。"罗敏梅也激动得热泪盈眶，双手一把拉过外甥女，高兴地说道。

"本来可以回来的，但大家又考虑到不知虚实，为了安全起见，大家要我先回来了解了解再作决定。""锐蕾实在辛苦你了，为了你舅舅跑来跑去，我们不知如何来感谢你！""是自己的亲人，还讲什么客气，真正要感谢的还是孟川涛、王琼、黄丽呢！""是啊！有中共中央的命令武斗好像停止了，斗争还会有的，大批判仍然还会持续不停。不过有支左解放军进驻，就是批斗也是文斗，不会用武斗，我就更放心了。"罗敏梅道。

第二天一大早，张锐蕾高高兴兴地离南昌回到"皇灵仙"把复课闹革命的喜讯带给等候在庙里的孟川涛和沈教授他们。

大家依依不舍挥泪告别了苦难多端而至今仍孤独一人在深山老庙的李珍珍——李静惠，回到南昌。三个多月来他们和老尼姑结下了深深的友谊，吃掉她苦苦积蓄下来的大米二百多斤，茶油二十余斤，大豆五十多斤，还有各种干菜。沈教授和大家除了回的车费和几餐的伙食钱外，把余下的五十多元交给老尼姑作买香烛祝平安。

老尼姑站在大门口双手食撑念经祝大家一路平安，一直目送大家出了对面的山坳后还在烧香祝赐。

孟川涛和黄丽回到共大农学系原一班报了到，王琼到原农二班也同时报了到。沈教授住进了中国人民解放军一七五医院治伤，直至一九六九年出院复任。

孟川涛和黄丽在系报到时又按校革委会的指示，凡在大批判高潮时逃避运动离校的，一律到阶级教育办公室汇报自己的思想认识和离校后的活动情况。特别是孟川涛、黄丽私自放走沈天泉的极大错误，使"卫东"与"井野"发生两派武斗，双方损失不少，孟川涛和黄丽是两派武斗的罪魁祸首，必须受到严厉的批判。

三天后全校掀起了一场针对右倾机会主义分子孟川涛、黄丽、王琼三人大批判，各班、系出批判专栏，口诛笔伐进行全面彻底的批判。农学系的批判专栏，直点孟川涛和黄丽两人是革命的逃亡者、叛逆者、私放和包庇有重大历史问题的现行反革命分子沈天泉，是彻头彻尾的右派分子等，孟川涛他们三人每天写一份检查，一直持续到毕业为止。

孟川涛、黄丽政治上受到了沉重的打击，但他俩的心里仍日思夜想研究杂交水稻，孟川涛多次写报告向校革委会领导继续研究杂交水稻，都被犯严重的政治路线的错误为由不予理睬。

没完没了的检讨和批判，孟川涛每时每刻都想着和自己同病相怜的黄丽，她为了自己受尽苦头，他思念她，因此，在这夜深人静时，偷偷伏在被底下打亮手电给她写信，倾吐心思，劝解鼓励她不要泄气，不要悲观失望，狂风暴雨过后，就一定云开雾散太阳红。现在是邪恶压倒正气的时候，懂吗？我们的爱情是永恒的，为了事业，就忍受爱情的痛苦吧！他们只有控制我俩的行动，控制不了内心的真爱……孟川涛多次寻找机会才把信交给了黄丽。

黄丽接信读后，忍不住激动和痛哭流涕，足足哭了一夜未入睡，流着泪写了信表示以正确的态度对待批判，在爱情的问题上，要孟川涛深信她会永远爱他，海枯石烂心不变……

黄丽把这信折得很小很结实，多次擦肩而过都有"卫东"的干将紧紧跟着监视着，无法把这纸字塞到孟川涛手里，足足带了一星期，幸好她一次上厕所正好他从男厕出来到了交叉路时迅速递了过去，见没人跟着只小声地说了句："看后烧掉！多保重。"

"孟伯伯！中饭时间到了，快去吃饭吧！"孟川涛还沉浸在回忆之中，李小翠的喊声一点都没听见，小翠见他仍呆呆望着窗外，就走近去放大嗓子连叫二遍，孟川涛这才猛醒过来，"小翠你叫我？"

"去吃饭，吃完饭再给我们讲故事！"

"好，饭后再给你们讲故事。"中饭后，孟川涛回房后，继续回忆中。

从此两人的心慢慢静了下来。

六九年上学期他们毕业了。农学系一百五十多名毕业生除了孟川涛和黄丽外其余全部安排到各县农业局担任农技员、站长等。这对读了五年大学的学生来说，是决定一生命运的关键时刻。

孟川涛和黄丽一样戴着"右派"的帽子回到家乡，原盼望毕业后会给他们分配一份工作，现在不但没有工作安排，还要戴着右派的帽子回家乡改造，凡外出一天就得到大队治保主任那里请假，两天以上还要到公社公安局批准。他和黄丽相距二百公里，孟川涛多次写给黄丽的信就在当地邮电局被卡了，黄丽写给他的也一样发不出，两地公社的公安员都通知所在的邮电所，凡有他两人收、发的信一律留下交给公社公安员，不得寄发。这样一来，互相就断了联系，日子长了双方不见回音知道这婚姻一定会夭折，一年过去了也没去费心了，只有老老实实背着这黑锅改造算了，到了一定的时候政府总会给自己摘掉这顶帽子吧！

肖忠文你知不知道你妈妈生前的苦难吗？

七〇年冬黄丽迫于生活，在别人的介绍下草草地和肖太善结了婚，次年生下肖忠文。

二十多年前的今天孟川涛做梦也没想到会在这春晖旅社见到黄丽的照片，孟川涛重重地叹息着。心酸、苦涩的滋味一齐涌上心头，不觉一股悲痛的泪水夺眶而出。

此时，李小翠提着开水进房来了，说道："孟先生，有开水。"

"嗯！好好！……"孟川涛被李小翠的话音惊醒，回到了现实，忍着痛苦紧紧咬住嘴唇回答李小翠，然后赶紧转过头去，拿起毛巾擦脸，使李小翠看不出自己伤心流泪的难看相。

李小翠并没有去注意一位刚住下没几天的陌生客人的脸色表情，说一声放好开水瓶转身就要出门了。

此时，孟川涛心怀满腹悲伤一直想找个人倾吐倾吐才舒服，然而办不到，在这陌生的地方，找谁去诉说呢，他决定不让春晖旅社的人知道。

第二天李小翠按惯例提着开水进房来，孟川涛泡上一杯茶递给正要离开的李小翠道："请喝杯我从家乡带来的毛锋茶。"

"谢谢，孟先生！"李小翠很少喝茶，但听到什么毛锋茶的名字又有些好奇心地想尝尝味道。

"李小姐，你老家在哪里？"孟川涛问道。

"湖北通城，和湖南、江西三省交界处，是个交通不便的穷地方。"李小翠回答道。

"那也不能这么说，穷不怕，就如一张白纸，可以画上美丽的图画，写上优秀的文章。穷则思变嘛！现在改革开放了，只要大胆地迈出改革步伐，充分利用当地资源，搞活经济，穷山沟就会变成小康村、小康乡，甚至全面富起来的小康县。我们不能以为穷就垂头丧气，要树立走向富裕奔小康的信心。"

"孟先生说得对，不过我家乡好像没什么资源好开发利用，这几年来外出打工的逐渐增多，大家都往广东沿海开放城市走，文化水平高的人都到深圳、珠海、广州、海南等地去寻找他们的发财之路，只是我没有这个条件去碰撞发财的机遇，被老乡介绍到这小小的山城来做别人不想做、待遇低微的服务员。"李小翠惭愧地说。

"其实你到这小小的山城来也很好，虽然没有深圳、广州那么灯红酒绿繁华热闹的市面，但也是一座美丽的山城，她有着著名的白鹭洲，离革命根据地井冈山很近，城市虽小，但风景幽美、空气新鲜，没有什么污染，工资虽比大城市低，但消费也低，广州深圳工资虽高，但消费也高，相比之下，你的工资也不算低。"孟川涛分析道。

"李小姐，你什么毕业？""初中毕业。因家里穷就没读高中了，在家里做了两年农活，去年就出来打工了。""有初中毕业可以自学嘛，自古至今自学成才的人很多，只要你有恒心……"孟川涛话未说完就被李小翠插话道："像我们这样草包不如的人还能自学成才吗？但我也做过自学成才梦，因为我爱好写诗，从小学三年级就开始以简单诗歌形式写作文，初中每学期学校为我举办一两次诗歌会，并屡次得奖，初三下学期写了五百余首诗稿。"

"你本应该再读下去。"孟川涛有些惋惜说道。他知道目前贫困地区像她这样失学的青少年确实很多，学优者钱不优，钱优者学不优的矛盾确实存在不少。

"不行，家里东借西凑才凑够我弟弟读初中的学费，父母再也无能为力让我读高中了。读书不成就想到自学写诗，天天在家读书、写诗，不到一个月，爹妈就骂我说：你看看人家姑娘，比你大的有比你小的也有，都到外面打工去了，没去打工也要帮助做农活，你还整天关在家里涂涂写写，有什么用处，你写的这些能当饭饱还是能当衣穿吗？父母的指责使我自学成才的美梦和毅力彻底崩溃了。今天我看到你和肖老板能写能画，处处受人尊重，我羡慕极了。"李小翠激动地说。她曾发奇想三年写五千首诗，带着诗稿去拜访著名诗人，求得指教，但家庭条件不允许，终成泡影。

"啊！李小姐，原来你抱有如此远大的理想，真不简单，好，有出息，你还很年轻，只要你有恒心、有毅力，你的理想一定能实现。"

"孟先生，你的到来对我很有帮助，可以随时向你请教，你能接收我这个愚蠢的学生吗？"

"欢迎！欢迎！一定接收。不过我不是诗人，对你的帮助可能不大，但可以给你点信息。"孟川涛感到有些尴尬，因为自己不是行内人。

"谢谢！从现在起我就叫你老师了，你也不要叫我李小姐，叫我小李或小翠。"李小翠兴奋地说。

"既然你有那么大的决心，就尽我的能力吧，你的诗稿能不能给我看看？"孟川涛想了解了解她的创作底细。

"可以，可惜原先的诗稿都放在家里，我怕家里人当废纸烧掉，用报纸包了几重，锁在自己的破衣箱里，不过我可重新写几首来请孟老师帮我修改。"李小翠忙说道。

"好吧，你利用业余时间写几首，明天上班前给我看看。"

李小翠高兴得蹦蹦跳跳，三年前那个梦想又在她脑海里重现，突然间她有一种长高了的感觉，决心趁孟川涛住在这里的有利条件重新提笔作诗。她兴高采烈地来到最知己的张小兰身边，笑着一手搭在她肩上道："我拜了一位老师，你猜是谁？"

"什么？你拜老师？什么老师？我猜不着。"张小兰莫名其妙地说道。

"我谅你猜不着！嘿嘿！"李小翠神秘地说。

"谁知道你说的什么鬼话，看你好像中了魔似的。"张小兰看她疯疯癫癫的丈二和尚摸不着头，因此这样说道。

"我告诉你啊，我拜孟先生为老师，他满口答应教我写诗，你学不学呀？"李小翠忘形地说。

"写诗？我不懂，我哪有那个天赋。"张小兰道。

"好啦，晚上给我加两个菜，送到孟老师台上，钱嘛，我会付，懂吗？"李小翠用吩咐的口气道。

"啊！你要请孟先生的客，我呢？"

"怎么能算是请客，请客最起码也得三菜一汤。请你吗，等着吧！等我成功了，特意请你。"李小翠说着欲去，张小兰拉住了她小声问道："入账什么的？"

"随你，反正我会付钱给你，不过是付成本，内部人嘛，总得优惠点。"李小翠乖巧地说。

"行。"因老板早有规定，凡是旅社的服务员请自己亲朋吃几餐饭可以优惠。

开饭了，孟川涛刚坐下，张小兰笑盈盈地端来一盘瘦肉炒辣椒，一盘红烧鱼。梅小红端着汤、饭一齐放在他桌前，张小兰说："孟老师，这是你的。"

孟川涛一瞧不知其故，问道："你们搞错了，票还在我手里，是两元的普通客饭。"这时张小兰已经走去二三米远了，他急忙上前拦住张小兰着急地说："你搞错了，不要把人家的菜端到我这里来，快端去给那个要菜的客人，快换上两元普通客饭菜给我。"

"没错，孟老师，这是李小翠炒给你的，别客气，吃就没错。"张小兰说后转身进了厨房。

孟川涛回到桌前呆呆地看着两大盘香喷喷的鱼和肉，许久也未动筷子，又听服务员称呼他孟老师，这菜是李小翠请他吃的，心想：你这位李小翠也太重情了，太认真了，你拜我为师，也不必这般客气。这一点小事说一声就行，何必多此一举去浪费呢！他看窗口的炒菜的价目表汤菜一起至少也要30块钱，不行，她的工资不高，不能花她钱，但又考虑到送回去也不好，他正在犹豫之时，张小兰走过来说："孟老师快吃吧，小翠不会来陪你，吃就没错，菜都凉了啊！"

"啊，这酒请你拿回去，我不会喝酒。"

"好。快吃吧，何必客气。"张小兰说着接过堆花特曲走了。

没错，谢谢你了，小翠，我就吃了。孟川涛感激地大口大口地吃了起来，又想：绝对不能让小翠破费的，我一定要自己付钱。

第二天晚上，李小翠送诗稿来了。

孟川涛从衣袋里淘出30块钱送到小翠面前道："昨晚我算了一下，两菜一汤少不了30块钱，我不能花你的钱，应该补回给你，不够的话你吃亏了。"

"不不不，孟老师，如果我要你出钱，绝对不会叫小兰炒菜了，你不必客气，其实也没什么好的菜，只是表表心意。"李小翠说着将钱退回给孟川涛。

孟川涛和李小翠互相推让了一阵，她无论如何也不收，孟川涛只好把钱收回道："好，既然你不收，我只好多谢你了。从明天起就不能再这样做了。你要知道，帮助人不是建立在金钱和物质上，而是精神和思想上做到互相鼓励、互相帮助、互相学习，取长补短，共同前进，这才是我们的目的和要求。"

李小翠听了他的话激动地道："你真是我尊敬的好老师。"

"你诗稿呢？写了吗？"

"写了，请你修改修改。"李小翠从口袋里掏出诗稿双手递给孟川涛又道："孟老师，我要去接班了，晚安，拜拜！"李小翠说完告别了孟川涛出了房。

孟川涛展开诗稿一看：

《冬夜》
繁星密布的冬夜，
静静悠长。
那醉心的月色，
映缀迷人的风光。
在星光月色的树下，
一双双一对对情侣，
播出一席席爱的诗篇，
唱出一曲曲情的歌谣。

男女同用一个音符，
弹奏出静谧和谐的曲调。
用一个词汇，
写出情深似海的篇章。
随着两个旋转，
激起心潮中的涟漪。
将要开辟如此清澈深远的意境，
要弥漫整个世界，
啊！悠长悠长的冬夜，
渴望和等待的是——
明朝，
鲜红鲜红的太阳。

李小翠于 1983.7.20

　　孟川涛反复读了几遍，认为一位初中毕业的姑娘能写出这样的诗是不错的，只要她有恒心有信心坚持不懈地写下去，一定能写出成功的作品来。
　　正是：

皇灵仙处白云间，为避武斗藏深山。
待到复课毕业时，戴帽改造把乡还。
莫说前途有无量，理想爱情被毁散。

第五章

重逢忆旧

孟川涛刚看完李小翠的《冬夜》就听到楼下服务台传来闹哄哄的声音，他心中一惊，以为是小翠这里逗留了一会误了准时上班受到老板娘的指责，因此他到二楼走廊细听了一阵，没听有责备小翠的口气才放心回到房里。

原来值班室里刘素华坚持雷打不动制度，张小兰提着铝皮票箱来到服务台结算一天的收支总账，她打开票箱把预先清点好的早、中、晚餐客饭餐票和临时炒菜的现金一一摆在台上让刘素华清点对账，刘素华认真清点完毕后，张小兰又把购物发票递过去道："总支出925元。"

"今天为什么买这么多菜？又没有人预订酒席。"刘素华问道。

"不是我买的，是炒菜的杨师傅。"张小兰道。

"怎么叫他去买？比往日多付了二百多块。"

"我没有叫他去，他说我不会买牛肉，争着要他去买，他能买到好鱼好肉，我想反正每天买回来的菜都要经他过秤，买多买少他心中有数，所以我就点了七百块钱给他，买回后他没有叫我过秤，猪肉、牛肉就往冰箱里一塞，然后拿出这几张发票，上面金额共计九百二十五元，要我补给他二百二十五元。当时我有怀疑，但又不好说，本来我当时想告诉你，但又怕你也说算了，会怕自己下不了台，明明知道上了他当，也不敢当面说，这完全是怪自己。"张小兰心里很难受，钱虽然是肖老板的，但老板一贯相信自己，在经济上从来没有出过问题，今天神差鬼使，老老实实交钱让杨师傅去买，买回来又不过秤，马马虎虎打不开情面所造成的后果，张小兰越想心里越难过，泪水模糊了她的双眼。

刘素华听了张小兰的解释更明白了是被姓杨的骗了，他不是欺骗小兰，而是欺骗自己，明明是朝自己耍手段，他认为自己是柔弱的小姑娘，知道肖忠文外出去了，所以认为小姑娘好欺骗。这事也不能全怪小张。因此她就没有责怪她，只好言好语安慰这位一贯对工作兢兢业业的小兰，她担任餐厅的采购和全盘收支从来未出过差错，生意也做得红红火火。如果没有全心全意、忠心耿耿为旅社工作的一帮子人，自己有飞天的本事也是独马难驰。刘素华和颜悦色地说道："小张，你要知道，我不比肖忠文，我是个女人，和你年龄差不多，旅社的一切工作都全靠你们，今天我绝不是为了计较这二百多块钱，上当就上当了，从今以后要接受这次教训，多问几个为什么，特别是那个姓杨的，更要提防点。万一你忙不过来，就告诉我，我会叫小翠她们帮你。那个姓杨的很奸猾，总是想占别人的便宜，肖忠文走后，多次在我面前说些不三不四的话。今天的事我不怪你，只恨那姓杨的耍了我们，你千万别把这事放在心里，要痛痛快快、欢欢喜喜地干。在姓杨的面前也不要流露出来，就像什么也没有发生一样，平平安安照常工作，小李你说对吗？"刘素华像长辈一样语重心长地说道。

"对，老板娘通情达理，小张就别难过了，今后就别再上这样的当了。"在一边的李小翠道。"唔！谢谢老板娘原谅，我一定接受这次教训。"张小兰原以为刘素华不会放过她，很可能会在工资里扣回这二百二十五元，一个月就白做了，现在她对自己够宽容，心里很激动，一脸的愁容立即转为笑脸，暗暗下决心，一定要好好干，来弥补这一损失。

"杨师傅是不像话，还到处宣扬老板娘要做生日的事。"李小翠说道。

"我还是个小孩，不要听他瞎吹，到了六七十岁有儿女为自己做生日还差不多，我现在还是光棍一条……""哈哈，老板娘还你是光棍呢！我光棍都没有！哈哈！"李小翠半认真半开玩笑地说道。"是单身汉的光棍，这棍不是那棍。"刘素华半讲半笑地道。"不管你是这棍还是那棍，总之你有一条棍。"李小翠一字一句地笑着说道。

"嘿嘿，你这个死小李，我当然只有一条棍，你就有很多棍，数都数不清，是吗！哈哈！"刘素华开心地笑着用拳头追打着李小翠。

"哈哈哈！"张小兰开心地笑了起来。

服务台内笑声朗朗。

"叮铃铃！"一阵电话响，她们立即停止了打闹。刘素华急忙接上电话，道："妈，好！好，很好！"

八月十日，张秀兰安排好家里的事务后，急忙乘车来到了春晖。

刘素华见妈妈一进门，急忙迎上前去亲热地拉着张秀兰的手说："妈，我好想你，快回房去休息，再叫你吃饭。"

张秀兰看着女儿问道："生意兴隆吧？"

"还可以，你来了生意会更兴隆呢！"刘素华乐得像孩子似的跳起来。

"好，好，好！兴隆就好。"

"妈，你回去有二十多天了，家里的事都办好了吗？"

"都给他们说成了两对，其他的事就让他们自己去办了。"张秀兰关切地看着女儿刘素华问道："看你呀，人都瘦了，是不是太忙了？"

"没有吧，生意是忙一点，主要是你上次打电话说给我做生日，这事不胫而走，给人家炒得沸沸扬扬，真烦死人了。好了好了，你快回房去，洗把脸，喝口茶，吃饭时间都快到了。"刘素华道。

中餐时，孟川涛正坐在餐厅走道边，见刘素华陪着一位女士从他身边走过，当时没留意，只顾吃饭。一会就听到一名从身边走过的服务员对另一名服务员说道："老板娘妈妈来了，不知要炒什么菜，你快去看看。"

孟川涛听后一种好奇心驱使他抬起头来向厨房望去，她们早已进了小餐厅，心想：管他是谁，闲事少管，免得心乱。然而刘素华相貌和当年的张秀兰一模一样，他一直心存疑虑，为了弄清这个谜，就要抓住这个机会。

"孟老师！"张小兰端着盘子走过来很有礼貌地喊道。"啊，小张，是不是刘素华的妈妈来了？""是。""她妈妈姓什么？""同我一个姓。""叫什么名？""好像是秀兰吧，怎么？你认识她？""同名同姓的人太多了，不，不认识。"

孟川涛听到是张秀兰的名字，心里急待要看个究竟。当他刚进旅社见到刘素华时就有些怀疑，为什么她生得这么像二十多年前那个张秀兰，难道她是张秀兰的女儿，后来一直没把这事放在心上，今天听了张小兰的话后，决心要见见这位张秀兰了。

张秀兰五十五六岁，身材仍然苗条、结实丰满，一对眼睛仍然和年轻时差不多，亮亮闪闪，清清澈澈，赤红色的瓜子脸，只是眼角有几条鱼尾纹，在孟川涛的心里和当年的她相差无几。

张秀兰是为女儿生日而来。旅客们听到老板娘做生日的事都议论纷纷，有的说："二十做大寿，六十七十做什么寿？"有的说："有钱三十为尊长，无钱八十也何闲。""老板娘日进千金，不做寿钱往何处花？"

孟川涛只好旁听，听了一阵子也没什么新鲜门道。当他来到二楼正好碰见李小翠，小翠问道："孟老师开水还有吗？""可能还有。""没有就叫我啊。"

孟川涛突然脑子一转，不如叫小翠送瓶开水上来问问她更明白，因此又道："可能不多了，也不热了。""好，等一会我送瓶热的给你泡茶。"

"肖忠文有没有来电话？"张秀兰问女儿道。"这一段时间没有来电话。"

刘素华回道。"就不要管他了，主要靠自己安排。"

"吃住都好解决，晚上请他们看场电影，第二天就是中秋节，也许不会在这里停留。""我说呀！每人给100块钱红包，买些水果、糖果什么的，包一部车送她们回家，这样也就大方了。""妈，你要知道，不光是家里来客，除了店内的服务员外还有别的人知道。""还有必要请王所长。""那么工商、税务、防疫站都不能忽视，不请就一个都不请，要请全部请。"

晚上刘素华叫来李小翠、张小兰等在值班室研究她做生日的事。在议论中李小翠提出还要请人写祝寿词和主持，大家都考虑要有个男人就好，可是店里尽是女人，到底请谁呢？李小翠提出请孟老师，他是个写文章的，肯定没问题。

"孟老师当然是小菜一碟，但他毕竟是旅客，请他是否合适？"刘素华道。

"有什么不合适，别人也不知道他是不是老板的什么亲戚，如果要请他，还得先跟他打个招呼。"张小兰道。

"孟老师是哪里人？叫什么名字？"张秀兰问道。"是啊！刚来的时候只叫他孟先生，日子长了就叫他孟老师，没打听他的名字。""翻看住宿登记卡就知道了。"

刘素华拿出上月登记卡，张秀兰急忙夺过翻看，当她看到孟川涛的名字时顿时惊讶起来，但一眨眼间又平静下来，再细看了一遍，确认不错，年龄、住址都是二十多年的那位孟秀才完全一样，难道真的这么巧吗！张秀兰刚进入深思就被刘素华的问话打乱了："妈，你认识这位孟川涛吗？"

"不，不认识，不过有一位和他同名同姓的人，估计不是这位孟川涛吧！"张秀兰嘴里这么说，但心里又迫不及待地想去见见他。真有点不可思议会有这么巧。

然后大家决定请孟川涛做主持人，推荐李小翠带着红包去请他。

李小翠兴高采烈地拿着红包忙上到三楼，正要敲门时，孟川涛正好把门一开出来，差点两人碰个满怀。

"啊哟哟，怎么没听到你的脚步声？"孟川涛吃惊道。

"对不起，孟老师，打扰你了，我接受了一个重要任务要烦劳你。"李小翠说着把红包递给孟川涛，然后把刘素华做生日请人写祝寿词和主持人的事说了遍。

孟川涛听后笑了笑，说道："我又不是她的亲朋，也不是店里的成员，是住店的旅客，连认识我的人都很少，他们怎么要我干这事，我看呀，准是你这个小李推荐是不是？"

"孟老师真会考虑。"李小翠眯嘴笑笑道。

孟川涛认为这是一件新鲜事，为老人祝寿是频繁的，为年轻姑娘生日做主持还是第一次，看来这场面还真不小，做就做吧，因此就满口答应了这门差事，当然还有一个更主要的原因，可以借此机会理所当然地见到她妈妈。

"今晚你还要完成你自己的任务。""今晚一定写一首诗稿。""咦，她妈妈说什么？""啊！没错，她妈听了我说孟老师她很惊奇，急忙找到住宿卡看了看，她说可能是二十多年前她认识那位叫孟秀才，不过她还没见到你，到底是不是还不敢肯定，待有机会一定要见你。"李小翠说道。

孟川涛听了心里明白，现在的张秀兰就是当年的张秀兰无疑了。只是自己不好意思主动去见她，她也是有家室的人，女儿都已经快成富婆了，而自己仍然一身寒酸像，和人家相比实在惭愧得很。这一夜他总是翻来覆去，往事一幕幕在他脑海里闪过，又是一个不眠之夜。

这一夜，张秀兰的脑海里被孟川涛三个字搅得波涛起伏，一幕幕往事在她脑际里闪来闪去，又和女儿做生日的事交织在一起，翻来覆去，也成了不眠之夜。张秀兰绞尽脑汁全面、细致地预算着女儿生日的来客和开支等等，她对刘素华说："你表嫂带两个小孩，表姐可能带三个，满姨妈至少两个，还有小舅母也有两个，光小孩就有十来个，大舅舅、舅母年纪都七十岁了，他们难得进城一趟，有专车，一路顺风，你的同学大多数外出打工了，要来的也是少数，还有你叔伯家大约五六人，总的加起来有三四十人。肖忠文家里的亲朋可能不知道，估计不会有人来，要不要告诉他爸就你去考虑了。"

"妈，看起来场面不小，很麻烦，我看啊，要做的话就干脆办一两桌酒席，买点糖果什么的，请旅社人员加一餐，即节约又省事，多好！"

"家里亲戚已经做好准备了，能辞得掉吗！有什么麻烦的，还不是多几桌酒席什么的，每人打发一只几十元的红包，车费回来大约一千多元，总的不过万多块钱。"张秀兰轻轻松松地道。

"要这么多，妈！你有没有搞错呀！"刘素华听了大吃一惊道。

"没错，家里来的客人就得万多块钱开支。"

"不行，赶快打电话叫他们一家最多来一个，千万别来三四个，也不要包车，坐客班来，最好是一个都不要来。"刘素华很不高兴地说。

"叫谁家来一个，大家都争着要来，你能说谁该来谁不该来，我来的时候他们就做好准备，我也答应了他们。"

张秀兰嫁到刘家后因没给刘家生个传宗接代的男孩，丈夫又死得早，受尽了旁人的白眼和冷言冷语，她忍气吞声，真熬到改革开放后，决心做个强人，把一切希望都寄托在女儿身上，盼望总有一天她要抬起头来，今天女儿有了钱有了事业，一定要趁她生日之机，扬眉吐气，非做个轰轰烈烈不可，这样才有光彩。所以她不考虑金钱，更不怕麻烦。

刘素华想：他们来的目的就是要我的钱，花我的钱，万一没钱用，向我要几百块钱还甘心情愿给他们。给我做什么生日，谁说要做生日，我根本没想到要做生日。有些人就是借这个机会搞我的钱，平时放不下脸皮向我借、讨钱，巴不得有个名正言顺的机会，既不要借也不要讨，一家来两三个，每人一百，就两三百元到手，比做什么生意都来得快，不花成本，坐车、吃喝、玩乐都有，谁不想呢！如果我没钱，连我姓什么他们都不知道……

刘素华越想越气，说："不做了！"

"好了好了，别说了，素华，他们都是我们至亲的亲戚啊！"

"亲戚，亲戚，有钱就是亲戚，我没钱读书，向他们借几十块钱，他们会借你吗？"

"哪有你说的这么差，亲戚总是亲戚么！他们也是为你争气，为妈争光，人人都说张秀兰的女儿在城里发了财，二十岁做大生日，亲戚都车接车送，每人红包都上百元，人人夸耀，个个羡慕，名誉多好，你不是要为妈争气吗？给妈脸上争光。"张秀兰竭力说服女儿道。

"光彩，光彩，我的钱花掉了你又不说，有这么多钱啊，脸上贴金都够了，还更光彩呢！"刘素华气呼呼地道，"做生日的事我还没打电话和肖忠文商量呢！"刘素华道。

"你就打电话跟他说说。""我不管你这么多，哎呀！我累了，要休息了。"张秀兰知道女儿的脾气，不能跟她斗硬气，让一让，等她冷静下来再说才有效，因此她回值班室睡了。"妈，你上楼睡去，今晚我值班，要在这里睡。"

张秀兰想到肖忠文，他年轻秀帅，一身文人的斯文相，有才有貌有志气，会说会写又会画，就是不安分做生意，一心想着当画家，出名创大业，把生意交给年轻妻子去管，外出四五个月都不回来一次，你就不理解年轻人的心事吗？为什么要男大当婚女大当嫁呢？男女绝不是单纯为了传宗接代，也是为了男女之间性爱调谐的生活，女人需要男人的爱抚，男人需要女人的温柔，特别是现在年代的男女爱情更为讲究。你一出门就处处可见搭肩搂腰双双对对在大街上来来往往，难道你肖忠文就不理解么！不是成了书呆子吗！再说你肖忠文在外面也可能花心，或多或少也会采一两次路边野花。特别是那些文人，会有很多漂亮的姑娘追求，最容易见异思迁，见那些比老婆更漂亮更有本事的姑娘就想入非非，整天被新感情团团包围住，就冲不出这个漩涡，而会越包越紧，就成了远水救不了近火……她又想起了当年和那位孟秀才的事，还未天亮两人就跑到村外大树下谈情说爱、唱歌、吹笛，亲她抱她的那种美妙的情景。那是七十年代初，人们的封建守旧思想很严重，谁也不敢像现在那样公开谈情说爱，两人再好也是偷偷摸摸，比做贼还怕几分，一旦受到家庭的反对，相互爱得要命也得拆散，她和孟秀才就是这样被拆散的。现在他好像从天而降来到了这春晖，离开二三十年的他心中还有自己吗……

张秀兰想着想着只听大厅里的挂钟当当当地响了五下，她才意识到快天亮了，紧闭双眼，竭力控制自己什么都不要想，静静地睡吧。正当静下来时又听到赶早车的旅客在走廊里咚咚咚地脚步声和下楼、叫喊退房声，又许久才模模糊糊入睡。

"妈！"刘素华进房喊道。"几点了？"张秀兰睁眼一看整个房间通亮，问道。"八点十分了，妈，我叫张小兰给你做了八珍汤和水饺，起来吃吧。""好，睡过头了。"张秀兰起床了。

刘素华因做生日的烦恼未睡好，赶忙上床睡了。

李小翠接班后也忙着打扫值班室内外的卫生，不断哼着小调。

"小翠，你在和谁讲话？"张秀兰洗漱后走到门前问道。

"没和谁讲话，我是说八月半了天气还这么热，闷得夜晚睡不着觉。"李小翠说着迎上前去热情招呼道："阿姨，是你呀，我还没听出来呢，吃过早餐了吗？进来坐。"

"吃过了。你说天气闷，是有点，我也感到不好睡。"张秀兰道。

"就是嘛，睡在床上总觉得不舒服。"

"有对象了吗？"

"没有，我这样丑谁要啊！"

"小李一表人才，还不知道要找什么样的后生仔。"

"阿姨说得好，我这个又笨又蠢的人，恐怕一辈子也找不到男朋友呢！"

"哪里话，要不要我给你介绍一位好后生？"张秀兰因职业习惯，凡是一接触年轻姑娘或后生，说不了几句自然会谈问婚姻问题。

此时孟川涛急忙来到服务台喊道："小翠，买几张饭菜票。"

"好，孟老师还没吃早餐？"李小翠问道。

"早餐吃过了，买中、晚餐和明天三餐的。"

"进来坐吗？"

"啊！真是孟秀才，你怎么到这里来？"张秀兰一见惊讶地说。"是的，是的，真是秀兰！"孟川涛一见张秀兰心里一阵惭愧感，不知说什么好。"孟秀才，三十多年没见。"张秀兰悲喜交集地说道，但努力地保持平静。

"是啊，看你还和当年差不多，还那么年轻。"孟川涛既动心又嫉妒。

"别说我年轻，愁都愁老了，变成老太婆了，你才真的没多大变化。"张秀兰勉强地笑了笑。"头发都花白了，风吹雨打几十年……"

李小翠听得呆呆地插话问道："阿姨，孟老师真的是你昨晚说的那位孟秀才啊！""对对对！就是三十多年前在我娘家推广培育杂交水稻的同学，因为他生得一股书生气，能文能武的大学生，所以大家都叫他孟秀才。"张秀兰笑着对小翠说。

"那是过去的事了。秀兰真有福气，女儿经营这么大一家旅社，生意很兴旺，家里几个人吃饭？"孟川涛问道。"对不起，我就这个独生女，她进城在这里做生意，家里就我一个老太婆。"张秀兰说道。

"素兰爸爸呢？"孟川涛继续地问。

"她呀，给地球打工十五年了。"

"啊！"孟川涛听后不敢再问了。

"你有几个小孩？"张秀兰问道。

"一男一女，女已出嫁，男孩在南昌找了一份工作，能维持自己的生活。

"真好，你老婆呢？"

"她也去地球打工十多年了。"

"父母亲还在吗？"

"父亲在我大弟弟那里吃，母亲在我二弟家，两人都七十多岁了。"

"现在你又找了吗？"

"泥菩萨过河，自身难保，自己流落在外，还能再找吗！"

"你还这么年轻，有合适的还是找一个好。"

"唉！不容易啊！"

"我女儿生日的事，就烦你多费心了啊！"

"没关系，只要我能办到的事，一定尽力而为，我住你这里，烦你们关照的地方更多呢！有空到房里坐坐，我们毕竟是老相识了。"孟川涛说后拿起餐票，然后向张秀兰投去深情的眼光离开了服务台，慢步向楼上走去。

此时服务台前站着好几位旅客，有买烟的，有买餐票的，有买牙膏牙刷和零用品的，有交房钱的，李小翠正忙个不停。

张秀兰随手在货架上拿了两包红双喜香烟出了服务台，急急往楼上而去。

叮铃铃！值班室的电话响了。

李小翠拿起电话："喂，找谁呀？"

"你是刘素华吗？"电话里传来男人的问声。

"请等一下，我去叫她来。"

李小翠急忙上二楼叫来正在睡着的刘素华。起初她还认为是肖忠文打来的电话，跑步来到了服务台拿起电话问道："你是谁呀？"

对方道："我是你大表哥张成，后天上午我们有五十三人来给你做生日，已经包定了镇里一部大巴，所以先电话告诉你。"

"哎呀！太麻烦你们了，我还年轻轻的做什么生日，成了老人敬小孩了，多不好意思呀！"刘素华听后心里重重压力，无可奈何地说道。

"我们都是空着手来，请别怪啊！"对方道。

"谢谢了，谢谢了。"刘素华放下电话，转身对身边的李小翠道："你看多糟糕，我舅舅那里来五十三人，每人最少也要花上三百元，这样就要掏我一万五千多元了，唉！"

"反正从节约出发就不错，一般红包二十元就可以了，糖果买散装的，烟嘛，红双喜就不错了，总之钱是来之不易啊，能省的尽量省，省多少算多少，这是我的馊主意，不一定对呀，还得你自己做主。"李小翠说完瞧了一眼刘素华，意思是她说的话中不中她的意。

"小李，你的主意我很赞成，问题就是我妈，要摆什么排场，讲什么面光，其实这样花钱一点意思都没有。"刘素华道。

"算了，如今生米都煮成饭了，你的亲戚连车都定了，要安安乐乐，愉愉快快地过生日，什么不愉快的事都要抛到九霄云外去。祝你生日快乐！祝你生日快乐！……"李小翠说到最后唱起了这支祝寿歌。

"事到如今只好如此了，小李别唱了，我心里好烦啊！现在几点了？"刘素华心烦意乱地道。一是她埋怨妈妈，二是埋怨肖忠文不回来料理她的生日。

"差五分十点。"

张秀兰一步一思索，慢慢地来到孟川涛的房门口，稍微停了一下，下定决心踏进了孟川涛的房间。此时孟川涛刚展开宣纸准备画一幅松竹图送给刘素华作生日礼物，一转身见张秀兰正从门口进来，急忙上前道："秀兰！请进！"

"不请自来了。"张秀兰满脸笑意地说道。"请坐，请坐！"孟川涛边说边泡茶，心里有点扑通扑通地跳，显得手忙脚乱起来。

"我没什么礼物，给你两包烟。"张秀兰没有坐，仍站在房内张望了一遍，然后把烟放在宣纸上面。

"太客气了，还要买烟给我，来，喝杯茶。"

"你准备作画吗？"张秀兰接过茶问道。

"素华生日，想画幅画作生日留念。"

"好，这比什么礼物都重。"

"物轻情义重，别见怪，来，这边坐。"孟川涛将张秀兰让到沙发上坐下。

"你现在是干什么职业？"张秀兰看着孟川涛感到有点陌生。

"惭愧得很，没有固定职业，到处流浪，近年写些文章靠微薄的稿费过日子。"

"那年你在农科部门工作，为什么又没干下去？"

"你也知道文革后我就戴着右派的帽子直到七九年才得到平反，平反后又没工作分配。"孟川涛向张秀兰诉说。平反后又没有稳定工作，十多年来东调西调做临时工，上半年做代课教师，下半年又调去代征员，今年搞农技，明年代文秘，一直是生产队记工分，每个劳动日才分三毛钱。改革开放后还是没工作安排，我干脆到沿海去打工，由于没有大学文凭，说大学毕业有何证据，工作好、工资高的单位、工厂进不去，当时就在深圳饭馆当个洗碗工，后来在一家杂志社搞勤杂，那时就开始了写作生涯，辛辛苦苦、勤勤俭俭节约了几千块钱，正在兴致勃勃的时候，老婆得了不治之症，钱花光了还是人财两空。这几年运气不佳，几篇中篇小说未刊用，经济很紧张，为了完成长篇小说，特意来这里找一位同年，想向他借点钱渡过这难关，当他走到家时，大门紧锁，一问邻居才得知他已搬到广东沿海城市去了，详细地址谁也搞不清楚，有的说他在广州，有的说他去海南，众说不一，因此想找个服务态度好房价不高的旅社暂时住下来，就在汽车站看到了春晖旅社的广告，所以就找到这里住下来了。当我站在服务台前时，真把我惊呆了，服务台里的姑娘怎么和张秀兰年轻时一模一样，难道是他的女儿吗？但当时人生地不熟，不过知道张秀兰的娘家在这个县，难道他嫁到这城里来了，乱猜一通，结论就是人有相像，物有相同，所以也没有去问素华，做梦也没想到今天在这里见到张秀兰，孟川涛想起了往事，并一一做了说明。

"真的巧得很，我还以为这辈子没有见面的机会了。"

"真是久别重逢啊！"孟川涛既兴奋又难过地说道。

"我还常常想起你那悠扬的笛声。"

"我也时时想起你那嘹亮动人的歌声，三十多年了啊……"他们有一段很不平凡的往事。

一九七二年三月间，孟川涛被县农科所派往推广杂交水稻的湖南郴县学习，回来建立杂交水稻技术推广站。当时张秀兰娘家的红旗公社是县的重点，孟川涛分到了这个红旗大队。张秀兰的大哥张柏松是该大队的党支书记，因大队部没住房，他家有几间空房，是公社下队干部住的，因此孟川涛也被安排在他家里吃住。

张柏松白天夜里工作繁忙，四天有三天赴县社参加三级干部会，只有夜晚回大队贯彻上级会议精神，发动社员抓革命促生产，批林批孔，以阶级斗争为纲，抓好杂交水稻制种生产工作，常常是上次会议还未来得及贯彻又要去县社参加另一种会议。他走时就把文件交给孟川涛去组织贫下中农学习、讨论、批判，因为他知道孟川涛是大学生，比大队其他干部水平高。二十多岁的他，人长得清清秀秀，一身文质彬彬的书生相，大家都很喜欢他，都叫他孟秀才同志。真有意思，秀才的后面加上同志二字，真有古今结合的味道，人家不知真相的还以为"秀才"二字是他的真名哩。别看他一副书生相，干起活来不怕苦不怕累，主动参加开荒造田、兴修水利等劳动。

张秀兰那时是十九岁的大姑娘，初中毕业，在家劳动锻炼，容貌清秀如出水芙蓉，她时时都和在家同吃同出入的孟秀才谈工作，谈学习，谈理想，说说笑笑。孟川涛吹得一手美妙动听的笛子，他每天早上天蒙蒙亮就起床，在村外的大松树下吹着悠扬、婉转而美妙的笛子。村里的小伙子和姑娘们都很喜欢听他的笛歌，有的听得发呆，有的忘了手中的活，有的干脆放下活儿聆听他吹完一曲。张秀兰更加迷恋他的笛声，干活休息时就站在他身边，望着他点着音孔的手和随着曲调节拍变化的眼神，有时她也伴着唱起悠悠扬扬的歌，歌声似波浪起伏，好似进入美妙世界。两个月过去了，杂交水稻、父本长势进入高确峰期，张秀兰和孟川涛的接触也越来越频繁了，每天天天未亮孟川涛就悄悄地来到她睡的西屋房门口，轻轻地叩门，两人一起到村口几棵古松下石堆坐着，谈天说地，谈前途谈理想，有一次，张秀兰像小孩子一样问道："假如一只猛虎向我扑来，怎么办？""我会搬起大石头把它砸死。"孟川涛学着武松打虎的架势说道。"万一没砸中呢？"张秀兰睁圆眼睛望着他问道。"搬起石头再砸。""你来不及搬石头，它凶猛地扑上来了，不是还被老虎抓住吗？"

"我会很机灵地藏到大树后面去，你也不会睁眼看着，也会搬石头打它，两人通力合作一定能打死老虎的。""我被老虎吓呆了，转不过神来，不走也不砸老虎怎么办？""别怕，老虎准会向我扑来，使老虎扑空，我就趁机搬起大石头再砸，这时老虎只顾对付我，你就可以拼命往村上跑，边跑边喊救命呀！老虎伤人呀！这么一喊，村里的人听到了，就会拿刀拿棍冲过来救我。"

"你人单力薄怎么斗得过猛虎，等村里人到来，你早被老虎抓去当早餐吃了。""不可能，这里有几棵大松树可以东躲西藏和它周旋，直等到村里人赶来一定能打死老虎。"

"我一跑，老虎不扑你，转身向我扑来，我哪能跑得过老虎，反而会被老虎抓住，成了老虎的美味早餐，那你怎么办？""你要选在老虎正扑向我的时候跑，这时老虎的注意全在我身上，根本就没注意你，你不能盲目地乱跑，这时头脑要清醒，沉着应付，要智斗，不能蛮斗，懂吗？""你说的有道理，就怕脑子迟钝，往往应付一件特别紧急的意外事情时，总会慌了阵脚，没主意，而造成不可救药的后果。"

张秀兰说着扑到孟川涛身上，紧紧地抱住他道："孟秀才，老虎来了！"孟川涛也张开双臂紧紧搂住张秀兰，说道："别吓唬我，这里不会有老虎的，别怕，别这样，被别人看见不好意思。""不，我怕！我真的怕，你把我抱紧点，还没天亮有谁看见！"张秀兰伏在他怀里，轻言柔语地说道。

张秀兰丰满的胸脯紧紧地贴在孟川涛的胸膛上，互相都可以感受到心在咚咚地跳，呼吸也紧张起来了，孟川涛全身有点发热，神经也有点麻木，他很爱她，同爱黄丽一样，但身在异乡，工作又没有解决，现在来这里还戴着右派帽子接受改造的，千万不得聪明一时糊涂一世，万一被人发现，虽然没做非分之事，跳到黄河也洗不净了，自己的前途又会再一次被葬送。当他想到这里时，突然村里传来汪汪汪的狗叫声，说明村里已有人活动了。孟川涛轻轻地挣脱张秀兰的手道："秀兰，天亮了，村里的人也出来了，站远一点你唱歌，我吹笛子伴奏，好吗？""好，我唱，你吹。"张秀兰把手松开，一双水汪汪、亮晶晶的眼睛含情脉脉地看着他，再慢慢地转身离去，往另一堆石头走去，她唱着《九九艳阳天》。

孟川涛吹起了悠扬的笛子，几曲吹唱后，天色大亮，张秀兰割了几把嫩嫩的青草回家去。孟川涛吹着笛子往制种田去观察母、父本的生长情况，或拔草，或灌水……

夜里，除了组织干部社员学习上级文件外，就是给大家讲授杂交水稻的制种和大田栽培高产技术等农科知识课。

张秀兰和几位年龄长相和她相差不多的姑娘坐在最前面，她最用心听讲，每次讨论她都争着发言。特别是孟川涛主办的"农技知识专栏"黑板报她投稿最多，每次投稿都经他修改后登在专栏上。

集体学习往往都到深夜十一二点才结束，张秀兰和孟川涛一同回到家中后她还要坐在他房里谈论生产、学习，待家人都睡了，也谈些悄悄话和未来理想，太晚了怕家人知道影响不好，孟川涛只好叫她去睡，她却偏偏不走，其实孟川涛内心也巴不得她坐着谈天说地到天亮，但又不敢，怕她家人怀疑，往往夜深两三点还有讲不完的话，说不尽的未来。早上五点多两人准时不误地到村口坐下来还有说不完的话，白天还要参加集体劳动，还能保持精神饱满，从不疲倦，这可能就是爱情的魅力在支撑着他们的缘故吧。

孟川涛和张秀兰已经陷入了深深的情网之中，每天上下工都两人同步出门，由于分工不同劳动不在一起，到了分路口时两人还要站一会，说上几句互相关心和体贴的话。收工时谁先回到这里，谁就在这里等着一起同回去。

张秀兰把母亲留着待客的花生、葵花籽、红薯片也背着家人往口袋里装，到了分路时就往孟川涛口袋里塞。一天她妈妈到楼上去拿干菜，发现楼板上掉出一只黄灿灿的花生，认为有老鼠偷吃，就打开坛盖发现一坛满满的花生只剩半坛了，葵花子也不多了，再去看大米里缸红薯干也少了一缺。她知道不是老鼠，准是秀兰那丫头拿了，她心中猜到一定是拿给孟秀才作点心了。有一天她趁没人在的时候问起张秀兰说："你上楼拿了吃的，一定要把盖盖好，免得老鼠进去。""妈，是我拿了，但不多。"张秀兰偷着笑说道。

"不多，还没拿完，花生、葵花籽就不要拿了，万一有个客人进屋拿什么招待？""妈，我也是招待客人，不是我一个人吃，现在日子长，肚子饿，随便拿点当点心。""丫头，这些东西当不了饱，从明天起我蒸点红薯干给你们当点心，花生、葵花籽就别拿了。""妈，妈你真疼我，不过要多蒸点。""我懂，我懂，我会考虑你两人都有点心吃。"张秀兰听了满意地一笑道："妈妈真疼我。"

"你为什么要把你妈留着的东西偷偷摸摸拿给我吃？如果当初我知道的话绝对会阻止你，幸亏你妈没骂你，如果她骂你，那不是受罪的是你，享受的是我吗。事后，享受也变成了受罪，我过意得去吗？难道我不难受吗？今后千万不能这样做了。"孟川涛难过地说。

"怕你没吃饱饭，到了半响会饿肚子，不过现在好了，每天我妈都安排吃这个。"张秀兰说着递过一包蒸软的红薯干。"我真的怕你为了我而受罪，我不忍。"孟川涛接过红薯干说道。

"对，反正我妈很疼我，其实她也明白……""明白！你妈知道什么？""还不是知道我们俩这么好。"张秀兰说后脸颊起了红潮。

"你啊！糟糕，让你家里人知道我俩这么好多不好意思。"孟川涛有些难为情地说。

"不好意思？你真的没老婆吗？"张秀兰问道。

"当然真的，还会骗你吗？"

"那你为什么不找对象？"

"唉，你就别问了。"

"为什么？有什么秘密的事不能告诉我的？"

"可以告诉你，不过现在不能告诉你，到了一定的时候再告诉你。"

"为什么现在不能告诉我，难道你还不相信我吗？"

"我告诉你的话，你也很可能不理睬我，你都不理我，我还能找到老婆么。"

"不，不管你有多难过的好事坏事，我也一样对你好，你是一名有才学的大学生，是国家的高级知识分子。"

"我这个大学生和其他大学生不同，我是一个不中用的废物。"

"不，你是名副其实的大学生，你给大家上农科知识课讲得又深又透，通俗易懂，不古板、不教条，很生动，大家都称赞你很有水平，真的，没有不敬佩你的。"

张秀兰越说越激动，说得孟川涛心里痒痒的。

"秀兰，这些是你对我的偏爱所致，是你个人的心理感觉，只因你还不了解我，一旦你了解我的话，很可能会另眼看待。"

"不不不！我会了解你的，不管发生任何情况，你总不是地富反动右五类分子吧？！按你的年龄也是生在新社会长在新社会，五类分子也进不了大学门，他们的子女也是受党的教育培养出来的，绝不是坏人……"

"好了好了，有机会我再告诉你，上工的时候到了。晚上还要参加学习呢！"

张秀兰依依不舍地三步一回头，五步一站立，看着孟川涛远去的背影。心想：这个秀才真有点古怪，有什么隐私和痛处不告诉我，今晚学习结束回家的路上一定要把他藏在心里的秘密挖出来。

学习结束已是深夜十二点了，张柏松传达了县三级干部会议和公社党委扩大会议精神，结合本大队的具体情况，就当前抓革命促生产、促工作、促战备及当前农村的阶级斗争新动向等问题做了安排。张柏松回到家喝了一杯茶就进房睡了。孟川涛也随后关了房门，生怕秀兰进来被他哥哥看见，引起怀疑。偏偏就在这个时候张秀兰就轻轻来到他房门前，正要敲门，她大嫂提了一桶水从侧门进来发现了她问道："秀兰，你在干什么？"

"没，没干什么，我是来借书看。"张秀兰被她大嫂突然发现和问话，吓了一跳，支支吾吾地回答，幸好房内的孟川涛听见了，速即开门大大方方地说道："秀兰，你要借什么书？快进来，我还没睡呢！"

孟川涛没和张秀兰在房内说上两句话，只是比比手势暗示外面有人，他理会地把书递过去，一只手搭在她肩上轻轻地推了一下，张秀兰转头含情脉脉地看了他一眼，两人的眼光触在一起千言万语尽在其中。她出来房外见她大嫂仍站在那里未走，待她出来才进房去，心想：多事婆，我又不是干坏事，还要你来监视！

第二天一大早两人照常来到村口大松树下，只是张秀兰牵了牛出来吃草。他俩依然坐在那堆石头上。

张秀兰问道："昨晚你为什么一回屋就关门？"

"你大哥回来了，估计你不会到我房里来，谁知你还是来了。"

"不来？！不来和你说上几句话怎能睡得着觉，昨晚被那该死的大嫂看见，一夜都睡不着。"

"我们又没干见不得人的坏事，怕什么呢？"

"既然如此，为什么我大哥一回来，你就早早地关上门？"

"我是怕影响不好，我估计你不会来，所以才关门的，其实也和你说的一样，没和你说说话同样睡不着，昨夜一直翻来覆去，快到四点才合眼，心里总是想着你。"

"你是在哄我呢！"

"真的，不是哄你。"

"为什么不告诉我你心中的苦事或秘密？"

"我已告诉你时间未到，一旦告诉了你，准不理我了，你都不理我还有谁理我，在这上无亲下无邻的陌生地方只有你才是我唯一的亲人，我怕失掉你，让我把制种任务完成后再告诉你吧！若现在告诉你，怕你不理我，我会雪上加霜。连活在世上的信心也没有，你说严重不严重？"孟川涛哽着喉咙说道。他知道目前人们的阶级立场坚定，阶级界线分明，右派是与左派对立的，特别是年轻人，经过长期的阶级教育，是最忠于革命，最痛恨阶级敌人的，自己哪能在这个时候伤害心爱的心，因此，他不敢向她吐露自己的污点。一旦说出来双方都加深痛苦和伤心。

"不，我不是这种人，你大胆地告诉我，说明你真心诚意对我好，我也会更相信你，更，更，更……"张秀兰真诚地表达了她的心意，因为她已深深地爱他，不管他发生什么事，都是心爱的孟川涛。

"更更更，更什么，更恨我！"孟川涛猜疑道。"更爱你！"

张秀兰说着倒在孟川涛怀里，双手紧紧地抱住他不放。孟川涛也紧紧地把她搂在胸前，激动得流出了幸福的热泪，然后把文革期间从共大到眼前所发生的一切不幸的政治遭遇，详详细细地向张秀兰讲述了一遍。

张秀兰听了感动得热泪盈眶，忙安慰他说："原来你还是一位为救他人自受迫害的好心人，好心必有好报，你千万不要因此而悲观失望。黄丽爱了你这么长时间，相信她的心会永远不变的，她一定在等你呢！"说到这里她又伤心地哭了。

"不，你对黄丽更不理解，从学校出来后我们就被限制不能通信了，更不能来往。已经足足五年断了音信，我和她的爱情成了永远的回忆，她肯定是嫁人了。从那时起我怕连累别人，姑娘再爱我，我也没敢爱姑娘，包括你在内，只能把爱永远埋在自己心中。"孟川涛伤心地道。

"不！我不承认你是右派，你是被人陷害的，我相信党和人民总有一天会理解你的，你不是热烈响应党和政府的号召，把自己学到的科学知识贡献给社会，为社会主义农业献计献策，别灰心。从今以后，我会更支持你的工作和学习，更关心和爱护你，在这样的情况下你更需要我的爱，更需要我的——更需要我的鼓励吧！现在我可以向你表达我对你的心，黄丽做不到的，办不到的，我可以做到和办到，孟秀才同志！我真心爱你！"张秀兰说完又倒进了他的怀里，不断地揉揉他的胸部。

孟川涛听了张秀兰那句句情深似海的表白，心激动得如海潮澎湃，感动得热泪横流。在向她诉说之前就准备听后会离他而去，谁知出乎他的预料，不但没有被右派二字所吓倒，而且加深了对自己的同情和爱，并得到她更大的支持和鼓励，不但从口头表白深深地爱他，还不顾一切投入他的怀抱。他的泪水如断线的珍珠，洒落在张秀兰那美丽的脸庞上。

张秀兰掏出手帕轻柔柔地帮他揩着泪，惊慌地问道："你怎么啦？""秀兰，你的回答使我太高兴了，太幸福了，感动极了，但又考虑到自己的条件不可能符合你的要求，更不可能符合你家人的要求，特别是哥哥张柏松的要求，怕没有这个缘分得到你的爱，所以感到无比的惭愧，我的泪既是幸福，也是悲伤的泪。"孟川涛颤动着说。

"我不讲这条件那条件，现在掌握和全面了解了你，这比什么条件都更重要，人就在我面前，在我心中，这就是最好，最现实的东西和条件。你的右派是不成立的，文革运动的情况我也了解，只要你说错一句不符合造反派的话，马上给你扣上现行反革命、叛徒特务、右派分子高戴帽子挂牌游街批斗。这样的帽子戴在你大学生头上是无比荒唐的，因为你的出身是清白无瑕的，我敢肯定你是热爱党、热爱祖国、热爱毛主席、热爱社会主义的。所以我深深爱你的心，绝不动摇。"张秀兰是掏心掏肺地表白道。

"谢谢你，秀兰，我更爱你。"孟川涛听了她的话好似层层愁云被春风吹散了。"你不嫌我文化低、长得丑吗？""别那样说了，只要你不嫌我，就谢天谢地了，你是我心中最美最善良的姑娘，最心爱的人。"

天已大亮，树上一对喜鹊扑来扑去，喳喳地欢唱着，不知是为他俩的爱情祝贺还是担忧。孟川涛和张秀兰被喜鹊的欢叫提醒了，两人依依不舍各自分头上班去了。

公社党委组织全社制种大检查，张柏松按照上级指示要求，把本大队杂交制种情况做一次全面的上报。因此他在田间找到了孟川涛，要他把目前母、父本的生长形势及存在的问题较全面、系统地介绍一遍。孟川涛带着张柏松和随来的正副大队长、民兵连长、妇女主任等一行人到制种田里一垄垄亲临观察，五十亩制种田的禾苗全面长势喜人，达到父雄母壮，据孟川涛的估计花期正合要求，一定能达到种子高产。

通过全社干部检查后，在评比会上一致通过红旗大队是制种的先进流动红旗单位。红旗大队和张柏松的名字在全社全县都响亮起来。但他没有把这份荣誉和在田间辛辛苦苦劳作的孟川涛联系起来，认为成功归大队党支部的正确领导，当然也就名正言顺功归于他自己了，而孟川涛是一名接受贫下中农再教育的改造者。

一天夜里，孟川涛给制种队的青年男女上完农技课后和张秀兰说说笑笑走在回家的路上，突然身后来一人，孟川涛转身一瞧，原来是该村的民兵连长李忠泽。

"孟秀才同志，你也的确有本事，我们大队的一朵金花也给你看上了，也难怪，吃住在她家里，进有双，出有对，给了你有利的条件，制种结束后我们为你俩举行婚礼，真是双喜临门啊！"李忠泽讽言讽语，句句带刺地说道。

"李忠泽，你别在这里胡说八道，就是我要和孟秀才谈恋爱，你也无权干涉，婚姻自由嘛！"张秀兰恨恨地回答道。

"李连长，我身在贵地，真的爱上了秀兰还望你多方面支持，相信有你的支持我俩爱情婚姻会成功的。"孟川涛将计就计道。

"好，恭喜你俩，不过我要提醒你，作风不正派，乱搞男女关系，破坏社会风俗，姓孟的后果自负！"李忠泽说完转身离去。

"李忠泽，你不要血口喷人，你这个癞蛤蟆还想吃天鹅肉，做梦！"张秀兰心里明白，去年秋季民兵集训时，以教瞄准射击为由，几次伸手摸她的胸部，都被她打了回去。特别是今年春节搞文艺宣传活动，以深夜送她回家为名，走到山边时他急忙从身后紧紧拦腰抱住她不放，嘴里淫笑着说："我爱你，真想死你了，这里不会有人来……"说着就去脱她的裤子。

张秀兰弯腰拾起路边的一根木棍，拼命挣脱李忠泽的手，举起木棍拼命地往他头上打去，并不断地大声骂："看你这个流氓，当什么民兵连长，快滚开！否则我就要喊人了！……"李忠泽知道无法得手，就恬不知耻地骂："你不要不知好歹，臭婊子，走着瞧吧！"

从此，张秀兰再也没理睬过李忠泽了。今晚他的出现是想来抓辫子搞报复的，人已被张秀兰骂走了，但他并不会因此罢休，还会继续耍阴谋诡计来对付孟川涛和张秀兰的。

孟川涛想：李忠泽一定和张秀兰有过瓜葛，现在见她介入其中，成了情敌，为了证实谁是谁非，揭开其中奥妙，孟川涛拉过张秀兰的手边走边问："秀兰，刚才李忠泽专程赶来说这番话，据你理解他的用意如何？"

"你别怕，不管他要什么花招我绝对不会被他吓倒，我的终身大事任何人都干涉不了，我的心已经给你了，流氓想插手白日做梦！"她把以前所发生的情况详细地说了一遍。孟川涛听了心中萌发一种凶多吉少的兆头。这个家伙的淫望没有得逞，他一定不甘心罢休的，很可能会从各个方面来打击报复甚至陷害，为了双方安全起见，他向张秀兰提议：从今以后我们接触尽量少点，免得他们抓我们的辫子。

"我和你想得相反，从现在起我们的来往要更加密切，还要要求我哥哥把我调到制种队学习、劳动，每天可以一起出工，一起劳动，一起休工，把这个流氓气死，看他敢怎么样。"张秀兰理直气壮地说。

"我不敢和这种人斗，你还好，你哥哥是大队的一把手，有靠山。我呢，又怕你哥哥不同意我们的婚事，更可怕的是李忠泽会在你哥哥面上生是非，造谣，生事谣言可畏也，万一你哥哥听信他的鬼话，不但不把你调制种队来，还会把我调走，不是正中姓李的计。"孟川涛道。

"还有个办法，就好像什么也没发生，保持往常的冷静，征求我妈妈的意见，只要我妈妈同意我俩的婚事，干脆公开，制种结束后我们就登记结婚，到时让他们见鬼去吧。你说好不好？"张秀兰说道。

"好，这个办法好，制种一结束你就跟我回家去，哈哈哈！"孟川涛高兴得大笑起来。"不是我跟你回家，应该说接我回家去。"

"对对对！到时我请乐队专车，吹吹打打把你这位新娘子接回家去。"

"我才不希望吹吹打打，也不要用专车，这费用太多了，就到吉州坐车，咦，到你家里有多远？""有二百多个公里，八九个钟就可以到县城，下了车还要步行两个钟头才到。"

"我们干脆来个旅游结婚，到大城市去开开眼界。""这个想法很好，我们山里人就要到城市去看看高楼大厦，看看祖国的建设一日千里，还可以增长很多知识，了解城市人的生活，会给我们的新婚增添更美好更幸福的色彩。"

"城里人都说我们乡巴佬进城看不赢。"

"哈哈哈，那真不错，我到省城读书时，走在大街上就被那繁华景象吸引住了，真是眼花缭乱，第一次见到几十层的高楼大厦，边走边抬头看，和人家撞个满怀遭人骂，还感到好笑，在商业街，满街商品琳琅满目，五颜六色，真的让初进城的人看不赢，一点不过分。"孟川涛兴趣充盈，边说边笑。

"将来我们要做点对国家对人民有益的事，和城里人沟通，让他们也来我们山区看看，也使城里进山和山里人进城一样的感受，也会使他们眼花缭乱，处处新鲜。咦，你家是不是山区？""是呀！"

"你村里能通公路吗？""只要有恒心，有愚公移山志，一定能通。""这是个关键问题，听说城里人走不了山路，要城里人来山里玩，修公路也是头等大事，否则我们建设得再好，恐怕他们也怕来。"

孟川涛和张秀兰谈天说地，不觉到了家门口，张有兰"咦"了一声，做了停止说话的手势，轻轻地上前推开门，两人摸黑进了屋，她点亮了台上的炼油灯，她妈在房内说："秀兰，锅里有吃的，你们自己端吧，我就懒得起床了。"

"太好了，妈，我正好肚子饿了。"张秀兰说着就拉起孟川涛一同进了厨房，当她揭开锅盖一看，锅内热着两碗鸡蛋面，乐呵呵地说："妈妈真疼我们，来帮忙。"

"你吃吧。""不行，不行，一人一碗，这是妈妈的心意，你敢不领情，快端去吃。"

孟川涛接过鸡蛋面，激动地看了她一眼，微笑着道："太谢谢你妈妈了。"

两人吃了鸡蛋面，张秀兰随孟川涛进了房，笑眯眯地说："你看妈妈多喜欢你。""谢谢你妈妈，真幸福！""我妈，你也有份。""是的，不到时候，不敢叫她妈妈。"

孟川涛和张秀兰的恋爱已经到了白热化的程度，天天见面，每次见面都有说不完的话题，两人如胶似漆舍不得离开一步，虽然如此，但在孟川涛的心里总是不踏实，仍然会感到有一种阴影，在他心里划来划去，也怕会和黄丽一样的爱情悲剧拉下黑幕。由于他心里存在着忧虑，常常和张秀兰谈前景和未来时，总有一种悲观和苦衷，原因不用说，就是那顶可恶的右派帽子使他抬不起头来，他现在的心就像深水里的浮萍，根扎不到泥土里一样。

红旗大队除了开支部会议外，每次干部会都通知孟川涛参加。今晚的会和往常一样，在正式开会前孟川涛给大家讲解杂交制种的关键就在花期和人工授粉时，发现李忠泽鬼鬼祟祟在张柏松耳边悄悄地说些别人听不到的话，然后两人进了办公室，大约十五分钟后，孟川涛又见李忠泽得意扬扬地从办公室出来。孟川涛见状心中猜测到他十有八九是把那晚的事，加盐添醋地在张柏松面前扇阴风点鬼火了，尽管这事在他心头如压上一块大石板，表面上没流露丝毫，还和平常一样向大家讲课，但在他另一个心眼里等待着将要发生的不幸事件。

究竟李忠泽在张柏松面上给他俩抹上什么黑粉呢，当然孟川涛和张秀兰丝毫不知。原来昨晚被张秀兰骂了几句之后，他一直怀恨在心，近来李忠泽不断在社员干部中散布谣言，说孟秀才和张秀兰常常天还未亮就到村口松树下睡觉乱搞男女关系，生活作风败坏，在群众中造成极坏影响，搞得不好张秀兰的肚子就会成问题等等。又对张柏松挑拨："她是你妹妹，出了事将来对你工作也不利，会降低你在群众中的威信，我看你还是趁早把那个孟秀才安排到别处去住，最好把他辞退调到别的大队去。从别队调换一个人来就万事大吉。其实我也可以搞制种工作，何必还要他在这里伤风败俗呢！"

张柏松听了李忠泽的汇报当时真有点火冒三丈，恨不得立即把孟川涛赶出去。但他冷静了一会想：李忠泽说的不一定准确，没证没据就凭李忠泽几句话就把人家赶走，怕种子制不好，受批评对自己不利。因此道："你反映的情况不管正确与否，我会考虑。"他理解在杂交制种授花的关键时刻，好似十月怀胎一朝分娩，不管怎么样，这是他的责任，在技术上任何人都比不上孟秀才，我们不可能因小失大，还有四五十天制种工作就要结束了，怎能把他赶走，这些事我会慎重考虑。张柏松回到家里把李忠泽汇报的情况简单地和他妈妈说了一遍。他妈妈听了，火得跳起来，骂道："哪个没头鬼，嚼舌头死的，我秀兰从来就是正正经经的，孟秀才也是很文明，文质彬彬的大学生，我秀兰哪有这个福分，我还巴不得他俩结一对美满的婚姻，就怕孟秀才嫌秀兰没什么文化，配他不上呢！"他妈妈故意大声地说道。

气得张柏松七窍生烟，但又不好发作，只是气愤愤地说："不管怎么样也得注意影响，不好听的事绝对不允许发生在我这个支部书记张柏松的家里，妈，你说我怎么做群众工作？"

"群众工作，群众工作怎么样，我们家出了什么丢人现眼的事，你枉当书记，难道你不去分析分析说这种话的人就是眼红秀兰，全大队这么多姑娘没一个能找上大学生的，嫉妒秀兰找上大学生。他俩自己双方同意是符合党的政策，没违犯婚姻法，难道干部家的姑娘就不能自由恋爱了？解放几十年了，为什么非要请媒人做介绍不可？不请媒人自由恋爱就是作风不正派吗？你这个当书记的是怎样执行党的政策的，听信流言蜚语？"张秀兰听到这些话后气得跑回房里哭了起来。

"你的意思是让他们泛滥下去？"张柏松无奈地问道。"泛滥？怎么说是泛滥，秀兰没有到处和别人恋爱，我知道她是第一次和孟秀才要好，但也没有随便乱搞。"秀兰妈反驳道。

孟川涛回到门口，听到张柏松和他妈妈在争论什么，还说到自己的名字，他站住了，倾听了一会，才装着若然无事地进了屋。晚上张秀兰也没有起床吃饭，她妈妈三番五次劝她别听他们胡言乱语，一概扫来垫坐，谁也干涉不了我女儿的婚姻。尽管她妈好说歹说，张秀兰就是不起来吃饭，她的嫂子也来劝她，也不听，没法，她妈妈懂得女儿的心思，可能只有孟秀才能解开女儿心中的疙瘩，就悄悄对孟秀才说："小孟，我们都叫不来秀兰起床吃饭，你去叫叫看。"

孟川涛听了有些害羞，顿时满脸通红，但心里明白，任你们全家怎么叫都是白费，非我不可！因此不好意思地说："我去不太好，也不方便。"

"我做妈妈的请你去，有什么不方便的，去吧，啊！"在张秀兰妈妈诚心的催促下，孟川涛才去秀兰的卧室。他进房后转身见没人跟来就放心直接双手扶起她，痛心地说道："吃饭去，伤什么心？"

"谁让你来的？快出去。"张秀兰一手抱住他，一手推他。"是你妈妈叫我来的。""你真老实，叫你来就来，难道不怕人家说我们的怪话。"张秀兰感动得含着泪珠深情地望着他问道。"不怕，快吃饭去。"孟川涛在她脸上亲了几下，催促道。"你不来叫我，我就准备饿死在床上算了。"

"这是愚蠢的做法。我们只有去争取自由，争取成功，绝对不能用软弱的态度折磨自己，走，吃饭去！"孟川涛说着把张秀兰抱下床。"不要抱，你来劝我，我就高兴。你先走，我就来。"张秀兰妩媚地对孟川涛微微一笑说道。

孟川涛回自己住房拿起一本《水稻学》心不在焉随便翻翻看看，怎么也看不进去，他倒在床上慢慢地理了理这段时间发生在自己身上的一系列事件，特别是张秀兰妈妈对自己的信任和关爱，不但她妈妈同意这门婚事，就连她嫂嫂也没明显的反对。然而真实的内情孟川涛还蒙在鼓里。

孟川涛拿着《水稻学》来到正在就餐的张秀兰身边，故意朝她妈妈说："秀兰要制种和人工授粉的准确答案就在这本书上，你拿去看看吧。"

"我还有书上解答不了的问题要问你，当着我妈妈的面能否做个确切、完美的答复？"张秀兰似笑非笑地问道。

孟川涛听了马上明白过来，但又赔着笑明知故问道："你提出来看看吧，能马上答复的就在桌上答复，如不能马上答复的，在适当的时间地点再答复你，还答复不了就在书上找答案。行吗？"

"你是不是真心爱我？我们的事情被那些不怀好意的人炒作得像爆炸新闻一样，闹得沸沸扬扬，传到全村一千多人的耳朵里，我并不怕别人知道，怕的是你不诚心爱我，借这股风一吹了之，到时我怎么过？"张秀兰当着她妈妈的面，毫无保留大大方方地问道。

"秀兰，你放心，你提的这个问题，其实我早给你做了最全面的回答，好吧，我再重申一遍：只要你和全家人不反对、不嫌弃我，我永远爱你，海枯石烂不变心。最担心的就是怕张书记利用手中的权力想方设法拆散控制我们……"孟川涛认认真真地说道。他想当着妈妈的面就要把问题说穿说透，说彻底。"别怕，有妈妈在……"张秀兰插话道。

"你不要把问题看得那么简单，张书记要拆散我们不费吹灰之力……"孟川涛也未待她说完忙插话道。

"你们两人都在这里，只要你们两人同意，谁也别想拆散你们，到时我会出面顶住。"她妈妈鼓励道。

……尽管她妈妈说得再好，孟川涛心里还是不踏实。

杂交母、父本已进入了自然和人工授粉相结合的关键阶段，也是制种成败、高产、种子质量的关键时刻。孟川涛和制种队社员们更加繁忙，张秀兰主动向大队长申请，经批准后加入制种队来了，她立即投入到人工授粉的紧张劳动中。她的到来使孟川涛增添了精神力量，经他们的精心管理，母本的谷穗一天比一天饱满，一天比一天往下弯腰。这时全社又组织一次大检查，公社党委和社、队领导干部看到红旗大队五十亩制种田的母本差不多和大田的高产稻穗一样谷粒饱满，全垂在叶下，已充分表示了制种完全成功，不但完全可以获得高产，而且全年第一次在本地获得制种成功后不但保证了明年全县获得农业有史以来的特大丰收外，从此再不要花高代价到海南岛去制种了。张柏松更是得意扬扬，在全社三级干部会上大讲特讲抓革命促生产、促制种的经验，其实他对杂交水稻制种技术一窍不通，也从来没有参加过制种劳动，完全靠孟川涛亲自劳动、亲自指挥、亲自培育和亲自管理才取得这么好的成功。张柏松只知道享受荣誉，领功受奖。

种子成熟了，五十亩田里一垅金黄的母本中又夹着一垅豆绿色父本，给人们一种图案式的画面享受。全部收割完毕后，晒干风净，张柏松和县农业局长、农科所长、公社党委正副书记、正副社长等领导亲临验收，喜获亩产纯种586斤的特高产量，估计父本亩产也有200斤以上，按当时一斤杂交种可换8斤食谷和1.5元的差补，等于亩产食粮4708斤，再加200斤父本，总计亩产等于4908斤的高产。红旗公社共十五个大队，最高的只有370斤，红旗大队获全县、一地制种第一名，省第一名，不要说在省，在全国也是史无前例的创举。张柏松到省、地、县领回三面制种先进单位的大红旗和先进党支部的奖品奖状，还有他个人获得的"模范党员"省劳模等荣誉，从此红旗公社、红旗大队和张柏松的名字红及全省。省报、地区报、省电视台、省广播电台的记者们都纷纷来到红旗大队采访张柏松。省地下达文件，号召各县、社向张柏松同志学习，他今天被这个县请去"传经送宝"，明天那个县接去"送宝传经"，这样一来张柏松更加得意忘形，在谈经验时只字不提制种技术员孟川涛的名字，一切功归他自己。

制种结束不到一星期，他就去电话到孟川涛家乡县人事局了解他的个人表现和家庭社会关系，接电话的是一名局长，把孟川涛在共大读书时被划上"右派"的政治鉴定说了一遍。张柏松听了心里狠狠地想：我历代社会关系清白如镜，我这位共产党员，党的基层干部，现在正是红遍全省的时候，还有望提拔，怎能容得"右派"进入我的社会关系圈内。你孟川涛真是井中蛤蟆想吃天鹅肉，因此他心生一计，把秀兰使开，立即在公社书记面上说他作风不好，影响很坏，必须立即辞退回家。党委同意他的做法。张柏松回到家立即通知孟川涛马上收拾行李去公社接受新任务，切勿延误。孟川涛一头雾水，说"明天去行不行？""不行，今天报到。"因此孟川涛回房急忙提笔写了一张字条偷偷地塞进张秀兰的房门缝里，卷起简便的行李匆匆往公社而去。

一路上孟川涛都在挂念着张秀兰，这么一去何时才可以见面呢？他心里空荡荡的，一步高一步低，头重脚轻地走在路上，到了半路孟川涛还踌躇不定，他真想返回去和张秀兰见上一面，说上几句话，心里也更安，这么突然一走，两人都毫无思想准备，还会使秀兰产生误解，可是今天下午就要到公社报到，秀兰天天都在家，偏偏今天就走开了，中饭都未回来吃，现在都快下午三点了，还得走一个半小时的山路才能到公社，他想来想去就坐在路旁石头上，拿出纸笔写了一封信给张秀兰，把不辞而别的原因说了一遍。来到公社邮电所门口将信寄出后再到公社，这时天黑了，他找到公社书记，谁料到那位书记递给他一张明天早上六时半上车回家的车票和二百三十块钱，只安慰了他几句就走出了办公室。

孟川涛还以为其他制种人员已经走了，当晚他住在公社的招待所里，一夜思前想后，现在完全明白了张柏松的用意，是他预先有预谋故意支开张秀兰，然后趁机叫他去公社，这样就没有他俩见面商量的余地，然后控制他俩的联系。孟川涛半夜又写了一封长长的信把所发生的一切情况详细地告诉她，并要她接信后火速来新桥见面，有重要事跟她谈。孟川涛一夜未眠，天蒙蒙亮就出发赶到邮电所，正碰上徒步送信报的邮递员出到门口，孟川涛急忙拿出信和邮票钱，请求他一定要帮忙把信交到收信人手中，买了一条香烟表示谢意，邮递员高兴地表示，没问题，一定送到。

孟川涛买好饼干带好书籍坐在新桥头上，他知道红旗等几个大队的人到公社去的必经之路。他时不时看书，时不时望着从红旗大队来的方向，凡有人路过他都抬头看上一眼，生怕张秀兰会从他眼皮底下错过，就这样，从早到晚等了三天也不见张秀兰的影子。难道她没收到信吗？难道她错怪了自己趁她不在家就离她而去吗？孟川涛一直在猜测着，一分一秒也没停止思考，他像疯子一样从桥头走到桥尾，从桥尾又到桥头，往往返返又等了一天，还是不见张秀兰的影子，急得孟川涛不知流过多少相思泪。他恨自己太听指挥了，如果顶住再住一夜，第二天再走也不至于产生这样的后果。孟川涛打了十二个主意要返回去跟秀兰说明白，但没这勇气，去了也还是白费，这完全是张柏松的安排，张柏松包括她妈妈在内全家的思想肯定来了个大转弯，连她母亲也不理自己，反而使自己落个没趣，张柏松和公社党委书记也把自己赶出红旗公社，还有什么脸面再返回去见秀兰了。因此孟川涛拖着沉重的步子返回招待所，一头倒在床上伤心地哭了起来，哭累了才糊里糊涂地入睡。三天来不思茶水，眼眶也陷了许多，当他醒来时已是早上五点半了，他一骨碌起来拿起行李往车站走去……

自从回家后孟川涛牵肠挂肚，怅然若失，不死心，基本三天一信，心想：人见不着难道信你不复一封，一月、两月过去了，有一天突然收到红旗大队加盖了公章的一封信，说张秀兰已有对象马上就要结婚了。接到那封信后已经真相大白，我写了几十封就连那邮递员送来的信也被他们一一卡了。

"你走了不到一个钟头我就回来了，发现你的行李没了，当时就大吃一惊，找遍了房门屋后、大队部、田头地尾也没人，打开自己的房门才看到你写的那张纸条，原来我哥哥叫你去公社了。我问我大哥是怎么回事，他说公社党委调查了你在学校读书时就有反党反社会主义的行为，对现实不满，有严重的政治问题，是右派分子，被公社党委辞退回家去了，我们家祖祖辈辈都是清清白白，所以我才入了党，当了书记，如果你和右派分子结婚的话，我的书记职务被撤掉还不算，还要开除党籍等等，你不要去留恋他，要找对象，最起码的条件就要出身好，社会关系好，千万不能同有政治问题社会关系复杂的人谈对象。……我天天写信也交不出去，我哥嫂一连几天在家守住我，就连我妈也变得判若两人，不但不为我说话，还想方设法为他们禁锢我出主意。我在房里又气又恨，足足哭了三天三夜，我简直成了疯子，我想到死，哪能出得去，已经成了寸步难行的'囚徒'了，家里人请来很多亲戚和村上的姑娘来劝说我，后来我就大病了一场，足足一个多月米水难入，人也瘦得一身皮包骨。"张秀兰流着泪悲痛地诉说。

后来我才知道你写给我的信全被我大哥指使邮电局卡了下来，全部落入他手里。……

正是：

昔日情结暗昏昏，天各一方无缘分。

恩恩怨怨情难了，柳暗花明各一村。

第六章

生日风波

"素华，我和孟老师做了一个初步的计划，比较麻烦的就是厨房，明天就十三了，要买的明天就要买好。"张秀兰对刘素华道。

"妈！你说得好轻巧，我还年轻做什么生日。"刘素华道。

她并不是没有招待十几桌酒席的经验，对自己做生日的事没放心里，甚至认为这是无事找事，是她妈妈自找麻烦，就把这担子往她妈妈身上推，说道："好，我要做生意，这些事就由你去安排去计划，不过要处处节约，我可没钱给你大手大脚地去花啊。"

"我啊，哼！农村做几十桌的喜酒我都安排得有条有理，这里的条件比农村好几十倍，我来就我来，难不倒我。你只管做生意就是了。"张秀兰轻轻松松地说。她心里有底，孟川涛会帮她策划，再大的场面也难不倒。

张秀兰的确有这方面的经验，村中间有婚丧喜事都请她去帮忙安排，出谋献策，而且安排得恰恰当当，利利索索。

晚饭后，她去找孟川涛商量道："素华没时间，也没经验，她把生日的事全往我身上推，幸好有你在，我特意来请教你。"

"秀兰，你别看素华年轻轻的，单位在这里办十多二十桌的酒席都能包，而且办得很丰盛，使顾客很满意，不是她没经验，而是不乐意办自己的事，你说是不是？"孟川涛道。

"她是不乐意做生日的，是我三番五次要她做的。人生吗，有条件的时候要做的就得做，也别把钱看得太重，但也不能过于浪费，要根据自己的家底子来划算，拳头不能打尽了，一万花三千就不怕，一万花上七千就输了。"张秀兰道。

"没错，没错！现在是改革开放的新时代，思想不能停留在我们年轻时，做生日也是种无形的广告，可以扩大自己的知名度，特别是素华在这里做生日更是如此，给人的影响更深，我认为办一次风风火火的酒席、热热闹闹更有效果。"孟川涛说道。

"你的看法和我一样，请你给我出出主意。"

"当然，当然！首先要估计来客人数，才能计算办多少桌，吃什么菜，喝什么酒，抽什么烟，安排什么活动等等，都要列出一张单来，按计划进行。远客三餐，近客一餐，为了店里生意能照常营业，中晚餐都可以推在旅客饭后进餐。"孟川涛道。

"好，请你写张明天要买的菜单，有些菜还得明天准备好，如肉丸、扣肉、烧鸡、烧鸭等，临时来不及。"张秀兰道。

"你说，我来写。"孟川涛道。

张秀兰一样一样地报给孟川涛，然后把菜单交给厨房的张小兰负责购买。

刘素华在服务台正为住客开票，向楼上喊道："小红，带客！"

"来了。"梅小红边唱着《世上只有妈妈好》的歌，跑下楼来。她中等身材，白里透红的瓜子脸，一对滴溜溜、水汪汪的大眼睛，活泼灵巧逗人喜爱，她喜欢穿红衣服，你看她穿一件大红紧身衣，她的名字和穿戴相呼应，她到一处带一片《世上只有妈妈好》的歌声，她哼着歌来到服务台，嘴里又唱着歌往楼上走去。

"小姐，你的嗓子真好，歌唱得很动人！"一位旅客赞道。"不行，没有我的妈妈好啊！"梅小红道。"你妈是位歌星吗？"另一位旅客问道。"我妈妈是歌星我就不会在这里当服务员啦！总之是我妈妈好！"说着又唱起了"世上只有……"，随着一串嘹亮的歌声把旅客带上楼去。

话说肖忠文早几天就想到刘素华生日将近，考虑要不要回去一趟，近半年未归了，心里也挂念她，不回去也对不起她，回去吗？又丢不下沈小燕一人在厦门，又不能一同回去，他思前想后，决定不回去，打个电话祝她生日快乐，此时肖忠文和沈小燕正准备去鼓浪屿走走。

"嘀嘀！嘀嘀！"一阵轻轻的汽车喇叭声在春晖旅社门口响了。

张秀兰、刘素华、李小翠、梅小红等一齐跑出去，只见一辆橘红色的大巴满载着张秀兰娘家和刘家的客人停在门口。

车门开后，走下车的有刘素华的大舅二舅三舅夫妻、二姨妈、小姨妈、大表哥、二表哥夫妻、表姐、表妹等男男女女、老老少少牵小孩、抱娃娃、提大包小袋的——从车上鱼贯而下。

刘素华和张秀兰等人忙上前热情招呼，帮提东西，帮抱小孩，寒暄着到了二楼的大会议室。

张秀兰乐得哈哈大笑，美滋滋地说道："人都难得来一次，还拿这么多礼物来，花费了你们不少的钱财。"

"我们是空手而来，幸好不是去别人那里，是自己的外甥女，所以才敢来。"

李小翠、张小兰、梅小红、小菁等也七手八脚在会议室倒茶倒水忙着招呼客人。

会议室正中挂一大幅肖忠文画的迎客松，左右两边的墙上也挂满了字画，厅中间一排会议桌，桌上均匀地摆放四盆鲜花，花的两头和中间放了六只和脸盆大小的大盘子，盘内放着大中秋饼，饼的上面用金塑成的大寿字，寿字的四边又拱着"寿比南山""福如东海"等和茶杯大小的金字，四边再托上四片鲜嫩的葵花叶，真是辉煌夺目。桌的周边摆放着几十只高级细致而精美的茶杯，每位的桌前放着花生、瓜子、糖果、香蕉、雪梨、苹果和柑橘等食品，还有红双喜香烟和打火机，桌前摆好活动钢架背椅，靠墙又摆放了几套皮革单人、双人、三人、五人高级沙发。正中的长桌柜上放着二十八寸彩电和 VCD 及音箱，体现出招待高贵客人的场面。这一切都是孟川涛亲手设计和亲手布置的。

李小翠等人忙于泡茶，张秀兰忙于递烟。

刘素华在服务台仍然是无动于衷，但也走不开。

孟川涛在自己房里埋头写稿，对外面所发生的事好似一切不知不晓，就是知道了没有主人请他，也不会主动上前，因为他明白这种事不是自己参与的，再说他也不想看到当年拆散自己婚姻的张柏松。

会议室内一群孩子见桌上摆着各种各样的食品，叽叽呱呱指着要吃。

张秀兰拿来一只装满食物的精美的食品糖果盒子，一把一把地抓给小孩子们，又从水果箱里拿出橘子分给他们，才使那些不懂事的孩子们静下来。

一杯杯热气腾腾的茶已经泡好了，满室清香四溢。张秀兰以主人的姿态恭恭敬敬地说道："大哥大嫂，大家一起坐到桌前来用茶，有花生、糖果、水果，自己选择不用客气，外甥女店里生意忙没有时间来陪大家，请不要见怪。"

"尽是高级的，我们农村做喜事哪有这么多高级的，除了土产品还是土产品，这种场面有钱人才能拿得出，不是有素华进城开了这大旅社、大饭店发了财，别说来城里做客，来玩的机会也没有，这是托了秀兰姑姑的福。"

"姐姐，没有饭吃，就吃这个？"一个五六岁的小男孩问道。

"有有有，蠢牯，吃完茶到了中午就吃饭。"

"现在喝茶，休息休息，到了十二点才有饭吃，坐车饿了就吃点水果，想什么吃自己拿啊！"张秀兰对孩子们道。

"兰姑，外甥婿呢？"张柏松问道。"你外甥婿啊，外出画画还未回来，如果明天没回来，就不回来，中秋节才会回了。"张秀兰回答道。

"我们还未见过这位有才能的文人呢！"

"是呀，二十多岁的人当大老板，又当画家，真了不起。"

"这些字画全部是他自己画的。"张秀兰指着墙上的字画对大家说道。

"这是他画的呀！我还认为是买来的，画得多好啊！有前途，有前途！素华真有好福气，找了一位年轻的画家。"

大家你一言我一语地赞扬不绝。

张秀兰听到娘家人对女婿和女儿不停地称赞，心里乐滋滋的。突然想起了孟川涛，急忙叫小红去楼上请他下来喝茶。

孟川涛见张秀兰派小红请他去客厅喝茶，放下手中的笔怀着好奇的心情去会会这些曾在二十多年前，见过面从红旗村来的客人，特别是要会会红极一时的老书记张柏松，也可以叙叙旧，更可以了解改革开放的农村情况，因此紧跟着小红来到了会议室。只见十多名穿红着绿的青年妇女和姑娘，带着浓重乡土气味的一群小孩，穿戴各异的青、中年男人，当他的眼光移到一位年近古稀的老年人时，瞬时一阵不知什么滋味涌上心头，心想：他就是当年红极一时的、政治觉悟很高的红旗大队党支部书记张柏松吗？他仰起脸只当没看见一样。

张秀兰急忙道："我向大家介绍一下，这位就是二十多年前来我们大队帮助制杂交水稻种的孟秀才，大哥、二哥你们还认识他吧？"

"啊，孟秀才，认识认识！"张柏松听了睁大了眼睛惊讶地说道，他马上联想起自己曾采取过分强硬手段砍断他和秀兰的恋爱，在脑子里如放电影一样一幕幕闪过，他感到有些尴尬，坐立不安……"孟秀才同志，二十多年不见，今天见面真是巧遇，看你身体多好，还那么年轻！"张秀兰的二哥张森林急忙站起来说道。

顿时在场的眼光都好奇的集中到孟川涛身上，青年男女们不知其因。

"张书记你好吧！二十多年不见，你身体还很健康，真没想到还能在这里见到你。"孟川涛强作笑脸说道。但他马上又压抑内心火，冷静想这事已经过去二十多年了，那是时事政策造成的，也不能全怪他，君子不记旧仇，何必要露仇脸，他适时度量的灭火器，把心头的火压下去。他正掏烟出来，张秀兰一手拉住孟川涛道："这里坐。"故意把自己的座位让给他，同时从衣袋里掏出一包三五牌香烟往他手上一塞，速度之快捷，谁也觉察不出。孟川涛会意地坐下，又急忙站起，打开三五牌香烟，上前一一递上。

张柏松把往事在脑子里闪过之后，难堪和不安的心情立刻平静下来。他毕竟是久经风雨考验的老把手了，那种傲慢神气，高高在上领导别人的思想还占重要地位，虽然大权不在握，但不失握权的气概，不管怎么样，在村上群众眼光里他是一位老党员、老书记，想到这他镇静自如地接过孟川涛的烟问道："孟同志，你现在在哪个单位上班？"

"惭愧！惭愧！张书记，我从来没有一个稳定的工作单位，二十多年来东也是临时工，西也是临时工，都怪自己思想不好，这些情况不用我说你比我更清楚，现在仍然是一个到处流荡不定的流浪者呢！"孟川涛笑意中夹着愧色说道。

"哪里话，孟秀才现在是作家了呢，他住在这里是为了找个安静而方便的地方，写长篇小说，否则，请都请不来。"张秀兰得意扬扬地说。

当孟川涛在客人面前一亮相，她就绞尽脑汁要抬高他的身份，从前和他在一起受到打击的悲剧也很恼火。

"真了不起，作家也到我们这里来，我还是第一次亲眼看到作家，真感荣幸。"张森林读高中一年级的儿子张小兵说道。

"那就好，那就好，……"张柏松说到这里又停下来，一时不知说什么好。

"幸亏党的政策好，我这一辈子单身一人，七九年给我平了反，才有今天的自由，否则呀，张书记，人见人怕，张书记你说是不是？"孟川涛话里带刺地说道，本来他不想说这么严重和露骨，但总是控制不住心中的不平，和他对话自然而然就有股气从心头涌上来。

"孟同志，一个时期，一个时期的政策不同，过去了的事就让它过去了，不要去计较了。"张柏松无可奈何地说道。

时间的逝去，社会的进步，政策的变化，往往会给人们留下政治上不可治愈的后遗症和伤疤。孟川涛就是其中一个。

"当作家，人人都羡慕、尊敬，比当干部还更有气派呢，一个镇及至一个县也没几位作家，当干部的成千上万，看起来当干部不容易，当作家就更难了。"张秀兰的三哥很有见树地说。

"不不不，大家搞错了，我是一个流浪者，并不是有名气的作家，没有别的本事。"孟川涛谦虚而又有几分难过地说。

他那坎坷的人生，艰辛曲折的岁月磨就了一种不知孤独在何方，不怕寒风刺骨痛，春风吹又暖，明知年半百，还使少年时的性格，难怪人称他是乐天老小子，只知馒头渡三餐。人虽凄凉，四海有知己。他多见多闻，知识丰富，四海为家者才有本事，不管他们如何奉承，都是虚伪的，在张柏松的心里，孟川涛仍然是不清不白的，阶级斗争为纲的灵魂在他的灵魂里仍是根深蒂固的，永远不可能消失。

"孟川涛不但会写文章，还会画画呢，还画了一幅赠给素华生日的画，我去拿来给大家看看。"张秀兰说着忙往自己的卧室里走去，拿来一幅装裱精美的《梅竹图》展开给在座的人们欣赏。

"真是个多才多艺的人才。"

张秀兰听到娘家人对孟川涛的赞扬，心里乐滋滋的。笑容满面。

"我的老师都不会画，我最喜欢画画，教我画画吧！"一名十二三岁小孩道。"好，你喜欢画画将来可以到美术学院去学习，那里有著名教授、画家当你们的老师，到那时你的画比我的得更好呢！"孟川涛笑眯眯地对那小孩子道。

"这支烟值五六角钱，孟先生才有钱吸这么贵的烟。"一位中年男客人把烟拿在手里看着说道。"这种烟呀，张书记还看不起呢。"孟川涛笑着说。他还是难于控制自己艰难的岁月的沉重打击和爱情悲剧，三句不离带刺的话，但说出后又觉得后悔，暗暗告诫自己下不为例。

张柏松听了后明明知道是在讽刺自己也无可奈何，只好强笑道："以前就算牡丹、大前门哪能和三五相比呢！""我们农村一年的收入也没有你一年抽烟的钱多。"张柏松又道。

孟川涛心中暗暗想道，你们还蒙在鼓里呢，我哪能吸得起这么贵的烟。紧接着说："那不对，现在改革开放了，农村也日益富裕起来了，粮食大增产，外出打工的越来越多了，收入也多了，生活改善了。""好了，好了，一边喝茶一边谈事情。"张秀兰道。其实她有种说不出的高兴和满足，大家都夸孟川涛还真求之不得。

孟川涛心知肚明，因此他忙把话题一转道："还是请张书记介绍介绍红旗村改革开放后的巨大变化吧！"

张柏松听了心情一下开朗起来，喝了口茶，放开了嗓子道："红旗村的确比以前有翻天覆地的变化，七十年代、八十年代是穷山村，到了九十年代就向现代农业迈进，大力发展多种经营，荒山变成了果园，有大型养猪场、养鸡场、养鱼场，都专业户。"

"我们山区交通不便，信息不灵，思想守旧，传统观念仍根深蒂固，年轻人除了外出打工，就没有别的门路了，粮食够吃，但经济还是不宽裕的。"张柏松的二弟说道。

"山区交通不便、受文化、信息、思想等方面的限制是不可争议的事实，比平原的步子要迈得慢些，这是客观条件所存在的问题。只要大家开动脑筋，解放思想，大胆改革，利用农村自然条件所固有的优势，充分利用和发展本地资源，把它们变成商品，由商品换成货币，走向富裕就可以早日实现。"孟川涛滔滔不绝地说道。

他们边吃边喝不觉就到了吃中午饭的时间了，吃过丰盛的午饭后，张秀兰陪着娘家客人到街上逛市场去了，刘素华到电影院购了五十张电影票，晚上七点让客人看场电影。

晚餐后八点钟，餐厅里重新布置一新，中间合成长长的台子，放着一只特大的生日蛋糕。播放着《祝你生日快乐》的歌。

李小翠手握麦克风，等待着孟川涛的指挥。

客厅里坐满了祝寿的客人，王立新一见孟川涛就觉得很面熟，但又想不起在什么地方见过面，也就不好开口问。工商、税务、防疫站的负责人及其他饮食部门、同行业的知情人也来了不少。

点燃生日蜡烛，大家同唱祝寿歌《祝你生日快乐》。

大家正准备起舞的时候，突然闯进一名外貌潇洒、文雅而又有些神色不定的中年男子，他站在大厅中央，惊讶道："刘素华，你让我找得好苦啊！"

刘素华一瞧来人，大吃一惊，心想：他怎么会找上门呢？他是来者不善，善者不来的，黄鼠狼给鸡拜年不安好心，迟不来，早不来，偏偏在这满堂贺客热热闹闹为自己祝寿时刻就闯进来，实在可恶。应该如何对付他才好呢？回避是来不及了，如何对付他呢？如何对付他呢？一连串的问号在她慌乱的脑子里自问自答。

这些问号好似一只铁锤不断敲击着刘素华的脑袋。顿时，在无计可施的紧急关头急出了一身冷汗。还未等她想出对策，那李勇三步并两步窜到刘素华跟前气势汹汹地大声吼道："刘素华！怎么装聋卖傻呢？"他的唾沫都喷到她脸上了。刘素华仍难堪极了，一声不响。

"素华，他是谁？"张秀兰丈二和尚摸不着头问女儿。她见这男人这么嚣张，女儿又不回一言，猜出其中必有难言的隐患和瓜葛，所以才小声地问道。

"同志，你叫我女儿素华有什么事？"张秀兰见他来势不对，不理不行，便站起来严肃地问道。

"哼！干什么？你问她自己就知道。"李勇鼓起双眼没好气地道。

"问她！我现在是问你！"张秀兰呼的一声站起来狠狠地问李勇。在场人也不知来人的身份，他们之间是什么关系，大家窃窃私语，一下骚动起来。

王立新见来人好似狂妄之徒，或是神经不正常者，因此急忙上前拉住李勇问道："你这是干啥？人家是做生日喜酒，你还在这里耍疯，快出去！"

"你管我干啥！我想干啥就干啥，这是我的私事，谁也干涉不了。"李勇甩开被王立新拉着的手旁若无人地说道。

"唉！同志，看你一身打扮都是新潮流的人，文质彬彬的，文理情理一定很懂，大家都为刘小姐祝寿，有什么事改日再说，何必如此粗鲁。"孟川涛也半劝半责备地道。

"你是刘素华的什么人？"李勇凝视着从头到脚看一遍孟川涛问道。

"是刘素华的客人，我的话没有说错吧？"孟川涛也用惊讶的眼神注视着李勇回道。

"好，既然是这样没你的事。"李勇说着向孟川涛一挥手，要他走开的意思。

"对，既然没他的事也没你的事，有事明天说嘛！"王立新紧接着李勇的话尾说道。

"你又是刘素华的什么人，管起我的闲事来。"李勇又鼓起一双牛白大眼问王立新道。因王立新未穿警服，李勇才这样问道。

"我是来维护社会治安的。凡是干扰正常社会和公共秩序、危害社会治安的人和事我就有权制阻。"王立新说道。因为王立新也不了解李勇和刘素华之间究竟存在什么矛盾、什么瓜葛，总之是有问题的，看形势是有利于这男人，不利于素华。否则她为什么一言不发，也可能有难启齿之言，如果不把李勇阻住，继续下去，将会产生什么后果？很难设想，作为一名公安干警来说，不管如何也不能让这个捣乱分子得逞。他耐着性子不亮牌，尽量使对方暴露自己，然后再果断处理。

"啊！你是旅社的保安，那也没什么，我和素华之间的私事，只有我和她才能解决，任何人也无权阻挡，更无须保安人员来解决。"李勇毫不示弱地说。

"我是她妈妈，难道我也无权过问吗？"张秀兰气得站起来对李勇狠狠地问道。

"啊！你是素华的母亲！失敬！失敬！失敬！你在这里更好，当你的面，当着大家的面我要把事情挑明。"李勇得意极了，把挑明二字说得又慢又重。

"好吧，有什么事到值班室讲，不必在这里讲。"刘素华忍着性子，认为只有软法子使他离开这里，因此，和和气气地说道。

"呀！和你到值班室去讲！既然可以到值班室去讲，今晚我就不会来啰！好容易才盼到这么一个好机会，可不能错过良机。常言道：机不可失，时不再来，我非抓住这个良机不可，也非在这里讲不可！"李勇铁青着脸大声说道。

"好吧，那你讲吧，反正我是一个受害的女人，上了你这个无耻流氓骗子的当，你这个流氓骗子骗人的手段真高明，我原谅了你，你还不知趣，还要趁人多之机来坏我的名誉。其实你自己的名誉更坏，还不知耻。我劝你别不知耻，好心好别人，坏心坏自己。别在这里狂言乱语，到头来究竟对你有利？还是对我有利？只要我心一横，绝不会像去年那样老老实实受你的欺淫，也要给点厉害让你尝尝。"刘素华道。她忍了这么久都没想出一个好的对策来，所以心一横，来吧，只有这一着棋了，放个大水船，让你去撑吧，也知道这个家伙铁了心要坏自己名声的，挡也挡不住了，只好豁出去。

"你已经是堂堂的春晖旅社老板娘，谁不知道你生得像狗尾狐狸精，偷偷摸摸跑到肖老板店里勾引他，骗取他的信任……"

"你说什么？我偷偷摸摸跑到这里来，你有什么权利干涉我的人身自由，你是我的什么人？你管不着！"刘素华怒发冲冠地道。

"自由！谁干涉了你的自由？你在我那里住了几个月，和我睡了几个月，趁我外出之机，就跑到这里来勾引不知情的肖老板。既然有你的自由，不是勾引，为什么偏偏趁我不在家的时候跑开？我在家的时候不去？"李勇吼道。

"我想什么时候走就什么时候走，我不能让你再骗下去了。你还想长期欺辱我吗？办不到！别再白日做梦了！"刘素华毫不示弱地道。

"大家听着，刘素华和我同床共枕三个多月，人人都知道她是我的未婚妻，我从乡下把她带到了城里，等待安排她的工作，我花了多少精力……"

"是你花言巧语把我骗到城里来玩弄我，奸辱我，当时你骗我是木材公司的经理，只要使他满意，就可以安排到他公司里当会计。进城后口口声声要和我结婚，并强迫我和他睡在一起，当时我认为他对我诚心，就中了他设下的陷阱，不到一个月，就整天在外面乱搞，不是赌场就是发廊，三天两头换一个女人，还把女人带回来三人同床，我劝他不该这样做，他就经常拿我出气，动不动就打我，我实在忍无可忍了……"

李勇见刘素华句句都说到他的要害处，心虚了，急忙打断她的话，不能让她继续说下去，再说下去将对自己不利，因此他双手一举吼着道："我又没和你办结婚手续，带女人与你何关？你有什么权利干涉我，……"

还未待李勇说完，刘素华也急忙打断他的话道："我没权利干涉你，难道你又有权利干涉我吗？你打我，污辱我就是侵犯人权，今天我逃出了你的魔掌，为什么还要找到这里来纠缠我？"

"我不是来纠缠你，我是来当着你的亲朋的面说清楚，你已经跟我睡了三个月，肚子里可能还怀有我的种子呢。"

"你给我滚！"刘素华听了心里好似有一团火球往心里窜，气得跳了起来，手抖抖地直指着他骂道："你这个不要脸的流氓！快滚！"

"是！我是男流氓，你是女流氓！"

"别吵了！别吵了！我基本听出点明堂来了。"王立新制阻道。"原来你李勇是用拐骗手段以给刘素华找工作为名，谎称自己是木材公司经理，有权安排她的工作，骗得了她的身子，把她骗进城后，又进一步花言巧语要和她结婚强迫她同居。同她结婚是假，玩弄是真。同居期间又毫不知耻地把别的女人带来三人同居，遭到刘素华反对后就打骂、虐待她。她为了跳出火坑，才趁他外出之机来到春晖找出路，从此才得到人身自由。本来你李勇就应从此罢休了，为什么今晚还要来这里胡闹？"当然有他的险恶用意，他认为还没达到他的目的，所以，千方百计找机会继续伤害她，李勇趁人多的场面来败坏她的名誉，也是来告诉肖老板，刘素华已经同他睡了几个月了。

就在此时，李小翠急忙走到张秀兰身边低头对她说："兰姨，肖老板回来了！"

"啊！"张秀兰听了慌了手足，心想早不回迟不回，女儿这事被他听到了那还了得。又急忙问小翠："什么时候回来的？"

"不知道。"我正要进值班室时见他坐在那里喝茶，我刚开口喊他，说时迟那时快，他捂住了我的嘴巴，轻声道："别说话……"

话说肖忠文和沈小燕结束了厦门写生按计划应到庐山、井冈山的。沈小燕顺道要回去见她妈妈一面，免得她妈记挂女儿，半年了，她也很想妈妈了。肖忠文呢，也想回去给刘素华做生日，只因南昌至吉安的车在途中坏了，所以这么晚才到店里，当他一踏进店门，值班室里空无一人。本来是李小翠在代理刘素华看值班室，只因餐厅里人声闹哄哄，她走出去看热闹。此时肖忠文也听见餐厅里刘素华正在和一名不认识的男人吵闹很厉害，干脆坐下仔细地听个究竟，此时又清楚听到那男人大声说，你刘素华跟我睡了三个多月了……。肚子里还有我的种呢。当肖忠文听到这里时，气得头要炸了，恨不得跑出去问个究竟，难道刘素华早就是别人的老婆，她骗了自己？……，一连串疑问涌上心头，总之不是什么好事。肖忠文压住心头的火仔细地听着，总之他高高兴兴地回，却迎面泼来一盆冰水。

张秀兰听到小翠说肖忠文回来，顿时心里乱糟糟的不知所措，立即走到女儿刘素华身边，把她拉出餐厅，声音颤抖地说："肖忠文回来了。"

刘素华一听，立即跑回值班室，见肖忠文苦着脸坐在那里，她立即抱住了他，哭着说："怎么办有人害我，想破坏我的名声，拆散我的婚姻，也是想搞垮我们店里的生意，怎么办？"肖忠文见半年未见面的刘素华受了如此打击，他只好安慰说："别哭，事情总会要解决的。"他揉揉她的双肩说，许久刘素华才停止哭声。

张秀兰生怕女儿又受到了肖忠文的责怪，雪上加霜，连忙道："忠文你回来正好，不是素华的不是，完全是那个家伙见你生意好，特意来捣乱，坏素华的名声，又见你不在店里，所以只好往素华身上泼污水，忠文我女儿是清白的，你不要责怪素华啊！"

"妈，你放心，谁都不怪，只怪我自己。"肖忠文急忙心痛地扶起刘素华说："我不怪你，不是你的错。"肖忠文心里还是留下了一个解不开的疑团。但他不露声色，挽起刘素华的胳膊上楼去了。

再说餐厅的李勇见刘素华走了，也准备溜走，正当此时，突然从餐厅大门窜进一名身材苗条，上身穿一件短袖淡蓝紫花紧身衣，束一条玫瑰色筒裙，一头乌亮披肩头发，一张漂亮瓜子脸的年轻姑娘，怒气冲冲地几步窜到李勇跟前，挥起愤怒的双拳恨恨地往李勇身上打去。并愤愤骂道："原来你是一个到处玩弄女人的流氓，彻头彻尾的骗子。"

顿时，全场人都为她的出现和举动惊呆了，大家都认为这位女人可能是李勇的妻子。刘素华的妈妈也丈二和尚摸不着头脑，心里暗暗赞道，打得好！打得好！王立新也被这场面弄复杂了，睁大眼睛看着她这位半路中杀出来的"程咬金"。

这位姑娘叫李萍萍，系湘江一山镇人，今年二十二岁，高中毕业后没考取大学，在当地一旅社当服务员。李勇出差搞业务住进了这家旅社，见这位姑娘年轻漂亮，就起歹心，亮出木材公司经理的牌子，说他公司正需要一名具有高中文化的姑娘当会计，工资比这里多一倍。工作轻松，人也比当服务员充实得多，逢年过节还有假期，有奖金。这期间常常给她施些小恩小惠，三天两天请她陪着吃喝，涉世不深的李萍萍听到他的甜言蜜语，陷入了他设计的圈套，中了他的邪。李勇怕事情有变，就要她跟着回去。李萍萍深信这位相貌堂堂的年轻经理说的话是真的，就老老实实随他回到了李勇那里，住在原来刘素华住过的那间房里，叫她先别急，好好地休息一段时间，说什么原来那位会计没清好账，等清好再接班。在这期间李勇夜夜都到她床上睡，也说要和她结婚。一个月过去了，工作没安排还不算，还把李萍萍带来的八十块钱和身份证拿了。前几天又带来一名不三不四的女人和她睡在一起，刚一熄灯，他就爬到床上来，不顾李萍萍的反对，就开灯和那女人鬼混起来。

李萍萍住了十多天就弄清了事情的真相，就闹着要回去，可是身无分文，此时，李勇又骗说过十天就可以上班了，你不必要回去，李萍萍走投无路，在这人生地不熟的地方忍了又忍，等了再等。今天上午见一男人和他鬼鬼祟祟在屋外说些什么，只听说晚上去春晖旅社大干一场。他们的行动引起了李萍萍的注意。晚饭后李勇蹬着自行车走了，当时她也不知春晖在哪条街，就借了一部单车慢慢地跟踪他而去，看他到了春晖旅社又干什么坏事，只要抓到他的证据，可以立即报案。因此李萍萍就跟踪进了旅社，一进里面就听到了他的声音，她站在餐厅的窗下多时了，一听就明白了李勇所谓招会计是他玩弄女性惯用的可耻手段。被他玩弄了的女人还不罢休，不放过，还要破坏人家名誉，实在可恶。李萍萍做好思想准备，挺身而出，勇敢地要和李勇斗个牛死藤断。她知道这位老板娘和治安会帮她，因此她壮起胆子，鼓起勇气，不顾一切冲进餐厅。

"你好一个李勇，你不但骗了我，还用同样的手段骗了这位老板娘，糟蹋人家还不够，找上门来坏人家名誉，你的手段何其毒辣！"李萍萍恨得咬牙切齿，此时的李萍萍像疯了一样，使尽全身力气，拳头朝向李勇身上砸去，但她的力气毕竟有限，李勇立在那里一动不动，他心里却意识到不妙，她这一举动不许他多想，她怎会到这里来，莫非她和春晖餐厅的杨师傅有什么关系？才告了密？不可能，他不但和她不相识，而且是自己的心腹。这些也不容他多想，要赶快想出对策，要施软套套让李萍萍走开，对付一个容易，对付一双就难了。因此李勇满脸堆笑地对李萍萍说："萍萍，你回去，这里没你的事，你的事我们好好商量。过几天你就可以上班了，好吧，现在就回去……"

"回去！我还会再上你的当吗！别假惺惺地耍花招。你说呀！你为什么要使这样毒辣的手段，为什么要骗我们？"李萍萍愤怒得一声高过一声。

李萍萍那如钢鞭似的话抽打着他的心，他一下变得判若两人，硬着头竭力压住怒火，和和气气地对李萍萍灌输迷魂汤说道："萍萍，快回去，我们的事回去好说，你就可以上班了，去呀，你先走，我马上就来。"

"哼！李勇，上班，上班，上什么班，是上你的当！你认为我还会回到你那魔窝里去吗？回去让你拳打脚踢更痛快吗？我还要告发你呢！"李萍萍怒不可遏地大声斥道。

"萍萍哪里话，有事好好商量，何必在这里吵，做得不对的我会向你赔礼道歉，如果你要回家，明天我还你的钱，另给你五千块。你不走，我先走了。"李勇见李萍萍不中圈套，认定了她已铁了心，对她不抱任何希望了，因此他想来个金蝉脱壳之计，说完转身要走。

李萍萍、王立新及在场的十余人一齐拥上，拉的拉，扯的扯，大家都蜂拥而起，把餐厅大门堵个水泄不通。

"你想溜，没那么容易！"李萍萍说着拼命拉住了李勇。

"你既然来了，就要和你搞个明明白白，谁是谁非，还没个结局，就想跑，没这么简单。"

张秀兰两手叉腰稳稳地站到李勇面前堵住他的去路，怒道："你不是等了很长时间才等到这个机会吗？现在好人坏人都还未分个清楚，怎么能走呢？"

"敢做就得敢当，为何就怕了呢？"

"我们不打你不骂你，只是把道理说个清楚。"

"事情还未搞个水落石出，走得了吗？"众人哄动。

"李勇，你过来，我有话要问你。"王立新见火候已到，此时打了电话回局，立即来两名警察，边说边上前挥手让大家让开一条路，然后拉过李勇。一会两名警察开着警车来到店门口。

"我愿吃亏，不跟你们吵了，我回去，拉我干吗呢？"李勇挣脱王立新的手正要转身往大门走去时，又被李萍、张秀兰拼命拉住。李勇无法，只得两手开弓，把两位推得连连退了几步，这时进来两名警察架着李勇往门外警车走去。

这场风波像闪电一样，不到半日就传遍了半个县城，旅社的常住客人也三三两两议论纷纭，成了人们茶余饭后的闲谈焦点。有的说："李勇的手段太卑鄙了。"

"刘素华太漂亮，惹人喜欢。"

"再漂亮也要正道而取，不能歪道骗之。"

"不是女人愿不愿意，而是姓李的用手段诱人上钩，他抓住年轻姑娘需要工作的特点，以安排工作和抛出高工资为诱饵来满足女方的心理，使其就范，这种手段应和强奸并论。"

"这种人狼心狗肺，把别人玩够了，还不服气，还要来损害人家名誉，到头来是损人开始，落个害己告终。""反正是人穷自在，富贵多忧。"

一场生日风波结束了。

影院连放《可怜天下父母心》和《卖花姑娘》两部影片，共三个多钟头，客人看完电影回来已十一点半了，旅客大多也就寝了，餐厅那场风波在两个钟头前平息了，一切如常。客人回来马上就安排就寝，所以没听见有关这场风波任何消息，大家只谈论影片情节和人物悲剧。

刘素华心想：侥幸得很，如不是安排亲戚去看电影，影院又不止一个片子的话，今晚这场丑闻就会完全裸露在他们面前，丢脸现丑面子何处搁？真是不幸中的万幸，现在还好，他们一点也不知道。

张秀兰见女儿在众人面前受这突然而来、毫无思想准备的丢人现丑的打击，确实难于承受。因此来到她面前安慰道："事情已过了，也没啥失面子的，做女人有几个一帆风顺的，不是这样就是那样，那个李勇就如一只狼，起了狼心就千方百计要把你骗到嘴里，等他吃饱了，尝够了，就把你一脚踢开。时间长了，大家淡忘了，谁还会去理别人的闲事。"

餐厅里人已经慢慢地散去，最后只剩下张秀兰、李小翠、梅小红和那位挺身而出（从李勇那里逃出来）和李勇斗的姑娘李萍萍了。

张秀兰关切地问李萍萍："姑娘你家住哪里？""阿嫂，远呢，湖南攸县和衡阳不远的农村。是被李勇以招收会计为名骗来的，被他害得好苦啊！连身份证都给扣了，虽然逃出了他的虎口，但又不知往何处去，回家又身无分文……"

"张嫂，看她这么可怜，就留在店做事吧！"李小翠提议道。

"李萍萍你会炒菜吗？"张秀兰问。"会，但是只能一般，做不了高级菜。"李萍萍道。"好吧，你就留在这里，边做，边学习。"李萍萍也就安排下来了。

再说肖忠文热情地拉着刘素华进了房间，笑眯眯地一边擦她脸上的泪，一边把她拉在怀里亲她，轻声问她有没有想他，刘素华连连点头，但没出声，此时她才想起肖忠文一定还没有吃晚饭。因此就叫李小翠搞来热腾腾的饭菜。

肖忠文吃完饭洗了澡，和往常一样，搂抱着刘素华上了床。一对青年男女爱火正旺，好似久旱逢甘露。一阵阵窃窃私语，折腾到天蒙蒙亮，两人才呼呼大睡，睡到九点半，刘素华做了噩梦，梦见李勇又来纠缠她，才醒来，见肖忠文还正甜甜地深睡，为不惊动他，就轻手轻脚地起了床。下了楼，洗漱后就到厨房叫李小翠煮几个荷包蛋待肖忠文起来吃。

"老板娘，你吃什么？""我就随便了。"

"不！你也要吃三个，煮甜酒。甜蜜蜜呢！"李小翠笑着说。

十点半肖忠文才醒来，伸手一摸不见刘素华，才一翻身起了床。他伸伸手、弯弯腰，正要出房时，刘素华轻手轻脚走了进来，生怕惊动他。"你起来了！为何不多睡一会。"肖忠文没回话，却双手抱住了她。

"你不多休息几天，把写生稿好好地整理，画几幅好画，就可以满足了，我也不想你走，在一起多好，一走又这么久都不回来，你走后，我多么想你！"刘素华搂着肖忠文道。

"老板娘，蛋煮好了，趁热好吃了。"李小翠上到二楼的梯口喊道。

两人穿了衣服下楼吃早餐（其实快吃中饭了）。

饭后肖忠文接到了沈小燕打来的电话，要他明天就到她家去，她妈做好鸡和各种菜等他来吃中饭。电话不来还好，一接到沈小燕的电话后，又立刻想见到她，不离开她天天在一起还没什么，刘素华总当不了沈小燕那种文雅而浪漫的性格，时不时抑制，时不时挑拨，谈创作有比自己更深的理论知识，两人生活在一起有谈不完的理想，学不尽的技艺，分手时，千吩咐万吩咐两天准时到她家，不得延误。他在电话里只一定一定一定地回个不停，其他什么也没说，旁边有刘素华听着，也不好说别的。

"明天我要搭早班车去南昌，有几位同伴在那里等我。"肖忠文放下电话对刘素华说。"你那同伴是男是女？""有男有女，都是美院毕业的。"

又一个晚上翻云覆雨，时已凌晨四点了，肖忠文感到有些疲劳，就慢慢地睡了。

天刚蒙蒙亮肖忠文猛然想起来，七点去南昌的车，他急忙起了床，见到刘素华还正睡得甜也就没有叫醒她，就急忙下楼到了值班室告诉李小翠他去车站买票去了，就急忙往车站跑去，买了车票又往店里跑。

此时刘素华一醒来，不见肖忠文就急忙下楼，正好肖忠文也进了店门，刘素华急忙把他拉回楼房里，把两万元钱送到他手里说："拿去用，多注意身体，多吃点有营养的东西，店里的生意你就不要担心，有我负责你尽管放心，没有钱就打电话，我汇来，还有半个钟，我送你到车站。"刘素华的一句句关心自己的话，使肖忠文很感动。他伸出双手紧紧地抱着她，亲了又亲，吻了又吻，他连连说："谢谢！谢谢，你也要多关心自己，不要挂念我，再过两个月我又回来！"刘素华和肖忠文恋恋不舍，往车站走去。

肖忠文走后，刘素华感到特别的孤单，好似丢魂一样独自坐在房里，许久才下楼和正在值班的李小翠说起话来。

张秀兰和新来的李萍萍谈前天晚上的事，李萍萍把李勇和餐厅里的杨师傅窗外谈着春晖旅社老板娘做生日，李勇要大闹一场的全部经过讲了一遍。

张秀兰听了她话后知道那个杨师傅有鬼，否则李勇哪能知道刘素华的生日呢，她和女儿商量后决定炒掉杨师傅，由李萍萍来代理餐厅的主管并炒菜。

"也好，炒掉他，这个姓杨的做事不本分，买菜也弄虚作假，以少报多。"李小翠赞同她说。

因此李萍萍就算定下来了。

张秀兰自肖忠文走后，心里一直担心女儿的心情，见没人的时候问道："肖忠文以后会怎样对你？""管他怎样，最坏的打算不要我，反正没有办结婚手续，分手就分手，大路朝天，各走一边，留得青山在，还怕没柴烧，此处不留人，另有留人处……"刘素华若无其事地说。嘴里是这么说，心里知道肖忠文很爱她的。

"旅社就没你的份了。"张秀兰若有所失地说。"只要有本钱，哪里没生意做，此处不留人，另有留人处，此路不通，那路通。"这样看来，刘素华想得很开，她知道自己将有不少曲折的路摆在前头，但她说是说得利落，但心底里哪能失去肖忠文，她自从进了春晖，一直是忠诚于他，肖忠文走后，曾有不少有钱人，许诺千金，都被拒绝，可今日这事发生之后，她却担心一旦他变了，会与她分道扬镳，想到这里，心头如压了块千斤石板。

"妈。你想想，现在他知道了我这个事，可是昨晚他只安慰我，并要我安安心心把店里的生意做好，既往不咎，不要往心里去！作为一位有点名气、又有抱负的男人知道了自己的老婆婚前事不管，只要以后好就行，不过也要做好随刻会与我分手的准备。"刘素华说后，心里又阵阵针扎似的痛。

"对，我早跟你说的一点不错，这几个月生意抓紧把钱存入自己的腰包，早不做准备，到时就来不及了。"张秀兰提醒道。"搞到钱，这以后，要怎样就听天由命了。""明天我要从二十万存款中提五万存入自己的户头上，防他回来闹。""我看要抽十万，因为这些钱都是你挣来的。"张秀兰道。

刘素华果断地炒了杨师傅的鱿鱼之后，由李萍萍担任厨师。李萍萍曾在长沙学了半年的烹调技术，加上她平时研究和发挥，手艺还不错，现在她有了用武之地了，大胆创新，几天来就做出这城里所有的餐厅酒家做不出的"芙蓉出水"和"丝钱吊金钟"两道别具一格菜肴，不久更名满全城，来品尝的人越来越多，餐厅门庭若市，生意越来越兴旺，深得刘素华母女的赞许，月资暂定五百。

中秋过后，肖忠文来电向刘素华说明中秋未回来，请她原谅，估计要春节才会回来，她悬着的一颗心，放下来了。

王立新来春晖告诉刘素华和李萍萍，李勇已立案拘留审查。她俩提出要他赔偿损失一事，要写申诉状到法院，由法院判决，并通知李萍萍到所里去领身份证和四百八十元钱。

"我不懂写申诉状。"刘素华道。

"你请一个会写的人帮你就行，抓紧时间，越快越好。"王立新道。

"叫孟川涛老师帮我写。"

"孟川涛？这个名字我很熟悉。"王立新沉思道。

"你认识他，你叫他做记录那位就是孟川涛。"刘素华道。

"啊！那就没有错了，当时一见很面熟，就是没想起来，他现在住在哪里，让我去见见他。"王立新恍然大悟。"好，顺便要他帮我写上诉状。"

刘素华叫来李小翠看着服务台，和王立新一起来到孟川涛房。见他正伏案写作，王立新大踏步走了进去，忙喊道："老孟！孟川涛先生真没想到能在这里见到你啊！"

"啊！啊！王所长，请坐！请坐！"孟川涛也不知这位王所长就是二十多年前王琼十四岁的弟弟王立新，连忙起来很有礼貌地招呼道。

"孟老师，你不认识他吗？"刘素华笑道。

"我是王琼的弟弟王立新。""认识！认识！他就是前晚那位王所长。"

"啊！你是当年搞文宣队的王立新，真的认不出来了，搞宣传队的时候你才十四岁，一晃不觉二十多年人变地变一切都变了。"孟川涛惊奇地握着他的手道。

"老孟，前晚一见我就觉得很面熟，但一直没想起来，刚才刘素华提你的名字我才想起来，否则呀，在这里进进出出撞塌鼻子都认不出来。"王立新道。

"你怎么调到这里来工作的？"孟川涛问道。"我七二年高中毕业后入伍当兵，七五年提干，八五年从衡阳某部，转到这公安局，直到现在。"王立新道。

"王所长你真幸运，你王琼姐姐在什么地方工作？"

"在南昌，江西省农业厅。你现在的工作单位？"王立新道。

孟川涛讲述起自己的经历：你姐姐也不错，就是我才最惭愧，自离开"皇灵仙"回校后，因私放了沈天泉教授，被当时校三结合领导小组，打回老家劳动改造，连毕业证也被扣了。直到七九年才得以彻底平反。只补了三千五百零八块钱，还要等待分配工作，一直等到八五年也没个着落，每年我都往县人事局跑十多次，每次答复都是没有指标。当时有一位股长热情地对我说：现在改革开放了，沿海一带正需要人才，你不要等着国家安排工作，还是走自己的创业路。我们县已经有一批知识分子自愿下海保职停薪到深圳、珠海、广州、海南等地，也有去福建、厦门等地的城市经商，同样有前途。他的一席话，使我茅塞顿开，因此借了五百块钱，装了几件旧衫直奔深圳。到深圳后目睹那大规模的城建场面真使我激动极了，可是在这茫茫的工地找不到一位熟人，找不到适合自己的专业工作，只住了两天口袋里的钱只剩五十元，不得不走进一家江西吉安人办的"恒艺"广告公司，恳求老板收下搞碗饭吃吃，老板问我会做什么？我说会画画和写毛笔字。老板把我叫到他的办公室，拿出文房四宝，让我当场表演一幅字画给他看。当然我知道这就是对我的考试，收不收我，就靠这一着了。这时围上七八个人观看，当时我真有些慌张，心也怦怦跳，拿笔的手也微抖起来。为了镇静下来，我放下笔，掏出一包八角钱的香烟，在家里吸这种烟就还马马虎虎，想吸烟来稳定怦怦跳的心。老板一见我这低档次的烟，忙从抽屉里拿出一包三五牌香烟说道："抽这个。"又道："先构思构思吧。"一支烟后心情静下来了，画面在脑海里也有了轮廓，我放掉烟蒂，挥笔勾出一幅《观瀑图》的清晰图，紧接着渲染、皴褶彩色、题款等一气呵成。老板从头到尾都聚精会神地注视着我的一笔一画，直到我放笔为止。他满意地赞道："有功底，你是美术专业毕业的吧？"还未待我回答就去泡了茶，我告诉他是共产主义劳动大学总校毕业的，学的农学系，没进过美专，画画是自己的爱好。我接过他泡的茶，由于口干一口气就喝完了，这茶香甜可口，喝了精神倍增。老板听我的回答有些惊奇，又问我会不会画油画？我的油画基础不好，只好说能画，不过画不太好。这时候老板又递过一支烟，我点燃吸着，展开宣纸，提起一支斗笔，在宣纸上，笔一挥就写了个"龙"字，接着又一个"虎"字，然后又于行书体写了"业精于勤"四个字。老板看得睁大了眼睛，满意地说："好，笔法烂熟而苍劲，气势磅礴，真有虎虎生威，龙飞虎跃之势。不错不错。"我问老板是否能收下我。他说：我这里工资不高，可以先试用两个月，包吃住，每月400元，下午你就把行李拿来。当时我听了，真高兴得心里好似升起了一颗太阳，眼前一下亮堂了，精神焕发，不要说每月还有400元工资，能有吃有个安身处也谢天谢地了，否则明天就要讨饭蹲街角了。我连忙高兴地说道：谢谢老板关照。从此我就夜以继日地苦干，画不完的广告画，写不完的招牌广告字，每天都干到深夜十二点以后，有时赶货，打通宵，这个广告公司原先有工人二十多位，分有：设计、制作、安装三个组，我在设计组。这个组工有四人，原三人都在三十岁左右的年轻人，可是他们都很狡猾，碰到工作繁重要加班加点时就向老板要加班费和夜宵费，有时还故意拖延时间，还常常把那些较麻烦、复杂的设计和绘画推给我。一个月下来累得死去活来，每晚只能睡两三个小时，由于气候热，饮食又不习惯，不觉就瘦了十多斤，当我领到四百块钱工资时才发现和原来那三人相比只有三分之一。但还是非常高兴，这是我有生以来第一次领到这么高的工资。到了第三个月老板给我提到七百，半年后提到一千元。由于自己不喝酒，不随便花销，每月除了买些生活用品外就把钱存起来。在这期间，一有休息就抓紧时间写小说和散文，投到深圳一些报刊，每月也可以发表一两篇文章，也有两三百块的稿费收入。在这家公司一干就是五年，除了平时寄回去的钱外，还存有万多元，到了九〇年，不幸的事发生了，收到家里来电，老婆病重住院。我拿着电报向老板请了假，并领到了当月工资，取了全部存款，连夜乘车赶回家，我放下行李火速赶到医院，她已经奄奄一息不能开口了，我百般恳求医生千方百计要把她抢救过来。医生说：她患有脑血栓和心肌梗塞，医院正在全力抢救之中，如果再过两天都转不过来，那就……。我等着她两天两夜，眼睁睁地看着她停止了呼吸。当安排好她的后事，我又重返恒艺，老板说我走后因业务需要请了人补缺，公司没必要，他表示给我介绍另一个公司去做。不几天老板夫妻闹离婚，他一气之下去了上海，他老婆掌管公司后对员工相当苛刻，工资到时不发，不到一星期就走了五名工人，红红火火的恒艺公司已经萧条冷落快到下马的地步，更谈不上给我们发工资了。

"后来呢？"刘素华听得入了神，担心地问道。

天无绝人之路，只要自己有恒心，总得找个出路，不管如何吃住问题总得解决。上餐厅住旅社当然是没那条件，只好要求恒艺的老板娘讨个地方暂住几日，每日早早出去跑遍全市找工作，三天后为了火烧眉毛顾眼前，就在一家餐厅当洗碗工，包吃包住每月工资350。一月过后被人介绍到了一家杂志社打杂工，这个可好了，每天早早起床，上班前里里外外打扫干干净净，办公室内和几个阳台里的花浇一遍，多余的时就可以自己支配。我就利用业余时间拼命地写稿，当我把一篇短小和散文拿给主编修改时，他看了高兴而又感到意外地问我："老孟，这是你写的吗？"我点点头地回答："是。王主编你要不信，我再写几篇请你帮忙修改。""相信相信，真还没发现在我身边还藏着你这位人才，好好好，你利用空余时间写些作品来，我尽量采用。"王主编说后，又微微点头道："这篇散文本期给你发表。"我一听高兴极了，从此后每期都有我的短篇小说或散文，第二年我写中篇小说《火焰》，两年来共发表短篇小说二十多篇，散文五十多篇，中篇小说三篇，从此我就走上了文学创作这条路，准备大步向前冲刺的时候，老主编因病仙逝。新上任的主编是三十多岁新派文学掌门人，他风格大变，不但对我的作品不感兴趣，而且对原先几位重点作者的作品也拒之门外，我一气之下离开了这个杂志社，在一家商报当了一年半的小记，后又因商报经济不景气而停刊，所以我就出来流浪，写的稿东南西北中到处投！

"不简单，真不简单，老孟，你在文学创作上有了成绩就不要泄气啊！"王立新听了孟川涛的自我介绍深有感触地说。"王所长，我现在是西下的太阳，温度也在下降，不过我要在霜发之年弥补年轻时荒废了的事业。"孟川涛道。"经历越多，成功也越多，走了很多曲折的路，前面总有平坦的直路可走。"

王立新说道。

"孟老师我有件事要请你帮个忙。"刘素华道。"什么事，凡是能办到的，尽力而为。""要你帮我写一份上诉状。""写这个呀，你要把上诉状因由等向我说清楚才好写。""现在我值班，晚上来好吧。"

"其实就是赔偿名誉损失和青春损失的事，也就前几天晚上那事，老孟清楚的了，上诉到法院……"王立新道。

"好，我先起好稿。""就麻烦孟老师了。"

"素华，孟老师时间宝贵，要给点报酬。"王立新道。

"这是一点心意，不算是报酬吧。"刘素华忙掏出两张百元钞票递到孟川涛手上道。"不不不，素华，钱你拿回去，我一定办到就是了。"孟川涛边说边把钱推了回去。

王立新已经站起来准备出门了，见此况，又停住道："老孟，别客气，收下就是了，有时间到我那玩玩，我也有事，改日再见了。"说完出了房门。

刘素华把钱放在茶几上也快步跟了出去。

"王所长走了吗？"张秀兰问。"走了。"刘素华道。

"他有没有说怎么处理那流氓？"

"已交县公安局拘留审查。刚才和他一起去见孟老师，请他帮我写上诉状，要那家伙赔偿我的损失费。"

"孟老师答应了吧？""答应了。我告诉你呀，王立新和孟老师在六八年他们就认识了……"刘素华把文革期间为了保护著名画家和他姐姐王琼住在他家等那一段不平凡的往事讲给张秀兰听。

"可惜我没听到。"张秀兰早就清楚这段往事，只是不知道王所长和他的关系，也装着很稀奇地回素华道。

"妈，你也去听听孟老师讲讲他自己的亲身经历很有意思的故事，你不是很喜欢听故事吗？""唔！是啊，有时间我也要去叫孟老师讲讲故事。"张秀兰暗暗发笑道。心想：你还蒙在鼓里呢，二十多年前我就听过了。

"妈，要写到法院去，由法院判决赔偿损失费，我要他赔一万五千元名誉损失费，二万元青春损失费。"

"名誉损失费何止一万五，只是安慰安慰自己的心。"

"说起来呀，好也好在这个流氓，坏也坏在这个流氓，好就好在他骗我进了城，坏就坏在生日那晚不该趁这么多客人的面坏我的名誉，破坏我和肖忠文的关系，到头来还是搬起石头砸自己的脚，受到法律的制裁。"

"如果他不来坏你的名誉，以前的事我还蒙在鼓里呢，这次搞得我恼火，我要求执法机关从严处理。""妈，现在是依法执政，违法必究，只要他违犯了哪一条刑法，就依照他的犯罪情节轻重罚办的。""这回幸好有王所长在场，否则真会被他闹个天翻地覆呢。"

"后来又出现了李萍萍，她的出现更加有力、更能说明他的流氓本性，给他一个措手不及的打击，她的行为给了我极大的援助。"

后来法院认定李勇为流氓罪，判处三年有期徒刑。赔偿刘素华名誉损失费八千元，李萍萍损失费七千元。

正是：

> 害人之心不可有，
> 防人之心不可无。
> 如若害人必害己，
> 为非作歹法不容。

第七章

中秋之夜

肖忠文和沈小燕从武夷山出来转乘火车直到厦门。从厦门站坐的士直接往民政招待所而去。他俩来到服务台前，服务员满脸堆笑地问："你们是旅游结婚的吧？我们招待所的夫妻房条件很好，有高、中档次，由你们选择。"另一位服务员指着墙上挂的房间设备图及房价表："你们看样样齐全，宽敞舒适。"

肖忠文笑着对沈小燕问道："怎么样？"

"你住单房，我住大房。"沈小燕正正经经道。

"分开住？为什么不住在一起？住在一起互相照顾。"服务员道。

"我们还未办结婚手续，还不能住在一起，"肖忠文道。

"啊！你们不是旅游结婚的？"服务员道。

"我们是未婚夫妻。"肖忠文道。

"这样好，小姐住八十元的单间，有卫生间、彩电和电话，还有一个小阳台，行李可以放在一起。这位先生住四人房，每床位 25 元，只有彩电。"负责登记的服务员说道。

"阿姨，还有更便宜点的单房吗？"沈小燕问。

"还有六十块的，也有卫生间和彩电，就是没有电话和阳台。"服务员道。

"就开八十的单间，我住 25 的四人房。"肖忠文说。

"行行行！"沈小燕道。

"住下来好打电话叫家里汇钱来。"肖忠文道。

"怎么？你们现在没钱？"服务员惊问道。

"不是，十天半月的住宿费没问题，我是说住下来有个固定的地点，家里汇款来才能收到。"肖忠文道。

703 号，服务员开了房门。

沈小燕把行李往地上一放懒洋洋地一屁股坐在沙发上，双手一摊显出满意的微笑道："真舒服！"

肖忠文摆放好行李后，环视了房内一遍，拉开遮挡阳台和窗的窗帘后，也紧挨着沈小燕坐下，抓住她摊在沙发上的手摸了摸，带着关心的口气问："累了吧？"

"有点累，唔，你不要靠这么紧啊，我们还不是夫妻，快离开点。"沈小燕似笑非笑地推着肖忠文说道。

"你别搞错了，我是关心你。你去洗个澡更舒服些。"肖忠文走进卫生间看了一遍出来道："洗澡前先用洗洁精洗干净浴盆，预防有毒。"

"好，我洗澡，你去看看晚上睡几号房。"沈小燕道。

"不怕，反正我有地方睡，这么大的床还睡不了两个人吗？"

"这里不是你睡的，只能在这里作画和休息。"

"明晚是中秋佳节，是最吉利的日子，我们到餐饮店里去炒几个菜，好好地庆贺庆贺。"

肖忠文和沈小燕游玩了中山公园和市容，不觉就过了一天。回到招待所痛痛快快洗了澡，两人就准备到海滨公园去玩玩，然后选一间普通、实惠的餐饮店，欢度中秋。

肖忠文这时想起刘素华昨天生日的事，感到很惆怅，一时心潮起伏，好似海潮一浪接一浪地拍打着海岸，店里的一切事务都由她掌管。刘素华的影子不断浮现在他眼前，平时要钱一个电话，说要多少就汇多少，从没误过事，现在应该感谢她。眼前虽然天天有美如天仙的沈小燕陪着，嘻嘻哈哈乐不可支，但心灵深处不时感到有一种不可言状的不安。这种不安，在表情上也随着心理活动时时从脸上浮现出来。

沈小燕是很精明、敏感的姑娘，她善于察颜观色，来猜透肖忠文的心理变化，从他的脸色、表情、说话的口气，哪怕有微小的变化，也逃不过她灵敏的眼睛。在这种场合里，她观察到肖忠文的愉乐不是出自内心、自然的乐，有些勉强的乐中带忧。别看他时时挂着笑脸，只要认真观察就可以看出他笑中藏着几分忧愁，他的心里一定埋藏着一种很难告人的苦衷。沈小燕要试问他了，因此，问道："忠文，你近来有什么心事？"

"没有啊！"肖忠文显出一脸闷闷不乐的神色回道。

"没有？你骗人。"沈小燕否认道。"哪有骗人。当然，谁又没有心事，一个人只要活着，随时随刻都有心事，难道你没有心事吗？"肖忠文道。

"没错。我也有心事，也应该有心事，和你在一起感到无比快乐的心事。

我看你乐中带有几分苦恼，今天有优美的风景，壮观的大海，又是和你第一次过中秋节，还有什么不乐的地方。"

"哎呀，小燕啊，你说的这些我承认，这只不过是生活中的一支小插曲，事业还未成功，不管条件多好，多么快乐，也绝对不可放松艺术的苦求，就是过着人间天堂神仙般的日子，也无法取代艺术成功后的真正的快乐。只有艺术的成功，才是人生最大的欢乐，否则欢中不一定乐，乐中不一定欢，这是我的心情。小燕，你呢？"肖忠文合情合理地做了一番解释，来掩盖自己的心事。沈小燕听后自然消除了疑虑，一天乌云也散了，只好连连点头称是。

"不错不错，这是无可非议的。爱情、生活、艺术之花同时开得鲜艳旺盛，同时结出累累硕果，获得艺术、爱情双丰收，到那时呀，才是我们一生最最欢乐的日子。"沈小燕说着望着窗外深深地吸了口新鲜空气。

"爱情、艺术两者应该紧密相连的，但又不是非绑在一起不可的事，应该有所区分，总不可能所有的文学家、艺术家的夫妻都是双料艺术家文学家，也不是没有，而是很少。"肖忠文说后站起来泡了两杯茶，递一杯给沈小燕，又道："八月秋风渐渐凉，但这里的天气还这么热，喝口茶清清头脑，洗洗喉咙。"

"对不起辛苦你了，应该我来倒水泡茶的，只是初到厦门又有一种与众不同的新鲜感，很多事也会在陶醉中忘记。请别怪，下次就由我来做，不能老是让你来关心一名女孩子。等我们成功了一切就好起来了。"

"唉，谁知道要等到牛年马月，就是到了那时你也不知又飞到何方去了，到时我是否能看到你的影子，可能只见作品，难见人了。"肖忠文边喝茶边慢散散地道。

"只见作品难见人，除非到另外一个世界去了，难道天天在一起谈艺术搞创作，还难见面吗？"

"艺术成功不一定爱情也成功。"肖忠文的意思很明显，沈小燕也并非不理解，事业成功可能另选高攀的。

"我成名了，可能青春已逝，老态百丑了，'枯木逢春犹再发，人无两度再少年'，到那时爱情可想不可及了，这样的爱情太残酷了，应该趁现在青春年华，好好地享受爱情的幸福。爱情应该是幸福、浪漫、潇洒、美妙而豪放的，甚至赛过神力般的力量推动与造就事业的成功。也就是说爱情能量是事业成功的增长剂，或者是原子能。"肖忠文说。

"有这么厉害吗？"沈小燕微笑着问道。

"当然有，爱情是人生的头等大事，为什么说生命诚可贵，爱情价更高，就是这个道理。你要知道，一生青春有几载，逝去不可再重来。其实这个道理谁不理解，白白浪费人生宝贵的青春是自我杀戮，是残酷地折磨自己，也是折磨所爱的人。双方都要把艺术与爱情同等并举，同等对待，同时成功，这样意义更为深远。"沈小燕对爱情如此淡念和禁锢，心中很难平静。他俩在一起常常为这事引起各人的见解和争辩。她为了使自己避免过早陷入爱情的死胡同里，总是紧关爱情的闸门，肖忠文轻轻放射丘比特之箭，她就举盾挡住，肖忠文每次都被挡得垂头丧气。沈小燕内心最爱他，她把爱深深地埋在心灵底层，不敢让这把火烧起来，怕一发不可收拾，影响艺术的进展。所以每次争辩她总是冷冷淡淡，不明确表示和认可，对爱情理念，明明知道是正确的，她也不明确表示支持。沈小燕面对肖忠文在生活和艺术等方面的支持及无微不至的关怀，她是十分感激的，也深深地爱着他，但为了艺术不愿表露出来，有时她接受他的几次亲吻，自己也主动地亲吻他几次，到了一定的火候她竭力控制自己的感情，掌握一定的分寸，不越雷池半步。有时肖忠文到了极冲动时有意触摸她的最敏感处和禁区时，她就毅然离他走了出去，甚至两三个小时都不回来，弄得肖忠文四处寻找。每当他找得晕头转向时，沈小燕早已一人坐在房里静静地作画了。肖忠文不敢埋怨半句，默默地坐在她身边伴着她，或给她泡杯茶，或买点她最喜欢吃的水果，直到画好一幅画后，沈小燕才笑笑地问道："你看这画怎么样？"

肖忠文总是赌气地回答道："我没这个水平，你去问别人好了。"

"不。我就要问你。"沈小燕看见肖忠文仍在生她的气，就笑眯眯地作娇态地说道。有时也恭维地献上一杯热茶或削一只苹果剥一根香蕉什么的热情地送到他嘴边，好言好语地解释道："忠文，我们是在为艺术奋斗的关键时候，我不忍分散你的精力，不能把你引入爱情网兜里去，如果我答应你的要求就会害了你，就等于在前进的道路上用情剑杀了你。如果一切都服从你的要求，我不是犯下了不可饶恕的罪行吗？既断送了你的前途，也断送了我的前途。你要知道，我这样做完全是为了创造一个更美好的爱情婚姻和无限幸福的艺术之家，你一定要坚持克制自己的冲动啊！"她边说边走近他，轻轻爱抚着他。在这种情况下，肖忠文总是要被她感动得热泪盈眶，有气无力地回答："我够克制了，小燕，你要懂得我的心，我实在爱你爱得死去活来。我怎么不克制，已经到了无法再忍受的地步了。我现在知道了，你是不爱我的，有时说一两句动人的话或做几下娇态也是假心假意的。"我这个肖忠文真傻，他心想，人家是名家千金，难道会爱你一个无名之辈吗？你还在做美梦，好一个癞蛤蟆还想吃天鹅肉。好了，我清醒了，我俩只是一对萍水相逢的陌路人，或者艺术的同路人，不是一对一见钟情、情投意合的恋人，我是愚蠢的单相思，又道："小燕，别怪我不知趣，愚人在下向你赔礼了。"肖忠文神经质地单膝跪到沈小燕的面前。

"忠文，你怎么啦？别这样，别这样！"他的举动吓得沈小燕全身发抖，赶紧蹲下去双手扶起肖忠文，又说道："忠文，你错了，你刚才说的句句似箭穿我心，我并不是你说的那样，我们完完全全是艺术的同路人，也是一对情投意合的恋人"。自西湖见面之日起沈小燕就爱上了他，千真万确是她心中的白马王子，他们的爱情既是巧合，也是纯真的。如果没有西湖的相遇，也没有今天的"万水千山总是情"的写生计划，这是天赐的良缘，双方都要珍惜这来之不易的缘份。几个月来的经历告诉他们在这漫长的艺术生涯中，互相离不开，但是都要爱惜自己的身子，爱惜他人也等于爱惜自己。如果发生婚前怀孕，能背着孩子去走南闯北，去祖国的名山大川，攀登艺术高峰吗？想到这里，又说："忠文，你理解我的意思吗？"沈小燕含着热泪向肖忠文倾出了全部心底里的话。

肖忠文听了她一翻真情切切、感人肺腑的话后，对自己的举动很惭愧。但只是一瞬间，马上就认为她对爱情婚姻的目的仅限于生孩子。真是太荒谬了，现在是什么时代了，还不懂得爱情的真谛是什么，按你这样的说法男女婚姻就是为了传宗接代，年轻轻的思想太古板太传统了，没有一点新潮流的爱情思想。说她是书呆子吗，讲起话来头头是道，做起事来，思络宽广敏捷、意境深远，又不是呆子。她究竟为何对爱情会这么固执和保守呢？唔，不错，她是为了拒绝我对她的爱，并不是真正的爱我，但又不好直截了当，开门见山地表达不爱我，不接受我的爱，所以才这样企图用她那些使人听起来很心痛的话来迷惑对方。既不伤人心，也不拒人情，好厉害啊！沈小燕，沈小燕，我虽傻也绝对不会傻到这个程度。肖忠文又反思道：她实在可爱，她很可能在考验我，用这些话来测试我是不是爱情呆子。他坐在沙发上一句话也不说，只是用火辣辣的眼光死死地盯着她那丰满的胸膛，然后紧紧地抱住沈小燕苦苦地说道："小燕，心爱的小燕，别说了，我全明白了，我错怪了你，原来你的一切举动都是为了我，只是我太爱你了，我实在无法抑制，幸好每次冲动都被你挡回去了，还是你坚强，能克制住自己。也可能我理解错了，你根本就不爱我，但又不好当面说，怕我受不了，故意编造此类的话来迷惑我。以后我一定控制自己。"

"好吧，你松手。你说我不爱你也可，爱你也可，日后你就会明白的。"沈小燕无可奈何地倒在沙发上流着泪，心想：我怎么说也可能无法使他相信自己对他的真爱，她难过极了。肖忠文松开手也倒在沙发上不断长吁短叹，好似失恋般的疲倦和痛苦。

沈小燕见眼前心爱的人如此痛苦，赶快泡了杯茶双手端着送到肖忠文嘴边道："别这样，来，喝茶。"肖忠文半躺在沙发上痛苦地一言不发，哪还有喝茶的兴趣，他流着泪，紧闭着嘴，一动不动，此时他的的确确是陷入在痛苦之中。

沈小燕见状急得像热锅上的蚂蚁，她心痛了，真怕他急出病来，在这人生地不熟的地方有了病怎么办？自己已经一切都全靠他，依附他。再说今晚是中秋节，上午都讲好了晚上炒几个菜欢欢喜喜地过个中秋节，如果他心情不好还能吃喝吗？反正自己迟早都属于他的，为什么还要这么固守，干脆打开这扇禁锢的闸门。好好的一番劝说，使他心情舒畅，两人痛痛快快才能顺利地实现"万水千山总是情"的宏伟目标。

女性总是那么心情随和、温柔、慈善和软弱的。沈小燕就属于慈善、温柔同时带有几分软弱的女性，尽管她在半小时前说得那么坚决，现在见他这样痛苦的心情，就心慈手软了，只要能使他心情舒畅、痛痛快快地投入到创作的热潮中去，就什么都舍得，甚至连生命都可以献出去，何况这更能加深两人的爱。当她想到这里时，她放松全部绷紧的神经，含情脉脉地笑着紧靠在他的身边，拿出手绢小心翼翼地帮他揩着泪，然后热乎乎的嘴在肖忠文脸上亲吻了几下，柔声细语地说道："忠文，我对不起你，不该伤了你对我一颗真情厚爱的心，好了，别再难过了，今天是中秋节，我们要心情舒畅好好地欢欢喜喜、快快乐乐度过中秋之夜，好吗？"

肖忠文听了沈小燕那无限深情的一席话后，冰冷冷的心好似被她春风般温暖的语言顿时解了冻，一股热血流及全身，一瞬间精神焕发，抬起头睁着明镜般的眼睛紧紧地照着自己无比心爱的沈小燕，轻声地回道："好，谢谢你，心爱的小燕！"说后伸出双手紧紧地抱着她，把火辣辣的嘴唇凑到她的嘴上，猛烈的互相吸吮着，这是他俩第一次这样热烈地亲吻。亲了一阵，肖忠文抱起她在房间内旋转了几圈后，把她放回沙发上躺着，肖忠文不断地说道："小燕我的宝贝，我离开了你就等于没有了魂魄……"

"哈哈哈，真舒服，来，再抱我转一转。"沈小燕伸出双手对着肖忠文说道。

"好，舒服就再来一次。"肖忠文又抱起沈小燕不断地在房内转着圈子，放下后，拉起她的手说道："跳一阵吧！崩崩嚓！崩崩嚓！……"因此两人欢快地跳了起来。

一会沈小燕说道："别跳了，我要洗澡。"

两人洗完澡后，肖忠文说："今晚中秋，我们到渡口海滨公园露天餐馆边吃边赏月，还可以听到海潮拍岸的响声，这才有趣味。"

"好，边吃边赏月，正是：洁月高悬团团圆，人欢海笑乐无边，海滨公园赏月去，人间无上情绵绵。"沈小燕一时兴起，顺口念起一首诗来。"好好，思路敏捷，出口成章。"肖忠文赞道，两人手拉手高高兴兴往海滨公园赏月去。

再说店里的张秀兰知道女儿心情烦乱，情绪不佳，对刘素华说了声中秋节自己会去操办。当天一早就在服务台前及餐厅窗口挂上牌子，上面写着：好消息，为欢度中秋佳节，凡住店旅客凭中、晚餐票八人一桌，特别优惠八菜一汤，啤酒四瓶，大曲两瓶，不另加钱，开餐时间晚六点半。敬请准时赴席，特此告知。

旅社的工作人员在另外一间小餐厅里摆好丰盛的酒菜。张秀兰对素华说："请孟老师和我们一起欢度中秋节吧！""我早安排好了。"刘素华道。

"马上开餐了，有没有去叫他？""叫李小翠去。"

"叫她去不如我去，使口不如自走。"张秀兰说着出门上楼去了。

孟川涛正在聚精会神地写作，对于什么节呀好像不存在似的，除非要去体验节日生活之外，否则他把这事置之度外。咚咚咚几声敲门声打断了他的思路，他最讨厌在他思路正浓的时候来打扰他，他很不高兴地转身问道："谁呀？推门进来！"

"老孟，你也该休息休息，整天关在房里写呀写！为什么不出去走走，吸吸新鲜空气！"张秀兰进来关切地说道。

"呀，是秀兰，这里的空气本来就不错，你看，窗前绿林丛生，树枝都快伸进房内来了，结满了果的梨树枝天天在我眼前晃来晃去，等它成熟了伸手可摘来充饥解渴呢！"孟川涛见张秀兰进来，马上笑逐颜开，急忙站起来亲亲热热地说道。

张秀兰不由自主地走到窗前紧挨孟川涛，并肩立在一起，欣赏着窗外的美景说道："真的，我进来这么多次你不说我还不知道呢，这些梨都快成熟了，还可以闻到阵阵被风吹进来的梨香，馋得我都快流出口水来了。"

"真的吗？是好像有香味！"孟川涛此时闻的不知是梨的香还是张秀兰特有的香味，说着看了眼身边的秀兰，禁不住内心一阵激动，不由自主地伸手轻轻搭在她肩上，又低头靠紧并细细注视她的表情。

"唔！真的好香，好香……"张秀兰被孟川涛一触动，即觉一阵热潮流及全身，说话声音越来越小，心在扑通扑通跳个不停，虽然在年轻时和孟川涛有过抱抱拥拥，但时隔二十多年了，现在的触动确实强过从前的刺激。她起初微微低头笑着，慢慢地才抬头一脸温情地看着孟川涛，两人的眼光撞在一起，好似两把火合在一起瞬间旺了起来，孟川涛把搭在她肩上的手用力拉往胸前，张秀兰顺势倒进他的怀里。

"是不是老虎来了？"孟川涛想起当年在村口读书时情景所以这样说道。

"嘿嘿嘿！你这只老虎现在我不怕了。"张秀兰抱住他的腰如似小孩撒娇似的温柔柔地笑道。

两人紧紧搂抱了一阵后，张秀兰转过身问道："你不嫌我已经老了吗？"

"不，你没有老，还胜过年轻时呢，仍然是那么苗条丰满呢，如果和你女儿走在一起，不知情的人还认为你们是姐妹呢。我才真的老了，头发都白了一半啰。"孟川涛边说边抖抖索索地向她胸前摸去，此时心跳得更快，好似伸手去偷摘别人的果子。

张秀兰脸红的如苹果，抬头微笑着道："现在老过火了，为什么村口松树下、房间内不敢动一动？抱一下都急忙松手，真老实。"

"我不敢，其实你也可能不让，好就好在没有做非分之事，如果不老实偷吃了禁果，使你怀了孕，那就更对不起你了，你就会给家里人丢脸，村上人也会另眼看待，那不更糟了，主要原因是我真诚地爱你，每次和你在一起都会冲动，我总是理智地克制自己、警告自己。"

"后来我也深深地体会到，你是在爱护我，有的在诽谤我怀了孕，事后无声无色地反击了他们，使他们所有的流言蜚语全破产了，我理直气壮地走在世间。你这种高尚的道德是难能可贵的，二十多年了我一直把你牢牢地藏在心底里。"张秀兰说着在他的心窝里摸了摸。"谢谢我心爱的秀兰。"孟川涛激动地说道。

"哎呀，我都发癫了！我是特意来叫你一起过中秋节，两人只顾讲往事，差点误事了，现在几点了？"张秀兰这时才突然想自己是来做什么的。"六点了。"

"糟糕，差点误事了，马上开饭了，快走。"

"太客气了！不好意思，我有餐票，和旅客一起吃就行了。"

"有什么不好意思，我和素华决定的，本来要叫李小翠来叫你的，是我自己争着要来，六点半准时开饭，现在快六点了，到时一定要来，吃餐中秋团圆饭。"张秀兰说着在他的肩上摸了摸又在他腰间搂了几下接着又道："一定要来，你不来我吃不香呢！"

"真的吗？"孟川涛说着歪头靠在她头上轻声地问道。

"什么时候在你面前说过谎话？"张秀兰从重逢那日开始就如梦如痴地想着他，二十多年前爱他，又掀起了层层爱的热浪，她曾连夜失眠。

"是的，好，一定来，不会辜负你的一片诚意，我写完了这一小节就来，不必再叫了。"孟川涛说后急忙把她抱起围着房间转了一圈，张秀兰双手吊在他的脖子上，咯咯咯不断地笑着。

"记住，准时赴席。"张秀兰说着转身出了门。

此时孟川涛心潮起伏，一种难于用语言来表达的感情涌上心头，他坐在台前，起伏不安的心怎么也平静不下来，新情赛过旧情。他想：现在可自自由由，大胆地相爱了，没有任何阻拦和干扰了。他思前想后，特别是年轻力富的时候那艰难曲折、荆丛刺网的道路，浪费了青春，被文革葬送了前途，无法发挥自己的才能。这时他哪有心思平心静气地动笔，只坐在那里想心事，真有点愤愤不平，站起来在房里踱来踱去，不觉得如今到了开饭的时候了。

中秋节这个名词他很熟悉，几十年的人生就经过几十个中秋节，但要加餐欢度这个节日，他还是第一次。餐厅里已经挤满了客人，孟川涛一走进餐厅就被眼快的李小翠发现，并热情地把他引进小餐厅。小餐厅里面两桌都放满了菜，他扫了一眼就有九菜一汤，还有啤酒、健力宝。

服务员们都在厨房里忙着为旅客上菜，小餐厅里只有孟川涛一人，这时张秀兰忙热情招呼道："老孟，我们坐下来等，她们安排好旅客就来。"接着从口袋里掏出一包红双喜香烟递给他。

"孟老师，你喜欢喝什么酒呀？"这时李小翠在门口问道。

"我记得你以前不会喝酒，现在就不清楚了。"张秀兰忙说道。

"还和以前一样，什么酒都不会喝。"孟川涛道。

大家入席后李小翠手提啤酒笑着道："各位喝上一杯，我是借花献佛，孟老师是贵客，让我粗手敬上一杯。""本来连啤酒都喝不了一杯，今天小翠倒酒当然要喝。"孟川涛看着李小翠道。

李小翠又绕到张秀兰身边说："张阿姨是我们上司的上司，中秋佳节也应多喝两杯。"然后又往刘素华的酒杯倒酒道："感谢老板娘对我们的关怀和照顾，敬上一杯。"然后每人倒满一杯。

刘素华站起来举杯道："谢谢大家对旅社的大力支持和任劳任怨的工作，祝大家节日愉快，身体健康！干杯！"

大家一同碰杯，一饮而尽。

孟川涛举杯道："感谢张阿姨母女的深情厚爱，祝春晖旅社生意蒸蒸日上，兴隆再兴隆，想千赚万，并祝大家节日愉快！"

李小翠提酒为每人斟上一杯，然后回座举杯道："在此我深深感谢张阿姨和刘老板娘对我的关怀和信任，敬上一杯，祝节日愉快，生意蒸蒸日上！"

刘素华笑了笑道："孟老师参加我们的节日会餐，增添了节日欢乐，请孟老师对我们今后的工作多多指教。来，大家吃菜，喜欢吃什么就吃什么，不必客气，吃了饭还有很多工作要做。"

小餐厅里洋溢着欢乐声、叮叮当当的汤匙碰撞声。

大餐厅旅客们喝酒猜拳喊酒令，欢笑趣谈满堂春气盈盈，充满着节日气氛。肖忠文老板在店的话，节日气氛更浓。

沈小燕和肖忠文手拉手在人山人海、热闹非凡的海滨公园，五彩缤纷的灯光海堤边走着，眺望对面海上公园——鼓浪屿。

轮渡码头，每隔几分钟就有满载游客的豪华渡轮往返对开，特别是今天中秋节游人信坫，成双成对的男男女女、老老少少，兴高采烈地带上水果、瓜子、花生、烤烧鸡鸭、中秋月饼、饮料等去鼓浪屿谈情赏月，欢度中秋之夜。

灯，五彩缤纷，各种电控的巨幅广告牌，沿着江边大道、十多里海堤好似广告的海洋，和对面鼓浪屿彩灯相辉映，高楼大厦的倒影混着层层光映在水里，五光十色，光怪陆离，好似海市蜃楼，随着海浪的起伏，层层楼房时明时暗，并不断地伸展和收缩，真是变化万千。

一只只船、一艘艘海轮，也挂满了节日的彩灯，几艘快艇在海面上飞一般地开过，掀起长长的白浪，留下一条长长白白的尾巴。帆影、灯光、月色、楼房融为一体，构成一幅美好的夜景。

"啊！多美啊！"肖忠文拉着沈小燕赞叹不绝。

"拍下来，这迷人的景色。"沈小燕举起相机咔嚓咔嚓地一连拍了半个胶卷。

两人坐在石凳上望着闪闪烁烁的变幻灯光和月下的朦胧景色。

"我们到鼓浪屿去玩玩，再回来吃晚饭吧？"沈小燕提议道。

"今晚还是在这里就餐赏月，改天去鼓浪屿好好玩上一天。"肖忠文道。

此时一位打扮时髦的年轻姑娘走了过来，很有礼貌地，用很标准的普通话问："先生，小姐，两位想吃点什么吗？请到这边坐。"

"好，等一会再说吧。"肖忠文有心无意地随便答道。

"先生，这边有清静的位置，有露天包厢，在里面吃喝没人打扰，可以边吃边赏月，今晚是中秋节，月亮特别圆，特别亮，坐在包厢里很舒畅。"时髦姑娘好似猜透了他俩的心事似的介绍道。

"好，等一下就来。"肖忠文仍然不紧不慢地回道。"等一下就没有包厢了。再说今晚是中秋，来包厢就餐的人比平时肯定要多。还是早点去坐下来更可靠。"那姑娘耐心地说道。

"包厢位要不要收费。"沈小燕问道。"要收一点，不多，每小时不超过五元钱，三小时十二块，四小时十七元。"姑娘道。"这是头一次听到啊！"肖忠文道。但他说后又有点后悔，幸好是和一位年轻姑娘说话，否则人家会认为自己是一个没有到过大城市的无见识的乡巴佬呢。

"先生这不奇怪，你要知道，有的人一入席随便炒两三个菜一坐就是老半天不出来，其他客人就没位了，生意就做不成，收点费也是一种约束。"姑娘道。

"有什么吃的？"肖忠文问道。"到那里坐下来，我拿菜谱给你自己点，你们想吃什么就有什么。中秋节么，应该来几个海鲜，几瓶好酒，好好地吃一顿，一年只一次，花不了先生、小姐几个钱。一看就知道先生小姐都是一对有钱的富翁，不吃不喝钱往哪里花呢，来，跟我来啊！"姑娘殷勤地说道。

"去吧，先去看看。"沈小燕对肖忠文道。

"好，我们先去看看，合适的话就吃上一餐，不合意我们就走，这样不要收费吧？"肖忠文问道。

"不收费。我相信先生、小姐一定会满意的。"姑娘道。

肖忠文拉起沈小燕的手跟着她往前走去，约走了三四十米左右，只见靠海堤边几排用各种颜色的胶板隔成一格格如小房间的包厢，三面屏风上有诗、书、画，中间架一张活动的小圆桌，四张活动靠背椅，看来一切都是活动的。屏风上安了一盏水晶壁灯，厢顶敞开，抬头可见满天星斗和像银盘一面大圆月，包厢虽然狭小，但还是十分雅致，坐下来使人有格外舒适的感觉。

肖忠文和沈小燕走进包厢环视了一遍问道："时间怎么计算？"

"第一道菜上桌算起。这间好，其余都有人包了，没有人的也来电话订了。你看门边上挂了块'已定'二字，只有这三十六号没定，请两位坐下来。还是先生、小姐的运气好，来得快，否则就没位了。"姑娘道。

"好吧。"肖忠文说着坐下了。

姑娘朝外喊道："三十六号有客啰！"

喊声一落，走来一位身穿卫生服的青年女服务员拿着菜谱和账单走了进来，彬彬有礼地道："请点菜。"说着递过菜谱给肖忠文。随着又一名提着开水和茶壶茶杯的女服务员进来，泡好茶出去了。

肖忠文和沈小燕翻着菜谱。站在旁边的服务小姐说："先生、小姐先点个

'花好月圆'中秋饼、瓜子、花生、啤酒什么的，边吃边点菜。"

"中秋饼多少钱一斤？"沈小姐问道。她很认真，问得很细，须先问价，才不会上当，因为有个别的经营者往往会宰外地客人。

"一只十二元，一斤左右，厦门啤酒六元。"姑娘道。

"好吧，先来一份月饼、瓜子、两瓶啤酒。"肖忠文道。

姑娘在单上记下，穿卫生服的服务员拿着单快步出去了，很快月饼、啤酒、瓜子都上来了。盘里放着一只约七八两重月饼，上面用黑芝麻作上"花好月圆"四个正体字，黄色银边，立体突现，很醒目。据服务员介绍，这种中秋饼是专为年轻恋人、夫妻制作的，还有中年、老年的，如松柏常青、寿比南山、福如东海等等。

肖忠文和沈小燕边嗑瓜子边点菜。那姑娘又介绍说："先生，来一份海鲜、海蟹、对虾、清蒸龙凤汤，都是美味佳肴，中秋节吗，就要点几样海鲜。"

沈小燕一看菜谱，那几样菜都是五六十元以上，对虾三百八十一盘，哪里吃得起，只好说："不要不要！"说后又看看肖忠文的脸色，又说："我从来就不吃海鲜，吃了就吐，难道你就忘了吗？"其实是价钱太贵，两人太浪费，服务员在一旁，不好直说。

"我知道你不吃，又没点海鲜。"肖忠文会意地笑笑回答道。

"还是来一盘红烧全鱼、白切鸡，再加一个青菜和三鲜汤就行了。"沈小燕点完菜又问肖忠文："你看呢？"

"行，就这样。"肖忠文说完合上菜谱。

姑娘写好三联单，一张放在桌上，一张交给另一名服务员，还有一张塞进自己口袋。又笑道："再加两道菜，过中秋节吗，不能太省了。"

"吃完再加吧。"肖忠文道。

"你们是旅游结婚的吧？"姑娘问道。

"我们是画画的，也称是旅游的吧。"沈小燕道。

"画画的，啊！你们是哪所美院的，是哪省人呢？"姑娘问道。

"我们是江西的。看来小姐也不像是本地人吧？"沈小燕随便问道。

"啊！我们还是老乡，你们是江西哪里？"姑娘显得亲热地问道。

"我是南昌市的，你呢？"沈小燕反问道。"我是吉安，又碰到老乡了，今天运气真好，碰到十二位老乡了。"姑娘笑着道。真是老乡见老乡话语自然长。

"你在这里工作很多年了吧？"沈小燕问道。"我来厦门三年多了。""多少钱一个月？""没有固定工资，是按件计酬的。"

"怎么计算？"肖忠文问。"拉了多少客，收了多少营业额，按百分之十计工资，没有拉到就没有工资。""那样计算，你的工资很可观，平均每天都上几百元吧？"肖忠文惊讶地道。"我不是尽在这馆子里拉客，还有旅社、导游等。最好是导游，每天可赚三四百元。"姑娘得意地说。

"导游有这么多工资吗？"沈小燕更惊奇地问。

"有啊，如果碰上外国大佬，每天付美金五六十元，最高有八九十元的，折合人民币七百多元呢。"

"你懂英语。"肖忠文问。

"不太流利，不过没问题，刚来说不太好，为了挣钱，就拼命地学，经过一年的自学，现在没问题了。"

"有英语业余学习班吗？"沈小燕插话道。

"我高中毕业英语成绩本来就不错，隔了几年生疏了，我没有学习，只是自学。"姑娘有点自豪的道。

"老乡你真了不起，导游、饮食、旅社拉客样样都行，也够你辛苦的了。"肖忠文很佩服地说道。

"其实也没什么，习惯成自然，只要抓住一个重点，可以顺手牵羊。这家馆子就是我的立脚重点，不管其他生意有没有，这里的就靠得住的。抓住老外，上前说上几句英语，问问是否要导游，如能拉上就不须讲价钱，到时他们会付给你一笔使人满意的费用，大部分都有中餐、饮料、水果，只要他们买吃的都有我的一份，吃饭就可拉到这里来吃，一顿就要花上几百上千，我又可以从餐馆得到上百元的报酬，这样环环扣紧，生意也就做活了。"姑娘洋洋得意地说道。

"每月能有几次导游业务？"沈小并问。"少则一两次，多则五六次。"

"你每月都可挣三四千元以上。"肖忠文道。

"差不多。开支也大，房租五百五十元，水电三十多元，还有保安费、卫生费二十元，伙食四百元左右，还有其他零零碎碎算不到的钱，总之每月要一千多元开支。"

"你爱人在厦门工作吗？"沈小燕问道。"哈哈，我还没男朋友呢！"

"我们谈了老半天，还不知道你尊姓大名呢？""我姓张，名辛梅，辛苦的辛，梅花的梅，梅花开在寒冬腊月，顶霜熬雪，我这个名字也说明我的人生道路艰辛曲折，那么凄苦寒酸，不要说别的，就连男朋友都找不着。哪有你们这样幸福呢，成双成对外出旅游画画，多浪漫啊！"张辛梅以羡慕的眼神瞟着他们说道。

"其实你这个名取得很好，'宝剑锋从磨砺出，梅花香自苦寒来'。经风雨见世面，寒梅映缀美丽的景色，迎来春天的温馨、百花争艳、百鸟争鸣、鸟语花香、锦绣春色。你辛辛苦苦地学习，勤勤恳恳地工作，也就换来滚滚财源。至于爱情婚姻迟一点也是好事，再说你也不知要挑选什么样的高级人才呢！"肖忠文道。

"先生说得好。请问两位老乡尊名大姓？""我姓沈，名小燕。他姓肖，叫他老肖就行。"沈小燕说到这里又哈哈哈地笑起来。

"张小姐，坐下来，叫服务员添碗筷，和我们一起喝两杯，机会难得，你在厦门比较熟悉，碰到有什么困难还劳你帮忙帮忙。"肖忠文道。

"对，我们都是老乡，就别客气啦！"沈小燕道。

"谢谢，我还得出去拉客呢。"张辛梅道。

"生意是你做的，喝杯酒没关系。"沈小燕说着拉住张辛梅坐了下来。

"肖先生、沈小姐，那真是乡情难却，有时间到我住的地方玩玩，老乡在外互相见面分外亲切。每天早上六点至中午十二点，下午三点至晚上十二点大部分时间我都在这里，如不在可能送客住宿，或是当导游去了，有什么事到这里来找我更方便。你们住在哪里？"张辛梅说后问道。

"我们住民政招待所，703 号房，有空请来坐，叙叙乡情。"肖忠文道。

"好，一定会来打扰老乡，民政招待所的条件还不错，厦门的招待所、旅社我都基本了解一点，也有老乡在旅社、宾馆当服务员。厦门有很多老乡，你们刚到还不了解。"张辛梅道。"我在外面半年了，还是第一次碰见老乡。"沈小燕道。

"请问，两位老乡的画会不会卖？"张辛梅道。"会。特别是沈小燕的画画得很好，她爸爸是我国的名画家，是陶瓷学院美术系的教授，她继承父业，也是成名成家的料。很多外国人都想买她父女的作品。"肖忠文介绍道。"好，如果碰上要买画的老外，我一定介绍他们来买。"张辛梅道。

"张小姐，你以前导游的时候有没有碰见到外国画商？"沈小燕道。"去年曾碰见一位，因当时我没门路，由他自己找，现在如果碰上了定会前来光临。"张辛梅道。

"就请张小姐多多关照，我们也不会亏待你的。"肖忠文说道。"好，一定。"张辛梅说到这里，服务员小姐菜上来了。

张辛梅站起说："两位老乡慢慢吃，要加菜就告诉上菜的服务员。"说完出了包厢。

"这位老乡真有本事，脑子灵，能说会道，看不出，还能捞老外的钱。"肖忠文笑笑地说道。"我的老乡，也是你的老乡，"沈小燕道。"那有什么关系，不管是江西、湖南、广东统统是中国人，到国外去都是老乡。"肖忠文道。

"吃饱、睡好、玩好，管他什么天南地北佬，来，尝尝菜的味道。吃饱喝足，回去做几幅好画。"肖忠文夹起一块白斩鸡往沈小燕的碟子里放，说道。

"没有辣椒，叫服务员来点调味。"沈小燕，慢慢嚼着细细品着味，点点头说："味道还鲜嫩，就是量太少，可能不到二两肉。"

"只要味道好，数量少没关系，数量少是那位老乡分了一些呀。"肖忠文笑着道。"什么意思？""你想想。她从中抽走了百分之十几，三十块钱一盘，她就抽出作工资，这不是她吃了吗？""这也是应该得的报酬。""快吃。她应该得，我们更应该吃，没吃掉就浪费了荷包里的钱。"

肖忠文和沈小燕边吃边谈，谈来谈去，焦点离不开张辛梅，差不多一个半钟了，菜也吃得差不多了，这时服务员拿着单说："餐费共计一百二十八元。包厢费到你们散席时计算。"

"八点吧，正好两个钟头。"肖忠文对服务员说道。

"再加十元，共计一百三十八元。"服务员把单交给肖忠文道。

沈小燕从手提包里抽出二张百元大票和四张十元零票递给服务员，心中感到一阵惋惜。

服务员接过百元钞票，举目验了一下，然后在桌上用红笔划了一个对号，转身离去。

"我们上当了。"沈小燕不满意地道。

"上什么当！又不是天天在这里吃，这也是尝试尝试。"肖忠文毫不在意地说。

"如果在别的馆子店花上一半的钱都吃得更好。"

"也好，花点钱，认识一位老乡。"肖忠文笑着道。

"认识她，还有什么收获。""她那种艰辛、多渠道捞钱的方法是值得我们借鉴的。"肖忠文笑着道。

"好吧，下不为例。"

"老乡还要加菜吗？"张辛梅笑容可掬地走进包厢问道。

"不必了，买了单，八点我们就回去。"沈小燕将桌上划了√号的那单递给张辛梅。张辛梅在单上随便扫了一眼。

"老乡，又拉了几位客人？"肖忠文微笑着问道。"两个。在二十四号包厢，肖先生还早呢，再来一盘猪肚，一盘炒牛肉，延长一小时，不计包厢费。"张辛梅说道。

肖忠文听了她的话心想：好一个油嘴滑舌，刚才说包厢全订了，只剩36

号，现在又有 24 号，总之由你说了算，食客总是傻乎乎地任你左右。

"其实两个钟头都太久了，再坐半个钟头我们就走。"沈小燕说。她心里想：你张辛梅当然巴不得我多炒几个菜，坐到半夜，再花上百多块，你又可以从中捞一笔。什么老乡不老乡，只要跟你做生意，钞票溜进你的袋里，就口口声声甜甜地叫着老乡，否则，就不跟你老乡了。

"老乡既然时间宝贝，请明天再来，早晨有早茶早点，水饺、面条、油条、糖包、肉包、粉饨、炒粉、汤粉、沙河粉、白粥、肉粥、清蒸八宝汤、参枣鸡肉汤、杞子排骨汤……总之花色品种样样齐全，任老乡选择。""张辛梅殷勤地介绍道。

"谢谢你，老乡，一定来，有你这样好的服务员，又有老乡之情，怎有不来的道理。"沈小燕道。

"当然当然，请老乡多多光顾才是。"张辛梅说着转身出了包厢，又转回身举手告别道："拜拜！"

肖忠文和沈小燕把未吃的"花好月圆"中秋月饼包好，装进手提包。

"我们到外面走走，看看海边两岸的夜景，十二点才月到中天，那时赏月才是最佳时刻。"

沈小燕说着拉起肖忠文的手离席而去。走了一段路她觉得有点疲倦，就提议道："忠文，我们还是到夜市场买点炸烤和水果带回去，慢慢品尝，可以自由自在地享受，才是舒舒服服呢。回去吧，我都累了。"她说着软软地靠在肖忠文身上，双手紧紧地搂着他的腰。

他们望见对面有一块醒目的招牌：夜食府街。因此走了进去，只见各种夜宵两边排开，应有尽有，就买了一些烧烤食品。

回到招待所，沈小燕对肖忠文道："忠文，今晚过中秋节花了这么多冤枉钱，我们来创作一幅《赏月图》吧，你先在脑子里构思构思。"其实她脑海里已经有了这幅画的轮廓了，她不露声色，先叫他构思。

"对呀，创作一幅《赏月图》，很有意义，好吧，让我先想想看。"闭上眼睛静静地思考了一会，手在沙发上划来划去，在他脑子里也有了一个初步的轮廓。但他没有说，只是在桌上放上"花好月圆"中秋月饼，又把刚买来的香蕉、苹果、橘子、花生、瓜子、糖果等围绕着月饼，一对高足酒杯盛上满满的茶（画中当酒）。然后肖忠文比划着道："这边放牡丹，那边放月季，一对少男少女举杯向着明月祝祚着。"他把自己初步的构思向沈小燕说了一遍，问道："你看行不行？"

"可以，在阳台或地面上都行，除了国色天香的牡丹，还要摆上松柏常青，人物和一切摆设都要画现代的，才有现实感。"沈小燕说道。

"这幅画宗旨是：除了表示人们追求圆满和幸福的爱情婚姻之外，还有人生的高洁情操，祥和及浪漫的生活，小燕你说呢？""没错，也向往着清静与自由。"

"我来先打个草图，画出轮廓后慢慢推敲。"肖忠文边说边展开宣纸，准备作画。肖忠文情绪高涨，画意正浓。

"现在不打扰你，让你静静地画吧，画好再考虑玩的事。""有什么好玩的？""你暂时别问，应全力以赴画好《赏月图》，玩的事由我来考虑，到时包你玩得痛快。"沈小燕神秘地说。

"好了，好了，你不要再说了，你这么一说我全身都痒痒的，画也画不好。"肖忠文心不在焉地在画桌上手挥脚舞起来地说道。

"谁叫你分心，非画好不可，画不好就没你玩的理由，懂吗？"沈小燕故意严肃认真地说道。

肖忠文听后，心一下子就静下来了，不卑不亢，刷刷刷笔笔有声，只半个小时，一幅轮廓清楚的《赏月图》勾出来了，此时他兴奋极了。他真想张嘴大喊：成功了！但他控制住没有喊出声来，保持镇静的头脑，又认真细致地审视了一遍，确实认为满意后，才轻轻地喊了声"小燕！"

此时沈小燕也全神贯注地在写生本上构图，听到肖忠文的喊声时才抬头问道："什么事？"

"请你给我泡杯绿茶，还有烟和打火机。"

"好的。"沈小燕放下笔，泡了茶，拿了烟和打火机走上前去，并说："少吸烟，今晚只许吸这一支。"沈小燕抽出一支送到他嘴里，并打火送去。这时她的目光集中到画面上，顿时好似发现新大陆似的惊呼道："啊！一幅好画，成功之作，这么快就画好了，辛苦你了，辛苦你了！"说着高兴得双手抱住肖忠文，摸了摸他的双肩。

"可以吗？"肖忠文吸着烟问道。"不但可以，而且很成功。来，喝口武夷山的毛尖绿茶，清爽清爽脑子。"沈小燕端起茶送到他的嘴边，以示慰问。她对肖忠文的构思能力如此之强佩服极了。

肖忠文喝了一口四溢飘香、甘甜清心的武夷山毛尖绿茶，点头吟道："谢谢，真是：一双玉手捧金杯……"

"请问先生累不累？"沈小燕拍拍肖忠文肩膀问道。

"花好月圆情长久。"肖忠文吟道。

《赏月图》里明月辉。"沈小燕快捷地吟道。

一人一句构成了一首诗。

沈小燕记下这首诗后拿出相机。

肖忠文做好一切准备，沈小燕满意地拍下肖忠文作《赏月图》的照片。

"《赏月图》已经拍出来了，现在就该好好休息了。"沈小燕乐滋滋说道。

"对，你刚说要玩个痛快的，究竟有什么玩的？"肖忠文摸不着头脑，不知底细地问。"包你痛快，包你开心！"

"好，高！这下就看你的了。"肖忠文说着突然想到什么，走到电视机旁："把它忘了，也别放在这里白白浪费。"他打开电源开关，中央一台正在播放新闻。

"好，边看边喝酒，吃烧烤，这是我们的首选节目。"

"不，我的首选节目是西施抱情郎。"肖忠文软软地倒在沈小燕身上。

"起来，起来，喝酒。"沈小燕把他推到沙发上坐下。

肖忠文顺势抱住沈小燕往自己怀里拉，两人同时倒在沙发上。肖忠文急忙把嘴唇伸过去，被她的手挡了回去道："你刚吸过烟，臭烟味，不跟你亲，要用啤酒洗干净方可。起来，还早着呢，有的是时间，喝完酒，吃完下酒菜，我们就猜谜，行吗？"

"起来就起来呗！喝酒就喝酒呗！"肖忠文心中不快，懒洋洋地、慢腾腾地爬起来道。

沈小燕双手端起一杯啤酒往肖忠文嘴上送，说道："喝酒，吃烤鸭、凤爪，反正这些要统统吃完，不能过夜。"

"我又不是牛肚。"肖忠文有些愤然地道。

"慢慢地吃嘛，又没叫你一口就要吃下去。不但你要吃，我也陪你吃。"沈小燕用牙签刺着一只炸凤爪送到他嘴上。

"好。喝完吃完就该，就该要……"

"就该猜谜或跳舞了。"沈小燕打断他的话道。

"不，就该，就该痛快痛快了吧！"肖忠文支支吾吾地说着，接过沈小燕送到嘴边的酒杯，仰头一饮而尽，又倒满一杯，又一口气饮个杯底朝天。然后倒了一杯给沈小燕道："喝，喝醉了才过瘾，反正没有我玩的份儿。"

"忠文，你又在胡思乱想了，时间还没到么，到时一切都有你的份。来，吃完这香喷喷的炸凤爪和烤鸭，吃完了再说嘛。"说着又将一块烤得黄灿灿的烤鸭肉送到他的嘴上，又道："我们从海滨公园赏月，赏到房间里来了，有趣吗？""有趣，有趣，只是有趣的事轮不着我。"

"忠文，如果还在外面赏月的话，只见天空里圆圆的月亮，哪能作《赏月图》，哪能吟出一首'一双玉手捧金杯'的诗来，也不能拍下你作赏月图的影照作留念，这些才是真正的有趣。等一下还有活动呢，忠文，别急，你为何遇到不顺心的事总是垂头丧气闷闷不乐的样子。男子汉大丈夫必须在困难面前始终保持无比乐观和浪漫，要能上能下，能伸能屈，要有克制自己的勇气。放心吧，我会安排好的，保准你痛快，保准你满意，好吗？"沈小燕一边吃烤鸭，一边向肖忠文作一连串的劝说。

"好，我只好傻乎乎地等你安排了。"肖忠文有些赌气地道。

"我们到阳台赏月去。"沈小燕提议道。

"对，到阳台去空气新鲜，可以观赏圆圆的洁月。八月十五的月亮特别圆，花好月圆，人们都围绕着这'圆'字，月饼也是圆的，是美满婚姻和家人外出回来团圆的意思，是人们的心愿和向往花好月圆的幸福景象。这也是我们渴求的。""肖忠文说的用意，也是对沈小燕的启迪。

"嘣哧哧，嘣哧哧！"肖忠文嘴里念道，脚开始跳着，又问："是不是这个节目？"

"你会跳吗？"沈小燕也有脚痒痒的感觉问道。

"其实我跳不来，在家的时候同学们经常邀我跳，我都不去，没学过，一切精力都放在画画上。你呢？"

"我呀，一来没人教，二来没舞伴，所以一窍不通。如果我去学那玩意，也没心思画画了，哪有今天。"沈小燕道。

"怎么没有今天？"肖忠文不解地问。

"你想想，我那些同学十有八九进了歌舞厅、酒吧等娱乐场所，她们也来邀我，说一个月能挣两三千块钱。因我一心扑在绘画事业上，对舞女的职业不屑一顾，毫无兴趣，除此之外，还认为是种不光彩的职业，和自己的理想格格不入，多少钱也打动不了我，无论如何也改变不了我对绘画艺术的钢铁意志。也有歌舞厅和酒吧老板亲自动员过我妈妈，要她来说服我从事舞女职业，说只要我进去，第一个月就给三千，我知道他们是看中我的姿色。我妈妈知道我全心全意继承父业，也就左耳进右耳出，斩钉截铁地回绝了他们，叫他们不要干扰我，我绝对不会干的。你说，如果只顾金钱的话，定会走上舞女的生涯。我如果真的走上那条路，无论人品、文化素质都比他们强，报酬肯定比他们丰厚。你说，能和你走在一起的吗！"沈小燕解释道。

"我们都是为了绘画事业才丢掉了那些娱乐活动，这也是我们的共同特点。"肖忠文道。

"十二点快到了。"

他俩把椅子、茶几及花生、瓜子、水果都摆到了阳台上。沈小燕泡了两杯茶，紧靠在肖忠文身边坐下。此时月正中天，明明的月亮如一只巨大的银盘高高地挂在空中，照得大地白茫茫的。阵阵微微的初秋之风伴着海腥味扑面而来。肖忠文看着月色想起了李白的《静夜思》，吟道：床前明月光，疑是地上霜。举头望明月，低头思故乡。

"你想家啦？是想爸爸、想妹妹？"沈小燕道。

"小燕妹妹同我在一起，只想事业，其他都无关紧要。"肖忠文道。不说还好，这样一说真的很想那温柔情深的刘素华，她不像沈小燕这样保守，随时随刻都可以满足自己。但他面对小燕又觉得比刘素华更高雅更可爱，她这样严格地控制自己的行为就是一种品质纯真的体现，会使生活更浪漫、更刺激、更具美妙之处。

"真的其他都不想吗？"沈小燕问道。"不是真的还有假的吗？我从来都是说一不二的，难道你还不相信吗？"肖忠文不露心思地道。

"相信，相信，这样就好，应该全心全意为创作而努力奋斗，其他生活上的事就不要去考虑，你今晚向我表示了这种决心，我心里的疙瘩就消失了。"沈小燕顺水推舟地说。

"你除了事业外，其他什么都不想，你心里还有什么疙瘩被我解掉了，使我不明白。"肖忠文道。"这都不明白，真是书呆子。"沈小燕笑笑道。

"真不明白，还得请小燕解释解释。"肖忠文明知故问道。

"好吧，我就说明白点，就是你表态了一心为事业，不胡思乱想，特别是我们之间的事，只能全心全意地搞创作，认认真真地画画。画得越多越好，越认真越好。我们的私事要像前几个月那样，只许动嘴讲，不许动手动脚，更不许动歪心，这样就不须时刻防范你越轨，也相信你绝对不会想摘禁果了，所以我心里的疙瘩一下子就解除了。"沈小燕坦然地道。

"哪有这样解释的啊？！这话应从我口中说出来才算数，你这样说话是钻了'什么都不想'的牛角尖，不行，不行，我不承认，绝对不承认。"肖忠文有些不愉快地说道。"你不承认，你不是说你从来说话都是说一不二的吗！为什么又出尔反尔？"沈小燕暗暗笑道。

"解释不当，我当然不承认啊！"

"好吧，就听听你自己怎么解释，妥当我承认不当我也承认。"

"这样你推我，我推你，互相都抱着不承认的态度，那我还解释什么呢！"

"你先说说我听听，合理的、对事业有利的一定照办，有出入也没关系，可以放弃。"沈小燕道。

"好了好了，我不做任何解释了。咦，我问你，为什么对我老是采用手铐脚镣，还加塑胶绳三绑四捆着全身呢？"肖忠文带着痛苦的表情问道。

"是为了今后的事业和爱情的永恒性着想，严一点并不是坏事。"

"现在我胡作非为了吗？"

"现在没有，我希望你能坚持下去，待到事业成功后，岂不是双喜临门，一箭双雕。"

"那要待到牛年马月，我可受不了。"

"我们的'万水千山总是情'才开始几个月就受不了啦，那怎么行呀，我看你呀，根本就没心思为艺术为成就，而是为爱情为风花雪月，你自己说说是不是？"沈小燕责备道。

"没这么严重吧，万水千山总是情吗，当然情是其中重要的一面。你要知道我实在爱你，爱得受不了啦，你能不能给我一次机会，就今夜。我会尽心尽力地把事业进行到底的，你尽管放心好了，只要拥有你，我可以十年八载不回家。小燕，我求求你了。"肖忠文激动、痛苦交织着，不禁流着泪恳求道。

"谁要你十年八载不回家，你上有父亲，下有给你苦心经营旅社，要钱给你寄钱大力支持你从事艺术生涯的妹妹，你应该一年回两三次去看看他们才是。我家有妈妈，我也要回家看看，特别是逢年过节家人都眼巴巴地盼望外出的亲人早点回家团聚，回家看看是好事，也可以减少家里亲人的挂念，这有什么不好的。今年过春节你回我家还是我回你家见见双方的亲人也是应该的。至于你我今晚的事，你考虑了后果没有？"沈小燕背过身去默默地沉思着。

"考虑过了。我求求你，就今晚，今晚是中秋月圆之夜，我们也应该团圆了，好吗？"肖忠文哭丧着脸说道。

"就今晚，如果我怀了孕怎么办？"沈小燕轻言细语地问道。

"不会的，我有办法……"肖忠文说道。

"看来今晚就要屈服于你了。"沈小燕抖抖索索的语气道。

"小燕，心爱的小燕，我愿献出生命，也不愿使你的身心受到痛苦，既然你要屈服于我，那我绝对不会干的，感情的事不能勉强，性爱、情爱都是一厢情愿双方满意的。我们都是有知识的人，绝不能，也不会干出违背对方意愿和自由的愚昧事来，你放心吧。今晚我想得太过火了，超出了范围，请别计较。我等待着你，什么时候你认为条件已经成熟了，就什么时候吧，总不会等到八十岁吧？"肖忠文道。他主要是因为听到沈小燕怕得连说话的语气都抖了起来，心一下就软如流水。也是特别疼爱沈小燕的缘故，怎么能干出伤害她的、不道德的事来，只有保护和关心她才是自己应尽的职责，所以他下决心，没有她自愿绝对不再提这种要求了。

"忠文，你说得对，有志气，为了事业应该有这种勇气和决心，你要相信我，不要你等多久，我会自愿满足你的要求的，到那时绝不是屈服于你，而是从感情出发，心愿口愿，这才是最幸福、最圆满的爱。"沈小燕见他的思想一下就转变了很多，激动地道。

"我相信总有一天会感动上帝的，到那时花正好月正圆，唉！何年何月才有那么一天呢。"肖忠文对着圆圆的月亮长吁短叹地道。

沈小燕见肖忠文心中仍然流露出痛苦的叹息，心头又萌发出悯惜，痛爱的心情。但只是呆呆地望着他，无计可施，想来想去也不知如何是好。她的眼光移到了那包牡丹烟上，因此拿起烟，从中抽出一支打着火，递到肖忠文嘴里，说道："吸支烟，提提神，看样子你都要瞌睡了。"

"你不是要我戒烟吗？为什么又要我吸烟？"肖忠文问道。

"你原本会抽烟，慢慢戒，只是要尽量少吸，每天半包烟没危害。"

"小燕，你最喜欢吃什么水果？""我啊，最喜欢蜜橘和苹果，你呢？"

"我，惭愧，惭愧，唉，面对成熟得蜜汁欲滴的美味鲜果也没资格尝一尝啊！唉，人生啊！为什么这样复杂，如此艰难呢！……"肖忠文仍然对着明月叹息着喃喃地道。

沈小燕一听心知肚明他说的意思，她一声不吭，靠在沙发上也呆呆地望着月亮，正思考要想出什么话题来引导他的心思向另一处去，问肖忠文道："忠文，你呆呆地望着月亮，我还没理透月亮既是一个绕着地球转的地球卫星，为什么它会发出光来呢？"

"我不是天文学家，你问我，不如问你自己好。"肖忠文带着赌气的口气回答道。

"唉！一个人要想得到人家的指教确实很难啊！读书时不认真，到了现在就悔之不及了，这样看来我的男朋友也不愿教我了，明天还得去找老师问天文学了。"沈小燕也故意对着月亮叹道。

肖忠文默默无言。

沈小燕被那微微的海风吹拂下感到有些睡意，连连打着哈欠，她站起来伸伸腰，看着肖忠文，见他仍然呆呆地望着明月，沉浸在牛郎渡鹊桥和织女相会的梦幻里呢。她忍受不了这样鸦雀无声的、沉闷和孤单的气氛。因此她一脚跨过去，举起拳头往肖忠文的肩上打去。

肖忠文被这突然一击，吓了一跳，才从梦中惊醒过来，没头没脑地惊问道："小燕做什么？吓死我了！""我还以为你的魂魄被嫦娥掠去了！"她说着又咯咯咯地笑了起来，而且笑得甜甜的。

肖忠文被她甜蜜的笑声搅乱了已经稳定的心思，瞧着身边的沈小燕道："真的被你这位嫦娥掠去了魂，迷得我死去活来。"

"我不是嫦娥，是丑八怪，如果我是嫦娥就好了，在月球上无忧无虑，过着神仙的日子，唉，凡人总是这么多苦恼！"

"嫦娥是神话中的仙女，是凡人笔尖造出来的，并非真有其人。月球上有无动物，有没生命，科学家们认为至今还是个谜。嫦娥这个名，是作家笔下善良的美女形象，在我心目中的嫦娥就近在咫尺，伸手可得。不管是谁，只要自己最爱的，都比嫦娥还美、还善良，世界上最美、最善良的姑娘。"肖忠文拉过沈小燕坐在自己的膝盖上。

沈小燕听了肖忠文的一番话，马上来了精神，刚才的疲倦冲到九霄云外了，她淡淡地笑着道："天下的男人就这么坏，当爱你的时候什么动听的好话说尽，不喜欢时就说的一无是处，一文不值……"

"不可能吧！不过也不敢否认，天下间什么样的男女都有，起码我不是这种人。"肖忠文道。

"路遥知马力，日久见人心。你不要把结论下得太早了。"沈小燕道。

"我这个人的性格是讲究现实，不喜欢拖泥带水，特别反对那种一推一就把人吊在空中使你求生不得、求死不成的苦肉计，还不如一刀子把人砍死更好。"肖忠文比手划脚、神气活现地说道。

"哈哈哈，忠文，谁对你这样无情无义啦？就是有人施些小计的话，也是说在嘴上，痛在心里，或者是女人常常用来考验男人是否真心实意爱自己的一种手段而已。只要理解其中奥妙，还有什么伤心烦恼的。女人往往是用各种手法掩饰自己的心理活动，不显山露水，不随便暴露自己的心思。当然也有不然的，是直话直说的，你要知说话人本身的性格和水平如何？这个不用我多说，你是有知识的人，比我理解得更深更透。"沈小燕笑着道。

"但愿如此，是真是假，还得待我验收验收，方可下此结论。"肖忠文笑着说道。但他心底里暗暗窃喜。"笑，笑什么？我看你恐怕想坐在这里等月亮迎太阳了吗？"沈小燕暗想，你这个书呆子，真的非被女人牵着鼻子走不可。

"会在这里坐到天亮吗？"

"我要去洗澡了。""我也去洗澡了。"

"你先洗还是我先洗？""同时洗。""不行。"

"好了，好了，就等你先洗。我把这些东西收拾好。"肖忠文说后，忙着把台凳等全部往里搬。

沈小燕由于急忙跑进浴室，忘了带换洗衣物，怎么办？得叫肖忠文从门缝里传进来，肖忠文却满意地道："你自己出来穿戴吗？"

"可以，你先出门外去，我喊你进来再进来，没喊你可千万别进来啊！"

"行行行！我马上出去，我这就出去。"

"出去了吗？"沈小燕向浴室里喊道。"……"没有回声。"忠文！忠文！"还是没有声音。

"怎么搞的，又没听你开和关门声音，又不回答我的话，究竟出去了没有？是真出去了还是躲在里面？"沈小燕像小孩子捉迷藏似的。她停停喊喊，没有回答，因此她就轻轻地把门拉开一条缝，伸出头去往房里看了一遍，没有发现肖忠文，就放心地把门全拉开，箭步到了床前。拿起衣服准备穿，肖忠文哈哈大笑着从柜背跳了出来，一把抱住了赤条条的沈小燕，幸好她早有思想准备，没有吓着。她转过身小声地说道："忠文，怎么能乘人不备突然进攻？"

"对不起，我实在太爱你了，太想你了，你也实在太美了，你就让我好好欣赏下吧……"

正是：

> 中秋之夜厦门游，《赏月图》里情柔柔。
> 两情难圆相思泪，此夜甘露几时休？

第八章

梅开二度

　　孟川涛回到房后吸着烟踱着步子，准备休息一会提笔写作，就听到门外有脚步声，认为是张秀兰来看他，原来是李小翠，一进来就柔柔地道："孟老师打扰你了。""哪里话，请坐！"

　　"请你给我看看这首诗怎么样？"李小翠说着从口袋里掏出诗稿。

　　孟川涛展开一看：

《你的脚步声》

你的脚步声，	你的脚步声，
渗透了我的梦境，	如洪钟般洪亮，
扇燃了快要熄灭的一把火，	澄清我混浊的脑海，
熔化了冻结的冰霜。	一片碧海蓝天深远辽阔。

献给我的老师孟川涛先生

李小翠于一九八二年中秋

　　"很好！有进步。"孟川涛阅后兴奋地道。"有进步吗？""很有诗的含蓄性、意境性，你能写这样的诗真了不起，说明思路敏捷，很有发展前途。"孟川涛赞道。这首诗顿然加深了对小翠的惜爱，一下就拉近与她的距离。

　　"我总感觉现在的人不喜欢读诗，喜欢看爱情小说、武打小说。"李小翠道。

　　"你可以写爱情诗，初来写短小精悍的，以后再写长篇爱情故事诗。"

　　"还有一首。"李小翠又从另一只口袋掏出来。

《将你藏进我梦里》

静静的秋夜，	静静的秋夜，
你为我织一个梦，	你为我织成一个梦，一个绿茵茵的梦。
一个玫瑰色的梦，	梦里，
梦里，	你给我带来无比珍贵的礼物。
你给我带来无比珍贵的礼物。	是一束美丽的玫瑰，
不是金银珠宝，	是一个热乎乎的初吻，
是你忠诚的心，	你悄悄为我织成这个梦，
是纯洁的爱。	让你永远藏进我梦里！
……	

"这是一首爱情诗，不错……"孟川涛还未说完被一阵咚咚咚的敲门声打断了。

李小翠急忙打开门，立在她面前的是张秀兰，瞬生一阵心跳，忙惊道："啊！张阿姨！"

"咿！小翠在这里！"张秀兰突然感到有些尴尬，正转身要退出，被孟川涛喊住："秀兰，快坐，我在给小翠看诗稿，你看这里她写的诗，挺不错的。"孟川涛见张秀兰的脸色有点不自在，马上招呼并解释道。

"是呀！小翠年轻，头脑聪明，人又很漂亮，又能写，可老太婆没文化看不懂！"张秀兰话中带刺道。

"张阿姨过奖了，我在学校读书时就喜欢写诗，现在没有时间写，只好把原来的诗稿重新写出来请孟老师指教指教。"李小翠悟出了张秀兰的话里有刺，忙解释道。

"啊，小翠你读到什么毕业？"张秀兰平静地问道。

"因为家里穷，缴不起学费，只读到初中毕业就没读了。"

"我也读到初中，现在什么都回到老师那里去了，不要说写文章，信都写不来，荒废了。读了就要用，小翠你年轻，离开学校还不久，叫孟老师教教你一定会有进步的。"张秀兰看看孟老师对着李小翠的心联想到自己，对小翠求进步的做法也感到应该的，不应该阻止她，因此鼓励她道。

"全靠自学，在自学的基础上有人指点，进步就更快。小翠你把这两首诗再认真地整理一下寄到《作品》杂志社去，看能不能刊用，不过第一次投稿也不一定马上就给你登，如果没登也不要灰心，只要多写多投，水平就一定会提高的，编辑也会考虑，总有成功的一天。"孟川涛说着将稿递回小翠手里。

李小翠接过稿站起道:"谢谢孟老师,祝你晚安,拜拜!"出门去了。

"小翠你告诉素华我在孟老师房里,如有什么事就叫我。"张秀兰站起来跟出几步说道。她想:这样说一声更光明正大一些,免得李小翠怀疑。

孟川涛泡了杯茶递给张秀兰笑道:"请喝茶。"

"现在年轻人又幸福,又自由,一切可以自己做主,我们年轻时,口头上说婚姻自由自主,还是受各方面的限制,唉!过去了的事再也无法挽回了。"张秀兰叹道。

这正是:我在风风雨雨中,走过多少坎坷,踏破多少铁鞋,踩碎多少冰霜,为的是哪年哪月哪日,追求到你的情影,等待到你的芳心,我的情缘。改革开放后,现在男女都一样可以从北往南、从东到西、从南到北、从西到东,成群结伴大流动进工厂和各条战线。特别是山区从来没有出过门的女青年也纷纷进深圳、广州、上海、北京等大城市打工挣钱,不但增加经济收入,缩短城市差别,而且还大大地增长他们的社会科学知识,大开眼界,也学到了不少本领,为建设有中国特色的社会主义创造了宝贵的财富,为建设四个现代化做出了巨大的贡献。别说远和近,就如春晖的秀兰母女、旅社全体人员全部是农村来的,没有一个是城市户口的,甚至有的出生在偏僻的穷山沟里。孟川涛说道:"过去的就让他过去,也是我们这代人不会出生。"

"是呀,道理是这样,但心里总理不顺,特别是和你重逢后,真有一种无法平静的惆怅。"张秀兰说后长叹了一声。

"现在一切都好了,你母女都进城做生意,攒大钱,生活过得很宽裕,还有什么惆怅的?"

"可惜我老了,女人到了这个年龄就做不了什么事业,常年道:女人四十豆腐渣,老婆婆老妈妈。不比男人五六十岁还可以雄心壮志创大业,看你五十多岁还和年轻时一样精神百倍走南闯北搞创作。"张秀兰道。

"你才四十多岁,还是精力充沛的时候,你现在还雄心勃勃,创大业吗?"

"我呢,没有一项专长,去做什么呢?给你打工也不会要我了。"

"哈哈哈!难道你会给我打无报酬的工吗?"

"会,给你打工肯定不要报酬,就怕你不收我这个老太婆呢。"

"哈哈哈,还求之不得呢,恐怕我没这个福分。"

"我不是二十多年前的张秀兰了,现在的男人都喜欢年轻的姑娘,你也不例外。正是:岁月悠悠,如流水而逝,只有我那颗期待的心依然不变。"

"你说的不能完全否认,但不能把我列入其中,我认为爱情是讲感情,年龄不是唯一的选择标准，老有老的爱，年轻有年轻的爱，我们的爱早在二十多年前就建立起来的，那时是时局和人为将我们拆散的，还可以老树开新花。"孟川涛说完细心观察她的表情，等待着她回答。

"你是有事业心的人，还是力不减当年，我呢，能干什么？到时还给你增加累赘，你不怕吗？"张秀兰是故意试试他心里对她的深浅，所以才这样说。

"你在家里一定有心上人了，才借口推脱。"孟川涛道。

"老孟别挖苦我了，从素华爸爸去世之后过尽了艰苦日子呢。"张秀兰回忆着：老公死后，确有不少人托媒或亲自上门求婚，都被她一一拒之门外，为了生活和供素华读书，她就想：别人为我做媒，我也可为别人做媒，所以学到了一套做媒的本领，上门求婚的求自己不成，她就给别人做媒。最先是给一名姓罗的做媒，她就顺水推舟地说，你放心，我一定给你找个老婆就是。想到娘家有一位死了老公的六秀嫁给他挺合适，因此叫他一星期后再来她家，就可以答复他。姓罗的走后，她立即动身去见六秀说明来意后，她同意那天一早来张秀兰家等待罗姓男人。那天两人真的一见钟情，当天六秀就跟姓罗的去实地考察了，第三天就到乡里办了结婚登记，后来姓罗的送来一百元红包、一只大阉鸡、鱼肉和糖果作为谢礼。第一次办得顺顺利利，从此她就信心十足，走村串户为那些年轻小伙子和姑娘们牵线搭桥。最多一年介绍成功的有二十八对，最少也有十三四对。介绍费最多的拿过五百，最少的也有一百。近几年由于年轻人都到外面打工，男女在一起，就自由谈情说爱了，做媒的生意就淡了，但每年还少不了七八对，上月她家里人来电说要她去说两对媒，来来回回一星期左右就给他们都牵好了线搭好了桥，已准备元旦结婚。几年来，五六十对结成了良缘，遍及三乡五十七个村。镇政府看她生意不错，要以镇的名誉办一个婚姻介绍所，每月上交管理费二百八十元，张秀兰没答应，这是多此一举，办不办婚介所他们都会找她。现在有两对明天结婚。要她去喝他们的喜酒。张秀兰回想这些，津津乐道，并带几分洋洋得意，为自己找到一个生财之道而庆幸。

"你去不去？"孟川涛打断她的话问道。

"不去。因为素华受了打击，心情不好，我要在这里多待一些时候。当然去了还少不了给我红包和礼物，但不是为了这个，家乡的年轻人找对象，都喜欢我给他们做红娘。"张秀兰津津乐道地说个不停。

"啊！真没想到秀兰还有这套本事，了不起，了不起呀！"孟川涛赞扬道。

"别给我戴高帽子，你才真正的了不起，由大学生、秀才、技术员、教师到作家。"

"有人说媒婆嘴，山羊腿，白的说成黑的，黑的说成白的，死人都要说活来，你是不是也靠这张嘴？"

"这是旧社会的事了，旧社会要拜了堂回到新娘房后，洞房花烛夜掀开头巾互相才能见面，瞎眼、跛腿什么的才发现。发现也迟了，那时的媒婆全靠三寸不烂之舌，到男方吹女方，到女方吹男方。现在不行，这一套行不通了，因为女方要亲自去男方家里看家庭，男女要面对面相一相，互相认为没意见了才定下来。做媒的首先要了解双方的人品、年龄、家庭生活等情况，确认双方有一定的把握后带着一方去另一方的家，不能盲目求成。现在做媒要讲究实事求是的科学态度，吹不成的。做媒也和做其他事差不多，要跟着时代和潮流转，方能取得成效。现在确实还有不少人错误理解现时的媒婆仍和旧社会的一样，花言巧语，颠倒黑白甚至坑害青年的恶心婆。"而张秀兰分析道。

"唔！你确实有水平，不简单，佩服佩服，这就实事求是、合理搭配，是你成功的法宝。我希望你按照这个路子继续干下去。"孟川涛赞道。

"现在干不干也无所谓了，素华这里也需要我帮她的忙，在乡下东跑西跑的也挺辛苦。""也是，我也有个伴。"

"你真的需要我来做伴？""不但需要而是非常需要。"

"哪一方面需要？""全面需要！"

"哈哈哈！前面需要，后面不需要，是吗？"

"你错了，是此全不是那前，完全的全，不是前后的前。就是什么都需要，你整个人都需要，需要你的支撑，需要你的关照。因为我写作也是非常艰苦的，很多人都劝我不要走文学创作这条路。"孟川涛心里回想着：人人都说要向钱看，要去经商。写小说出版社你没后台，写得再好也难出版。自己又没钱，花了精神，浪费了时间，现在是向钱看的金钱时代，人人向钱看，写书的当不了印书的人，印书的又当不了卖书的，写作的人没有唱歌人的万分之一的稿酬，比如影星，拍一部电视剧，主演上百万，每集作品稿费一两万，你写十年也不如人家演一两部戏的报酬多。多少文人下海经商，不如趁早跳出来做生意，还能挣点钱维持生活。看你现在这个干馒头充饥的困难相，真有点为你发愁，吃穿困难，住的仍然是四五十年代破泥巴屋，多寒酸。老兄我还是劝你趁早丢笔为妙。当时他听了这些话认为他们不但不支持自己反而给泼冷水，后来才知道这个话说的确实是心里话。如果自己的立场不坚定，早就没写啰，孟川涛的思想就不同，年轻时白白地浪费了几十年，没做出一点有意义的事业，所以下决心把自己所见所闻写出一部长篇小说来留给后人。可以教育青年人要在风华正茂的时候珍惜时间拼搏、创业，到了老年，你想创业，也力不从心了，甚至时间不多了。创业要树立必胜的决心，要坚定不移地按照自己确定的路走到底，必成功在望。正是：生命的流水在短短岁月中改变，而始终不变的是等你的那颗火热的心。

张秀兰问道："你写这部长篇小说还要多长时间？"

"准备年底脱稿，明年上半年修改完，至少还要一年，多则两三年吧。"

"我能不能帮你做点什么？""能，不但能，而且还有很多地方需要帮助的。"

"能帮你什么呢？""什么都要你帮助，只是不好开口。"

"有什么不好开口的，我们还陌生吗？只要我帮得到的，尽力为之。"

"实在不好意思，我……"孟川涛说到这里又停下来，显得很僵局。

张秀兰见孟川涛欲言又止，笑着问道："老孟在我面前还有什么值得保密的，除非我办不到的。"孟川涛笑了笑道："当然你愿意帮我，就是有困难，也会设法克服困难或找到解决困难的办法来帮我，不帮我一推了之。"

"我是这样的人吗？你记得二十多年前，连妈妈留下应急待客的食品都偷偷地拿给你充饥。"张秀兰情绵绵地倒在孟川涛的怀里，柔情似水的轻声问道："你现在还爱我吗？""爱！"孟川涛一边搂着她苗条的身段，一边注视着她仍然很美的瓜子脸和那含情深邃的眼睛和一起一伏比少女时更丰满的胸部，心底里一阵骚动，不由自主地伸手揉揉她仍然很有弹性的胸部。心想：这回就不是以前的我了。现在不受任何限制，可以大胆地、尽情地、放肆的、拼命地去爱个你死我活了。因此他轻轻地掀起她的单衣，悄悄地伸进手去，抓住了她的奶峰。张秀兰慢慢闭上了双眼。孟川涛又解开了她的衣扣，星光依然闪烁，日子依旧灿烂，两颗同时跳动的心紧紧地贴在一起，似生命的钟声、前进的号角！只听："妈！妈。"传来刘素华的喊声，张秀兰一听火速从他的怀里猛然坐了起来说："素华叫我了，"急忙整理衣服对孟川涛说，"刘素华值晚班，我就来陪你一夜。"

张秀兰走后，孟川涛心里感到一阵空虚，他只好走到窗前，凝视着远方，看着结满累累果实的梨枝被风吹得轻轻晃来晃去，他的心也好似随着动荡，许久不得平静，不停地在房内踱着步子，回味眼前的一切，等待着张秀兰走时的那句话快点来临。

李小翠带着诗稿来见孟川涛，她心怀戒心，站在那里久久不语也不坐，还是孟川涛招呼道："小翠，坐呀！怎么啦！有什么心事？"孟川涛见她不如往常那么自然，因此惊奇地问道。"是有点心事，怕张阿姨来。"

"怕什么，她替刘素华值班，不会来，我们谈正经事，谁来都不怕。"

李小翠双手捂住胸口道："孟老师，不知什么原因，-前些日子我可以无拘无束，自自然然进来，今天都有些心跳不安。"

"为什么？"孟川涛听了自然明白其故，但还是明知故问。

"就是那晚张阿姨闯进来，带着醋意说了些风言风语的话，我就有些忌怕她又突然出现在房里。她的思想好陈旧，眼光也好狭隘。"

"小翠，别紧张，我们是谈正经事，又没做见不得人的事，谁来也不怕，坐下吧。"孟川涛上前按着李小翠的肩膀说道。

李小翠坐下问："你看了我昨天写的民谣吗？"

"看了。很好！虽然是民谣，词句通顺，有韵律，歌颂改革开放的政策，彻底打破了一成不变的旧意识旧观念。"

"我是随便写的。"李小翠道，"由于目前有些重商轻农，层层抓经济，全民经商，农民们也纷纷进城开商店、办饮食、卖小百货、搞推销等等五花八门。年轻人打工的打工，经商的经商，一去就一年半载不回家，有的甚至三年五载也不看一眼家里。有的人外面挣不到钱，情愿到处游荡，也不愿回家干农活，因此出现了各种不良现象，干些违法犯罪活动，造成城市社会秩序不好，中青年人是农业战线的主力军，如今都进工厂，搞商业，只剩下老弱病残，扛起农业重活。农业是一切产业的血液，这三者是紧密相连的，缺一不可。所以其中有一句：经商办厂莫忘田。科技是等于人的'气'，气血方刚则身强力壮。这是我自己的感受。"

"对了，我们要写自己的感受，自己的所见所闻，孟川涛说，他还指出经历越多自然感受也越多，要深入生活，体验生活，比如要看黄山松，必须脚踏实地去观察千姿百态和与众不同的黄山松。要看桂林山水，也须亲临其境，才能画出漓江山水。不管你是画还是写都是如此。只要你细心观察，善于发现，哪怕是别人认为微不足道的东西，只要进行一番分析，一番艺术加工，都会有意义的。文学大师老舍曾经教诫我们，一位艺术爱好者，什么都要看，要多见多闻。街上的狗打架都值得一看。要写一位旅社的服务员，我来写较困难，未通过观察、体验。你写就容易多了，有亲身经历，有丰富的素材。"孟川涛道。

"孟老师说得好，等于给我上了一堂创作课，对我很有启发和帮助。"

"知识海洋是无边无际的，学海无岸吗？谁也走不到尽头，我只是谈点个人体会。"

"我是刚出土的芦芽，还未经风雨、见世面，好似在茫茫的迷雾中摸索，自己的理想能否实现，还渺茫得很。"

"你年轻，好像是早晨八九点钟的太阳，前途光明无量，只要树立信心，坚持学习，克服困难，事业一定能成功。我们要正确对待自己，站稳立场、坚定不移地按自己确定的路一直走下去，没有不成功的道理。天下无难事，只怕有心人。时代在前进，社会在进步，人的思想在千变万化，事物也在千变万化。我们要加强学习，紧跟时代潮流，与时俱进，才不会被时代淘汰。现在有不少新名堂、新词句，如果跟不上去，也写不出适应时代、符合潮流的新思想和新境界的作品来。"孟川涛语重心长地说道。

"孟老师说得很正确。"李小翠聚精会神地听后，深有感受地说。

"你啊，要趁自己年轻，精力旺盛，尽力拼搏。我恨自己没有充分利用年轻的黄金时光，十年动乱没有动过笔，荒废了二十多年的美好时光，古人训：一寸光阴一寸金，寸金难买寸光阴，这是千真万确的真理。到了年老后悔莫及了。你就是要充分利用业余时间多写，你写的这几首可以寄到杂志社去，取得他们的支持。"

"好，我寄去试试，寄哪个杂志社较合适？"

"还是我前几天说的寄《作品》。我有一本《作品》杂志，按那里的地址寄去就可以。"

"好，谢谢！"李小翠双手接过孟川涛递过来的《作品》。

"我在你这里又坐了半个多钟头了，耽误了写作时间，要走了。"李小翠拿着书出房下楼去了。

李小翠走后不到五分钟，张秀兰随即来到孟川涛的房里说道："老孟，中午我给你炒个菜，改善一下伙食。"

"不要浪费了，在你的关照下，我的伙食就挺不错了。"

"我已经叫李萍萍炒个鱼和一盆清蒸鸡汤。我请你，不必你出钱。"

"你呢？""我在里面和大家一起吃，你就别管了。"

中饭后，李小翠、张小兰、李萍萍等一伙姑娘嘻嘻哈哈地在餐厅打扫卫生。梅小红一边洗桌子一边唱着《世上只有妈妈好》的歌。

张小兰问她道："小红为什么只唱这个歌？不唱唱其他的。"

"因为我妈妈最疼我，我离开她很不习惯，时时想念妈妈，我唱这支歌安慰自己，告诫自己时时刻刻不能忘记妈妈。因此最喜欢唱这支歌。"梅小红回答道。

"原来如此。"张小兰道。

李小翠问李萍萍道："萍姐在这里习惯吗？""习惯。"李萍萍回道。

"老板娘给你多少钱工资？""张阿姨说，第一个月为试用期二百，熟练了给三百。"

"老板娘脾气好，对人和气，能理解他人疾苦，是个好老板。她妈就不同，对人有点古古怪怪的。""可能是。现在我不计较那么多，慢慢来吧！"

"你有没有男朋友？""没有。谈过一个吹了。"

"为什么吹了？""人家考上了大学，就看不起我这个土包子。你呢？"

"我在家里有一位，有一回要我到他家里住几天，我没去，不到几天，他又找上门来说这说那，动手动脚，我没答应他的要求，所以就吹了。不久他又找了一位，在他家里，强行和她上床，女的不从，就打起来，把那姑娘打得头破血流，手臂给他打断了，还死死地卡住那姑娘的喉咙，在这紧急关头，幸好他妈妈从地里劳动回来，才松手。他妈妈把那姑娘送到医院，否则就死在他手下了。事后那姑娘的爸爸把他告上法庭，判了他六个月刑，花了二万多元医疗费，才算了结。我感谢那位姑娘，承担了我要遭受的痛苦，否则这灾难非落到我的头上不可。"李小翠道。

"你算幸运，否则也逃不脱这一劫难。""从这以后我就出来打工了。"

"你一出就到了这里吗？""不是。起初在广州一家塑料厂做了半年，由于这个厂生意不景气，工资发不下，停了两个车间，我就被人介绍到这里来了。"李小翠道。

此时，张秀兰提着空水瓶到餐厅问李萍萍道："萍萍有开水吗？"

"张阿姨你要开水，我来打。"李萍萍接过张秀兰的空水瓶道。

"孟老师要开水，大家都在这里搞卫生，只好我送上去。"张秀兰道。

李小翠听了暗暗发笑，心想：你姓张的是故意无事找事，借送开水又可以和孟老师谈情说爱，其实李小翠他们丝毫不知他俩的关系是来自二十多年前，在他俩的脑海里，一桩桩往事，一件件美好，将村头古松下、石堆上，一切甜蜜的情景就如在眼前，这岁月的流逝，年轮碾碎了青春的风采，生命的光辉……

孟川涛正在写稿，只见张秀兰提着一瓶开水轻轻地来到了他身边。孟川涛不动声色，装作不知，其实他也不喜欢不时有人来打扰他，搅乱了他的写作思路。

"该休息一下了吧？"张秀兰在孟川涛耳边柔声细语带着几分关切说道。

"是秀兰，请坐。"孟川涛说着仍未放笔，继续写他的。

"我给你泡杯热茶。"张秀兰说着就泡起茶来，放上新茶叶，倒入刚提上来的沸开水，一阵清香飘了出来，飘到了孟川涛的鼻子里，诱得他口水都要流出来了，他实在耐不住了，急忙放下笔，端起茶杯轻轻地呷了一口，立刻感到头脑清新，精神倍增，深深地吸了口香气道："好茶，好茶！"

"还有这个！"张秀兰从口袋里掏出一包"红塔山"香烟放在他桌上说道。

"红塔山，我不要这么好的烟。三五块钱的就可以了，一包红塔山可买两包红双喜，长期吸红塔山都受不了，四五天吸一包，其他吸长沙、湘南就挺不错了，谢谢你，别浪费了。"

"再说我下决心戒烟了。"孟川涛曾多次戒烟，但一直未成，每当劳累和思索问题时总想抽根烟，管他烟的品位如何，只要抽上一口就有醒神之感。他没有来春晖时，总是抽一块五的低价烟，现在张秀兰总是递些中、高级的烟明知自己在经济上承受不了，成了烟瘾怎么办？不行，绝对不能接受，因此他拿起"红塔山"在手转了转说道："这烟你拿回去，这一段时间都是你供我烟，怎么计算？"

"怎么算？算什么？"张秀兰当然清楚他说的意思，只是装糊涂地问。

"怎么算钱，把账记起来了，有钱时再付给你，不能白吸。按你这样送烟上来，每月烟钱一两百元，大大超过了我的生活费。到时候结起账来我负担得起吗？拿什么东西给你抵账，除了几件不如人家丢到垃圾堆里的破旧衣服之外，真是一无所有，你说怎么办？"

"这还不好办，就拿你人来当，把你卖掉付烟钱。"张秀兰开玩笑道。

"哈哈！我能卖钱，除非卖给你。"孟川涛大笑道。

"好啊！你愿意卖给我，我买定了。"张秀兰双掌拍道。她这么一拍，真有一锤定音之意，在她眼神里流落出一点满足光环。

"你买我给你做什么？"孟川涛傻笑着问道。"买你写小说。"张秀兰一副正经腔调地说。

"不行。买去写文章，我可不卖，除非卖给你做老公。"孟川涛微微地偷着笑说道。

"买你做老公，就不写文章了吗？"

"写。当然写。除了写与画，我还能做什么？"

"例行你做老公的职责。"张秀兰抿嘴笑道。

"啊！要我例行做老公的'私务'，而不是公务，这个我就不懂了，还得请你指教指教。"孟川涛故意装傻，然后倒了一杯茶放在张秀兰面前，靠近她坐下，看着她的脸庞，等待回答。

"嘿嘿嘿！"张秀兰笑着向他相反的方向转过身去，端起茶喝了口，问道："怎么，还没看够？""看不够。"

"好，就让你看个够，看得讨厌了，就不答应我是不是？"

"越看越可爱，比做姑娘时更可爱。"

"你到市场买菜，会买又黄又老的吗？非拣嫩的买不可。"

"我买冬瓜、南瓜专买老的，老的才甜，买姜和辣椒也要老的。老的才辣。"

"买青菜专挑嫩的买。"

"我们是人，不能和买菜来比，如果要比，人人都说姜是老的辣。人也是一样，经历越多，积累越多，经验也自然丰富。"

"好了，不东拉西扯了，别妨碍你的写作时间，时间是宝贵的，晚上十点后再来陪你。现在我预付一百块钱定金给你，拿去买些我店里没有卖的东西，凡是我店里有的我会安排，就不必花钱到外面去买。吃饭吗，也由我安排，在别人面前什么都别说，端来你就尽管吃。有别人在的时候就不能流露我们之间的感情，要和平常人的关系一样，这样你就可以安心写作了吧。还有一事我顺便说一句，别的年轻女人少往来些，免得中了邪。我走了，晚上见。"张秀兰说后将一张百元钞塞到孟川涛手里。转身出门走了。

"这是干什么？"孟川涛说着眼直直地看着张秀兰那婷婷娜娜曲线分明的身段出了门。心里想：真奇怪，"别的年轻女人少往来些，免得中了邪"这就是她专横、自私的一面。他心里明白是指李小翠。李小翠和我没有半点邪，和她来往是正常的文学关系，这个你也得管吗？还没同你成婚就这样小气，万一同你成了夫妻，还得把我关起来与外界隔绝吗？想到这里他又看看手中那张百元钞，把它放在包里。心中自然产生一阵感激，他决定把钱存起来，非到万不得已的时候，绝不花掉，小心翼翼地坐在沙发上自个儿忘形地笑了起来，静静地喝茶、吸烟来回味近来所发生的事，走到窗前，吸吸新鲜空气，伸伸手，弯弯腰，活动活动，坐回写字台……

张小兰心想：孟老师这几天伙食好起来了，以前天天吃两餐馒头，可能来了稿费。

孟川涛的伙食大改善后，他敏感地觉得精神比以前充沛多了，心力更足了，写起来一坐可以坚持四五个钟头不休息，也不觉得累。他心底里深深地感谢张秀兰对自己的关心和爱护。

晚上，孟川涛的心仍然无法平静下来，写写停停，停停写写，时而走到走廊东张张西望望，时而在房内踱着步子，低头默默地想着心事。一会儿走到窗前眺望外面五光十色、辉煌耀眼的灯光，一会抬腕看看手表上的时针，八点、九点、九点半。真糟糕，静静的心境被她搅得如锅里沸腾的粥，好吧，今晚让我再倾吐一件件烦乱的心事，非要你秀兰给我摆平不可，否则我这日子怎得安宁。

　　张秀兰在值班室等刘素华结完当天账，又见李小翠和梅小红等都回房看电视去了，才往孟川涛房里走去。"对不起，让你久等了。"张秀兰一踏进房说着，就连手关门保险。

　　孟川涛赶忙上前，一把搂着张秀兰的腰，轻声地说道："我心爱的人终于来了。"然后猛力把她抱了起来，绕着房子转了一圈，笑着，说着，轻轻地把她放在沙发上双双坐下。

　　"看你，把我抱得全身骨头都散架了。"张秀兰微笑娇气地说着倒在孟川涛怀里。

　　"抱一下就骨头散了，那么……"孟川涛说到这里欲说又停，双眼火辣辣地瞧着她那丰满起伏的胸部，手伸了进去。

　　"那么，那么什么，为什么不说？"

　　孟川涛如决堤的洪流，汹涌澎湃……

　　天蒙蒙亮了，张秀兰其乐未尽，还紧紧地抱住孟川涛不放。

　　孟川涛由于一夜尽情的倾注，感到有些疲倦，他拍拍她油滑的肩膀小声地说："天亮了，该起床了。""不起来。"她却抱得更紧了。

　　"睡到什么时候？""不知道。我只想永远这样抱着你。"

　　"好。我俩就这样快活到死。""好，就这样……"

　　正是：为花癫，为花狂，为花跌入莲藕塘，宁在花下死，做鬼也风流。

　　"我们还只是第一夜呢，日子长着呢！""好，愿天长地久！"他说着又在她全身柔柔地摸着。

　　"现在是几点钟了？""六点半了，早睡早起好。"

　　"我乐意这样睡，我舍不得离开你，这样抱着睡三天三夜不起床，该多舒服。""如果今天我们抱着死在床上，那不是笑死世人吗？还会给人骂个狗血淋头，臭名远扬，还有什么名声，简直成了天下笨蛋，哈哈哈！"孟川涛说着大笑起来。

　　"你笑得这么响，人家都听到了。"张秀兰立即伸手封住了他的嘴巴说道。

　　"死在一起都不怕，还怕别人听到笑声吗？"

　　"死了自己什么事都不知道，任生人去说、去讲、去骂、去笑，现在还不到那个时候，被人知道了多不好意思。"

　　"对对对，那就快起来，迟了你女儿回到房一看，床上被子都还未动过，知道你没在自己房里睡，怕会找到这里来呢？"

　　"真的几点了？""快八点了。"

　　"刚才六点，才讲了几句话，一下子就八点了，我不信，你骗我。"张秀兰抓过手表一看，又说道："才七点二十呢。"

"我是说快八点，没说八点，七点二十了，等你穿好衣服，理理头发什么的，不就差不多了吗，现在起床正合适，迟了服务员打扫卫生，你一出房门她们就看见了。"孟川涛说。

"对对对，起来好，洗脸、梳妆也就差不多了。"张秀兰说着又在孟川涛的胸口亲了一下，一骨碌起了床。

"你的钥匙还在床上。"孟川涛道。

"真的。"张秀兰拿着钥匙正要出门，又停下来说："我去煎几个荷包蛋。慰劳慰劳！"

中午，餐厅里人声嘈杂，正是用膳的高峰时，李小翠端来一碗三鲜汤，轻轻地放到孟川涛的面前，并把预先藏在手里一只小小的纸团敏捷地塞到他手上，轻声道："快拿着。"

孟川涛迅速地接住这神秘的纸团，好似握住一把火，心中掀起层层疑惑，他草草地吃完中饭，回到房里，关好门，打开神秘的小纸团一看，上面写着：孟老师，下午我休息，一点半准时在第一百货大楼电话亭边等你，我买了胶卷，请带相机来，盼应约，本日上午。名略。

孟川涛的脑子里连续打了几个问号，要不要去赴约？最后还是下决心去赴约，近一月了还未出过旅社大门，也应该去外面吸吸新鲜空气，清爽清爽脑子。再说不去也对不起李小翠，人家胶卷都买好了，一心一意到外郊或公园选个好风景照几张相，无论如何，绝不能扫她的兴。去是要去，但得小心，千万别让张秀兰知道，就连旅社的其他人也要避着，否则人言可恶。孟川涛决定提前出旅社大门，他带着傻瓜相机，一副无事的样子来到楼下观察服务台动静，此时张秀兰在餐厅，刘素华刚吃完饭正起身送碗筷去餐厅，他趁这个机会快步出了大门。他莫约走了四五米又回头看一眼身后有没尾巴，没发现什么时就泰然自若地一路溜达溜达地走着。当他东看看西望望，很快来到了第一百货大楼对面，一眼就望见李小翠穿着玫瑰色连衣裙站在电话亭边东张西望，正在熙熙攘攘的人群中寻找自己的身影。孟川涛径直穿插人群往小翠走过去。

"孟老师！"李小翠喜出望外地喊着急忙走上前去，不顾一切地拉住了孟川涛的胳膊。

"你等很久了吧？"孟川涛瞧天生就很漂亮的小翠，加上打扮，更加楚楚动人，真有点使人心神不安，当然她是为了照几张好相片才这样打扮的。

"我也刚到几分钟，我还真有点担心你不愿意来呢，没想到你也提前来了。"李小翠带着担心后的庆幸乐融融的。

"准备到什么地方去？""烈士公园吧，也有几处好风景，相机呢？"李小翠一边说一边拉着孟川涛的手往前走去。"相机在这。"孟川涛拍拍口袋道。

"坐公共汽车去好，才两元车票，五分钟就到了。"李小翠道。

"走路有益身体健康，可以活动活动全身筋骨，我一直都喜欢走路。小翠，你更要多走走路，才能保持苗条漂亮的身材，否则会胖得像猪样，那么就失去你现在漂亮的体型，多可惜啊！"孟川涛说。

"啊！那糟糕，到时找个朋友都难，多可怕啊！"李小翠说。

"走路好吧！""走路好，是要锻炼锻炼。"

"街上人多，不要手拉手，怕碰见熟人，不好意思。"孟川涛说。

"孟老师，你的老思想还不改改，现在是什么时代了，还说你走南闯北的，还这么古板，那么你的小说也尽写些老古董，封建保守的东西。"李小翠道。

"小说归小说，可以合理地夸张，既有老古董，也有新潮流，既有封闭，也有开放，真的要自己做起来，真的有点难为情。"孟川涛道。

"男女恋爱你是怎样写的？"李小翠笑着问。

"我们之间不是谈恋爱，写别人谈恋爱也是根据时代、人物年龄、文化素质等条件来决定。五六十年男女坐在公园的凳子中间要放一只袋或一本书什么隔开，大街上走也是各走一边。八十年代和九十年代又有差别，现在……"

"现在是九十年代了，你了不了解男女之间的爱情？"李小翠打断他的话问道。

"了解，第一次约会靠着走，第二次约会手拉手，第三次约会搂腰搭肩吻着走，第四次……"

"唔，还有点像，不过不够深入，动作是随心所欲的，嘴不老实，手不老实，心更不老实，特别是男的，会面三四次，就迫不及待地要求尝禁果。"李小翠又打断他的话说道。

"这样说来你也有男朋友了。""谈过，不到三天就吹了。"

"为什么只三天就吹了。""就是因为他在第三天就要我和他做那非分之事，我不答应，所以就吹了。"李小翠有些难为情地道。

"啊，原来如此，现在有男朋友吗？""没有，我要赚到一笔钱能维持自己半辈子生活的金钱，再来谈也不迟。"李小翠回道。她心想："在这计划生育年代里，只要生一个孩子就行，现在趁年轻，自由自在做自己想做的事业。如果有了男朋友，待不了多久就急着要结婚，结了婚有了家庭、有了孩子、有了丈夫，那么思想和行动处处都受限制，女的要去东，男的要去西，想到一块的很少。你再想创业，男的小里小气不给你条件，不支持你，互相闹矛盾，增加烦恼和思想负担，到时搞得一塌糊涂，什么理想、事业将一事无成，很简单，就连和别的男人说说笑笑都会引起自己男人的不满，还敢拉着你的手大模大样，大摇大摆地在大街上走吗？所以我就不急着找男朋友。"

"唔，看不出，原来小翠你还真有很强的事业心、独立心的女性，值得敬佩，我表示赞同和大力支持。"

"孟老师过奖了。能得到你的支持我就有信心。"李小翠高兴得像小孩子似的蹦蹦跳跳的。

"其实也不要过早交朋友，女的二十四五结婚最好，到了这个年龄一般经历丰富，办事较牢靠，事业也基本有了成就。"

"成就，如果像我们打工的人还能谈得上什么成就，可说一事无成。"

"你错了，如果在外面打五六年工，总能学到了某种技术，增长对社会出现的某种好坏的现象的识别能力。"此时她反想起了刘素华和李萍萍两人，由于没出去涉及社会种种，识别不了心怀叵意的李勇，所以才上当受骗。现在有了一定的社会经验，再也不会上这样的当，对一些事情就会三思而行，不会轻易信人家，不但在生意场上有了一定成就，而且还提高了人与人之间，事与事之间的处理水平，这就是取得的成就之一。出来打工锻炼几年，再找对象也不迟。你就不同了，你在家里就可能安安妥妥地写诗。现在呢，树立了信心，再经过几年的磨炼、苦苦耕耘，事业一定能成功。到时候找对象就可以按照自己的要求找上称心如意、情投意合的郎君了。"

"有道理，有道理，如果到那时我找不到对象，我也不要紧了，抱着自己的爱好过一生，也乐在其中。"李小翠挺有自信地说道。

孟川涛和李小翠谈着谈着，不知不觉就到了烈士公园。李小翠乐得笑声朗朗，像美丽可爱的小姑娘，蹦蹦跳跳。又好似从鸟笼里回归大自然的小鸟一样，叽叽喳喳，欢乐极了。也难怪，自从去春晖上班以来，一直在旅社院内的小范围里活动，从未出来玩过一次。

"孟老师，我在这里照一张。"李小翠站在亭子边说道。

"好。"孟川涛只好跑过去按快门。

李小翠一会躺在青草上喊道"孟老师，这个姿势好看吗？""好看！"

一会儿她站在耸立翠柏下道："这里照一张。"孟川涛好似追逐彩云一般，随着她的身影跑来跑去。一会又跑到孟川涛身边说："孟老师，教我使用相机，我来帮你照。"

"这种叫傻瓜相机，不要调焦，不要调光圈，全自动，只要对准要照的人物，一按快门，自动过卷，他把这些部位一一向她介绍使用方法，相机交给她，先照两张试试。然后小翠又选择了几个地方留影，孟川涛只顾按着快门。两人乐得不知往返，不知不觉就快五点了。孟川涛忙道："小翠都快五点了，我们该回去了。

"不。你看那边风景多好啊！"李小翠拉着孟川涛非要过去照完这卷胶卷不可。

当当当，餐厅里挂钟敲响了六下，用膳的客人陆陆续续进了餐厅。

"咦！李小翠呢！搞什么去了，一个下午都没见她。"张小兰问梅小红道。

"是呀，我也没见她。"李萍萍也感到奇怪。

"是不是睡着了，连开饭都不知道。"

"小红，你上楼去看看。"张小兰说。

"我要端菜，还是你去吧。"小红道。

正在她议论纷纷的时候，从侧旁小门里内出一道亮丽。

"这不是小翠么"此时，大家的眼神凝固在李小翠身上。

"呀！小翠，你今天打扮得这么漂亮，是不是和男朋友约会去了？"张小兰惊讶地从头到脚看了她一遍。

"哪里呀！我到商场看看东西。"李小翠这时才后悔没有先回房换衣服，只好随便答应她们。

"穿着这么漂亮的裙子在厨房里摸摸擦擦不怕搞脏，还不快把裙子换掉。"李萍萍这回真的以姐姐的口气说道。她的一席话，给李小翠开辟了一条下马道。她急忙转身就走。

"要注意啊！这样漂亮的姑娘不要被男人拐走了，"张小兰对着正要往楼上走的李小翠道。

"放心吧，嘿嘿嘿！……"一道红光闪出了餐厅。客人们眼光几乎是听到口令似的，刷地射向这道亮丽的身影。她刚一上楼梯口就碰到了张秀兰从二楼下来，被她一身漂亮的打扮吸引住，呆了许久才怪怪地问："小翠，你要去哪里？"

"没去哪里，买了一件连衣裙，穿穿试试。"李小翠边上楼边说道。

"你那件连衣裙真好看，在哪里买的？"

"百货公司。"

张秀兰心里想，这个李小翠真怪，现在都秋天了还买夏天的裙子。当张秀兰走到值班室门口时，碰见孟川涛正从大门进来。她忙问道："孟老师，还不去吃饭？"

"就是来吃饭的，见餐厅里人太多，让他们挤一会，反正还早。"孟川涛圆滑地过了这一关。

"去吧去吧，我叫李萍萍先炒你的菜。"张秀兰道。

"别忙，我今晚想吃点小菜，豆腐什么的，我去把餐票拿来再说。"孟川涛转身往楼上跑。

张秀兰见孟川涛行动异样和平时不一样，难道你就餐不带餐票吗？看来你老孟很可能刚从外面进来。再说那个小翠打扮得妖妖艳艳，是不是和她去买裙子来，一连串的疑问在张秀兰的脑子里滚动。

孟川涛回房放了相机，拿了餐票，匆忙忙下到二楼时，正碰到李小翠换了平时穿的衣服也来到楼梯口。两人四目相对，都惊呆了。

孟川涛和李小翠在野外玩了一下午，心情特别舒畅。洗完澡后，就回到房里静静伏案写作，直到十点半，突然听到门外有沉沉的脚步声，这显然是穿拖鞋走路的声音，心里想，十点多了，很大程度是张秀兰来了，他放下笔静了一会，没去开门，就在这时，门"吱"了一声开了，是张秀兰。

"老孟，昨晚我就跟你说了，你只管尽心尽力地写作，要什么东西我会供应你，千万别想这想那，思想开小差，会影响你的事业。我正盼望你的事业能早日成功，我还是这句话，年轻女人，少来往。"张秀兰还未待孟川涛回话，她又拿出两包"红双喜"香烟和一块香皂放到他面前。又软柔柔地笑笑道："别怪我多嘴啊。"

孟川涛抬头向她微笑了一会，说道："秀兰，你放心，我绝对不会胡思乱想。你不要老是认为我和李小翠有什么不正当的行为，我和她确确实实是绝对的纯洁的师生关系，师生感情，她拜我为师，她是我的学生，这是名正言顺、天经地义。师生往来应该是随心所欲的。她有不懂的就得来求问。我呢，也应有求必答，不是信口开河复而是通文理的答复。这和在教室里给学生上课就不一样，没有系统的讲解。而是提一个问题讲一个问题，所以我们的来往是频繁的，你千万不要错怪了她，至于你支持不支持我的事业，这也有你的绝对自愿。话又要说回来，你这一段时间的确给了我大力的支持和帮助，特别在生活上照顾得特别周到，我应该好好地感谢你，我也希望你一如既往继续从各方面支持我。"孟川涛道。

"只要你不改变思想，我无疑会一直支持到你的事业成功。"张秀兰拉起他的手，含情脉脉地说。

"只要我的小说一成功，一定好好酬谢你，陪你去北京、上海、桂林等地去旅游，实现我们在红旗村口的誓言。""旅游结婚。"张秀兰一阵兴奋忙插话道。

"没结婚和结了婚同样可以去旅游，我现在就是没钱，如果有钱的话，马上可以去。""只要你肯去，不需你拿钱。"张秀兰笑着说。

"不要我拿钱？谁拿呢？"孟川涛一听心里暗暗高兴，想：秀兰真不错，还会出钱请我去旅游，真幸运。但他没说出。

"我拿。"张秀兰和颜悦色地回道。

"你拿？这不是几百块钱就够的问题啊，最起码也得四五千或一万。"孟川涛道。"这点钱，我随时都能拿得出来。"张秀兰轻轻松松地说。

"我相信，你能拿出这么多钱来，目前我还拿不出时间。"孟川涛心想。再说要你拿钱去旅游我也过意不去，就是出去玩了也有点痛心，因为你的钱是跋山涉水辛辛苦苦东奔西跑攒来的，多年的积累能这样白白地花在坐车、住房、游玩取乐之中去吗？你不心痛我都心痛的。

"不要多说了，钱吗，用你的用我的都一样，是两人的事，有福同享，何必分彼此，只是你的时间宝贵，我也不忍分你的心，等你写完小说再去也不迟。"张秀兰道。

孟川涛听了她的话感到很惭愧，自己是个堂堂正正的男子汉，健康的身体，完好的手脚，还比不上一个单身女人，听她的语气，存款最少都有四五万。而自己呢，四五百也没有，没有钱花人家的，花在手上也不畅快，也会感到这钱有刺。张秀兰口口声声说你的我的都一样，有福同享，不分彼此等等。我可不然，女人最珍惜钱财，现在她送烟、送食，甚至拿钱给自己花，都得一一记好账，绝对不能那样随便，等到自己有了收入不但一一返还，还要算点利息才对。

"争取明年去，行吗？"孟川涛道。"只要你肯带我去，明年后年都行。你还记得在村口松树下说过旅游结婚的事吗？"张秀兰说后又回忆着：那时的话成了我常常要做的梦，由于我们未成结发夫妻，一直没圆这个梦，现在缘分到了，也应该圆这个梦了。张秀兰想到这里一股情丝把她的心境引向那初恋的回忆之中：二十多年前，一个月明星稀的晚上，她和孟川涛双双坐在红旗村口的石堆上，孟川涛拿起笛子正想吹，被张秀兰一手抢下说道："我们是偷偷来这里谈心的，不能让别人知道，你一吹笛子就等于向别人发了个信号。"

孟川涛才恍然大悟，伸手轻轻把她搂在怀里。张秀兰倒在他怀里面朝天望着月亮说："月亮在陪伴着我们，老天爷也关心我们，你看多好的夜晚！"孟川涛说："是啊！你的眼睛就像天上亮晶晶的星星，脸如明月，多么可爱啊！"

"你真会说话，幸好我不是月亮也不是星星，如果是的话，你就捧不着了。"

"那么是牛郎织女啊！"

"更不好，牛郎和织女被银河隔开，一年只见一次面，多么凄苦啊！"

"对，你说的对，以后我们就要永远不分离。"

张秀兰望着天空发出奇想问道："天有多大，地有多阔？我读书时曾听老师讲过，现在忘了。"

"天空是无法计算的宇宙，地球是宇宙里的一个星球，地球被大气层包围着，她的直径有一万多公里，三万多公里圆周，如果我们从这里出发，不偏不倚，逢山翻山，逢水涉水，每天行程五十公里计算，要一年零八个月左右才能到达出发地。"

"有这么多高山，就拉不了直线，越高山，上几千米，下几千米，直线一万米，这样一上一下就分了好几倍，一天能走完的直线，那么就得四五天才走完，当然这只是一个大概的估计，从来也没人对着直线绕地球走一圈。"

"我们就徒步绕地球走一周，成为世界上第一对绕地球的夫妻。"

"今晚两人生对翅膀，像鸟一样飞过太平洋、南北美洲、大西洋、非洲、印度洋，然后飞过世界屋脊喜马拉雅山，稳稳当当地回到这里来。"孟川涛比手划脚神气十足地说着梦一样的话。

"现在不要讲那些实现不了的梦话，要讲能够实现，讲我们旅游结婚，去北京、上海等大城市就差不多了。"

"好，我们去北京度蜜月。""我们一定去北京度蜜月！"

张秀兰想到这里谁知还是一场梦，不但没有去北京度蜜月，连两人结婚都成了一场梦，二十多年各别一方思念，想到这里她竟流出了凄惨的泪水。

"秀兰，为什么流泪了？"孟川涛惊奇地问道。"啊！没有，我流泪了吗？"

"我想起以前的事……""事情过去了，就让它过去吧，现在有机会可以重来。"孟川涛递过纸巾帮她擦泪。

"没实现美满爱情理想和新婚之夜的美妙。"张秀兰被孟川涛关切地擦着泪，心里更难受，泪水不但没止，反而扑之涌来。

"别这样，以前是我不好，不合你家人的条件，请别难过，一切重来。"

"过去的无法重来呀！"

当张秀兰再次问及他还有哪些困难时，孟川涛把当前儿子结婚还差一万多块无处借。眼看只有一个半月了，他同年的地址一直没着落，向他借钱的事也成了泡影。这件事是他的当务之急，给他的创作带来极大的不利。每天一拿笔来，这个问题就自自然然在脑海里滚几个筋斗，大大地加深了自己的

春晖梦

思想负担和精神压力。

张秀兰的意见不要去等待他那杳无音讯的同年了，她慷慨地表示借给他，帮他分忧解愁，使之能安心写作。

孟川涛激动地说："太谢谢你了！这不是开玩笑吧？"

"哪还能开玩笑，做喜事的钱是点时必到的，开不得半句玩笑。我是说一不二的，这样不就解决了吗！"张秀兰慷慨地说道。

"是不是向素华借？"孟川涛问道。"也可向她借，如果向她借这么多钱，肯定会打破砂锅问到底，目前我还不想把我们的关系告诉她，我自己还有两万多，取一万借你解决儿子结婚的大事没问题。"张秀兰道。

"好，你早些取来，我汇回去，也不必浪费时间去送。"孟川涛道。他心里还有些顾虑，怕到时夜长梦多，日子太近了，没处借，弄到死胡同里去就不好办了，所以这样说道。

"什么时候给你？""越快越好，一个星期内行吗？"

"好，过两天答复你。"张秀兰道。其实要借这么多钱给他心里也不很踏实，只是刚才说得太硬，表达得过快，现在又感到有些后悔，但口水吐出收不回，只好转个弯子，说要和女儿商量，自己也知道这句话出尔反尔，没其他理由，只好如此。她又想一万块，不是一千两千的问题，我的钱确实来之不易。

"好吧，你回去和素华商量商量也是对的，一万块不是小数，万一她不同意也没关系，不过要尽早告诉我，我才有时间另做打算。"孟川涛道。他一听她的口气马上明白几分，但还是对她抱有希望。

"好。哎呀，不知不觉，浪费了你几个钟头的宝贵时间。"

"没关系，如果你真的会借钱给我，减轻我的思想负担，就可以全力以赴写作……。"

孟川涛和张秀兰正在恢复恋情的期间，他突然接到农科院的来信，要他火速来院一趟，接到信后，既高兴又惊奇。心想农科院还记得我这个孟川涛。他拿着信反复地读了几遍，又看了看信皮的地址，由家再到红旗镇（当年的红旗公社）又由红旗镇几经周折转到旅社来，他不得其解，谁会知道我住在春晖旅社呢？

事情还得从刘素华做生日谈起，原红旗大队党支部书记张柏松去春晖旅社给外甥女做生日时，孟川涛在茶席上和他们见面并交谈那时和现在的时事政策的对话，张柏松回到家时，邮递员把这封信交给他，原来是省农科院给孟川涛的，只因他在自己村里负责制杂交水稻种子，并获得全省第一名，自己也被评为省级劳动模范、模范党员等桂冠，根本没有谈及孟川涛的功劳，还拆散了他和妹妹的美好婚姻。此时责备自己那时太自私了，现在想起来，太惭愧了。现在正是国家实现四个现代化的时期，农业现代化，除了农业机械化外，农业高产是关键，他是农业科技人才，国家正需要他……。他想到这里就急忙把侄子叫来，要他赶快把这封信送往春晖旅社交给你姑姑张秀兰。

张秀兰接信后，跑上楼把信交给了孟川涛，当他接到信拆开看过才知道，信发出已一月零六天了。

张秀兰在一旁等待着，当孟川涛看完信后，脸上呈现出愉快的笑容时，她心里猜出此信一定是给他带来好消息，忙问道："哪里来的信，说什么？"

孟川涛把信摊在张秀兰面前道："你看，省农业厅，农科院没有忘记我这个流浪汉，好啊！我又可以为农业现代化出点力。"

张秀兰见那农业厅和农科院大红印章时，也为孟川涛而高兴。忙问道："是不是要你回去？"

"还不知道。"孟川涛的确也说不准。信中没有安排他的工作，只是要他去农科院。孟川涛心中虽然没有底，但也离不了有关水稻高产的科研。

张秀兰心中忐忑不安，两人感情刚刚到"沸点"之时又要分开，她真的舍不得，为了他的前途，舍不得也得舍，当她想到这里时，一阵心酸，她强忍着没有流出眼泪来，故作平静地问道"你打算什么时候去省里？"

"信都发出一个多月了，最迟过两天吧。"

孟川涛善于察言观色，此时知道张秀兰舍不得自己走，然后又安慰她说："我去看看情况，什么东西都不带，反正还要再回来。"说到这时他又停了一会，叹了一口气，又说："车费都有问题啊！"

"要多少？"张秀兰心里当然知道他没有钱，近来吃住都是自己负担，现在要去省城，肯定得拿出来，几千元，百多元随时可以拿给他，如不够就得向女儿借。

"来回可能要五百块，我只好向你借，什么时候还你，还说不定。"孟川涛心里也没底，靠这微薄的稿费就连生活也要节省又节省。一日三餐都靠馒头充饥，所以称他馒头先生。近来生活完全是张秀兰负担，餐餐都炒了肉，连早餐也是鸡蛋面。儿子婚姻向她借钱，这回去省城又要向她借，真不好意思，但也是没办法的办法。

孟川涛接过张秀兰用红纸包好的一千块钱后，心里感激不尽，忙伸出双手紧紧地把她搂在怀里……

"今晚我就不打扰你了，否则你的小说又不知写到猴年马月才能完成。"

"在你的关怀和支持下，一定能早日完成的。""我也盼望着这一天能早日到来。"

张秀兰走后，孟川涛仍然回味这次的谈话经过……

正是：

离情巧遇春晖楼，
忆旧萌新存心头。
云雨浇洒悄悄话，
园外鲜花解千愁。

第九章

梅竹奇想

自从肖忠文回"春晖旅社"给刘素华做生日后，心情很不平静，特别是那餐厅里传来的吵闹声，"你刘素华同我睡了三个月了，肚子可能怀有我的种子呢！"这些刺耳的话一直在他的脑海里时不时地响起，真有假有虽然不去追究，但也总是挥之不去。现在他坐在车上，两三个小时就可见到离开三天的沈小燕了，只要见到她，就什么都抛到九霄云外去了。

肖忠文下车来，沈小燕就高高兴兴地跑过去伸出双手，简直是同时都伸出双手跑向对方，俩人紧紧地抱在一起。肖忠文更加热烈地把嘴在沈小燕的脸颊上吻了又吻，亲热得久久不放。

还是沈小燕先松手，高兴地说："忠文，一路辛苦了！回去，我妈正在煮菜等你来吃中饭呢。"

"好，谢谢伯母啦。"肖忠文边说边拉着小燕的手边走边谈，兴高采烈地往沈小燕家走去。他边走边想道：今天我就要见到小燕妈，这位大学教授，沈小燕介绍她是慈祥善良的母亲，也是书画艺术家。到那里要好好地请教她……

肖忠文想，自己没有进过大学门，也未接触过大学老师和教授，究竟大学教授是什么样，可能对人一副严肃、高傲，使人可畏之貌……管他，到了那里一见面就知道了。

沈小燕拉着肖忠文走街串巷，约走了半个小时，进了一条比较宽敞的小巷时沈小燕说："快到了，前面有个小院子就是。"

肖忠文顺着小燕指的方向望去，只见一处绿荫蔽日的柏树、罗汉松在树丛中直立高大，婆婆娑娑，英姿挺拔，还有一阵阵月桂花的香味，顿觉脑际清爽，精神倍增，他问沈小燕道："这是一座美丽而高雅的别墅吧？"

"只是一座简单的二层楼房，院子很宽敞，周围花草树木都是我爸爸在世时种的。"沈小燕说着就到了家门口。"请进！"

肖忠文一踏进屋就闻到一阵阵扑鼻而来的肉香味，他知道这就是为自己做的佳肴。

"请坐，"沈小燕边招呼肖忠文边往里喊："妈！客人来了！"然后倒了一杯茶对肖忠文道："请喝茶！"肖忠文微微一笑地双手接过茶："别客气。"

罗教授听到女儿喊客人来了，忙放下手中的功夫取下围裙出来厅堂，只见眼前一位清秀、文雅、彬彬有礼的后生。

沈小燕忙介绍道："妈，他就是我讲的肖忠文。"

此时肖忠文忙站起来，很有礼貌地叫道："罗教授好，打扰你了！"

"小肖请坐！别客气。其他人怎么没来？"罗教授听女儿说有四五个人组成的写生小组，怎么只来肖忠文一人，所以这样问道。

沈小燕急忙回道："他们还在厦门等我们。"

肖忠文也赶紧回道："是伯母，他们在厦门等，明天我们就要回到厦门去。"说后脸唰的一下红了，他和沈小燕对视了下，迅速转眼别处去，心想：这是一句不该骗人的话，但沈小燕一开始这么说的，也只好这样说。"就在我家这多休息几天，再去。"罗教授说道。

"伯母，这是我们的计划，不能误了时间，本来要好好学习伯母和伯父的艺术经验，下次我会特意来拜学，请教，我有这个机会是今生的幸运，下次一定要做成这个梦。"

"这不是梦，……"还未待肖忠文说完，沈小燕插话说道，她妈就叫吃中饭了。

一桌丰盛的酒菜摆出来了。

肖忠文自走进沈家门后一直都不自在，显得很拘束，虽然沈小燕在一旁陪着他也不敢多说话，有时使使眼色，有时比比手势，和在外面写生的肖忠文判若两人，吃饭时也很斯文，尽管罗教授喊吃菜，沈小燕夹菜，也一点都不敢大口大口地吃。他慢慢地把沈小燕装的一碗饭吃完，忙放下碗筷，沈小燕要给盛饭时，连忙说吃饱了。此时他想起了下午三点有一趟从南昌开往厦门的列车，对沈小燕说："小燕，我们乘下午三点到厦门的列车，也要明天天亮才可到，早点到，免得他们等。"

"好，下午就下午吧。"沈小燕知道肖忠文很不习惯，要他多住一晚也不安心。

"小肖明天再走，在我这里住一晚，反正你们的伙伴总会等到你们来。"

罗教授忙劝道。

"谢谢伯母，因为我们也是有计划，不按计划办事会拉长时间，以后特意来请教王教授的高超艺术经验，到那时不是住一两天也可能十天半个月。"肖忠文道。

"好，欢迎！小燕全靠你多多照顾。"罗教授诚恳地说。她初次见到肖忠文的印象是老实、不多事，文质彬彬很有礼貌的青年。

下午三点，肖忠文和沈小燕乘南昌到厦门的列车。第二天又乘轮渡上了鼓浪屿。鼓浪屿离厦门市仅隔不到一公里宽的厦门海峡，有轮渡往返，十分方便。

鼓浪屿以恬静、幽美和充满南国情调色彩，吸引着来自国内外的游客。这里听不到车辆的马达声和喇叭声，就连自行车也不准通行。每当夜色降临时，那如歌似泣的小提琴声，那激越奔放的钢琴声，那悠扬动听的吉他声，随着清凉的海风，会随时飘入人们的耳际，这里常年无霜冻雪落，四季如春，草茵碧绿，鲜花盛开。岛上树木葱郁，繁花似锦，亭台楼阁，掩映错落。那一栋栋优雅别致的楼房，沿着蜿蜒曲折的柏油马路迤逦上升，在房前屋后、阳台、屋顶人们种上玫瑰花、兰花、菊花、仙人球等各种艳丽芳香的鲜花，景色十分宜人。岛上还随处可见翠绿的芭蕉、挺拔繁茂的古榕、艳丽的风景树、清秀的翠竹，以及成片簇拥的花园、花坛，令人目不暇接，流连忘返。

中秋节的第二天一大早，肖忠文和沈小燕没有带写生的画具，只挎了相机和一些食品，迎着清凉的海风乘轮渡来到了海上花园——鼓浪屿。他俩尽情地游览了菽庄花园，日光岩，站在当年郑成功训练水师的操台，那里远眺了朦朦胧胧的大、小金门岛。还瞻仰了郑成功的高大雄伟的塑像，等等，直到下午三点半才返回旅社，准备明天写生的计划。

晚上沈小燕做了一个梦，梦里她和肖忠文手拉手蹦蹦跳跳，飘飘欲仙，好似走在繁花似锦的草地上，又好似飘在五彩祥云的半空中，一会儿落下来，一会儿飘上去，轻轻地飘呀飘，前面只见楼阁辉映，曲桥亭榭，湖光倒影，胜似仙境。草地上百花争艳，树林里百鸟争鸣，当他们的脚一踩下，含苞待放的花蕾瞬时怒放，好似一张张笑脸欢迎他俩的到来。沈小燕拉着肖忠文在欢笑、在歌舞，蹦着跳着往五光十色、斑斓壮丽的世界走去。一会儿他俩来到大海边，海边架起一座金碧辉煌长得望不到头的桥梁，桥下是茫茫大海，滚滚浪涛，金桥好似通往九霄云中去，蓝蓝天空，又好似通往大海的彼岸。桥上人山人海，挤得满满的，车辆如水，好像一切都在动，又好像一切都是静止的。离他俩不远的前方摆满了很多明如园月铮亮的小圆台。吃吃喝喝，无比乐观，无比潇洒。沈小燕拉着肖忠文来到一张没人坐的明如水、白如玉的小圆台前坐下，正在说笑间，张辛梅也笑着坐到肖忠文身边，又不断地往他身边靠，妩媚娇态地拉起他的手笑着说："我们是老乡，老乡情义长，跟我去玩玩，味儿更加长。来来来！"说着无视旁边的沈小燕，拉着肖忠文的手就飞也似的上了那座望不到头的金桥。

沈小燕见势不妙，急得要站起来跺着足想追回肖忠文，谁知全身软软的，一点力气也没有，站也站不起，走也走不动，急得要哭了，大声地喊道："忠——文——！你回来——！"她拼命地喊也喊不出声。此时眼看肖忠文被张辛梅拉着跑得看不见影子了，沈小燕急得捶胸跺脚，急出了一身大汗，就这么一急醒来了，一看自己还睡在床上，知道刚才做了一个不吉利的梦。都怪那个张辛梅，把她吓得目瞪口呆。

"忠——文——！"沈小燕仍朦朦胧胧地忽地坐了起来大喊一声。

此时，肖忠文正从房外进来，听见她大声地呼喊他，觉得有些奇怪，回道："我又不是聋子，大声叫喊干吗？"

"啊！在这里就好，我还以为你真跟张辛梅走了！"沈小燕道。

"快起来，今天要去鼓浪屿写生，还在说梦话。"

"是的，是真的，我把做的那个梦讲你听听……"沈小燕边穿衣服边把刚才做的那个梦有声有色地向肖忠文讲了一遍。

"你真是在说梦话，别胡猜，我今生今世也离不开你了，怎么会跟她走！你做的是记忆梦，心里记着中秋节的情景，也说明那位老乡对你影响很深，所以就做了这个梦。"

沈小燕听了他的话认为也没错，只是柔柔地说道："你永远永远不要离开我啊！""小燕，我绝对不会离开你，你是我生命之火，艺术之火，你是我心中的明月，我们的命运已经紧紧地连结在一起了。"肖忠文说道。

"我相信你会心口如一的。""你摸摸我心窝，是冷还热。""谁的心窝不是热的，冷的就大事不好了。"

沈小燕明知这个道理，但她还是伸手在他的心窝里摸了摸说道。

"反正我是心口如一，你别去计较那场噩梦就对了。"

"反正我的……"

"将来都是你的。"

"你不必说了，我的心就是不能挖出来，否则可以把心掏出来给你看，证实我不是口是心非的人。"

"我问你一件事。"沈小燕边说边到卫生间。

"什么事？"肖忠文跟在她身后问道。

"过春节能不能同我一起回我妈妈那里去？"

"好，一定陪你再去拜见岳母娘，我一定学习她的艺术。"

"这次不是很欢迎你。"沈小燕正在刷牙没有回他的话，洗刷完毕后，说道。

"我妈妈最喜欢从事文学艺术的年轻人，如果她看到我们这次外出创作了这么多题材丰富又那么成功的作品带回来，还会高兴得合不拢嘴呢！"

"但愿如此。"

"没错，原先我妈不许我随便找男朋友，估计她有这个意思。现在我找着你这位美术爱好者了，等到我们的《万水千山总是情》的千幅画展成功之后，不就成了名副其实的书画之家了。"沈小燕边梳理头发边兴奋地说道。

"是啊！到时就圆了这个梦。"

"什么？你的什么梦？""就是《万水千山总是情》的千幅画展这个梦。"

"这不是梦吧，应该说是奋斗目标。"

"对了！对了！还是我心爱的小燕说对了，是我们共同奋斗的目标，不是梦。""可能是思想糊涂了吧。"

"好吧，糊涂就糊涂，唐伯虎说的：难得糊涂，我可能给你弄糊涂了啊！"

"别讲了，七点还得出门，那才真是糊涂。"

"带好画具到海滨吃早点去吧。"

八九月的秋阳，在南国的厦门还是很炎热的，肖忠文和沈小燕背着写生板迎着初升的旭日乘轮渡来到了鼓浪屿，按头天采好的写生点先到郑成功塑像的海堤边坐下，选好这个合适的角度，静静地画着。

沈小燕画完郑成功塑像抬头向蔚蓝的大海望去时，恰好一艘小快艇从水面飞驰破浪而过，后面留下一条长长的白浪，好似天空喷气式飞机屁股喷出的气雾，久久未散一样。沈小燕拉了一下肖忠文道："忠文，你看，天上有喷气，海上有喷水。"

"那是巡逻艇激起的水浪。"肖忠文道。"快把它拍下来，一瞬间就会消失的。"

过了一会，肖忠文说："我们上船吧，到日光岩去看看大海，看看金门。"

肖忠文和沈小燕收拾好写生画具站起来正准备走，沈小燕眼尖，看见前面一条小道上张辛梅正陪着一位头戴太阳帽，身挎相机的老外向他们走来，沈小燕惊奇道："忠文，张辛梅导游来了。"

"在哪里？"肖忠文转身向小燕指的方向瞧去，已经看到张辛梅离他俩不到三十米了。只见她笑眯眯地跑过来喊：

"老乡，肖先生，沈小姐，你们在这里写生啊！"

"哎呀！张小姐今天又发啦，这位先生是哪个国家的？"肖忠文带着惊讶和几分羡慕的口气问道。

"这位先生是英国的画商，名叫洛德麦克先生，他很喜欢中国画，昨天我就把你们和沈教授做了一番介绍，并说了沈小姐就是他的女儿，正来厦门作画，他听了兴奋极了，一定要我带他去见你们，我估计你们白天一定在鼓浪屿，正好在这里碰见了，真是个好机会。"张辛梅眉飞色舞地又用英语对洛德麦克介绍道："OK！他俩就是年轻的中国画家，这位是肖忠文先生，那位是沈教授的女儿沈小燕小姐，他们的画是继承沈教授的传统艺术技法的作品，在国内都享有很高的价值和荣誉。"

"……我爱中国的艺术，特别是传统的中国画，中国是世界上最早的文明古国之一，在几千年前文化艺术就很发达了，特别是到了唐宋时期，东方文化艺术的鼎盛，其实就是中国文化艺术的鼎盛时期，她对我国有着极大的影响，直到现在也是占有重要的地位。让我欣赏欣赏你二位佳作如何？"洛德麦克先生用有些生硬的中国话高兴地对肖忠文和沈小燕说道。

"谢谢，洛德麦克先生，是否现在就去？"肖忠文听了对方对中国传统艺术的高度评价心里暗暗高兴。

"现在，方便吗？"洛德麦克先生道。

"方便！方便！"肖忠文兴奋地回道。

"我看，还是下次吧，我们还得回去准备准备。"沈小燕拉了一下肖忠文的衣服说道。肖忠文会意道："对对对，我们还没有准备，下次吧，对不起！"

沈小燕拉着肖忠文的手往前走了几步，回头看见外商仍然站在那里呆呆地看着自己，因此有礼貌地招手道："拜拜！"

他俩来到不远处见前面有两男一女三个人，离他约三四十米，肖忠文见其身影感到很熟悉，就加快了脚步。

"走这么快干什么？"沈小燕问道。

"前面那三人好像我的同学，追上去看看是不是。"肖忠文又加快了脚步，沈小燕也跟着快步往前走。此时前面三人听到身后嗒嗒的脚步声越来越近，转身往后面看去，此时双方都惊呆了，不约而同地喊道："老同学！你们怎么到这里来了。"肖忠文急忙迎上去拉着他们的手问道。他们就像久别重逢的亲姐妹亲兄弟一样亲热。

一位叫刘贤俊的同学见肖忠文身边站着的沈小燕问道："这位是你的女朋

友吗？"

"是我的同行！"肖忠文说着又拉着沈小燕的手。

沈小燕忙松开他的手笑着问道："三位都是同学？"

"是，这两位是同班同学，那两位是同年级不同班。"肖忠文对沈小燕说。

"我们还是在同学会时见过面，肖忠文的'春晖旅社'还在开吗？"刘贤俊问道。"还在开。你们到厦门来干什么？"肖忠文问道。

"我们是找工打的。在一家塑料厂做了半年，因老板生意不好，做做停停，只能够伙食，做不到钱，我们先回家去再做打算，因此来鼓浪屿玩玩，到了厦门连鼓浪屿都没去过，那就太遗憾了。"

"肖忠文你俩住在哪里？"刘山凤问道。

"民政招待所，大家到我住的地方去喝喝茶，走。"肖忠文一比手势，大家往渡口走去。

大家一路边走边谈，不觉到了民政招待所，沈小燕忙着泡茶上茶，肖忠文只顾谈这说那。

"你来厦门画画有多久了？"刘贤俊问肖忠文。

"差不多半个月了，你们准备什么时候回去？"肖忠文道。

"我们打算明天就回去。"刘贤俊道。

"今天我请你们三位吃餐便饭，同学嘛，毕业后各奔前程，难得在一起。"肖忠文道。

沈小燕和刘山凤也在一旁谈家常了，当刘山凤说自己在家时也喜欢根雕，沈小燕听后很感兴趣，把这事当成极大新闻似的喊道："肖忠文，你这位女同学是搞根雕艺术的！"

肖忠文听了高兴地说："刘山凤同学会根雕？"

"在家时做了很多杂木根，试着做了些小型的。"刘山凤道。

"肖忠文我们到刘山凤同学家去欣赏欣赏她的根雕艺术品，好吗？"沈小燕很感兴趣说道。

未待肖忠文回话，刘山凤插话道："去我家乡画画，那有美丽的风景，尽是山峦叠嶂，古松翠柏、碧竹红枫、山泉飞瀑……美不胜收。"

"对对对！肖忠文和沈小燕到我们家乡去写生，素材多的是。"刘贤俊同学高兴地说。

"对，又可以去看看刘山凤的根雕。"沈小燕道。

"什么都很好，就是没有公路，要跋山涉水，走三十多里路，肖忠文可以走，怕沈小姐吃不了这个苦。"

"哪里话，别认为我是城里人，你们能走的我也能走，明天和你们一块去，山区多好呀，山青水绿，空气新鲜呀！"沈小燕道。

他们意见一致后，决定下午去买明天的火车票。

在同班同学刘山凤的带领下，肖忠文和沈小燕来到了从未听人说过的风水宝地梅竹村。梅竹村位于海拔一千五百多米的罗霄山脉西南段，地图上都找不到，就当地百里之外的人也不知其名，从龙泉县桃源镇出发，翻山越岭，步行四十多里的石级路，上二十里，下二十里，涉深涧穿密林，看流泉飞瀑，听凤鸣雀歌，观赏不尽的奇花异草，享受不完的自然美景，这仙境般世界，令人陶醉得不知累，就是累了，坐在山间的石头上或坐在盘龙似的露出地面粗大树根里，抬头观望，可见眼前滚滚汹涌的云海，在你脑海里顿觉眼前是无边无际的世界，心境如梦，宽阔如天，只见，尖峰层层云海出，重峦叠嶂从天来。泉声淙淙如弹琴鼓乐，鸟声悠悠似仙女歌舞，风声阵阵像天兵天将出阵，这一切会使你仿佛陷入另一个星际一样的奇妙，此时此刻你会情不自禁地惊呼：美哉！美哉！待你饱赏眼福之后，又沿着山道走进云海之中……，然而，就在这仙境般的美景，在云海的笼罩下，居住着几千人，遍布贫穷的小山村。这里的面貌都是原始体现，特别是梅竹村就是其中最突出最典型的一个，居住着四百八十多人，这里山高水冷，石头多，人们称：六月梅村腊月天，日穿单衣夜盖棉，禾苗脚趾能拔脱，穷尽农民饿死僧。风吹石头滚滚来，田间地头石成堆，泥土没有三寸深，禾苗豆子无法栽。这两首民谣充分体现了梅竹村恶劣的自然条件。的确如此，政府曾想方设法发动群众改变这里的自然条件，1970年推广了杂交水稻，才改变了历来亩产两三百斤稻谷的局面，逐步达到了亩产六百多斤最高纪录，但还要靠吃国家救济粮和款。政府曾在这里办个林场，又因交通不便，竹木全靠人力运出去，不但速度慢，而费用高过木竹的本身价值。在此同时，政府也调集了不少外社队的劳力几次修造林业公路，也因种种原因未能成功。

他们一行五人步行四十多里，上了一个枫松参天的山坳里，俯视脚下层层梯田，快要收获的金黄谷子，从村底叠叠层层直到半山腰，九月的秋风吹起一股股起伏的金色稻浪，这些梯田是我们的祖先用勤劳的双手一辈接一辈开拓出来的。几百几千年留给后代，一代接一代耕种至今。此时肖忠文举起相机咔嚓咔嚓地拍着。

沈小燕也不时在他身旁连声叫好。

刘贤俊他们在山坳里休息片刻带肖忠文和沈小燕往山下走去，刘山凤说大家就到我家住了，这时的肖忠文和沈小燕当然只听他们的安排了。沈小燕心想到刘山凤家可以欣赏到她的根雕，也可以了解了解她家的基本情况，结识结识，也可以成姐妹。

"这里的条件很差，吃住都是很简便，请不要怪！"刘山凤对肖忠文、沈小燕道。

"哪里哪里，我们都是同学就不必讲什么客气了。"肖忠文心想我俩是来写生、体验生活的，是要随风易俗。

沈小燕虽然是生在城里长在城里，对这贫穷落后的山沟，只要有肖忠文在，上刀山下火海再艰苦的日子也不怕。她一到达刘山凤的家门时，就四处张望看能否见到她的根雕，又迫不及待地问刘山凤："山凤姐，你的根雕艺术品呢，带我去欣赏欣赏呀。"

"对对对。"肖忠文也紧跟其后道。

"别急，先休息一会，喝喝我这里的绿茶，再请你俩去给我指导指导。"刘山凤一边泡茶一边说。一会茶的清香充满了厅堂，使人顿时觉得脑海清爽，疲倦尽消，喝上一口，便使人心旷神怡。

"好茶好茶！"肖忠文赞道。

"山凤家的茶是我们乡最有名的。"刘贤俊道。

"年产量有多少！"肖忠文问道。

"四五十斤左右。销路不好，主要交通不便，每逢赶集日带几斤去卖，当地人家家都种有，够自己喝的茶，全靠外面客买，每斤十多元。"刘山凤道。

正在谈论之时，山凤的父亲刘清松、母亲陈王英采茶回来了，一进门见厅内坐着一伙青年。

"爸妈，我回来了！"刘山凤赶忙上前接下父母茶叶篓，然后急忙介绍了自己高中时的同学肖忠文及他身旁沈小燕，和在厦门奇遇，以及他俩的美术爱好等，简单地说了一遍。

刘清松五十六岁，中等身材，一副忠厚朴实、勤劳耕作、和气好客的样子，满脸笑容地招呼大家并掏出香烟一一敬过。肖忠文、刘贤俊不会吸烟而谢过。

肖忠文见刘清松和蔼可亲，全身也就放松了，谈话也无拘束，把来梅竹村的目的是写生作画，让美丽的山山水水展示给世人，给人美的享受的计划说了。"刘伯伯你的茶叶有很大的发展，从现在起就要做计划，办一个几十或上百亩的茶园，游客多时就供不应求了，梅竹茶的美名不但响遍全国还会走向世界，山凤的根雕也同样给世人美与艺术的享受，走出山村，闻名四海，古木参天，梯田层层、石路幽深、百鸟争鸣、云海日出……哪一项都是迷人诱惑，美不胜收，使人不知往返。再说还可办果园、办鱼塘、羊、牛、猪及鸡、鸭、鹅等养殖场……到时人人有事做，个个有收入，年轻男女不用到外地去打工了。"

刘清松心想：你们年轻人是纸上谈兵，照你这么说，要投资多少钱，不是千万，而是几个亿，上山摘树叶、河里捡石头也难呀，不说别的，刚修条公路进来也不知何年何月，没有公路城里人能步行几十里的羊肠小道到这里来？看什么风景，买什么山货，要肩挑担不了要手提提不走，不要说那梦话，就连目前用电的问题都还未解决，朦朦胧胧，不如点煤油灯，上面要每人出50元，买新变压器，都迟迟拿不出来，年轻人不知天高地厚，尽想些不着天际的事。国家这么大，山区这么多，顾不了这么多。

山凤带着肖忠文、沈小燕和刘贤俊、罗根一行走进一间小屋去看她的根雕，只见一张长长的小桌上排列着各种各样的大小形状的根雕品，有似虎非虎，似马非马，似鹰非鹰，似龙非龙，还有各种人物形象：有背小孩、捧小孩、田间劳作的女人，还有犁田、插秧、挑谷等等……几十种粗坯，只要再进一步加工上油漆就成功了。除此之外还放了一大堆未加工的树根料。

"真了不起。"肖忠文见过一件件的根雕虽然还未成功，但也件件造型到位，艺术水平很高，很有欣赏价值，一位农村的高中女同学有如此高的艺术造诣很了不起。

"很了不起，山凤姐的艺术水平真高。"沈小燕赞道。

"我是在劳动之余搞了这些未成功的东西。我妈还说，做不了用处，干脆当柴火烧。"刘山凤说道。

"那就可惜了，用了不少的心血，如果拿到城里去卖还很值钱呢，怎么能烧掉呢。"刘贤俊道。"如果公路修上来，城里人进来了，你这个艺术品还有大的发展前途呢！"肖忠文道。

可惜在山沟里，交通不便，有谁知道它值不值钱，只有走出去，这里的一切才会变成宝。总有一天，公路修上来了，土特产品流通到城里了，人们有了钱，眼光开阔了，生活富裕了，美丽的梅竹迎来成千上万的城里人来度假游玩，沉睡的梅竹，就会变成热闹繁荣的山村啊，当然这一切的改革都靠村党支部和上级政府重视。

第二天，肖忠文和沈小燕背着画夹在村口写生，沈小燕有点烦恼，认为肖忠文不该来这，因为这里离城太远了，什么都不方便，住的吃的一切都不习惯。"忠文你准备在这里住几天？"

"还没有决定。"肖忠文正聚精会神地描绘村口一堆古松古柏，后面泉流飞瀑，随便回道。

此时沈小燕坐在一堆石头上，无精打采，坐了一会干脆倒卧着等待肖忠文画完这幅。

"你怎么不描一幅，躺下来了！"肖忠文觉得她这两天失去了往日活泼、欢快的样子，变得沉闷寡言，情绪低落，和以前判若两人，准是不习惯山村里的生活。

"你画呀，我很累，想躺一会。"沈小燕慢条条地说道。她真想明天就离开这静寂的山村，半天也没有人在路上走，晚上更是难受，电灯丝红红的，一点不亮，煤油灯的气味很难闻，熏得头昏脑涨，晚上和刘山凤睡在一起，床小转身都会碰着她，一晚难睡两个小时……这一切又不好告诉肖忠文，怕影响他的写生情绪，但又快乐不起来。

讲归讲，真正要如何来改变这种贫穷落后的面貌，谁也没有个主意，没有个可行的计划，村中见识较广的党支部书记李正雄在群众会上动员大家说："我们在党的改革开放政策下，土地已经到户承包了，劳力自己安排了，打破了大锅饭，取消了统一安排、统一使用劳力的框框，究竟如何才能改变我们梅竹的贫穷面貌，走富裕的道路，那就八仙过海，各显神通了，上级没有给大家框框条条，靠的是梅竹人的智慧，当然，三句还是不能离本行，我们要讲实际，靠山吃山，靠水吃水，耕田才是最根本的，我看发展养殖最可靠……"

未待李正雄说完，妇女主任李玉莲站起来打断他的话道："李书记说的对，种养也是一门致富的好门路，我打算办一个百头养猪场，每头不算多，只攒一百元，一年就成了万元户了。"李玉莲三十五六岁，中等身材，一副秀丽而和善朴素的脸庞，带着百分之百的自信打断了李正雄的讲话。

李正雄见妇女主任坚决拥护自己的主张，万分满意地表扬道："对！李主任能带头搞种养，是党员干部带头响应党的号召，起模范带头作用走致富路的好榜样，我代表支部的全体党员（七名）表示大力的支持。"

李正雄22岁入党，是四周七个大队最早入党的，他读到小学五年级，是当年梅竹村中文化最高的青年，入党的当年就当上了党支部书记，当年三个村（大队）才一个支部，后来即1958年大跃进时，梅竹才发展了三名党员，1970年–1973年才发展到现在的7名党员，今年58岁的他一贯来听惯了下属唯任是从的工作作风，所以对李玉莲最先响应他的号召感到浑身来劲，在兴奋之余走到李玉莲跟前，激动地伸出右手，这是他表示极度满意时的一种习惯，然后深深握住她的手，又关切地问："玉莲有困难吗？"

"有，就是投资，我还得请李书记担保到银行贷五千块的款子！"李玉莲以希望的眼光瞧着他道。

李正雄一听就如泄了气的皮球，十足的劲头一下消失了，他长长地叹了一口气，然后慢慢地拖着如灌了铅的脚，回到原位坐下，贷款明明是办不到的事，全大队欠信用社已超过三万元，全大队一百零二户，户户都有欠款，每年到了还贷款时，信用社都专程派人找到他，要他帮助催还款，每年下半年，公社每次会议中都要提到梅竹村欠贷款的事，弄得他头昏脑涨，只好表示力争明年大丰收，卖油卖谷中扣除，真是耕田佬，今年又盼来年好，每年的粮食收入，都不够全村人吃半年，半年靠国家救济，哪里有粮卖呢，就拿养殖来说，买回的小猪不到两个月，贷款单位就追着还款了。

刘贤俊把肖忠文和沈小燕来村里写生的事向李正雄说了，并介绍他们情况，特别重点地说肖忠文是富甲一方的青年，也是他的高中同学。他开了一栋叫"春晖"的旅社，每月收入两三万元，旅社的事就由他妹妹负责，自己出来画画，我们在厦门相遇，是我要他俩来我们村实地写生，其目的就是通过他，把我们村的美丽风景告诉城里人，让城里人到我们村旅游，度假，他对刘山凤绿茶也很感兴趣，可以大量发展，要她办个茶场，还可以发展果园和养殖业……

村党支部书李正雄听刘贤俊的介绍后很感兴趣，要刘贤俊带他去见这位很有远见又很有钱的年轻画家。

刘贤俊立即带李书记找到了正在写生的肖忠文和沈小燕。刘贤俊向肖忠文介绍李书记，互相握手后，李书记欢迎他们不怕跋山涉水来到外人不知的梅竹，而且完全是为了宣传梅竹，这对村民走向富裕很有好处。在谈到刘山凤的根雕时，肖忠文表示可以出点资金支持发展。当谈到她的茶叶时也表示资助一点办个茶场，起初三十亩，每亩三百元（可抵二〇一七年的八千元），肖忠文说可以马上叫家里汇来。

李正雄书记对肖忠文的慷慨解囊表示感谢，之后他又提出我村妇女主任准备办养猪场，需要六千，信贷很难时，肖忠文也表示支持。

真是巧妇难为无米之炊，没有本钱想发展种养，农村产品加工都是一场空话，喊口号是喊不成的。他对在座的人说："肖画家，沈画家……"

"我们还不能称画家，是美术爱好者。"肖忠文打断了李正雄的话，纠正道。

"两位太谦虚了，两位真是改革开放后好青年，好人才……。"说到这里李正雄一时想不出适当的词来表达，稍停又接着说："我代表全村的村民及党支部的全体党员，感谢你俩！"刘贤俊带头鼓起掌来。

肖忠文听了李书记的一席话本来就很感动，一阵响亮的掌声更让他兴奋得不知所施。

肖忠文决定了的就雷厉风行，马上随李书记到了梅竹村委会拨通了春晖刘素华的电话，要她速即汇5万块钱到龙泉县桃源镇梅竹村。

李正雄听了很激动，心里感激不尽，这位年轻的画家的确是时代先锋，说一不二雷厉风行，说到做到。

肖忠文态度很严肃地对李正雄说："李书记，我那五万元是拿来帮你们发展四个项目：茶园30亩一万五千元，根雕五千元，四十亩柑桔一万二千元，养猪五十头一万八千元，不能乱花，或作他用。只能专款专用。"

李正雄坚定地说："肖画家你放心，钱到了，我会召集组长和全体党员及承包这些项目的个人开个会，并签好承包合同，我拿党员的资格向你保证：只许成功，不能失败，你可随时来检查。"

"我完全相信你能成功李书记，款到了之后，我们还要办个手续。"肖忠文也知道经济不得马虎，五万不是小数。（1986年时，一个乡镇出个万元户，等于中了个状元。）

一个星期后的一天，李正雄接到桃源邮局电话，说梅竹村肖忠文有汇款，要他亲自来领。李正雄高兴得直跳起来，火速往刘山凤家走去。此时肖忠文正在作《梅竹全图》，李正雄一走进刘山凤的家门，迫不及待地说道："到啦，到啦！"

肖忠文见李正雄上气不接下气的样子忙问："李书记什么到了？"

"钱到了，邮电所打来电话，要你亲自去领。"李正雄找了一张竹椅坐了下来说道。

"钱到了，好，书记我们一同去取。"肖忠文放下画笔又叫来沈小燕，告诉她自己到镇里去了，这幅画还未完工，让她来细致的描绘一番。安排完后，速即随李书记下山去邮电所领款。俩人来到邮电所，肖忠文签了领款人的名后，所长说："这么多钱要到县里去取，乡镇没有这么多钱，我在所工作十七八年了，还是第一次见到一笔款寄来五万的，如果不用可以存入信用社，存一年有一千多块的利息，梅竹村是否有人在外当官，从来没有听过。"

"我们这些钱是借来搞养殖、种植的，不能存，马上就要用的。"李正雄听了很着急地说。

"不存定期可以存活期，反正一次拿不到这么多钱，如果可以存信用社，现在可以去办，存入后一次只可取五千元，还要开证明。"所长解释道。

"李书记，早知道的话开张证明来，不会走冤枉路。"肖忠文道。

"不会走冤枉路，公章我都带来了。"李正雄带公章外出办事成了习惯，这山高路远，来回七八十里，走一趟不容易。

邮电所长这时才知道年纪长的是村里书记，"啊，这位是梅竹村的书记，可以，可以，我们一起去信用社办手续。"

他们来到信用社，主任接到汇款单一看，惊讶地道："李书记，你在哪里搞来这么多钱，肖忠文就是这位小伙子吧。"

"是。"肖忠文听了信用社主任的话和表情，明白信用社也是无钱的。

"你这钱准备存多久？"主任问。"我这笔钱是给梅竹发展农业产业的，怎么存就要李书记决定了。"肖忠文道。

"有些项目马上就要动工，茶园、果园、养猪场，还有根雕等，没钱动不了工，要存活期。"李正雄说道。

"存活的，随时可以拿更方便。"李正雄道。

肖忠文回到刘山凤家时太阳已经落山了，见沈小燕闷闷不乐地坐在厅中，肖忠文上前问道："小燕怎么样，是不是哪里不舒服？"

"没有，你走累了吧，钱领回来没有？"

"在信用社存着，是活期的，李书记说明天就开会，我们两个一定要参加。"肖忠文道。

"开会就你去了，钱是你的，你去就行了。"

"你同山凤一起去有伴。"肖忠文道。

李正雄一进村就一路通知参会人员，明天上午九点到村委会开会，有好消息。

刘贤俊得知肖忠文汇来的款到了，连夜赶去李正松家，他要承包果园，可行计划都写好了，准备在上午会宣读。

第二天一早李正雄来村委会，紧接着是刘青松、刘贤俊和妇女主任李玉莲等等拿着自己的计划书来到村委会。各组长和党员都来了，听说有钱还来了不少旁听的群众，也想看看能搞点钱种点什么养点什么，也可增加一点收入。

肖忠文见大家都很高兴，沈小燕坐在刘山凤身边以好奇的心情等待着，她头一回参加农村的会议。

到会的人见一位和书记平坐城里人穿着的青年小伙子，认为是上级来的干部。

会议开始了，李正雄首先向大家介绍了肖忠文和沈小燕的来历，然后就把肖忠文见梅竹村虽然贫穷落后，但很有潜力可以挖，借给不要利息五万块钱发展种养，并宣布了项目承包人。五万呀！银行、信用社也不会借给你这么多……

然后承包人讲自己的项目如何经营及发展并向村委会签订承包合同。独有刘山凤的根雕不包括种养之中，它是一特殊行业，只是抽出五千元资金给她。

刘贤俊签了合同之后，感到担子重，种四十亩柑橘，自己的土地不够，承包村里的荒山或同他人联营，和罗根同学联营，村西一大片都是罗根的山，山上只长了些杂木，大多是茅草。想到这里，会后他速即动身到罗根家和他及父母商量。刘贤俊一走进罗根家门时，就听见他们在谈论上午会议的精神，见刘贤俊进来，全家都站起来招呼他并让座，敬烟倒茶，和平时太不一样，罗根的父亲罗德文高兴地说："刘贤俊种柑橘的事我们两家联营，你看好不好？"

刘贤俊真感到意外，自己还未开口倒是他先提出来。"好，我来的目的也是一样，都想到一块去了。"事后他们计划何时动工、种多少亩、种苗、肥料等一系列问题如何解决，还得向李书记提出解决办法。

其他项目的承包人也在做计划，只有刘山凤把原来堆压屋角里的树根搬到坪里晒太阳。

肖忠文拿五万块支持梅竹村发展种养，成了全村家喻户晓的头条新闻，也是议论的主题，这消息两三天就传遍了全镇。有人议论肖忠文香港有亲戚，有人说肖忠文会拿这么多钱给梅竹这个穷山沟，肯定有什么预谋……，众说纷纭，有的人干脆到镇长、书记那里去问个究竟。由于李正雄还没有向上级汇报，因为梅竹村欠银行的款太多，怕把这笔钱拿去抵债，也是未汇报原因。镇领导也不知此情。也无法答复。

肖忠文和沈小燕不觉就在梅竹刘山凤家住了半个月，画了三十多副梅竹独有的风景。沈小燕只画了六幅，她总是和刘山凤今天爬这座山，明天爬那座山，寻找做根雕的材料。她那红润白嫩的脸蛋也变成赤红色的了。

话说梅竹的党支部书记李正雄，这次有肖忠文的支持，心里更乐观、更有信心和决心好好地干一场事业，抓住这些项目，带动其他小项目。几天来他晚睡早起，到承包人家里去了解计划的落实，有哪些困难，比如劳力安排，因为没公路，一切机械进来不了，全靠人工劳作，种果树、茶叶要整土地，需要很多劳力，他就帮助动员调动。还有种苗得派人去打探何处才有，在信息落后的年代里，什么都得派人去走，一件件，一桩桩都得早做准备，不得马虎。

肖忠文、沈小燕在梅竹住了近二十天了，除了画这里特有的山山水水之外，还搜集了不少的今古传奇故事。肖忠文集中精力把二十多幅画一幅一幅地重新审视一遍，此时沈小燕站一旁，一会赞美，一会指点着提出自己的看法，供他参考。肖忠文画的都是工笔兼写意融为一体的手法，有时也作些精描细写的花鸟作品，总之他的作品与自然界融为一体。

还有两天，肖忠文和沈小燕就要离开美丽的梅竹村回南昌，俩人到李书记家和到同学家一一告别，再来梅竹的时间现在说不定，总之会来的……。

李正雄知道明天一早肖忠文和沈小燕就要回南昌了，速即通知村委人员和承包户到刘青松家集合欢送他俩，并且拿来爆竹和锣鼓，吩咐刘贤俊、罗根、刘山凤三人要把他俩送到乡里，待上了到县的汽车才可回来。

第二天天刚蒙蒙亮，李正雄就带着村委人员来到刘青松家，刘山凤把昨天包装好的小型根雕作品"一凤一龙"送给他俩，还有两斤好茶叶，刘贤俊送来的是几斤花生、红薯干等土特产品。

一切妥后，肖忠文、沈小燕告别了刘青松夫妇，出了门，此时噼啪啪的爆竹，震天的锣鼓，一队欢送的人群，好似欢送新兵入伍一样，锣鼓、爆竹声响彻了山谷。

肖忠文和李书记他们一一握手告别，感谢的话，互相鼓励的话，说个不停……。

欢送的人们一直把肖忠文、沈小燕送到茂密繁盛的古松山坳。

此时，一轮红日从东方升起，金色的太阳照在山坳上，照在梅竹的山山岭岭上，山雀、画眉、喜鹊也唱起了欢乐动听的歌。好似也在唱歌跳舞欢送他俩。

肖忠文和沈小燕离开梅竹村以后，沈小燕很想回去看看她妈妈，但肖忠文就一心想着尽快回到厦门去，见老乡张辛梅，问问老外画商是否还在中国，想通过她联系还要不要买画，只要把画卖掉才有更多的钱来支持梅竹发展，五万块钱只是起步基金，以后还要一批钱才能稳步发展。发展一项成功一项，一项成功可带几项，要保证有一定的资金周转，否则就会半途而退缩，造成人力、财力的大损失。

肖忠文想自己虽然能力有限，就要把这有限的能力投到无限的事业中去，按他自己的话来说：有一分热发一分光。他每次画一幅画时，都强调一定要成功，如果拿去卖才能卖个好价钱，可以支持某种事业，他离开梅竹后，更加如此。

肖忠文和沈小燕离开梅竹村后，马不停蹄直往厦门。一路上沈小燕精神一直不佳，失去以往那种活泼、伶俐样子，好似背着沉重的包袱。肖忠文看在眼里痛在心里，原因就是梅竹村所发生的事都未能和她预先商量，一口就答应支持他们五万块钱发展多种经营，把她丢在一边，现在想起来也不应该，如何挽回这种局面，还得看肖忠文的方法了。

当肖忠文一踏上梅竹村时就被那独特美丽的山山水水所吸引，他走过这么多已经开发而每年都接上上百万游客的风景区，都无法和梅竹相比，东面五指山，西面竹林背仙姑，南面观音座莲峰，北面古松和红枫林，几十条垅都有层层梯田，都有几十丈高飞流瀑布，几十条小溪都有清澈如镜的水潭，各种鱼儿自由自在地游来游去，几百种鸟儿在茂密的树林里跳来跳去，唱着欢乐的歌，使人听之往返，还有小河两岸的开着芙蓉花的树，山茶花，还有玉兰，桂花，还有各种说不出名字的草本花朵，引来一群群各式各样的蝴蝶，成了一条条千姿百态五彩缤纷的彩虹。还有油茶山、五指山上杜鹃花……这里空气新鲜，一切都是自然的绿色，没有任何污染，这些就是金山银山，绿水青山，这就是梅竹村的优越之处，目前这里是水洁冰清，道路崎岖，羊肠小道弯弯曲曲，爬了一层山又一层的山，上二十里下二十里，到镇里就要天未亮打着手电走几个钟头，在街上买点生活必需品都要两头黑，比方他们把自己的农副产品挑到街上去卖，一个小时内就要卖掉，只要有人问多少钱就得放手，本来可以卖高价的，也只好卖个半价，……因此什么都难以发展。

我没有其他什么方式向人们宣传它，只靠自己的画笔把它真实的面目——美丽的梅竹展现于世人。五万元使他们可以稳步发展，使青年安下心来，如果我的画能卖出去，我还要支持他们，使政府重视，把公路修上山去，逐步开发，将这里发展成为旅游度假的好去处。让梅竹的群众人人过上小康生活，不但是梅竹村，还带动附近的几个村，这是发展方向，何乐而不为呢！

肖忠文把自己的见解向沈小燕做了较全面的解释，还把到厦门找老乡张辛梅谈卖画的事说了一遍。沈小燕知道后，茅塞顿开，认为肖忠文有广阔胸怀，宏略伟业，对他更加敬爱，心情迅即开朗，和平时一样。

肖忠文和沈小燕心情愉快地来到了厦门，立即联系到张辛梅和洛德麦克。

四人进了民政招待所，沈小燕忙于倒茶拿水果招待客人，肖忠文把二十多幅画一一展开，接着沈小燕也把自己带来的画和《赏月图》也摆了过去，让洛德麦克先生过目。洛德麦克的眼光落在梅竹的《五指峰》上，然后又移到《一线天》，当他的眼光移到《赏月图》时，兴奋起来赞道："这几幅画都画得很好，特别是《赏月图》和《梅竹全图》我要定了，不知肖先生和沈小姐要价多少？"

"啊，洛德麦克生生，你只要这几幅？"肖忠文带着迟疑和失望地问道。

"不！我要很多，我是说这幅的价，然后再定其他。"洛德麦克解释道。

"好，麦克先生既然要买这么多，我可以优惠给你。不过《赏月图》、《梅竹全图》和《五指山》最优惠每幅也要一万八千元。"肖忠文口里这样说，心里却暗暗想：只要你会买，一万五千都会卖。

洛德麦克沉默了会，然后点点头说："肖先生，你这两幅作品是三万六千元美金，还是贵国的人民币？"

肖忠文略一思考回道："就算人民币吧。"说完用眼神征求沈小燕的意见，沈小燕会意地点点头表示同意。

"看起来一万八千元人民币一幅在文明中国是不错的，在我国至少可值六千美金，其他的平均按三百美金，两位如何？"

"麦克先生，这些画画得真好啊！"张辛梅听了他们的评价，的确吃惊不小，心想"黄金有价，艺术无价"，这句话，以前所闻，今天所见。为此，心里一阵激动，她特别高兴地也为老乡赞扬一番。"好吧，我们是第一次打交道，就按麦克先生说的价成交，小燕，怎么样？"肖忠文也是第一次卖画，就这么好的运气，碰上外国画商，从来也没想到能卖这么多钱，心里暗暗地兴奋得不断扑通扑通地跳，但还是竭力压抑住内心的活动，故保持镇静持重和老练的表情。

沈小燕暗暗在一旁计算着，心里同样震惊，回答道："可以，我们望长期和麦克先生合作。"她心里早就乐开了花，特别是《赏月图》《五指峰》各二千二百五十美元，连自己画画的也不懂得它的价值，在国人心里也难值千元人民币，还有其他山水、花鸟平均三百美金，也折合人民币二千四百元有余，还不卖等何时，卖掉了还可以再画，还能画得更好些。因此她毫无思考地回答。

"好，沈小姐也很畅快。"洛德麦克表现很满意地卷起包括沈小燕的十二幅在内共二十八幅作品。（折合人民币 296800 元。）沈小燕举起相机拍下了交款这一有历史纪念的镜头。

中午，洛德麦克先生在鹭江宾馆酒楼里宴请肖忠文、沈小燕、张辛梅。

席间，洛德麦克先生不断赞扬肖忠文和沈小燕两人这么年轻就有这么高的艺术水平，倍感佩服。他还准备明年三四月再来中国购买艺术品，到时还要来买他俩的作品，并互相交换了通信地址和电话，表示要经常取得联系。

肖忠文、沈小燕更为高兴，并说他明年来中国时，请洛德麦克先生到家里做客。

洛德麦克先生高兴地表示从今以后可以长期合作。他还介绍说："伦敦他有一家艺术商场，其中有中国画都，每年销售中国画就有几万幅，大部分来自台湾画家的作品，由于台湾的中国画过于西化，有失中国传统画的原汁原味，大大地削减了中国画艺术的魅力和风味，英国艺术市场的消费者、欣赏家、收藏家们对传统的中国画越来越感兴趣，台湾、香港等地的中国画家的西化程度浓厚的作品虽然价钱便宜，但销量越来越小，中国传统画市场的需求量越来越大，价钱也越来越高。进口中国传统技法浓厚的中国画是当务之急。虽然听了张小姐介绍沈小姐是沈天泉教授的女儿，但不知其艺术水平如何，耳闻不如目见，现在亲眼见到她的作品，的确有较浓厚的中国传统技法气韵和意境，所以我才全部买下。洛德麦克很满意地对张辛梅说："谢谢你张小姐的介绍，否则买不到这批沈家派的作品，这是给你的中介费吧！"他说着马上掏出一叠百元美金给张辛梅。

张辛梅毫不客气地接过钱问道："谢谢洛德麦克先生，下午还去玩吗？"

"今天不去了，张小组，明天早上七点半在轮渡口或这宾馆门口等我。"洛德麦克道。

"OK！"张辛梅微笑道。

肖忠文和沈小燕走出鹭江宾馆时，已是下午三点半了，他俩怀着无比兴奋的心情上了回招待所的公共汽车。

肖忠文和沈小燕在房内兴高采烈地谈论着今后如何发展和继承中国画传统技法，创作出更多更成功的作品，为明年三四月洛德麦克来中国购画做好充分准备。这次卖画是突然的，根本没有想到有那么巧，中秋之后在海滨餐馆随便和张辛梅谈了那句请她注意在导游时如果碰上外国画商的话介绍介绍，当时没把这事当回事来认真谈谈，认为要碰上外国画商也是件不容易的事，就是碰上也不一定会买张辛梅的账，看到画也不知道合不合他们味儿。据有关油画家透露，国外画商到中国只订油画，极少听到要订国画的，十多年来中国画好似一落千丈，国画家从事油画。当然油画是商品画，价格还算高，而且被国内老板赚了又赚，剩下不到四分之一给画画的。因此有老板坐着轻轻松松赚大头，画画的站着累死累活没赚头的说法。改革开放后画已不是宣传品了，也和电影电视一样摇身一变成了商品，市场也一度很萧条。走红的几乎都是油画。但从今天洛德麦克先生谈到他皇家艺术商场，中国画的情况分析，有浓厚传统技法的中国画还是很走俏的，不走销的还是那些西化浓厚，激进派的中不中西不西，所谓的中国画。这些画被全世界各国大吹大擂，有些报刊媒体更是把这种吹捧为新激进派的新艺术，使之轰动一时，如稻田里的莠草，一时疯长猛过禾苗。可是不经久远，等抽出穗来时，人们才懂得它结出的不是粮食，而是大大影响粮食高产的莠草，这时人们就会把它拔掉。据洛德麦克反映的国外艺术信息来看，正规的中国画在国外还是挺走俏的，在国际市场还占重要的席位，而且价格也很不错。从而得出的结论是：不以规矩不能成方圆，只能脱胎，不可换骨。有些画家想跳出困境，把中国画干脆来个脱胎换骨，也去追随抽象派，结果大大地扭曲了事物的本质，最后还是没有找到出口处，以碰壁告终。

中国画沉睡了几年之后，现在终于醒了，她又以峥嵘的东方艺术明珠映缀全球。

肖忠文和沈小燕讨论了自己正在学习中国画传统技法的征途中，做梦也没想到第一次把画就卖给了老外，也是他俩经历多处磨炼，苦苦追求国画艺术以来的第一次收获。特别是《赏月图》《梅竹全图》，可以说是墨水未干就卖了个高价钱，对于这对青年美术爱好者来说，是一剂非常刺激精神振奋的"口服液"。

肖忠文心里明白，这次的收获应该好好地感谢张辛梅小姐，是中秋之夜在海滨餐馆就餐赏月的效应，否则没可能有这么容易，或者根本不可能想象有外商出高价钱来买自己的画，甚至不知牛年马月才能被老外看中。因此他笑着对沈小燕说："这回，张辛梅真的起到了老乡不可估价的作用，功劳太大了，我们应该好好地感谢她，小燕，你看应该如何感谢她？"

"你说得对，她为老乡帮了一个大忙，我认为除了请她吃顿饭之外，再付一千块作为报酬，这样可能差不多吧！"沈小燕回道。

"请她吃餐饭是无疑要的了，一千块钱报酬可能少了点。"

"一千，不是一百，我看差不多了，不要过于感情用事啊！"

"人家对我们充满着老乡感情，难道我们就没有感情的回报吗？"

"物质的回报。你说感情回报，难道你还要和她建立男女之间的那种恋爱感情吗！"

"小燕，你真糊涂，你别把人与人之人之间的正常和谐、互相帮助的感情，

207

都和男女恋爱那种感情混为一谈。男女除了爱情就没有别的感情吗，还有老乡感情、同志感情、朋友感情吗？"

"你和她会不会发展成那种感情，我还不敢保证。"

"绝对不会，不管怎么样，也不可能发展为爱情，因为我们的爱情是牢不可破、雷打不动的，第三者无法介入。"

"这样我可以放心了。"沈小燕自己也说不清楚，从做了那个梦起，对张辛梅总有一种莫名其妙心理防线，当她和肖忠文说话时，就产生一种醋意，一听肖忠文夸奖她时，就有一种隐隐不安的感觉，她明明知道做的是梦，总防着怕梦成真。

"明天晚上就到海滨露天餐馆设答谢宴，这样她还可以得到一份拉客工资。"

"很好，不要明天，就今晚，要趁热打铁，更有意义。"肖忠文道。

肖忠文拉起沈小燕的手来到露天餐馆，问了几位服务员，都说张辛梅刚才还在这里，可能拉客去了。因此他俩来到江鹭大道，迎面走来张辛梅。

"两位老乡吃过饭没有？"张辛梅笑嘻嘻地问道。

"张姐姐，我们正找你，听几个服务员说你刚才还在这里，所以我们来这边看看，走走走，我们坐下来谈谈。"沈小燕热情地拉着张辛梅往餐馆走去。

"你们吃吧，我就免了。"张辛梅很客气地道。

"张小姐，别客气，我们还没感谢你的帮忙呢。"肖忠文道。

张辛梅勉强被他俩拉到一间包厢，她和平时一样向外喊道有客，一会服务员来了，肖忠文一连点了九菜一汤。服务员利利索索，很快就一样一样地上菜。

服务员一出去，沈小燕从手提包里拿出预先准备好的两千元钱红包恭恭敬敬递到张辛梅手里，说道："张姐，这是一点小意思，是你的辛苦费，不多，表示我和肖忠文的心意，请笑纳。"

"别嫌少。"肖忠文道。

"哪里！哪里！既然肖先生、沈小姐那么客气，乡情难却吗！"张辛梅嘴里这样说，心里有种理所当然的意思，毫不客气把红包往手提包里一塞，她早料到除叫她吃饭外，至少也有千把块介绍费，现在超过了她预料，心里更乐滋滋的。

"这是本分。"肖忠文道。

一个小时后，张辛梅告别肖忠文和沈小燕去了洛德麦克先生那里。

第二天肖忠文和沈小燕并没沉浸在卖画的兴奋之中而休息，他们满怀喜悦来到鼓浪屿写生。

当他俩来到海边浴场时，被花花绿绿五颜六色的太阳伞吸引住了。沈小燕说："你看浴场多漂亮，一片五彩缤纷的，好似朵朵花花绿绿的蘑菇。"

他俩生在内地，长在内地，对海浴场只是在影视里见过，但亲临实地还是第一次，因此一阵惊讶。

"坐下来画一幅浴场风景地！"肖忠文道。

"口干了，到下面去喝点饮料再画。"沈小燕道。

"喝绿豆或莲子清心汤。"

"对，这里的天气太热，喝点绿豆、莲子汤泻泻火，晚上更好睡。"

"晚上好不好睡在于你自己。"

"怎么解释？"

"你睡觉不要左思右想，东动西动，老老实实闭着眼睛，不就好睡了呗！"

"好，今晚就照你的办，看好不好睡。"

"今晚呀，你要画好郑成功这幅才许睡。"

"好，我们早点回去，早点动笔，一定能画好。"

"好，你画郑成功，我画浴场风景。"

"我喜欢一朵朵蘑菇，用水墨画的手法可能别有风采。"沈小燕说着像小女孩一样高兴地跳起来，充分显示她内心的得意和自信。

他俩说说笑笑到了一排饮料棚，一排排的凉棚下摆放着一行行小圆台，坐着来自五湖四海的男女游客。

肖忠文和沈小燕走到刚离席的空台前坐下。沈小燕一见这种新鲜场面，立即放下写生板，打开速写本，抓住场景刷刷地速写起来。

肖忠文也不例外。

此时两人一时专心致志画着，忘了口渴。服务小姐过来问道："你们要点什么？"

"绿豆、莲子汤各两杯。"肖忠文瞟了这位服务小姐一眼也随口回道。急忙对着不同角度、不同种族的游客画了起来。

服务小姐端来饮料，一声不响地放在台上，站在旁边看他俩写生，听老板叫她后才离去。

肖忠文和沈小燕全神贯注地画。尽管他俩眼尖手准，笔快，还是有的对象只画上一半就离席而去了，有的画了几笔就走了。沈小燕惋惜地叹道："我们没有分好工，张三、李四、王麻子一起抓，结果画好张三，李四走了。现在我画的，你也画，成了重复，现在是画的对象快要走得差不多了。"

沈小燕这时才想起要喝的饮料，见台上放了四杯，惊道："怎么要了四杯？"

"没错，我说绿豆、莲子各两杯，喝！"

"都快下午一点了，肚子向我们打官司了，买几个面包吃吃吧。"沈小燕道。

"你一说我也饿了，吃面包不行，只能充充饥。"

"对呀！给肚皮来个调解调解。"

因此两人三下五除二地喝完了饮料后，要了四个豆沙包边吃边走，进入海滨浴场。只见白茫茫的沙滩上，一片五彩缤纷的太阳，伞下一对对海浴者，有全躺的、半躺的、三点式的！……男男女女靠在凉椅上，睡在沙滩里，有不少简直是裸体的女郎……这种场面可把沈小燕惊呆了。

"其实在浴场里也并不稀罕，可以说这是露天比美，也可称人体艺术展览吧！"肖忠文笑着道。

"是有点相似，就是不敢拍照，如果拍下来回去再画就更省事些。"

"上礁石上站得高点，有近有远，也可以偷拍几个镜头。"肖忠文拉起沈小燕上了一堆高低不平的礁石上坐下。

沈小燕说道："这里是拍照的好场所，你坐高一点，我站在你身后，不用闪光灯，偷偷地拍几张。"说着举起相机，镜头从肖忠文的腋下伸出去，咔嚓咔嚓连拍了几张。

"好了，不能再拍了。"肖忠文一边制止沈小燕，一边摆好写生架势。

沈小燕收起相机咯咯咯地笑起来，开心地道："我们拍了他们的半裸体了。"

肖忠文画了一些男人与女人的场景。

"画出这个场面回去加以发挥，进行全面整理，可以创作一幅有新意的《海滨情场》来！"沈小燕说后两人进入了全投入在描绘的意境之中。

过了十几分钟，肖忠文又随便道："这个设想很好，可以作一幅长卷，上面有千姿百态的人物，可谓栩栩如生的海浴场面。"

"我们到那边去看看，能不能发现什么新题材。"

两人收拾好画具，一路慢慢地踱着步子，一路欣赏沙滩里躺着的男男女女，绕到了东海岸边，随后选了个最适合的稍微高点的地势坐下，画了起来。

"这边大部分都是国内游客，她们穿的三点式就不同了，人体也充分体现了东方女性的美，身材苗条，高矮适中，肤色红赤相间，胸部丰满得体，一眼望去，就有一种亲切感，舒适感，漂亮感。"沈小燕道。

"东方女性美是世人公认的，只是比西方开放迟点，这也是因为经济和文化的差异吧！"

晚上，他俩刚洗完澡，手机响了。

肖忠文急忙拿起手机："喂！……"

"肖先生吗？"电话里传来张辛梅的话音。

"是呀！是张小姐？"

"我在洛德麦克先生房里给你打电话，麦克先生要你和沈小姐今晚八点半准时到鹭江宾馆来，我在门口等你，他的意思还要买你们的画，要你们来当面谈一下。"张辛梅在电话里道。

"好，谢谢张小姐，请你在宾馆门口等我们，一定准时来。"肖忠文兴奋地道。

肖忠文乐得跳过去把正在穿衣服的沈小燕抱了起来，哈哈大笑道："好消息！好消息！亲爱的，洛德麦克先生说还要买我们的画，要我们八点整准时去宾馆和他面谈，到时张辛梅会在宾馆门口等我们。"

"太好了，电话是张辛梅打来的吗？"

"是她，在洛德麦克房里打的。"

"OK！漂亮的沈小姐，让我亲亲！"肖忠文装腔作势地摆着架势抱住沈小燕亲了又亲。

"怪里怪气干什么？"

肖忠文和沈小燕穿着整整齐齐的衣服，满怀喜悦地来到鹭江宾馆门前。这时，张辛梅也打扮得分外娇艳，站在那里等待着肖忠文和沈小燕的到来，他们一见面，张辛梅热情地上前迎接道："两位好！真准时。请！"

"张小姐好！让你久等了吧！"肖忠文笑着道。

"不，我也刚到。"

"请！"说着，张辛梅拉起沈小燕的手一边寒暄，一边往电梯间走去。

张辛梅领着肖忠文和沈小燕往 1201 房。

洛德麦克正在房内欣赏买来的画，他把《赏月图》挂在最显眼的大衣柜门上。他见肖忠文和沈小燕进来时，急忙上前乐呵呵地说道："肖先生，沈小姐！OK！请坐！"

他们彬彬有礼地寒暄一阵后，张辛梅像主人似的忙着给肖忠文、沈小燕沏茶，又从冰柜里拿饮料、水果招待他们。

洛德麦克先生畅快地说道："肖先生和沈小姐的传统中国画很好，你们年纪轻轻的就能画出这么高水平的中国画，实在了不起，真是大有作为。我为有机会买到你们的画感到很高兴，很满意，还想再买些回去。来一回贵国也不容易，除买画之外还要去景德镇买些高级瓷器，听张小姐说，你们的画放在家里没带来，要回家去拿，我就在这里等到你们把画拿来，再去景德镇，所以特意请两位来当面谈谈。"

"麦克先生要去景德镇，我爸爸生前就是陶瓷学院美术系的教授，他画过很多花瓶和各种纪念陶瓷，世界各国都有他的画和他画的高级瓷器。"

"请问沈小姐父亲大名？"洛德麦克问道。

"沈天泉，他的画一贯落款都是这个名。"

"啊！真了不起，沈天泉教授的山水、花鸟、女仕图等的瓷器有二十多件珍藏在我们公司陈列馆里，大花瓶就有两对，一对是富贵图，画着盛开的牡丹，另一对是庐山风景，陈放在公司办公室里。这些高级极品，还是五六十年代从贵国购进的，七十年代后再也没有看到沈天泉先生的作品了。"洛德麦克说道。

"我父亲七三年就去世了。"沈小燕道。

"啊！真可惜！幸好在这里又碰上了名家后代，甚巧！甚巧！沈小姐继承父业，真是青出于蓝胜于蓝。沈小姐，你父亲的作品家里一定收藏不少吧？"洛德麦克带着希望的心情等待她的回答。本来前几天张辛梅简单地说了一下，但不能完全证实沈小燕就是沈天泉的女儿。现在完全明白了，借这次她回家拿画之机，无论如何也要买到沈天泉的画回去交差。因此他满怀希望，喜笑颜开。"我爸爸的画前几年就捐给国家了，家里留的不多。"沈小燕道。

"啊！好吧，请沈小姐火速回家把画带来，最好要多带几幅沈教授的作品。"洛德麦克先生以要求的口气道。

"麦克先生你准备要山水还是花鸟或是人物画呢？"

"都带来。肖先生也是沈教授的学生吧？"洛德麦克指着肖忠文道。

肖忠文一听呆了，不知该怎么回答才好，说不是又怕麦克先生不要他的画，说是，又当着沈小燕的面吹牛，所以尴尬极了。幸好沈小燕脑子很灵，忙回道："没错，他是学我父亲技法成绩最好的学生。"

"很好！很好！肖先生的作品确有浓重的中国传统画风，你也要把家里的画拿来。"洛德麦克满意道。

"好，谢谢，我们回家往返约一星期才可以回到厦门来，最少也要六天。"肖忠文说道。

"越快越好，不要超过一星期。好吗？"洛德麦克问道。

"能行，一定七天内返回厦门，请麦克先生在这里等候。"沈小燕肯定地回答。

正是：

鼓浪奇遇同学情

初到梅竹进山林

美景开启新天地

绘出仙境万物新

第十章

出山以后

　　肖忠文和沈小燕回到招待所后，他的心情很不平静，总觉得沈小燕对自己有不可估量的重要，特别是在老外面前：说了一句是她爸爸成绩最好的学生，在这紧急关头一句话就提高了自己的地位和形象，取得了老外的信任和敬佩。就这么一句话就有价值连城的分量，对今后自己的前途起着关键性的作用。就此，他越想越觉得沈小燕可爱、可亲、可敬。他暗暗地下定决心，从今以后在现有的基础上一定要下狠心刻苦学习，沈小燕在身边可以吸取到很多书本上没有的精华。

　　"小燕，我不知该怎样来答谢你才好！"

　　"有什么值得你答谢的？"听到他突然冒出一句没头绪的话，感到莫名其妙，因此惊奇地问道。

　　"前次洛德麦克问我是不是沈老的学生时，我一听呆住了，怎么说都不妥。在关键时刻幸好你脑灵口快。就这一句，改变了他对我的看法，所以才叫我把家里的画都带来，没有你这句话，对我的作品评价也就上不了他要求的档次。你说，这句话的分量多重。可以说，给我今后的艺术生涯奠定了良好的根基，我真的感恩不尽啊！"

　　"看你这个书呆子，你的事我的事都一样，有什么感恩的。"

　　"幸好你脑子灵，答得快。"

　　"本来你的画就比我的好，但这位老外知道我父亲是名家，脑子里装的尽是名家名人的作品，他还想我爸爸的作品呢，出百万也不卖给他。就我的作品来说，也要留些比较成功的将来搞展览，我只有一百八十多幅，必须留有余地，方能调调他的胃口，对吗？"

　　"我也有一百五十多幅，真正要带来卖的可能也不过五六十幅，据我估计他要选购你的作品，然后再选购我的，这时就基本掌握了他的心理动向，几 213

番讨价还价，到了一定的火候就要抓住时机成交，尽量把带的画全部卖掉。"

"千万别低估自己作品的价值，要以重点带动全面，先定几幅价钱高的，高、中、低三种价格，高的几万，低的千把元，如果能卖掉七八十幅画，也有几十万甚至上百万元，不就一夜成了百万富翁吗！"

"哈哈哈！想得真美！""就要想得美！"

"回去后把所有的画拍照下来留个底，以后可以再画。"肖忠文道。

肖忠文提议这次卖画的钱，除《赏月图》对半分成外，其各人的归各人。这样小燕有三万七千元，他说："你带回去给你妈妈，让她高兴高兴，这也称是我们《万水千山总是情》活动取得的初步经济收获。下次的收入也各归各，不必分配。"

"下次成交的收入要按比例抽出一部分作活动资金，这样你就不必再要家里寄钱来了。"沈小燕道。"你想得周到，很有远见。"肖忠文赞同地道。

"前段时间困难要你拿钱，现在有了钱还要你负担就不合理了。"沈小燕道。"困难时应该互相帮助，也不必去计较。这次收入不大，看下次情况如何，如收入较大，家里就可以缓缓了。"

"今晚要早点休息，明天就要做暂时分开的准备。"

"你同我一起回家，见见我妈妈，再一同去你家，在你的旅社里住上一夜，可以见见你那位能干的妹妹，然后乘车回厦门，不是很好吗？"沈小燕提议道。

"不行，不行，时间紧迫，这样会拉长时间，误了大事的，你还不知道老外办事时间观念很强，说了一星期内，超过几天就等于我们违约，他就有理由不要我们的画，过时作废，他就离闽去景德镇了，到时候就后悔莫及了。时间就是金钱，绝对不能掉以轻心，免得因小失大。到你家，去我家，今后有的是时间。"肖忠文说道。

肖忠文极力反对理由不光是争时间，其重要的原因那就是刘素华。一同回沈小燕家见她妈妈没问题，回他旅社见刘素华，沈小燕一眼识破，刘素华见他带位比自己还漂亮的姑娘回来，也一定会闹翻天，不但会双方俱伤，而且还会三方俱伤，这是绝对不行的。沈小燕对自己实在帮助太大，无论如何不能失掉她。

"有理有理，时间就是金钱，只许提前，不许推后，我可以当天回到南昌，你就要多一天，总之抓紧又抓紧，其他一切事情往后再说。"沈小燕被肖忠文一提，顿时觉得很有道理，马上赞同道。

"此次交易的成败直接关系到我们《万水千山总是情》的发展前途。小燕，不知你考虑过没有，像我们这样的人在国内不知有多少，他们同样在拼搏，在奋斗，都想成名成家，到头来由于种种原因和条件造成途中改行，有的成了打工仔打工妹，有的经商在市场摆摊做小生意，甚至走家串户推销产品，有的干脆'解甲归田'搞种养等等，总之中途夭折的占百分之九十以上，坚持到底取得成功的可能极少极少，即使成功了，也得在自学的'沙场'上死活挣扎几十年，不知要脱去多少层皮，掉去多少身肉。我们的条件算是优越的，也是幸运的，出来只有十多个月就碰上了这个千载难逢的机会，现在我们要抓住这个机遇，去奋斗、去拼搏、去攀登，直至成功。现在，有了经济收入，不等于在艺术上成功，我们在经济上得到了暂时满足，但在艺术上是永远得不到满足的。还有一事，我们千万不能忘了那位张辛梅小姐，没有这位好心的老乡，不要说老外，就连门槛下的人也不知道我们是作画的，就是知道了也不会买我们的画。因此我们要放弃一切，全力以赴，狠狠地抓住时机。小燕，你往深层去想想，这回洛德麦克买回我们的画去卖得好价钱，他会长期跟我们合作，我们很可能有机会到英国去学习学习，到那时，我们可以大开眼界，在国内看不到的可以在别国看到，听不到的也可以听到，也可以在伦敦或其他城市写生，用国画的手法画国外的风景。"这就是肖忠文的思想动态。他把这些一一摆在沈小燕的面前，沈小燕也认为这样的想法是好的，不知是否有这种好的命运，现在不能想得多么多么遥远，以后要在中国画传统技法上狠下功夫，在现在的基础上寻求创新和发展。

"我拥护你这个观点，我也决心做中华民族传统艺术的卫士。"

"快到十点了，我们休息吧，养好神，明天就要踏上归途的列车。"沈小燕说完却起身泡了两杯茶，双手递给肖忠文。

"喝下这杯浓茶会睡不着的呢！"肖忠文接过茶道。

"睡不着没关系，你要精力充沛才好，我们要分开六七天，今晚要好好地谈谈话。""当然要啊！"肖忠文说着正要伸手想把沈小燕拉进怀里时，响起了一阵轻轻的敲门声。

有人敲门，这么晚还会有谁来？莫非是服务员！肖忠文迟疑片刻，走到门前问道："谁呀！"

"我呀！是你老乡。"门外传来张辛梅的回话声。

"啊！是张小姐。"肖忠文高兴地火速开门道："请！"

"原来是张姐姐，请坐！请坐！"沈小燕高兴地说着从食品柜里拿出香蕉、饮料招待她。

"张小姐，这么晚了还没有休息？"肖忠文问。

"对不起，打扰你们的休息了，本来我想明天一早来，洛德麦克先生硬催

215

我现在就来，怕你们明天一早就乘车走了。事情是这样的，你们在谈生意时，他曾问到沈小姐父亲的画，听沈小姐说全部献给国家了。你们走后他又想到没沈教授的画就沈教授的字也好，不管是画还是字他一定高价购买。我出门的时候他又再次吩咐道："一定要沈小姐多带些画来。本来我想打电话给你们，他就说打电话不礼貌，一定要我亲自来传达他的话。"张辛梅一边说一边拉着沈小燕的手表示亲热。

"太感谢张姐姐了，为了我们的事深夜奔忙！"沈小燕道。

"洛德麦克先生的主要意思是一定要买到沈教授的作品，并且要高价购买。"张辛梅再一次重复道。

"是啊！张小姐为了我们的事，跑来跑去的，多辛苦。"肖忠文说着从口袋里掏出张五十元的钞票递过去道："拿去坐的士吧。"

"对，这么晚了，跑来跑去够累的了，"沈小燕也附和道。

"哎哟！肖先生、沈小姐，我们都是老乡，何必这么客气，再说厦门每个角落我都熟悉，走路也习惯了，别见外！别见外！"张辛梅说着又故意的推了推。

"别客气啦，拿着拿着！"肖忠文再次将钱塞到她手里。

"多谢两位了，真不好意思。"张辛梅说着接过钱，道了谢，起身走到门口又转身再三道："请沈小姐、肖先生按洛德麦克先生说的！我走了，拜拜！"张辛梅说后蹬蹬地出了门。

"看来麦克先生想方设法也要买到你父亲的字画。他说的高价，究竟高到什么程度，如果要你开价，你心中预先要有数！"肖忠文道。

"我父亲的书法倒有几十帧，除了他的还有我妈妈的，开价多少我也没个数，还得问我妈，她懂，我爸爸的作品在国内外有一定的影响，我也相信老外会舍得出高价钱，问题就在我妈同不同意卖。"

"睡觉吧，这时不会再有人来敲门了。"

"有人敲门传喜讯是好事，敲到天亮也欢迎。"

"那你就等着吧！"沈小燕说着脱去外套上床去了。

肖忠文此时心情复杂，想着明天要回到刘素华身边，在这短短的时间里，不知如何倾吐心里话，也要过问店里的生意，亲自招来的服务员也要安慰安慰，等等。

沈小燕见肖忠文坐在那里发呆，久久不来理睬她，感到有些反常，难道你肖忠文要回家了，就不把我放在心上，不来和我亲热亲热，还有几个小时就要分开了，尽管没几天，也有难分难舍的感觉，你还无动于衷，根本没有平常的亲热气氛，无奈，她忍受不了这种沉默，因此问道："忠文，你怎么了？"

"啊！没什么，你还没睡着？"肖忠文听到沈小燕的问话时，才从梦境里醒过来。

"你怎么不理睬我？"沈小燕问道。"我还以为你睡着了，让你静静地睡一会儿，……"肖忠文边说边到床前去亲她。

"别假心假意。"她打断他的话，急忙转身躲过他伸过来的嘴。

"唉！这是怎么回事啊！哪有不理睬我心爱的小燕呢？你为什么一下子就生这么大的气啊？"肖忠文急忙绕到她面前关切地说道："我的小燕啊！你有什么不顺心的事？"沈小燕又急忙翻身转到前面，一言不发。

肖忠文也急忙转到床前，还未待他转到床前，她又转到另一边，就这样几个回合，最终还是肖忠文扑上床紧紧地抱住她尽情地亲吻抚摸后，沈小燕才开心起来。

"你刚才为什么要生我的气？"肖忠文这时才安然无虑的柔柔问道。

"明天就要分开了，你为什么对我麻木不仁，漠不关心，也不和我说说心里话？"沈小燕用责备的口气问道。

"哈哈哈，小燕，你要知道，就是因为明天一早要乘车，我想尽量克制冲动，使你好好地睡，保重你的身体要紧，在车上才精神饱满，舒舒服服，所以我才让你静静地、美美地睡个好觉，并没有其他意思，请别误会！"肖忠文编造个有血有肉的理由使她感到他更关心、更爱护自己。

"啊！原来如此，对不起，对不起，我错怪了你，使你受委屈了。但话又要说回来，我们都是身心健康的人，就是一宿不睡，明天照样精神饱满，心情愉快，精力同样充沛，顶多在车上打打瞌睡罢了，何必如此关心。我恰恰同你相反，你今晚也别到那边睡了，就睡到沙发上，但有个条件，不能偷偷摸摸地摸到我床上来。"沈小燕微微地笑着说道。"好，保证不会。"

肖忠文在沙发上翻来覆去，哪能睡得着呢？

沈小燕一觉醒来，转身睁眼一瞧，见床沿坐着肖忠文，心里涌起一股甜蜜的爱泉，同时又有一种安全感，踏实感。她眼睁睁地看着他，越看心里越甜蜜，越爱他，因此她伸手轻轻地拉了一下肖忠文问道："怎么不睡？"

"这样看着、守着你能睡得着吗？"肖忠文说着顺势倒在她身边，双手紧紧地抱住沈小燕，他的嘴封住了她的嘴。其实沈小燕早也料到将要发生的一切，也不忍心让肖忠文又睡在沙发上，但又不好开口叫他到床上来，只好这样安排，她装睡，脑子里在不断地假设现在和将来。

墨蓝的夜空布满了闪闪发亮的星斗，一轮明月挂在中穹，又是十五，秋夜悠悠，秋风微微赐给了人间无限的幸福。

再说孟川涛走后一段时间，李小翠对孟川涛确实有一种异样的感情；她有事无事都喜欢往孟川涛房里跑，一天不去心里就不舒畅，一天没见面说上几句话就有种失落感，甚至会觉得心里空荡荡的。借故写首诗、问一个单字、一个成语、一句词、一组句子等等为理由，每天都得去两三次，再忙也得抽出十分二十分钟去和他谈上几句话，坐上一会儿，心里才得以平静，否则做起事来就感到有些心烦意乱，总觉得丢了一件重要的事未做似的。李小翠的这种现象是否和李萍萍说的那样，对他萌发了异性的感情？她自己也说不上来。还有一种现象使李小翠更说不清楚的是：每当碰见张秀兰在孟川涛房里时，就自然而然地产生一种醋意，有时还很恨她，讨厌她。特别是那天两人去郊游照相后，几个晚上想起那种心花怒放的不平凡的一个下午，使她有些心烦意乱，一连几夜总是翻来覆去睡不着觉……。

李小翠暗暗地想：如果孟老师年轻十岁的话，肯定会把这种感情转化为爱情，现在他这把年纪了，还那么潇洒、那么乐观，他一定挺会呵护女人、关心女人的。其实在李小翠的心目中他还不算老，他的著作会给他带来第二个青春。

"孟老师一定懂得关心和爱护女人的，你经常和他接触，也应该觉察得到，对不对，你自己清楚。"李萍萍道。

"我只知道他和蔼、热情、最乐意帮助人，有几次还帮我打扫走廊和卫生间呢。特别是帮助和指导我写诗，在他的帮助下我已经寄出十多首诗去《作品》杂志社，不要多久可能有回音。"李小翠道。

李萍萍忙道："他的这些行为，就充分表现了他很疼爱你、关心你、体贴你，尽心尽力地帮助你，使你能出人头地，同时也一定对你寄有希望。"

"他确实很会关心人的，上月我感冒了，头痛的厉害，他知道后，急忙给我买了药，还买了水果、饼干等来看我，服了药第二天就好了。我还没感谢他呢。"李小翠说起孟川涛对她好的地方实在很多很多，总有说不完吐不尽的感觉。

"我猜对了吧，他最懂得疼爱和关心你，当然他是因为他最喜欢你所以才这样做。嘿嘿嘿！"李萍萍笑道。

"你又在胡说了。"李小翠道。

"服务员，有单人房吗？"

"有有有！有一间，只剩这一间了。"李小翠赶紧回道。

"多少钱的？"客人问。"八十的。"

小翠为客人办好一切手续。小红唱着"世上只有妈妈好"的歌从楼上下来带客人去三楼了。

客人上楼后，李小翠又镇静下来，重新梳理她的思路。她想着想着拿起笔写了一首"钱"的小诗，准备下班后送到孟川涛那里，请他指教，并顺便提议办歌舞厅的事。

"呤呤呤"一串电话铃响了。

李小翠急忙拿起电话问道："喂！你是谁呀？""……"

"啊！肖老板！我是小翠！""……。"

"你现在在哪里？""……。"

"厦门，好不好玩！""……。"

"这么好玩的地方，以后带我们去玩玩好吗？""……。"

"嗯！好！你等等，我去叫来。"李小翠把电话放下。

孟川涛来到省农科院，见到接见他的一名院士，他把信交上去，院士惊道："你怎么现在才来？"

孟川涛把情况一一解释一番。院士倒了一杯茶叫他坐着等一下，走出了办公室，一会返回来说道："到院长那里去一下。"

在院士的带领下来到院长的办公室，当一走进，双方一见，顿时惊呆，互相对视片刻，孟川涛急忙喊："王教授，你好！"

"孟川涛，你怎么现在才来？"

"还不来，我都要出寻人启事了。"王院长急忙站起来和他握手道。

"王教授，说来惭愧，……"孟川涛把一切经过滔滔不绝地说了遍，然后说："王教授三十多年没见面了，很多事都忘了……。"

"没有！没有，文革在农场劳动时跌晕了，幸好你把我背着走五六里路赶到医院，及时抢救才有今天，否则那时就上西天去了啊！"王教授回忆道。

"区区小事，不必挂齿。"孟川涛从来没有把这事挂在心上。王院长不说，真的忘了。

"川涛啊，你是72年搞研究水稻杂交科研人员之一，其他的同志都安排了，查档案只有你未安排，我们把这情况申报了农业厅，经批准把你调回省农科院工作。你的意见怎么样？"王院长说道。

"谢谢上级！谢谢王院长！"孟川涛一听心里激动得流出了眼泪，二十多年辛酸泪、艰苦曲折的婚姻和家庭磨到了今天。党的政策是英明的，是是非非总要搞清楚。那年在红旗制种是全省第一名，只因个别领导把成绩和荣誉归功在他自己，只字不提孟川涛精心研究和培育所获的成绩，否则早就安排了，不会拖到今天。

王院长又把孟川涛带到另一间办公室对管财务的人员说："你把孟川涛同志的补助款给开了。"又走近拍拍孟川涛的肩膀："拿支票到办公室来。"转身回办公室去了。

管财务的把一张五万八千三百元的支票送到孟川涛手上说声："要保管好，带上私章到人民银行去取。"

孟川涛双手接过支票，连说了几声谢谢，捧着他感到沉甸甸的支票，心里清楚，一切都是王院长站在党和政府正确的立场上挽救了自己，回到院里要努力工作，为农业现代化做贡献……。他想着想着已来到了王院长的办公室门口。

"办好了没有？"王院长问道。

"办好了，谢谢王院长。"孟川涛感动得快要流泪了。

"好，你回去把家里的事安排好，十月十五号前来报到上班。"王院长说道："其他事上班后慢慢谈，慢慢解决。"

孟川涛带着支票回到了春晖旅社，他故作镇静，和往常一样只有在张秀兰面前显得不一样，他急忙叫张秀兰快进房来，高兴得抱着她在房内转着圈，"亲爱的，有好消息告诉你。"他把院里如何安排他去上班一事及他和王院长曾经有段神奇的故事讲了一遍。

张秀兰听后连连说了几句好话，好话之后，并不惊喜，而是心事重重，你孟川涛要丢下我这老太婆远走高飞了。

"十五号去上班，今天八号了，还有一星期，你走后我又单身一人，命苦啊！我还盼着成个家，在这店里做下去，这一切还是一个梦……。"

"你错了，恰恰和你想的相反，我们真的要成家了，要建一个幸福美满的家庭，上级把我调到省农科院工作，如果我们办了结婚手续到时家属可以带去，不是很好吗？"孟川涛解释道。

"真的？""还有假呀？"孟川涛从口袋掏出五万元支票送到张秀兰手中："这五万是补助的不是工资，临走时领导要我安排好家里，十五号赶去上班。"

"好。你儿子的结婚的钱就有了。""对，不要向你借了。"

"我们的事怎么办？""这几天就要考虑好，所有的事都要有个安排。"

去省上班之前，短短的几天，头等就是和张秀兰的事，要不要马上和她办理结婚手续，还有旅社的账目结算好，李小翠的相片，十多首诗稿，还答应给她办歌舞厅，还要和王立新见面谈谈自己和张秀兰的婚事等等，他必须

春
晖
梦

一件一件地处理好，尽量不欠人情债，才能走得开心，离得愉快。

春晖旅社除了张秀兰知道孟川涛要到省农科院上班之外，其他人都蒙在鼓里，这时李小翠到孟川涛的房门口就听到张秀兰谈他俩人的婚事才得知这一消息。

李小翠得知他的老师调往省农科院工作后心里很难过，这几个月来，在他的帮助下，有了很大的进步，正在热心创作诗歌的关键时刻，指导她进步的人突然离开，对李小翠来说就如断奶的婴儿，她难过极了，孟川涛在她的心目中既是老师也是父兄，他在这里有依靠，有温暖，他走了她就成了无依无靠的孤儿了，

她快步跑下楼去，进房倒在床上抱被哭了起来，越想越难过，越哭越伤心。李萍萍正寻找小翠，问小红，也未见着，萍萍心想，肯定在孟老师房里，走上去也没有，才到他的房里，只见她蒙被哭泣，赶忙上前问是不是生病了，小翠没有回话，萍萍摸摸她额头，没有发烧，是不是肚痛？没有。究竟发生了什么事，是不是张阿姨欺负了你？小翠只是摇头否认。"有什么大不了的事，哭得这么伤心，我俩是姐妹，有什么不能对我说的，说出来可以商量解决。"

李小翠见了李萍萍之后心情好多了，她起床来，擦干了眼泪，但李萍萍的问话一直没回答，她认为没有必要把心里的事告诉任何人，随李萍萍下了楼，她不露容色，不让任何人知道心里的秘密，照常工作，照样和大家说说笑笑。

第二天九点，李小翠见张秀兰在服务台和刘素华谈要进多少百货之机，迅速来到了孟川涛房，她仍然和平时一样微笑着问道："孟老师听说你要走了。"但她的声音有点颤抖。

"是的。小翠我走了你要好好地利用空余时写诗。你这些诗稿我会抓紧时间给你改一改，还有相片明天一起去取。"孟川涛也舍不得离开小翠，她伶俐、聪明、活泼，而且很懂得体贴人，特别能写诗，有时出口成章，是一位难得的人才。

"谢谢孟老师的教导，您走后我会努力的，写的稿寄给您，还要请您修改，去到那里一定要写信给我。"李小翠说到这里忍不住流出热泪。

"小翠别难过，这是国家的需要，我必须服从上级的调任，对我本人来说党和政府给了我第二次生命，你要为我高兴才是。要离开你，我也舍不得，也难过。"孟川涛说着上前帮她擦泪又道："我会第一个写信给你，从今以后你就是我的亲妹妹。"

"谢谢你，我没有哥哥，你就是我的亲哥哥。"李小翠心里一下子感到一股热流涌上心头。她等待明天和孟川涛上街取相，她知道在春晖旅社只有这一次和他上街的机会了。

第二天早饭后，李小翠赶紧到交叉路口等孟川涛。张秀兰从服务台的内室出来，一眼瞧见孟川涛往门外走，从窗口探出头问道："孟老师要去哪里？"

"我想出去随便走走。"孟川涛为了防她出来问这问那，拖延时间，免得小翠等得急，更怕张秀兰会陪她去，因此边回话边快步不回头地往交叉路口走去，约莫走了三四十米远才偷偷回头往后瞧了一眼，未见她跟出门来才放心地大步往前走去。

李小翠一直眼不转睛地、焦急地望着旅社来的方向，等待着孟川涛的出现。等人等车的时间都感到漫长，约十五分钟左右才在熙熙攘攘的人群中，发现了孟川涛正向她快步走来，这时李小翠心里兴奋起来。当孟川涛走近时，她却像盼着久别重逢的情人一样，一个箭步上前急忙拉住他的手说："我真担心你来不了。"

"哪有来不了的道理，只因收拾了一下房间，误了几分钟，让你久等了！"孟川涛没有把出门时的情形告诉她。

此时的李小翠感到和孟川涛手拉手走在一起很踏实很幸福的，她不时笑眯眯地看看孟川涛的表情，见他一本正经的脸上没一丝笑容和乐趣，如父女走在一起似的，她遗憾地问道："孟老师你为什么取相不如照相那天这么高兴？"

"你怎么知道我没那天高兴？"孟川涛把她的手拉到胸前让她身体靠紧一点自己说道。

"今天没点笑意，也不说话，在想什么呢？"李小翠紧紧地靠在他身边问道。

"小翠，现在几点钟了？""九点半。"

"就是嘛，还有两个多钟头就要开饭了，我是没关系，你必须十一点半赶回去帮餐厅，赶路要紧，哪能和那天一样边走边谈笑风生。其实我和你出来，其他不多想，只想快点把相取回来，快点赶回。"孟川涛道。

"你为什么不跟我说话？"李小翠撒娇似地道。

"现在不是在讲话吗？其实走路说话就要耽误赶路的时间，默默无言就快得多。"

"不信。""不信？现在我们讲话脚步自然不就放慢了吗？"

"好吧，不说话了，傻乎乎地赶路吧！"

因此俩人坚持默默无言走了几分钟，还是李小翠忍受不了心中愉快，突然指着前面一个好像很眼熟的男人背影道："那人从后影看去好像很熟悉的人。是否在哪里见过。"

"你说的是前面那高个子是不是？""对呀，你猜他是谁？"

"好像是王立新，走前去就知道了。""城关派出所的王所长？""没错，是他，要不要让他看见？"李小翠心里有些尴尬，不知要不要躲避，因此问道。

"怕什么？我们又不是干坏事，在街上走是自由的，谁也干涉不了，再说王立新早在十四岁时就认识我了。"孟川涛道。

"不是这个意思，就怕他也同我们一起去相馆，见我照了这么多相，我们又一起出去玩，万一刘素华知道了怎么办？我们还是进店里去避一避好，让他走远了我们再走不是很好吗？"

"有道理，进百货店去看看。"孟川涛被李小翠一提醒也考虑到怕王立新告诉刘素华，刘素华又告诉张秀兰，张秀兰知道我同李小翠去照相，又一同逛街取相的事，她本醋意就大，知道更不得了，为此同意李小翠的提议，双双走进鹏飞百货店。

事情往往就这么巧，你想避，偏偏避不掉。王立新在前面正好碰上鹏飞百货店的老板，老板马上拦住王立新要他往回走到他店里喝杯茶，有要事跟他讲。王立新本来早日就想和他谈谈目前治安上的问题，现在老板拦住请他进去喝茶，更是顺便了，因此转身随该店主人店。当他一踏进店门，正巧和出来探看他是否走远了的孟川涛、李小翠碰个正着。王立新见他俩高兴地喊道："孟老师，你今天还有兴致出来走走？"还未待孟川涛回话，又见他身边站着的李小翠，又急忙问道："啊！李小翠也来了。"

"王所长，我来这里都快半年多了，还是第一次上街，小翠是我邀出来了，我早就想来拜访你，就是怕你工作忙，没时间，真巧真巧，在这里碰到你。"孟川涛也感到意外，心想：刚才见你往前面去了，为何又返回这里来了，也不得其解。因此这样说道。

"好，欢迎欢迎，现在两人就到我那里去喝喝茶，今晚我请你们的客，到家里去也难买菜，到酒家去随便吃一餐，更方便。"王立新说着又转身对候在一边的店老板说道："刘老板，我朋友来了，没时间，改日再谈。"说完转身拉着孟川涛的手道："我们走吧。"

"王所长，我要回去，你就叫孟老师去吧！"李小翠知道孟川涛暂时也不会去取相的，自己得马上赶回去帮助餐厅开中饭，尽管王立新怎么挽留，她还是决意要回去。

"谢谢王所长，我回去了，拜拜！"李小翠说着又转身向孟川涛道："孟老师我先走了，不要喝得太醉，别忘了买东西回来。"

"小翠，放心回去吧！坐摩托车回去好，吃了午饭我就回来。"孟川涛理会她说买东西回来的意思，所以这么道。

李小翠坐载客摩托回旅社去了。

王立新一看手表说："快十二点了，干脆吃饭去。"

"随便点，不要浪费。"孟川涛道。

"孟老师，我们二十多年没见面了，吃餐饭谈不上浪费。"王新把孟川涛带到城里最有名的湘菜酒家，要了六菜一汤，叫服务小姐选了一间最清静的小雅座，里面有大彩电，服务小姐打开有线电视，电视里正在播放《戏说乾隆》。又给他俩斟满了啤酒。放上五香瓜子，油炸花生米等下酒料。不一会菜上来了，两人边吃边谈；孟川涛问及王立新近来工作情况时，他说："本人工作还不错，感谢党和上级对我的培养和信任，十天前把我调到市局任副局长，负责治安工作，已经不在所里，到局里上班去了。"

"祝贺你的荣升，我敬你一杯！"孟川涛拿酒瓶，斟满两只酒杯，举杯道："祝你步步荣升，为党和人民的保卫工作出更大的贡献，干杯！"两人碰杯一饮而尽。

"感谢你对我工作的支持和鼓励。"王立新激动地说道。然后又提起酒瓶斟满两人酒杯。问道："你那部长篇小说快完稿了吧？"

"初稿只写到四分之三，进度很慢，主要就是自己的文学水平很低，写不快。"

"你的作品别具风格，我呀，连想都不敢想，别说写。你住在春晖写作各方面都很方便，又经济又实惠，特别是刘素华和服务员们个个都热情，凡是在那里住过的旅客都很满意，肖忠文虽然不在家，刘素华还是经营有方，把那些服务员管得个个认真负责，年轻轻的做起生意来就很老练。肖忠文半年多了也不回来看一看，现在也不知道在何方？何时才回来？"

"肖忠文是一位很有出息的年轻美术爱好者，我看过他画室里的作品，选材新鲜，笔力苍劲，传统技法功底深厚，作为一名自学成才者来说是很可贵的。他现在跳出关门造车的框框，面向大自然，摄取大自然的精华，对他的艺术水平会有个飞跃的提高，这一步他走对了，只是苦了刘素华。"孟川涛道。

"早就听人传说，肖忠文开旅社的目的是以商养艺，做生意不是为了发财，而是把店里攒来的钱发展他的绘画事业，所以他找上刘素华这个对象后，毫无担忧地把店的经营让她去干，自己一心一意外出写生去了。"

"不过他的岳母张秀兰也很有头脑，是一位做生意的老角色，现在住在店里，对刘素华的工作帮助很大。"孟川涛道。

"没错，你提起她妈，我还要把她的事着重地跟你谈谈呢。"王立新顺着孟川涛的话尾接着道。

"啊！有什么事向我谈的？"孟川涛心里当然明白王立新说的意思，但嘴还是故装糊涂地这样说。

"我是听刘素华说的，你和她妈妈早在二十多年前就是一对情投意合的恋人，因当时种种原因没有把你们结合在一起，那天又听你说的夫人已去世，而张秀兰的丈夫八年前也去世了，现在你们又走到一起来了，这正是缘分，我看呀，你们俩到了重逢重圆的时候，不要错过这天赐的良机啊！"王立新道。

"立新，你说的没错，我也考虑过了，总认为事过境迁了，不比初恋时那么单纯，唉，麻烦很多！"孟川涛叹气道。

"老孟，你们之间早就很了解了，有还什么麻烦事？"王立新问道。

"以前是无牵无挂，一切都是单纯的，现在她有女儿，我有儿子，再说她自己本身的生活比我富裕得多，在经济上成了天壤之别。而我呢，仍然是个穷光蛋。再说我的儿子今年也要结婚了，在经济上还存在很大的困难，没有解决儿子的婚事之前，也没条件谈自己的婚事，重重困难，难以解决，我看搁下以后再说吧。"孟川涛说出了自己的心里话。

"当然，你说的那些问题不得不考虑，有些是正确的，有些可能是片面的，不管如何你俩可以开门见山，打开窗子说亮话。"王立新说："坐下来慢慢谈，很多事自己认为不好办的，可能经过商量全都迎刃而解了。也可以和以前谈恋爱那样重新加深互相了解，重建感情，也有必要，因为两人毕竟相隔二十多年没接触了，思想变化和条件变化都很大。我看啊，把存在的问题摆在台面上来，细细谈，怕没有解决不了的问题。"王立新道。

"我也曾想过，又不愿分散自己写作的思想，就儿子结婚的事，压力就不小了，为什么要把自己早已平息的事重新挑起来增加烦恼，不是被双重压力背得直不起腰了吗？"

"老孟，你又错了，如果你和她的事情处理得当，你儿子结婚的经济问题不就迎刃而解了吗？岂不是一箭双雕了吗？"

"只恐怕事与愿违。你说的也有道理，可以试试看。"

"要不要我给你疏通疏通？"王立新见孟川涛的思想有了转机，所以这样诚恳地说道。

"王局长，现在时机还不成熟，待我写完这部小说后再考虑，到时一定烦你帮忙。"孟川涛一下改口呼他的职务，一来是为了更进一步地尊重他，二是感谢他对自己的莫大关心。

"为了事业，也可以，我个人认为现在办也不一定会妨碍你的事业，还可能对你的写作更有帮助，最起码生活有人照顾，有人关心，你儿子结婚的事，还不是缺少钱吗，钱解决了，其他具体要办的事他们自己会去办，不必你操心，你安心写作就是，还有什么顾虑？"

"你说的也可能会变成现实，但总觉得不妥。男子汉要有骨气。"他想：一个男子大丈夫，处处要靠女人的经济支持，自己却一贫如洗，这不是有失男人的体面和骨气么。如果我的作品出版了，总能拿点稿费吧，用自己挣来的钱办自己的事总觉得更好些。不但心里更舒服，而且说起话来也更响亮，不会处处绊自己的脚，最起码两人也能平起平坐。

"作为一名有志气的男子汉来说，是应该有骨气，但你的情况不一样，你有事业在身，不是依赖女人，而是需要女人帮助，绝不是会丧失男子汉骨气。如果为了保持男子的骨气和志气，就拒绝女人真诚的支持和帮助，可能有点过分吧。难道这是你老兄的独特见解？我真有点不理解，我还是希望你酌情处理。小弟能帮的尽力而为，这事得你自己拿主意啊！"王立新诚恳地再三劝说，仍见孟川涛坚持自见，只好这样收场。

正是：相识满天下，知己有几人。

今天孟川涛听了王立新那一片真诚、恳切关心自己切身利益的话，使他非常感动，这真是酒逢知己饮，话同知己说。因此道："王局长，你的好意我领情了，需要你帮助的不光是这件事，日子长了会有不少麻烦事找上门来求助于你。"

"老兄，你放心，不管什么事，需要我本人而且又能办到的绝对不会推诿，而会尽能力给予帮助。"王立新道。

"星期日到旅社来玩，聊聊天也好。"

"其实双休日我也没什么休息，没事也要到办公室坐坐。因为目前正在加强社会治安工作，为了保持全市社会秩序的稳定，城内派了两个巡逻队，日夜不停地在大街小巷，车站码头巡视，乡镇也加强治安保卫工作。"

"你能经常来春晖旅社坐坐看看，对旅社的治安也有很大的好处，那些犯罪分子也会畏惧三分。""我还考虑过，要所有比较大型的旅社派请保安员。来来来，菜都冷了，吃吃吃。"

"请保安当然是好事，不过多了点开支，只要对旅社的治安工作有利，多点开支也没什么，如果你经常来来往往，问题也不大。"

"以前在所里工作更有空，现在到了局里恐怕难于抽出时间。尽量吧。"

"当然，工作之余，到了旅社就顺便上楼来坐坐。不过我在旅社的时间只有一星期左右。"孟川涛说。

"找刘素华妈妈谈谈，征求她的意见，我会抓紧在几天之内转告给你，行不行？"

"谢谢王局长对我的关心，不过这事可紧可慢，到省工作一段时间，再做打算也不迟。"孟川涛道。

"好，我就听老兄的。来来来，快吃菜，我们忙于谈话，菜都忘了吃，吃完了再加个什么菜。"

"以后我们就难得一聚，应该好好地吃一餐。今晚这餐本该到刘素华那里去办，只因要谈她妈与你的事，那就不方便了。"

"是啊！以后有客人尽量照顾照顾。"

"没问题，不过为了廉政，也没什么大吃大喝的。我去年只三次上酒家，一次是我战友从家里来看我。一次是我小舅子来了。另一次是我岳父从衡阳家里来我这里玩。每次都是自己掏腰包，都不超过百元。今晚这次，你看这里的老板和服务员没有一个认识我的，这样更方便。"

王立新仍然保持部队艰苦朴素、雷厉风行的工作作风和优良传统，全心全意为人民服务，不计较个人得失，时时刻刻不忘自己是共产党员，人民公仆。

他俩边吃边聊，不觉已经二点多了，但还谈兴未尽。

"改日有时间到旅社来再扯吧，我得回去了，谢谢王局长款待！"

"好，再见。有机会到省里来找你。"

正是：

步步迈向成功路，
笔笔挥洒神韵图；
海滨巧遇乡情深，
牵线搭桥费功夫。

第十一章

情绪双娇

两年后。

……

嘟！嘟——！一列从厦门开往南昌的火车，正从漳平至龙岩路段缓缓行驶在高山峻岭之中，铁龙不断地穿过一连串的隧道，有时车身串在三个隧道之中，它时时发出"突、突"很艰难的喘息声。

肖忠文和沈小燕就坐在此列的九号车厢的112、113号的位置上。由于晚上没睡好，沈小燕早早就靠在肖忠文的肩上甜甜地睡着，肖忠文仍然振作精神注视窗外闽西的山村景物，也时不时坚持几下，闭上眼睛养一会神，然后又睁开眼睛欣赏外面茂密的林木山峦、金黄色的田野，人们在忙着秋收，不知不觉列车进入闽北新兴工业城三明市站。这时一直沉睡的沈小燕也醒了，擦了擦双眼，问道："到了什么地方？"

"三明。"肖忠文回道。

"你没睡吧？""有时打一会盹，没睡着，不能俩人都睡。"

"现在你睡，睡个把小时也舒服。"沈小燕说着就把肖忠文拉往身边，让他的头靠在自己的肩上。

"不行，会把你娇嫩的身子压麻的，还是'伏'在这里好。"肖忠文静静地伏在小桌上，可是他没睡着，而是闭着眼睛想心事：想着离开后的刘素华，想着他亲手整修一新的春晖旅社，和他亲自招聘的服务员们，还有十多个小时就能和他们见面了，特别是刘素华，她现在可好呢？

这一幕幕的回忆又展现在自己眼前，他心想：不是刘素华帮自己经营这间旅社的话，我肖忠文能这么自在地游山观水写生吗？不但使她独守空房，而且违背了当初对她的誓言，把所有的爱又倾注到才华绝伦的沈小燕身上，怎么对得起她。肖忠文想到这里一阵愧疚感涌上心头，忍不住内心的烦乱，不禁"唉"地长叹一声。

"哪里不舒服？来，靠到我身上来。"沈小燕听到他叹气，认为他不舒服，很心痛地把他拉到自己怀里，双手紧紧地搂着他，说道："睡一会就会舒服的。"

肖忠文被沈小燕搂在怀里心里深感幸福，一切不快的心事也消失得一干二净。为了减轻她的负荷，把身子往后拉了拉，让头枕在她的大腿上，闭上眼睛，控制自己大脑，什么也不想，不一会就睡着了。沈小燕见他甜甜地睡着了，心里也舒服了。

火车徐徐进了鹰浔站，肖忠文依依不舍地下了车，沈小燕伸出头在窗外，两人千言万语说不完，好似这一别不知何时才相会似的。

肖忠文下车后转乘吉州方向的汽车。

春晖旅社值班室里。张秀兰对女儿刘素华道："忠文一年多也不回来看看，年轻人就喜欢外面的花花世界，把家里的生意和老婆都忘得一干二净了。"

"妈，看你说到哪里去了，我们家乡的年轻人基本都出外打工去了，他们不是一年半载也没一次回来，有的单位工作忙得连过年都请不到假，家里老婆孩子还不是照样过吗，她们不但要带孩子还要担起繁重的农活。忠文只离店一年半，再说我坐在这里做生意，最起码不要风吹日晒雨淋，比在农村劳动既清闲又轻松。就算他去外面打工了，过年他总要回来的。"刘素华嘴里是这么说，可心里总是天天想着他回来看看她。

"素华。"

她们正在谈论之时，突然传来一声熟悉而亲切的喊声。此时刘素华匆忙地转头向门外望去，原来站在面前的正是肖忠文。

"忠文！"刘素华喜出望外地边喊边快步越出服务台的门，迎上前说道："我和妈正在说你为什么不回来呢，话音刚落，你就回来了，快！上楼吧！"

肖忠文见离别一年多的刘素华那副娇嫩如玉的脸孔，苗条得体的身材，比离开时更显得美丽可爱，足足呆看了她半分钟，禁不住内心突发的感情，猛地上前一把搂住她。

"忠文还没吃饭吧？"张秀兰刚走出服务台问道，见他俩如此亲热地抱在一起又急忙返回服务台内。

两人边走边亲热地说着话，张秀兰的问话声也没有听见，快步往楼上走去了。

刘素华和肖忠文高高兴兴地回到了卧室，她急忙泡了杯茶递给肖忠文，热情妩媚，百般娇态地说道："你一去就一年多不回来看我一眼，真想死我了，现在回来了，就得好好地陪我别走了，啊！"

"我知道，素华，辛苦你了，其实我也天天在想你，可是为了事业，不可能不离开。这次回来，明天我把家里的画整理好，可以陪你一两天，过年回来好好地陪你玩玩。"肖忠文把刘素华抱在怀里解释道。

"搞画展？"刘素华听了他的话心里兴奋极了，惊奇地问道。

"是的。"肖忠文把她搂得紧紧地说道。

"好事好事。"

"我还没洗澡，坐了一天的车，身上很多灰尘。"

"只顾我们说话，什么都忘了。妈妈在服务台，你还没见她，你先洗澡，我给你煮吃的。"

"你给我准备换洗衣服，我到服务台去见见妈妈。"肖忠文说着就要往外走，刘素华一把拉住他说："等一等，我和你一起去。"

刘素华从衣橱里拿出衣裤抖了抖问道："穿这套行吧？"

"行，晚上穿哪套都可以。"肖忠文说着搂着她的纤腰出房往楼下走去。

"妈！你好，辛苦你了！"

"啊哟，忠文！你回来了，你在外面才真的辛苦呢！回来就好了，好好休息一段时间，也好帮素华……"张秀兰投石问路，笑容满面地迎上前去说道。

"妈，这次是回来整理画，参加省举办的春节画展。"

"哪有这么紧张的，一年多没回来了，多休息几天。"忙对素华道："素华好好地陪陪忠文，店上的事我和小翠负责，啊！"张秀兰听肖忠文说后天要走，悬着的心，一下子踏实了，心里暗暗高兴，又对素华说："素华！叫餐厅的小兰杀个鸡，再搞点什么菜，陪着忠文好好地吃一餐。"

"好！好，我知道，他还没洗澡呢！"刘素华说着拉起肖忠文往澡堂走去。然后又急忙进了餐厅，这时张小兰正在清点一天的饭菜票和其他账目，准备交服务台。

"小兰杀一只仔鸡，放点党参枸杞清蒸一罐汤。"刘素华说着扫了一眼李萍萍和几个正在打扫厨房卫生的姑娘。

"红烧一条鲤鱼就可以了，随便点，但是要注意口味。"刘素华正转身出厨房，李萍萍说："老板娘，要三菜一汤才合适，再来个小炒什么的吧？"

"好吧，萍萍，你马上动手。"刘素华吩咐完后转身来到服务台。

"忠文的晚饭准备好了吗？"张秀兰问。

"告诉了小兰和萍萍，杀一只鸡蒸汤，红烧鲤鱼和小炒。"

"你要好好地陪他吃一餐，让他少接触其他人，幸好在家只有一天，明天又要清理画，也没时间接触外界人，内部人相信也不会走漏什么风声，幸好炒了姓杨的，否则就有事了，可以让他见见孟老师，认识认识也好，不会有坏处。"张秀兰认真地吩咐刘素华道。

"时间这么紧，外面的人也接触不到。顶多去看看他爸爸，我也会陪同他去，买点水果、饼干什么的，说上几句安慰话就会走的，妈！妈你就放心好了。"刘素华说着顺手在货橱的角落里拿出一只小瓶子，倒出一粒药丸丢进了嘴里。

一会，肖忠文洗完澡来了服务台。

刘素华急忙上前接过他手中的换洗衣服放在一边后，搂着他的腰亲亲热热地边说边往楼上走去。

"近来生意怎么样？"肖忠文问。

"一般，今晚住有三十六位客人，还算可以，餐厅基本上是为了方便住客，赚也不多。总的来说，除了上交利润和税收、工资等，多少都存在银行，绝不乱花。"

"素华我要好好感谢你，一切也相信你，你就好好放开手脚去干吧！"

肖忠文把她抱在自己膝盖上，素华柔情似水地又说："你在外面不想我吗？"

"想。"

"现在呢？"

"更想！"肖忠文说着起身一把抱住刘素华在房里转着圈，然后搂着她坐在沙发上，伸嘴封住了她的樱桃小嘴，正伸手解衣扣时，楼下传来张小兰的喊声："老板娘，吃饭啦！"

"小兰，放在蒸笼里热着。"服务台的张秀兰大声地回话道。

"好吧！"张小兰听见张秀兰的回话后照办。

楼下的讲话肖忠文和刘素华自然听得清楚，只好打点下楼，刘素华挽着他的手步入小餐厅时，张小兰惊奇地跳起来喊道："肖老板！肖老板回来了啊！"

"客人来了，小兰把菜端出来。"刘素华笑道。

"小兰，一年多不见，长高了，更漂亮了。"肖忠文见张小兰蹦蹦跳跳高兴得像可爱的小姑娘，也亲亲热热地笑着道。

"客人客人，原来是你这位贵客，老板娘真会开玩笑。"张小兰说着急忙拉住李萍萍说："李师傅快去认识认识又帅又潇洒的肖老板！"

"肖老板！"李萍萍有些拘束地喊了一声。

"哦！这位姑娘？……"肖忠文对这位陌生的姑娘问道。

"我姓李，叫萍萍。"李萍萍自我介绍道。

"好！这个名字真好听，呃！李小翠呢？还有小红呢？"肖忠文问刘素华道。

"快吃吧，她们还不知道你回来了，如果知道，早就围上来了，可能在三楼看电视。"刘素华道。

还未待刘素华出声，张小兰已跑步上楼去通风报信了。

一会儿，"世上只好妈妈好"的歌声飞进了餐厅，李小翠、梅小红就嘻嘻哈哈跑进了小餐厅。

"肖老板！你好，张小兰不告诉我们，我们还蒙在鼓里呢！"

"是啊！还要保密呀！"

"肖老板是得胜回朝，收获大大的吧？"

"肖老板一出去就一年多，可把我们忘了吧？"

"我们忘了没关系，可千万别忘了老板娘。"

几位姑娘你一言我一语说个不停，只有李萍萍有点陌生感，只好在一边赔着笑。

"哪能忘记大家，都是我亲自挑选过来的，你们在我脑海里影响最深了。应该好好地感谢大家对旅社和餐厅认真负责的服务态度，为旅社的生意兴旺，做出了不少的贡献。明天我请客，大家喜欢吃什么，就办什么，一起吃餐团圆饭，好不好呀？"肖忠文看到身边这批生龙活虎，长得比原先更成熟更漂亮的姑娘们，心里很满足，乐呵呵地说道。

"好！谢谢肖老板的关心！"大家异口同声地答道。

"肖老板带回什么珍贵的礼物给老板娘？也让我们开开眼界。"李小翠无拘无束地问道。

"什么都没带，我是空手回来的。"肖忠文向大家道，然后又转向刘素华："对不起，时间紧迫，什么也没买，请谅解。"

"人是最宝贵的，什么礼物能重过人。"刘素华道。

"真是，我们太不懂礼貌了，妨碍肖老板吃饭，走！"李小翠道。这时大家才慢慢地散去。可是李小翠口里这么说，脚仍然不往外提，她又道："对，肖老板就是最宝贝的，最珍重，会给老板娘带来无穷无尽的乐趣、幸福和痛快。"感到太露骨了，有些燥热，为掩饰，急忙就说自己是个姑娘，说出这样的话不妥，又捂嘴偷着笑。

"小翠，真是没教养的，对老板没点礼貌。"原来李萍萍没走远，在门口伸进头道。

"萍姐，你还不知道呢，我们的肖老板啊！对我们是一视同仁的，不会计较这些。肖老板你要好好地陪陪老板娘休息一段时间，这么久不回呀，老板娘天天都想你！"李小翠七分正经三分玩笑地道。

"小翠，看你乱七八糟说些什么，没点正经。"刘素华听了正中她心意，暗暗想道，你这小翠说到我心坎了，心里满意，但嘴里不赞同，不流露，因此笑了笑说道。

"可惜我不能久留，一天半日又各自飞了，没时间来补偿，知道她辛苦，幸好有大家的帮忙。"肖忠文边吃边和这些活泼可爱的服务员开心谈笑，心情特别开朗，似乎忘了一切。

饭后，肖忠文决意去见孟川涛，明天要整理画，还要去看看长年在家养病的父亲。如果今晚不会会久闻的"馒头先生"就更没时间了，错过时机孟先生又不知到何处去了，因此他拉起刘素华一同去见孟川涛。刘素华反之，要他好好地呆在房里和自己亲热亲热，谈谈双方的情况，快十点了，应休息了，因此她说："这么晚了，还是明天去吧！"

"明天事情很多，十点钟不算晚，搞创作的人都喜欢夜里写稿，我相信他还没睡。"

"要去就你去，我想睡了。"

"好吧，你先睡，我去一下就回来。"

"不行，我要你和我一起睡。"刘素华撒娇地说道。

"我没回来的话，你就不要睡了？"

"那是无法可治的，现在你回来了多陪我一会，多说几句话，也是幸福的。"刘素华拉住肖忠文显得有些委屈地说道。

"十点半一定回来，不然我们一起去。"肖忠文只好选择这个办法。

"去就去吧，但不要把时间拉得太长。"刘素华知道犟他不过，只好和他一起去见孟川涛。

孟川涛正在写着久别重逢的一节内容时，就听到一阵轻轻的叩门声，起初他认为是张秀兰来了，没问话，就匆匆地开了门，一瞧站在门外的是刘素华和肖忠文。

"孟先生，对不起，打扰了。"肖忠文彬彬有礼地说道。

"哪里！哪里，请进！请进！"孟川涛笑逐颜开地把他俩让到室内坐下。然后又明知故问道："这位是肖老板吧？"

"他就是肖忠文。"刘素华回道。

"啊！久闻大名，真是名不虚传，什么时候回来的？"孟川涛此时又从他的眼神里隐约现出几分黄丽的影子。

"前几个月就听有人说孟先生的大名及忠厚的为人，的确是位了不起的人物，我八点到家，就听素华说，旅社里也住有一位搞文学创作和画画的，当她一说到你的名字，脑子影响很深，所以深夜打扰，也可以说是个良机吧。"肖忠文道。

"肖老板，你是听谁讲过我呢？"

"我在杭州一家餐馆吃早点时，听旁边一位画画的讲，来不及问那人姓名他就走了，真可惜。"肖忠文当然不能把沈小燕的姓名说出来，只好这样说道。

"你说的那人一定有些来历。"孟川涛惊奇地道。

"是呀，真可惜，幸好天赐良机，做梦也没想到在自己小小的旅社里还住着位不出名的大才子呢！"肖忠文道。

"好了，肖老板，其实我是个流浪者，你这回归来，就得好好地休息一段时间了吧！"

"不，只有明天一天，后天下午就赶回厦门去。"

"这么紧张呢？"

"回家拿几十幅画卖给外商，时间定得很紧。外商住在宾馆等着，对我这个自学者来说是个极好的机遇，千万不能错过，所以把它当成头等大事来办。"肖忠文道。

"好，恭喜恭喜！肖老板好运来了，也充分说明你的艺术水平不一般。不容易啊！一位年轻画家的作品能被外商看中是千艰万难的事，我祝贺你马到成功！"孟川涛又激动又高兴地说。

"谢谢孟先生的祝贺，请问先生近来有什么新作？"

"谈不上新作，我在试写一篇长篇小说，初稿还没完成，就是写完了，也不知有无出版的机会，真有点担心成废品呢！"

"不可能吧，你以前都出了好些作品，对出版社有一定影响，不会有问题了。"

"文学艺术已经走向商品化轨道，我这作品不知道出版社能否看上。"

"你的画听说也很有造诣，可惜我没欣赏过，这次可以饱尝眼福了，请拿几幅来欣赏欣赏，学习学习。"肖忠文道。

"我是自学的农民画，根本谈不上有什么欣赏价值，还烦请肖老板多多指教！"孟川涛说着从行李包取出一卷用报纸包了几重的二十多幅画展开放在桌上。

肖忠文上前一瞧感到惊奇，这位孟先生的国画真有点"农"味，基本以农村为题材，《春耕》《拾穗》《瓜田李下》《番茄红了》《无种》等等无一不是描绘农民勤耕苦种的场面，从画面来看下笔严谨，传统技法浑厚，人物传神，都有很强的感染力。他赞道："孟先生的画传统功底雄厚，独具一格，意境深远，很有水平，真是我学习的好榜样。你可能卖过不少画！"

"肖老板过奖了，我这种'农画'有谁买，也从来没卖过，这回，是否可以请肖老板带几幅去，不论价钱多少，只要能接手，就卖，打帮你的运气，如果能卖出一条活路来，我会感恩不尽。"孟川涛说道。

"孟先生别说见外话，你是久经风云的老前辈，经验丰富，我走的路没你过的桥长，还望你老先生多多指教呢！"肖忠文说道。

"肖老板别说客气话了，我只不过比你们多吃了几十年饭，东不成，西不就，好似在没灯没火的黑夜里瞎摸，几十年来没摸出个名堂来，想起来又冤枉又后悔。在年轻力强的岁月里由于受各种限制，没有充分发挥自己潜在的能量，没有珍惜宝贵时光，现在虽有用武之地，可是已经是好比太阳快西下了，感到惭愧和悲愤也迟了！唉！"孟川涛带着几分悲伤说道。

"好了好了，以前的苦日子都已经熬过去了，人老志不老嘛，我们年轻人还没老先生那种持之以恒的强硬毅力、迎难而上的拼搏精神呢！你是我们年轻一代的好榜样。"肖忠文怀着敬重说道。

"孟老师，明天叫肖忠文带几幅画去卖，也可能卖个好价钱。我看时间不早了，还是休息吧，有事改日再谈吧！"在一旁的刘素华见他俩人滔滔不绝，谈得极为投机，越谈兴趣越浓，准会谈到天亮也没个完，因此刹住话题，催促道。

孟川涛被刘素华在鼓边里轻轻一敲，也懂得该唱什么腔了。他敏感地理会道："对对对！肖老板坐车也累了，现在都十一点多了，明天我把画整理一下，烦肖老板代劳就是了，请回去休息吧！"

肖忠文和刘素华告别了孟川涛回到房里时，刘素华说："你说十分钟就回来，现在多少个十分钟了，幸好我陪你去，否则我睡到天亮可能你们还没谈够呢！"

"哎呀！素华你要知道，他不是一个普通的文艺爱好者，他的经历相当复杂，又是同一条道上的人，论辈分他更高，论资格他更老，论经验我和他相距还十万八千里呢，我们年轻人多听他说几句话有利无弊，人要上进就得多见多闻。如果我没有出去几趟，哪能知道外面的世界？故步自封、关门造车，哪有进步？做梦也想不到我的画会被外国画商看中。这是机遇，机遇不会从门缝里送进来的，它不会随随便便降临到我们头上来，要自己在无边无际的生活空间中去寻找，去碰撞，如果不勤奋不求上进，很多机遇会悄悄地从我们身边一擦而过。从此，一辈子也可能没有这种机遇了。前途与事业并不是先天安排好的，而是决定于自己的创造、奋斗与拼搏。素华！"肖忠文越说越兴奋，他说的那套话，刘素华一点也听不进去，她不知道他为什么变得那么啰唆，因此她闭上眼睛迷迷糊糊地睡着了。肖忠文谈得起劲，还没发现她已入睡了呢，话到最后见没反应，才摇了摇她，才把她抱起轻轻地放到床上，又轻轻地解去她的衣服。

肖忠文却没有睡意，他看看身边睡去的刘素华，总觉得不如沈小燕。她对自己的事业好像很不理解，只懂得做生意赚钱，对生意感兴趣，对文学艺术这一套有点事不关己似的。不过这也不能怪她，因为她不比懂艺术的沈小燕，她和自己是志同道合，她的艺术水平要高出自己一截，和她谈起话来有衔有接，对理论有立有破有建树；我浅她深，我深她博，深入浅出，有答有问，有评有击。有时为了画好一幅画，两人通力合作到天明。有时为了一个问题，争个脸红耳赤也不罢休，仍各抛其见，直到意见基本一致为止。肖忠文又想着沈小燕，小燕啊，小燕，你现在睡了吗？你在想我吗？还有两天我们又可以走在一起，告诉你一个好消息：就是你说的那位"馒头先生"——孟川涛正巧住在我旅社里，今晚我抽空和他见了面，还欣赏了他那独具风格的美术作品，我们还畅谈了当前文艺界的形势，他已今调省农科院工作了，还有三天就离开春晖上班去，小燕你知道吗？我是多么想你啊！越想越睡不着，肯定要失眠了。今晚肖忠文和刘素华睡在一起不如以前那么踏实，真是同床异梦。他想着想着，不知何时才迷糊着进入梦乡。梦里，沈小燕微笑着挽起肖忠文的手步入了画室，乐滋滋地观看画时，张辛梅带着洛德麦克笑逐颜开地进了画室门，洛德麦克先生把将装满了美钞的皮箱打开，把一沓沓美钞放在画桌上。然后拿着画离开了。肖忠文没有送他们出门，只是呆呆地望着那一大堆崭新的美金，咧嘴傻笑。还是沈小燕机警，忙说："快！快去银行验钞，看是不是假币！还未待沈小燕走出画室，迎面进来孟川涛，他手里正拿着高级电子验钞机，把台上的美钞一验，立即发出刺耳报警信号，是伪币！伪币！……的叫声。

肖忠文大声地惊呼："怎么办？怎么办？"

"打110！"沈小燕按下报警号码。

"呜——！呜——！"警车向全城每条街道开去，顿时全城戒严。

肖忠文不顾一切冲下楼去，他拼命地跑啊跑，在前方发现了洛德麦克，他一箭步冲上去，抓住了洛德麦克，两人厮打、搏斗。肖忠文使尽全身力气，把牛高马大的洛德麦克打翻在地，他跌坐在他身上，狠狠揍着还在反抗的洛德麦克，嘴里不断地骂道："你敢用假币骗走我的画，打死你！……"像小孩拍皮球似的。

刘素华被肖忠文梦中的喊声惊醒了，知道他一定在做噩梦，急忙把他摇醒问道："做什么？做什么？"

"啊！我在打那个用假币骗我画的骗子。"肖忠文醒过来道。他热得浑身是汗，伸手去摸身边，嘴里刚吐出一个"沈——"字，立马停了下来。

"你怎么啦！叫谁呀？"刘素华说着伸手在他身上一摸，惊问："怎么全身都是汗？"又急忙下床倒了热水瓶的水，抓起手巾替他擦汗。

此时，肖忠文才完全清醒过来。

刘素华关切地问道："你应该好好地休息，可能太累了，往往筋疲力尽的时候最容易做噩梦，你刚才做的什么噩梦？"

"那个英国画商提了一箱假美金，骗走了我的一大批画，……"他把刚才的梦跟刘素华说了一遍，只是没有把沈小燕的名字说出来。

"这个梦你做得好，告诉你要提高警惕，切勿麻痹大意，不要让辛辛苦苦用心血画来的画却换来一堆花花绿绿的废纸。"刘素华道。

第二天一早，肖忠文和刘素华一起去看他父亲肖太善。去前张秀兰叫过刘素华千叮万嘱地道："一定要快去快回，时间长了怕他狐朋狗友在他面上乱说话。"

"我会掌握分寸的。"刘素华边说边把糖果、香烟、饼干等食品装了满满一袋。此时肖忠文来到服务台，然后和张秀兰说了几句客套话后提起礼物，叫了一辆三轮摩托车，往市郊三号里南村而去。

肖忠文的父亲肖太善自患病以来，身体一直很虚弱，一人在家养喂了十多只母鸡。精神好的时候就在邻居中谈今说古，有时也和退休在家的老人们用打扑克下象棋等活动打发日子。肖忠文走后，刘素华半月一次送点水果、补品和茶叶、香烟什么的，每月给他 200 块零花钱，日子也过得挺丰裕。但他一人在家常常感到很静寂孤单，很想去店里走走，但又想起儿子不在店里，也不方便，一年多来，他只去过两次，见旅社里里外外装修一新，来了个改头换面，心里高兴极了，对自己儿媳有这等本事，也感到很得意，心里既安稳也满足。有时他上街看看闹市，买些新鲜菜也不到旅社去。原因是怕刘素华不喜欢，反而不送钱和食品给他。今天他见儿子和素华双双提着大包小包回家来，心里乐开了花，笑呵呵地接着素华手中的物品。说道："忠文，你不在家素华半个月送一次东西给我，每月还有 200 块钱，你两夫妻都很有良心，前几天素华送来的糖果、苹果都还没吃完，现在又买那么多，哈哈！我的身体在你们的关心下也比以前好多了。"

"爸，我明天又得走，这回是把家里的画拿去卖给外商，店里的生意还得素华经营，要什么你就打电话给她，她会送来，免得你跑来跑去。"肖忠文安慰道。

"爸，有什么困难，想吃什么就打电话给我，我会送来。"刘素华说后拿着扫帚里里外外打扫了一遍。

肖忠文把箱里的一大捆画拿出带上和刘素华告别了父亲又回到了春晖旅社。

肖忠文二话没说火速上了画室，一幅一幅地分成三部分，一是：自己认为最满意的；二是：基本满意的；三是：一般的。他打算把好的全拿去，一般的拿一半去。有的已经装裱了的，大部分没装裱。下午又请来孟川涛一起和自己选画，孟川涛也带来了自己的二十二幅画，选出十二幅，其中有山水、花鸟、人物画等。他俩在画室里忙了整整半个下午，肖忠文把选出的 120 幅画，包装好后，并请孟川涛一同进晚餐。

上午回来，肖忠文就叫刘素华办两桌酒菜，请全体工作人员好好的聚一餐。在席间大家围着肖忠文频频举杯祝贺他的事业成功，并祝贺老板娘生意兴隆，万事如意。

孟川涛举杯祝肖忠文此次和外商交易胜利成功，并争取长期合作愉快，同时也感谢他对自己的关心。

进餐途中，肖忠文拿出预先准备好装有 200 元钱的红包，发给每人一个。他说："这些微薄的礼金是他第一次卖画的钱，钱虽少，意义重，不比常情，请大家别嫌少，待我成名成家后，再给大家一只大红包。"肖忠文说后又哈哈大笑起来，说道："到那时，你们这些姑娘都成了孩子的妈妈了，不可能还在这里帮我做事，哈哈哈。"

"做了妈妈也可以当服务员，难道你就不要我们这批老太婆了！"李小翠的话引起全场哈哈大笑。

"不不不，不是这个意思，而是你们就不来我这里做事了，在家抱娃娃。如果你们还会来，当然大大的欢迎。"肖忠文又风趣地笑道。

"大家都是春晖旅社的首批工作人员，生意做得兴旺，都是大家立下的汗马功劳，除非旅社换了老板，只要我还在这里，不要说做妈妈，就是做了婆婆、奶奶都会欢迎你们留下来，继续干。"刘素华站起来激昂地说。

虽然大家都知道，这些话都是说在口里的安慰之词，到了做婆婆奶奶的时候这栋春晖旅社早就拆除不知又建成什么高楼大厦了，你刘素华可能成百万千万富婆了，还会要我们老太婆做事，到时儿孙们也不让我们出门打工了。然而大家还是高兴得鼓起掌来。

肖忠文和全体工作人员热情洋溢，谈笑风生，边喝边吃，在无比欢乐的气氛中持续了一个多钟头，大部分都喝有几分醉意，才各就各位。

肖忠文和刘素华回到房间，略微休息片刻，就坠入了爱的海洋。

上午九点，刘素华依依不舍地把肖忠文送到汽车站。

肖忠文怀着若然无事、平平静静的心情对刘素华说道："我的画如果卖了，就不要你汇款来了，我会打电话告诉你。旅社的生意还须你继续辛苦，服务员不能随便更换，她们办事还是认真负责的，要尽量放手发挥她们的能动性和主动性，你的工作就会轻松点，当然也要关心和体贴她们的生活。"

"旅社的事我会安排好，你不要担心，要多多保重，出门在外，路途遥远，我照顾不到你，全靠你自己关心你自己。另外，我盼你回来过年，我们的事过了年最好把手续办了，这样双方都有好处。妈妈心里总觉得不踏实，我们也不必避孕，可以放手生孩子。"刘素华道。她千头万绪，重点是没同肖忠文办理结婚手续，心里老是空荡荡的不踏实，因此才这样说。

"生孩子？谁要你这么早生孩子？你今年才二十多岁啊！晚婚晚育，这个道理你都不懂吗，我的计划在五年内不生孩子。办结婚证的事你也别急，总之你要安心经营好旅社的生意，现在全部收入都归你管，难道你还不放心吗？生孩子和办结婚的事，还要过段安安乐乐的日子，不要分散思想和加重精神压力。有孩子的累赘，还办得了什么事业！以后再考虑吧！其实你要轻轻松松安安乐乐地做生意，趁自己风华正茂、年轻力壮的时候赚一笔大钱，这才是你实实在在的事业。有了丰厚的经济以后的日子才好过，到那时再考虑生孩子也不迟啊！"肖忠文脸带微笑地开导刘素华。

"好吧，既然你一切都丢到脑后去，一心为事业，我也没意见，只好照你的办。"刘素华听了他的心里像压了一块石板，哭笑不得，他那进退两可的安排，只好按捺心头的苦，强装笑脸回答他的话。

"那就对了。我在外面也照顾不了你，你也照顾不了我，各有各的事，都要把重心放在事业上，抓住光辉闪耀的宝贵年华创出条路子来，年老了，想创业绩也力不从心，那后悔莫及了，世上没有后悔之药，懂吗？"肖忠文又重新开导刘素华说道。

我现在不是在支持你的创业吗？难道我们的婚事非要待成名成家才办吗？如果到白头之时都未成名成家，那我们就一辈子这样过下去吗？我认为成家立业应两者兼顾。刘素华含着泪想道，你到底要不要我？真不真心地爱我，总是那么敷敷衍衍，毫无果断，究竟他葫芦里在卖什么药？她越想心里越发痛苦，但嘴里不能说出来，只好憋在心里。

"你现在只有几岁？难道三五年内就会显得老态龙钟了吗！丝茅刚出土、太阳刚出山的时候，就考虑更年期了！"肖忠文忍耐住心中的烦恼，因此态度生硬地问道。

"好了好了，验票时间快到了，你还是安安心心去创业吧，家里的事我会处理好，有什么事打电话就是了。"刘素华强装笑脸拉住肖忠文的手柔柔说道。

"这就对了。"肖忠文说着望见大厅正中的电子钟验票时间还有半个小时，心里温酿已久要打电话给沈小燕都未去打，这时他叫刘素华看住行李，说自己到外面去买点车上解渴的水果什么的，就快步走出候车室，到了外面又转了几个弯，在一间小百货门口按通了沈小燕家的电话，接电话的正是沈小燕本人，肖忠文火速告诉她自己，下午 14 点 32 分到向圹，要沈小燕到向圹站接他。沈小燕高兴地答应着。

肖忠文和沈小燕通完电话心里兴奋起来，全身轻松畅快，马上买了两罐八宝粥快步回到候车室。笑着对刘素华说："我们这个地方没什么水果好买的，从东到西我也找不到合适的，只好买了两瓶这个。"

这时候前面的人离开座位开始排队。

"肖老板！你带着夫人去旅游啊！"这时前面一位曾在他旅社住过很长一段时间的老客问道。

"他哪里有心思带我去旅游啊！"刘素华回道。

"我去厦门，不是去旅游。"肖忠文道。

"到前头来。"那人道。

"不了，还是按秩序排队吧。"肖忠文道。

刘素华送肖忠文上了车后，站在车外对肖忠文恋恋不舍地说："到了厦门就打电话给我，要钱就告诉我，我就寄来。要多保重。"此时刘素华也不知道应该说些什么，车开动了，又大声道："等你早点回来。"

车开了，两人挥手告别，直到车出了站，刘素华含着热泪，眼直直地目送远去的车。此刻刘素华的心顿觉空荡荡、冷冰冰的。好似这车拉走了她的心一样，在返回旅社的路上就如丢了魂，没精打采，昏昏沉沉，几次都撞到别人。也不知走了多久才回到旅社，她唯一的安慰就是见到妈妈和旅社的工作人员。

肖忠文伸出头见到刘素华一直向他挥手到看不见为止，心情顿觉惆怅，一股心酸泪水涌上眼眶，她对自己如此痴情，可自己没给她多少爱，想到这里一种沉重负疚感压在心头。真是，自古道：男人有泪不轻弹，为什么我这个男人在感情方面如此软弱！他竭力迫使泪水缩回去，但最终还是无法控制流了出来。他慢慢地静了下来，把心思往别的地方想去。当然他马上就想到没几个小时就要和心爱的小燕见面了，而且是第二次和她妈妈见面，更可喜的是可以欣赏到她爸爸的遗作，学习到更多更深更渊博的艺术知识，机会实在难得啊！

下午一点多，沈小燕她就坐在向圹候车室，只要听到有辆车进站，明知不是肖忠文乘的那辆，也不由自主地站起来望望出口处，时间到了，车进入站内时，她精神一阵紧张，全神注视从车上下来的人群，当一见肖忠文从车门上跳下来时，兴奋地挤开人群靠近栏杆，大声地高喊："忠——文！忠——文！"

"小——燕——！"肖忠文听见喊声，一眼就望见小燕，他赶快跑过去，双手抱住她，小燕接过那捆画，挽着他的胳膊出了站，招呼了一辆的士往市区而去。

罗敏梅自小燕去车站接肖忠文后，怀着喜悦的心情去市场买鱼买肉，糖果、水果、瓜子花生样样都买，一定要丰丰盛盛地招待一番，时钟敲了两下，知道客人马上就要到了，又赶忙泡洗茶杯，她又想了想，是否还缺少什么似的，看看香烟放在台上，本来她就反对青年抽烟的，但为了礼貌，还是预先备好。她也知道搞文艺的人大部分都喜欢茶、烟的。然后又把糖果、花生、瓜子等七项放在果盘上。又把沙发、台子重新抹了一遍，这里看看那里摸摸，认为都基本好了，就出门外望了望。明知客人就是来到大街上，在深巷里不到眼前也看不到，但还是盼着青年能马上出现在她的眼前。因为肖忠文和自己的女儿般般配配的。人才、文才、德才都是全面俱备的。……她不断地猜测着。当她刚一踏进门槛时，就听到沈小燕的喊声："妈！肖忠文来了。"

罗敏梅听见女儿在门外喊道，急忙转身高兴道："好！请进！请进！"

"伯母！你好。"肖忠文把刚才在街上买来的礼物和一束鲜红的玫瑰送到沈小燕手里。他们一番寒暄之后，罗敏梅对肖忠文道："你们的作品被外国画商看中，说明你们的艺术技能有一定水平，我心里有说不出的高兴。小燕要继承父业的决心更大了，也一定有成功的机会，又有小肖你的帮助、支持和鼓励，这真是天时、地利、人和。"她前天就听小燕口口声声称肖忠文样样能干，现在亲眼看见这位小肖才知道她女儿说的没有夸张，的确是清清秀秀，一表人才，从外表看也是待人心肠好，办事有始有终，对人有礼有貌，文质彬彬通情达理的人，如果小燕真的喜欢他，我做妈的也很满意。在绘画艺术方面，待看看他的作品就更可估量几分，因此他忙对小燕道："把小肖的作品拿来让我欣赏欣赏！"

"妈！别急，让他喝喝茶，休息休息再说吧！"小燕一边削苹果一边说。

"好，伯母请指教，您是我们的老前辈，对书画都有很高的造诣。"肖忠文说着站起来，忙把自己带来的画展开很谦虚地说："请伯母指教。"

沈小燕也忙上前道："我也开开眼界，你以前的画，我还没见过呢！"

"啊！你的功底很深，技法熟练，用笔苍劲，佩服佩服！小肖你从事绘画有几年了？"罗敏梅边看画边赞道。

"伯母过奖。我走出学校就自学到现在，也有五六年了。"肖忠文道。

"妈，他还获过省三等奖呢！"沈小燕听到妈妈对他的夸奖心里甜得像灌进一瓶蜜，因此也忙赞道。

"画得好！画得好呀！画得真好！小燕，你瞧，小肖的作品有点像你爸爸的笔调。"罗敏梅笑着说道。

"唔，"沈小燕听到她妈妈的话后，心里暗想：不是吗，我在外商面前称他是学我父亲技法，成绩最好的学生，现在连我妈妈都不否认，看来我说的话一点没错。因此又不断地称赞道："我看也很像学的爸爸的技法。再说人家得了奖的作品当然好啊！其实这些作品都可以获奖，比如《繁忙的山村》《千峰秀》《晚归》《苍松落鹰》等等都很不错，……"沈小燕指指点点，不断称赞，羡慕他的画画得好，最后又征求了她妈妈的看法。

"小肖的自学是很艰苦的，也是很有成效的，我相信名家、专家也不会否认这一点的，难怪外国画商会看中你两人的画。"罗敏梅看了这位年轻的美术爱好者，有如此显著的进步，心里暗暗高兴。再三鼓励地说："小肖很有希望，很有前途，要马不停蹄，两人通力合作，创作出更成功、更高水平的作品来，据你俩现有的基础，你们的写生创作计划一定能成功的。"

"谢谢伯母对我的支持和信任，我一定加把劲，力争取得好成绩来报答伯母，绝不辜负伯母对我的期望。"肖忠文尽情激动地说。在此以前还没有人这样鼓励过他，今天鼓励他的又不是一般的人，而是自己心爱的小燕的妈妈，又是大学教授，能受到她的支持和鼓励、称赞和期望，是具有双重意义的。

特别她提到他和小燕两人通力合作，写生创作活动一定能圆满成功，这两句话时，肖忠文激动得热泪盈眶。她的话中有话，虽然没有直接表示同意自己和小燕的婚事，但也没表示反对。

"你懂得我妈说的意思吗？就是说，要去拼搏，要迎难而进，千万不要满足现状，两万五千里长征才迈开第一步。"沈小燕内心特别高兴，因为肖忠文的画受到她妈妈的好评，人与画，画与人她都绝对的满意，怎么不兴奋呢！她边说边伸出手在他的腰间捏了一下。

"是呀！是呀！知道知道！希望伯母多多批评指正！"肖忠文道。

他们三人边看边说，一个多小时才看完这一百二十幅画。然后肖忠文又拿出孟川涛的十二幅画，并把孟川涛这位"馒头先生"住在他旅社和调往省农科院工作的近况粗略地说了一遍。

"啊！孟川涛，他原来住在你旅社里。"罗敏梅惊奇地说。

肖忠文展开孟川涛的画，沈小燕一瞧很感兴趣地说："欣赏欣赏'馒头先生'的佳作，也让我开开眼界。"

"现在不是'馒头先生'啦！他出版几篇中篇小说，生活有所改善了，目前他正写长篇呢！而且还调往省农科院工作呢。"肖忠文忙说。

"那是好事，他辛苦了几十年，以前的日子是过得很拮据。"罗敏梅边说边认真地看着他的画。又惊道："这幅精工细描的《梅竹图》画得实在细致入微，不呆板，很有神韵，给人一种兴奋的感受，你认真地瞧着它，怒放的花在微风中有微微的抖动之感，雀儿在那雪花飘飘的寒冬里精神抖擞地高歌，打破以往有些画的雀鸟冻得缩成一团，成了半死的鸟，没有一点生气，孟川涛的画，一切都神气活现。这幅作品没有好价钱不能卖。"

"多少钱才可以卖？"肖忠文问道。

"卖给外商的话，少也得上万人民币，如果卖不到这个价钱，干脆卖给我，收藏起来。"

"妈，你舍得花这么高的价钱吗？"

"我愿省吃俭用，也不愿让精品外流。"罗敏梅一贯来珍惜有艺术价值的作品，在她的心里，是以物本身为贵，不是以名为贵，确有不少精品出自无名之手。

"还是拿去，能卖到好价钱就卖，卖不到这个价，就把它带回来啊！"罗敏梅对肖忠文和小燕说道。

"好，我们就照伯母说的办。"然后肖忠文就迫不及待地要求欣赏沈教授和罗敏梅的作品，这是极好的机会，切不可错过，渴望已久的已经就在眼前，小燕说我是学她爸爸技法成绩最好的学生，她妈妈又赞自己的作品有她爸爸笔调，在这以前，连沈教授的作品都未欣赏过，怎谈得上学，更谈不上是他的好学生，他感到非常惭愧。

"小燕，把画卷起来，带小肖上楼去看看你爸爸的作品。时间不早了，我来做晚饭。"罗敏梅说着进厨房去了。

"好好好。他就交给我，由我来安排了。"沈小燕说着向肖忠文调皮地笑了笑。

"走，带我去欣赏沈伯伯的佳作。"肖忠文道。

"好！请！"沈小燕随即拉起肖忠文的手往楼上走去。刚上几级阶梯，肖忠文忍不住把娇小玲珑的沈小燕抱了起来，边上楼边低头亲吻，还不断地道："想死我了！"

"放下，放下，妈妈看见了多难为情！"沈小燕道。然后忍不住又咯咯咯地笑起来，当肖忠文轻轻往下放时她又软软地赖着不站起来，反而双手吊在他的脖子上。肖忠文又重新把她紧紧地抱在怀里。

"好，到了，放下我。"

肖忠文放下沈小燕又亲吻了一阵，沈小燕开了画室的门，拉着肖忠文进了画厅。肖忠文随沈小燕来到三楼画厅。

"哇！这么宽敞，真是展厅啊！"肖忠文一踏进门见这种场面，就惊讶地说道。

"这个厅长三十米，宽十二米，三百六十平方米，中间有这三间是用屏风隔开的小室，这样就可以多布些作品，南面是我爸爸的，东面是装裱室，中间是会客室，先看看大厅里的作品吧！"沈小燕搂着肖忠文的腰一一介绍说道。

"好，我来慢慢欣赏。"肖忠文认认真真地一幅幅欣赏着墙上、屏风上的每一幅书画和金石印鉴等作品，他每走到一幅作品前都全神贯注，久久舍不得离开，他心里暗暗兴奋，但也甚感惭愧，因为自己的水平和沈教授是天壤之别，当然她母女的话是对自己的鞭策，因此暗暗下决心好好地学习沈教授技艺。其中也有罗敏梅的书法作品，沈教授的早期作品并不多，"文革"后的只有十多幅，总共不到三十幅。当忠文走到一间屏风内，里面有十余幅是沈小燕的作品，山水居多，其余是花鸟、人物、静物和书法，另外还有摄影作品等。肖忠文如身至艺术殿堂，深有感触地说："这里简直是一座艺术宝库。"

"不少的人看后都这样说，真的艺术精品都陆续献给了国家，只有少量的挂在这里。"沈小燕笑了笑说道。

"带出来的又成为带小鸡的母鸡和一鸣惊人的公鸡了，是吗？"肖忠文风趣地说道。

"哈哈哈！就是没有公鸡，要么就是你这只大公鸡了。"沈小燕大笑着道。

然后沈小燕又带着肖忠文来到西室的陶瓷艺术作品室，这是一间二十多平方米房子，陈列着百件沈教授的瓷器精品；大花瓶一对，一面画的《富贵花开》，即是国色天香的牡丹，作画时间为一九五五年。中小花瓶十多对，以山水居多，还有瓷砖组画《长城》一幅，瓷盘画有几十件，还有几套画面复杂、细嫩、精巧的花鸟、山水等的餐具、茶具、酒具等。

肖忠文看那对大花瓶猜测道："洛德麦克说现在陈放在他公司办公室的镇世之宝，很可能是同期之作之精品。"

"是啊！这次就问问洛德麦克，是否知道年代，如果是，那一年就是'姐妹兄弟'了。"

沈小燕又带肖忠文步入当年沈天泉教授作画的画室，这间画室长 12 米。宽 5 米，有两只四开的大玻璃窗，右边有一座放有几百部美术教科资料和有中外名家美术论著、陶瓷美术、设计教科书及沈教授的论文专著的书柜。右边架上放着各种成刀的宣纸、绢和装裱材料。房子中间一张长 3 米、宽 1.5 米的画桌，上面放只雕刻精美的龙凤笔架和一池大龙凤砚。笔架分三层，共挂有各式毛笔四五十支，紧靠砚边有十个盛清水和调颜料的瓷缸瓷盘。正中墙上挂着铜质浮花相架，银镶着沈教授生前的全身像。

罗敏梅在厨房里用她年轻时学就的一套烹饪技术，怀着兴奋的心情精心配制了八菜一汤。她在厨房里一边做饭菜，一边乐滋滋地想着心事：当肖忠文一进门时见他人才和外表就心情开朗，再看他作品，那就使她一千个说不完的满意，一万个道不尽的喜欢，这位完全可做未来的女婿，又是沈氏的艺术接班人和继承人。近年来她一直为女儿物色和盼望能有一位心满意足、十全十美、善良可靠又要具备有一定绘画水平的人选，一直没有如意，如果有缘，今天终于盼到了，这是小燕和沈家的福分。她一边想一边把一个个做好的菜摆到桌上，放好碗杯汤匙，一切就绪后，上到二楼向三楼大声喊道："小燕、小肖，吃饭啦！"

沈小燕马上拉起肖忠文的手下了楼。

肖忠文见桌上放着满满的八菜一汤，就惊奇地问沈小燕道："这些菜都是伯母做的？"

"是的，我妈会做很多好吃的菜呢！"小燕有些得意地回道。

"伯母的手艺真高，真是样样皆能。"肖忠文正说话间罗敏梅从厨房里出来，见他们仍站在那里，就招呼道："小肖，没什么菜招待你，保姆又回家去了，只好我这个笨手笨脚的自己动手随便弄几个菜。"

"伯母太客气了，我是来学习的学生，何必把我当客待。"肖忠文激动地说道。

"我是把你当自己人，所以才这么简简单单吃餐普通饭。小燕，还站着做啥！还不招呼小肖坐下吃饭！"罗敏梅道。

"对对对！"沈小燕说着忙拉肖忠文到自己身边坐下，然后提起南昌啤酒开了盖，倒了三杯，先一杯给她妈妈，然后端一杯给肖忠文。

"你要先给小肖，他是客人，先宾后主！"

"小燕做得对，应该先敬伯母，伯母是长辈。"肖忠文道。

"你说的也对。我妈说的更对。来，欢迎忠文来我家，为我们的事业成功，干杯！"沈小燕举杯。三人碰杯。

"祝伯母健康长寿！祝小燕青春永驻！"肖忠文道。

"好！祝你们事业辉煌，拼搏进取、勇敢攀登艺术高峰，在改革开放的洪流中奋勇前进！"罗敏梅说完对小燕道："你带着小肖吃菜。小肖，别客气。说了这么客套话，要像在自己家里一样随便，喜欢吃什么就吃什么！"

"对，我们从来不向客人敬菜的，要像在餐馆一样，你不是喜欢吃白斩鸡吗，而且最喜欢翅膀，吃啊！"沈小燕边说边夹起一块鸡翅送到肖忠文碗里，然后又夹起一块鸡胸肉放到她妈碗里。

肖忠文从小养成了那种斯斯文文的习惯，不论走到哪里都是很注重礼貌，从来不粗鲁不俗气，就坐姿来说也是端端正正的，夹菜也是就近弃远，不把筷子伸向对面，肚子再饿，到了桌前就能控制自己，不会露出狼吞虎咽那种饿鬼相来，始终保持一副文质彬彬的书生相。

他们边吃边谈论当前改革开放后对文学艺术的变革和受到西方文化冲击和影响。

"据此次外国画商传来的信息可以知道，传统中国画在世界画坛中占着极其重要的地位，任何画派都无法取代，也根本不可能取代中国画独特的民族艺术风格，我们中华民族的炎黄子孙，会永远高举这面旗帜，前进！

"是啊！伯母，确实也如此，洛德麦克的艺术商场里的中国画部，前几年购进了不少西化变种中国画，销路大滞，只有少量的传统中国画，被抢购一空，他这些话里就充分地说明了，有浓厚传统技法的中国画在世界画坛中占重要地位。我们务必全力以赴、冲破难关，保持和维护具有中华民族气韵的中国传统技法画风。"肖忠文激昂地说道。

在席间，罗敏梅还教诲他们青年人处处要注意自己的形象，遵守公共秩序，要树立和发扬共产主义风格，做一名遵规守法的优秀公民。在开放的时代里，形形色色的行为都会出现，要学会分析事物本质和具有识别能力。

"伯母的教诲，是对我们年轻人的关怀和爱护。"肖忠文深有感触地道。

"你们毕竟年轻，对社会涉及不深，经验不足，而且你们在外行动的涉及面很广，免不了会遇到形形色色、五花八门的人和事，万一出现了什么意外，头脑要冷静，自己解决不了的要找政府，找到公安部门就没错。在这里提一提有好处的。"罗敏梅说。

晚餐散席后，罗敏梅吩咐女儿沈小燕送肖忠文上楼休息。她自己也回房休息去了。

沈小燕见妈离去，餐厅里只有她和肖忠文在，她就拉起肖忠文上二楼客房去了。

肖忠文进到客房后笑笑地问："小燕，你的闺房呢？"

"就在东边，到我房里去看看吧！"沈小燕拉着肖忠文的手进了自己的卧室。

"唔！你的闺房就如一间小书画厅。又好似书斋，哪里像姑娘的卧室。"肖忠文见她的房内挂满了她的书画作品，书架和台上也堆满了各种书籍，因此惊奇地说道。

"你形容得过分了吧，不过我喜欢这样，你看在我的房子里找不到化妆品吧。"沈小燕道。

"不过你用的化妆品是心灵深处的，不是表面的，这种化妆品的价值比任何化妆品的都高得无法比。"肖忠文风趣地说道。

第二天，因下午三点才有南昌至厦门的火车，罗敏梅提议让女儿小燕陪肖忠文去游一趟八一广场、八一公园，参观一下八一起义纪念馆等。下午肖忠文依依不舍地告别了罗敏梅和风景优美的南昌市，和沈小燕双双踏上了开往厦门的 587 次列车。

正是：

> 人心不足比天高，
> 二女情深绪双娇。
> 各有千秋难舍弃，
> 两情牵住何时了。

第十二章

再次交易

　　第二年春天，肖忠文又把五万元给梅竹村书记李正松买苗木和化肥，并叮嘱要尽量用有机肥和收集农家肥，农药也可采用中草药熬制，不要把良好的自然条件污染了，千万要保护好绿水青山，才能肥育出绿色的食品。

　　李正雄收到款后心中有多高兴不用说了，他收到款安排好后，心想：我是共产党员，不能让肖忠文做好事支持我们贫困农村，发展多种经营走改革致富路的先进事迹埋没掉，一定要向上级反映，使其先进事迹继续发扬下去。

　　李正雄向乡党委刚调来的年轻书记王光辉同志作了全面的汇报，王书记听了汇报之后，立即叫乡长随他赶往梅竹。他调来桃源乡后没几天，去梅竹村是第一次下村，乡长任期五年还只去过一次梅竹村。他爬山越岭走了四五个小时，多累就不用说了，当王书记走到古松坳时，抬头一看，心中暗想：好风景，多美啊！乡长可不一样，气喘吁吁地往石头上坐着说道："王书记，你看这穷山恶水，谁敢来这里搞什么投资，那个肖忠文是个青年人，不知深浅……李书记走好运啊！"

　　"不对不对！我看这位青年可不一般，很有远见，他办的事正符合党中央改革开放，发展农村多种经营的方针政策，我们应该大力支持和鼓励，把他那种精神大力宣传和发扬下去，有钱出钱，有力出力，不怕穷，穷则思变，我相信贫困山区不久就会改变面貌，走向富裕，如一张白纸可以画美丽的图画。"

　　王书记没有坐下休息，还是远眺梅竹的山山岭岭，嘴里不断发出"好啊，多美"的赞叹声。他来到村什么都不看，首先要看的是肖忠文捐款的四个项目。当他来到果园时，见一片整整齐齐种植带，刚种上的柑橘苗木也是有强烈的生命力；接着又赶到茶叶园，刚出土的茶叶幼苗也健壮；五十头初见规模的养猪场；特别是看到刘山凤的根雕艺术品时，看了又看，久久不想离开。"好！

好啊，利用山区被人看不起的杂木根，经精雕细刻做出了艺术产品确实是一条生财之道……"

王光辉回到乡政府时反复地梳理了一次梅竹村的四个项目和村里山山水水及自然风景和层层叠叠的梯田等，都是一些待开发的好项目。他又打电话给李正雄，要肖忠文的详细地址和联系电话，准备明天一上班的第一件事就要联系到肖忠文，第二件写一份报告到县委、县政府，对梅竹村如何开发及肖忠文支持该村发展农副产业的事进行汇报。

第二天，王光辉书记按照李正雄提供的电话，拨通了肖忠文住在厦门民政招待所的电话，这时招待所的值班人员说他外出写生刚走，可能要到中午吃饭时才会回来。然后又拨通了"春晖旅社"的电话，接电话的李小翠告诉说肖老板到厦门去了，什么时候回来不知道。晚上，王书记又拨打了厦门民政局招待所的电话，正好肖忠文从门口进来，值班员叫他接了电话，肖忠文在电话听梅竹那个乡政府王书记打来谈到，自己对梅竹村发展多种经营的大力支持，他代表全村人民表示感谢，最后王书记要尽早和他见面，互相交谈对梅竹发展的蓝图。肖忠文表示感谢王书记看得起自己……

肖忠文和沈小燕在房里认真讨论了王书记在电话说的内容，说我们是好青年，能积极响应党和政府的号召，大力支援农业现代化而贡献力量。沈小燕说："这是你的功劳，我沾不到边，我只和你来画画，给你做个伴和相互学习、取长补短而已。"

几天后肖忠文按照王书记预约的时间和沈小燕一同到了桃源乡。李正雄早早就在王书记办公室里等候他俩的到来。

王书记很热情地把肖忠文、沈小燕接到自己的办公室里，泡了茶，递过烟后，王书记见肖忠文很有礼貌，一副文质彬彬、相貌堂堂的俊后生，有如此深厚的文化和艺术，广阔的思维境界，实在是现代青年的榜样，实感敬佩。

肖忠文把自己的家庭和本人在读初中时就爱好画画，经过多年的努力和结识这位中国著名画家沈天泉教授的女儿沈小燕后，更进一步学习和掌握了中国画的传统技法，在一年多的时间里画了近百余幅较成功的作品，而且通过老乡的介绍卖了三十多幅给外国画商，要把这些钱为贫困农村做点好事……。简简单单地向王书记做了一番介绍。还把第一次来梅竹的感受说了一番：美丽的青山绿水、古松古柏、流泉飞瀑、石径古道、层层梯田、翠竹红梅……。完全可以发展开发成旅游度假村（区），想通过自己的画卷向外界做宣传，使政府重视。此时肖忠文把《梅竹远眺》画展现在眼前。在场的人围拢看了都赞不绝口。李正雄惊道："画得真好，很真实，真把我们梅竹的魂都收入了画中。"

王书记要肖忠文画一幅大的挂在乡会议室，"要多少钱，你说个价。"肖忠文高兴地答应不要钱，赠送一幅，并将现在这幅送给王书记本人。

他们谈远景，谈规划，谈党和政府对农村发展的支持，农村想致富必须要修路，要致富先修路，像梅竹村必须要修公路，只要通了公路，农副产品方能出得去，农民摘掉贫穷的帽子才能致富。

第二天一大早，乡政府干部在王书记的带领下十余人到梅竹村视察，到了梅竹后肖忠文见自己捐款的四个项目都初见成效，心里也非常高兴，下定决心要更上一层楼，努力挖掘中国画的传统技法，在绘画艺术上取得更大的成效，卖更多的画，换取更多的金钱支持穷困农民发展多种经营，使农民走上富裕的小康路。

党和政府对肖忠文的优良、进步、远大、宽广给予了较好的评价，更进一步鼓舞了肖忠文走自学成才之路和尽力支持梅竹贫困农村走向富裕。

肖忠文和沈小燕离开梅竹返回厦门后第一件要办的大事，就是火速给洛德麦克先生拨电话，告诉他画已带到厦门。洛德麦克接到电话后异常高兴，叫他俩明天八点半把画带来鹭江宾馆他住的房里，并在电话里表示能见到沈老先生的画很高兴，并祝交易成功、愉快。

肖忠文和沈小燕听了也非常兴奋，今天可以有充足的时间好好地打理和好好休息，等待明天在交易中获得可喜的经济收获。

明天是九月二十二日，肖忠文自个儿盘算着，交了画还有一星期就是十月一日国庆节，可以和沈小燕去首都北京旅游一次，长这么大因经济条件不允许，自己连首都也没去过，他想总有那么一天，如今已经一切都具备了，现在不去何时去？作为一名胸怀大志的美术爱好者更应该去首都见识见识，那是国家政治、经济、文化、科教、交通的中心，国家的心脏，国家的象征。北京不但有个亚运村，而且有个文化村，聚集着来自全国各地的文化艺术人才。在那里可以大开眼界，互相学习取长补短，到文化村去看看定是良益多多。因此他把自己的想法告诉身边正在洗衣服的沈小燕，她听了欣喜若狂，因为她也没去过北京，北京是人人向往的地方，听肖忠文一说，高兴得跳起来，立即跑过去，也忘了双手沾满了白白的洗衣粉泡沫，就猛然抱住肖忠文大笑道："好极了！好极了！你这个想法我赞成，哈哈哈！"

"看你，高兴得像什么样子，我刚换的衣服也得脱下来洗了。"

"没关系，没关系，脱下来就是了。"沈小燕笑看他脱下沾满泡沫的上衣：

"哈哈哈，只想着上北京啰，对不起呀，这是我自找麻烦，反正你没事，嘿嘿嘿！"

第二天八点半，肖忠文和沈小燕带着画来到鹭江宾馆门前，张辛梅早已候在那里，她见他们来了，高兴地迎上去彬彬有礼地说："肖先生、沈小姐，你们早！麦克先生正在房里等候你们，请上！"

"张小姐好！""谢谢！"

三人乘电梯来到了洛德麦克先生的住房门口。张辛梅轻轻地敲了几下门，门开了，洛德麦克笑容可掬地说："沈小姐，肖先生，请进！"

"麦克先生你好！"肖忠文和沈小燕也彬彬有礼地回道，然后进了房。

张辛梅惯例地泡茶，拿水果等放在茶几上招待他俩。

肖忠文把一大捆画递给麦克先生，说："请过目！"

洛德麦克满怀希望地、急切地展开画，迫不及待地能见到沈教授的作品，他一张张地看落款，把沈小燕、肖忠文、孟川涛三人的画放到一边，选了沈天泉、罗敏梅的字和画认真细致地看了起来。沈天泉作于1958年的《滕王阁》，1960年作的《黄洋界日出》和1956年作的《松鹤延年》，罗敏梅的书法《龙》《丹心照日月》《世界和平》《赤诚》四帧放在一边。然后又一幅一幅反复细细地、认认真真地看作画的年代，如鉴别古画一般左看右看、倒着反面看，平放又看了看，靠近看，离开远一点看，肉眼看了又拿来百倍以上的放大镜再看，一幅作品都要如此重复好几次，有的要花上一个钟头，光这沈教授的三幅作品就花了两个小时，直到中午十二点还没定下来，也一直没说上一句满意或不满意的话，始终是那么机械、呆板地反复看。室内凝聚着静静的气氛。

肖忠文和沈小燕起初还站在洛德麦克身边观察他的表情，两个小时还未见麦克有任何表态，他俩脚都站累了，仍然如此，只好坐到沙发里慢条斯理地削起苹果吃着，耐心而又焦急地消磨时间。眼看上午就过去了，房子里还是一片沉默，只听到麦克翻动纸张发出沙沙声，张辛梅坐在一旁默默地看小说，对她来说也确是无话可说的，只好埋头等待吩咐。

肖忠文见他看了半天还没定下一幅画，心里有些急躁，这是名家大作，还这样挑来择去，好似在鸡蛋里挑骨头，那么我和小燕三人的作品又要怎样挑了呢？不要说更仔细，就照这样下去一百多幅画，不是要花上十天半个月。这位麦克变卦了，第一次买我们的画表现很畅快、利索，不到半个钟头就选出了二十多幅画。今天他的反常举动不知出自何因？不管你葫芦里卖什么药，我们绝不会上你的当，你想买就买，如果你麦克要什么诡计捉弄我们，你就打错了算盘。肖忠文实在看不下去了，忍着一肚子闷气，拉长了脸，几度想发问，仍然理智地克制自己，但又实在难于再忍下去了，到了非说不可的时候了，他平静了一会，保持平常那种很有礼貌的口气道："洛德麦克先生，这些作品绝对是真迹，你如果有诚意的话，就不必怀疑了。"

"洛德麦克先生，这些作品是我父亲、母亲亲笔所作，本来可以卖给国内的收藏家，或者献给我的国家。我母亲不同意拿来卖的，只是前几天夜里你特意派张小姐来吩咐说愿出高价买我父亲的作品，为了满足你的心愿，在我妈妈没完全答应的情况下，才把这几幅作品带来了，谁料到先生对我父母的名作并不感兴趣，如果这样，价钱再高也不卖了。"等得不耐烦的沈小燕接住肖忠文的话带点气愤地说道。

"沈小姐、肖先生，别误会，别误会，对沈先生的作品我没有半点疑虑，当然也少不了鉴别，不但画得鉴别，就纸张也得鉴别，这几幅作品的纸是一九五四年造的，这幅就是五七年造的，罗女士的四帧书法的纸都是一九六三年出品的。现在我基本确认纸的制造与画作落款年代完全符合。如果现在仿制的伪品，肯定是落款年月在先，造纸年代在后。比方清代乾隆某年的落款画，纸质是一九三八年造的，不要看画，就知道百分之百是伪品了。作为一个艺术商人来说，对艺术作品绝不可有半点马虎，这也是我肩负的应有的责任，也是艺术商人必备的最基本的条件——认真。请二位再等等，让我估算出适当的价值，张小姐请你招呼客人。"洛德麦克解释道。

"好吧，先生竟然如此认真，我们只好等待。"肖忠文听了洛德麦克的鉴别结论真是无比的惊奇和佩服，心想：厉害厉害，哪年造的纸不用化验，不用仪测，凭自己的肉眼就一目了然，这可能是经过几十年的千锤百炼取得的经验，这样厉害的画商在世界上可能也没有几位呢！但肖忠文只是暗暗在思考，仍然不显山露水，保持平静的心境。

沈小燕心里也暗吃惊，认为这位画商确实了不起，敬佩敬佩，但口头上仍然毫不稀奇地说："相信先生不会是在捉弄我们吧！"

"两位别误会，用不了多少时间，我们就可以成交了，请再休息一会吧。"洛德麦克心平气和地说。

"好吧，先生既然如此，我们只好真诚地耐心地等待你的答复吧！"沈小燕笑了笑道。

"这就对了，这就对了……"洛德麦克一边按部就班地进行认真的估价，一边说道。

洛德麦克经过十几次轮番考究，细细鉴别后，对沈天泉于一九五八年作的《滕王阁》等三幅作品，心底是很满意的，初步估价每幅不低于二十万元人民币。至于罗敏梅的三帧书法，每帧不超过一万五千元人民币。洛德麦克把他的估价说给沈小燕听。

沈小燕听了，认为他的估价太低，不敢做主成交。因此道："我还得回去问问我母亲。"

"沈小姐真会开玩笑，你是作者的直接代理人，完全有权做主。"洛德麦克道。

"但是先生说的这个价我就无权做主了，特别是父亲的三幅作品的价确实是悬殊太大了。"沈小燕道。

洛德麦克听了沈小燕的话，意识到要过于便宜买到沈教授的作品是办不到了，如果没有买到他的画，就没完成老总交给自己的使命，回去交不了差。为了不让嘴边这块肥肉失掉，只好赶忙转弯道："刚才我说的是初步价，沈小姐还未说你的要价，请你说个价吧！"

"这还差不多，我的要价是各幅分开。《滕王阁》四十万，《黄洋界观日出》八十万，《松鹤延年》三十五万。书法《龙》二万五千元，《丹心照日月》五万，《世界和平》三万，《赤诚》三万。我这个价不是无根据的信口开河，是按国内画商亲自到我家购画时开的价，这价也不是我们主人开的。是其他购画者们早就开的价。当时我妈不管多少钱都不卖，所以才留到现在拿来卖给你，否则就不知在何人手里了。作品摆在先生的面前，而你是一位经验丰富的鉴赏家，又是艺术商专家，作品的价值你不是不知道的。艺术品的价是无法估计的，有的是价值连城的。现在是把它作为商品来议价，麦克先生，你是清清楚楚的。"沈小燕在客厅里踱着步子慢条斯理地说道。

洛德麦克听了她的话，不觉暗暗吃惊，对眼下这两位年轻人的经历不敢低估，因此只好说："沈小姐说得有理。我本身是个商人，所以只能按商品来论价，但也要根据作品艺术水平的高低。说直白一点商品质量、书画艺术水平的高低，也就等于质量的好坏，所以艺术还是放在第一位，根据这一准则再估出它的价值。我一贯是如此，从不马虎。"洛德麦克嘴里是这样说，但心里又暗暗地认为，这位年轻的中国姑娘，从表面上看来是涉世不深，思想单纯，但从她的话中并不如此，难于在她手里争得多少便宜。但也发现了他们的弱点，没有耐性，性情急躁。本来按从他们的弱点中捞油水，用拉皮筋的手法，一拖再拖不给出确切的答复，使他们随便拍板，能便宜购得，现在看来行不通了。

"先生，你的艺术观和质量观是很强无疑的，那你对沈教授夫妻的作品质量和艺术水平是怎样评价的？"肖忠文站起来问道。

洛德麦克呆了一会笑着说："当然不错。否则我来中国为什么只想购到沈先生的作品呢？"

"好，敬请落价吧！"肖忠文顺着他的意思，急切地很有礼貌道。他完全掌握了麦克的思想动态，他是要在我们青年面前买到便宜的极品，所以一拖再拖，拖吧，我们就不便宜松手。

"如果沈小姐能再优惠点，我就不需到广州去取款了，这里就可以付清。"洛德麦克先生道。

"好，再优惠十万，不行的话我们只好等待麦克先生从广州提款回来再说。"沈小燕心中有了底细，回道。

"这个数目也并不小啊！"洛德麦克稍带惊讶道。

"这个数目对你来说是九牛一毛。好吧，先生有诚意就请成交吧。"肖忠文道。

"对。先成交这七件作品，我们的放在后面吧。"沈小燕道。

"好吧，这七幅作品就定数了，你们的作品也让我看一遍。"洛德麦克说道。

"行！请！"肖忠文站起来很有礼貌地道。

洛德麦克肚子饿不饿他自己才知道，也可能往往为了做成一笔生意而废寝忘食吧。肖忠文和沈小燕早就肚子饿了，幸好茶几上放有苹果、香蕉，眼看也被他俩吃个差不多了，总算有一半的结果，肚皮官司也暂时平息下来。

洛德麦克兴趣正浓地看着他们的画。

肖忠文心想：说不定麦克会多选几幅自己的画，不管价钱多少，只要能全部卖掉，回去还可以再画，今后画的肯定会比现在卖得更好，要画的已经画下了，因此他轻轻地拉了一下小燕，轻轻说道："多少钱都卖。"

"是。"沈小燕会意地点着头，然后上前看着麦克翻看自己的画。

麦克正在看沈小燕的画，已有三分之二放到一边，然后把那三分之一的小心翼翼地卷起来，其余的又叠在一旁。沈小燕心里在猜测，两份之中总有一份他是要的，究竟要多的还是要少的，还得待下一步。只见麦克又打开肖忠文的画，他同样一幅幅地目扫而过，只要眼光在在画面上稍停一会，这画就放到一边，一百二十幅画只用了半小时，这种速度和翻书差不多，可出乎肖忠文的意料，他竟能把自己早认为差不多的画也选择到一边，麦克先生对中国画有如此高的评审和鉴赏能力，实在使肖忠文佩服得五体投地。

别看洛德麦克速度之快，其实对重点作品已经做到了一丝不苟的程度。看完肖忠文的画后，又展开孟川涛的十二幅画，只见他的脸色显出一丝不易察觉的喜悦，眼神带着几分惊讶。这种变化对善察人意的沈小燕是非常清楚和明白的，她不由自主地对肖忠文送去一份微笑，同时用眼神告诉他：麦克喜欢"馒头先生"的画了。肖忠文对她神秘的暗示有点似懂非懂，仍然默默地注视着麦克先生看画，没有半点反应。

洛德麦克看了孟川涛的十二幅作品，他发现这些画有特殊的风味，精心描绘出浓厚的中国乡土气味，但乡土又不土，看上去使人觉得玲珑八面、芬芳四溢的新鲜，使人特别舒服，有千磨百炼的功力，不折不扣的描绘，诗一般的意境使人心旷神怡，这种手法真有点像乡土姑娘穿上洋服装一样。他一连看了几幅之后就按压不住心头的喜悦，抬头转身问沈小燕："请问，这位画家也是沈先生的学生吗？"

"对，他是早期的学生。"沈小燕连忙点头道。

"先生，你认为孟川涛先生的作品如何？"肖忠文紧接着问。

"不错，孟先生的作品有其独特的风格，是别树一帜的，可惜土气味太浓了点。"洛德麦克毕竟是商人，说话和行动无不是从赚钱出发，十全十美的也只说个六七成，所以他的最后一句话要套一点不足之处，这样才有理由扣其水分。

对涉世不深的沈小燕和肖忠文来说，也只好任其自然，点点头默认了。

"先生，你喜欢这种风格的画吗？"沈小燕问道。

"当然喜欢，但又怎么说呢，艺术品，不是一个人说了算，我喜欢的不一定别人也喜欢，各有各的欣赏水平和爱好。我是商人，要顾客喜欢的大众化作品更好，当然普普通通的作品价廉，购来也无妨，以前我没买过孟先生那样的作品，可以买回去试试。"洛德麦克不紧不慢地说道。

"先生，你认为这画能值多少钱？"肖忠文问。

"别急，即便孟先生不在，我都会做个合理的价格，使你俩回去好向作者交代。"洛德麦克放下手中的画显出对作者极负责的态度说道。

"对对对，我们相信先生会做出合理的价格来。"沈小燕道。

"请放心，我们不只这一次的生意，今后还要长期交朋友，我真诚希望今后能在你们的帮助下买到更多有价值的书画作品，我看时间不早了，我们的交易下午再进行吧，画放在这里，到时候再做决定。"洛德麦克说道。

"先生，大家克服一下，现在都快两点了，没有必要留到下午，接着把事办完吧！"肖忠文怕中了他的圈套，万一他把画全部捞走，报案也要一番周折，事情就麻烦了，所以不同意他的意见。

"对，事情很简单了，还是你认为合适的就说个价，再根据我们的意见上下调一调，不就定下了么，实在没有必要留到下午来成交。"沈小燕当然明白肖忠文的意思，因此未待洛德麦克回答，紧接着说道。

"好吧，只好听两位的意见不休息了。张小姐拿水果招待客人。"洛德麦克道。然后拿了记录本。

洛德麦克先生把各人的作品一一计了价，结了总计一百七十万九千二百元的款给了沈小燕。

张辛梅又拿出一盘苹果放在茶几上，并调了咖啡，这时肖忠文和沈小燕除了喝几口咖啡之处，什么也不想吃，只是等待交易。张辛梅心想：上次只有四五万的成交额，老乡都给了她二千元中介费，今天一百多万的成交额，最少也有一两万元的劳心费，因此她心里喜滋滋的，笑逐颜开地，忍不住内心的欢乐，跳起来拍手笑道："祝贺你们的胜利成交，你们要请我的客啰！"

"谢谢张小姐，下午我们请客。"肖忠文高兴地说。

"啊！我真的差点把张小姐给忘了，因为几个小时都没听到你的声音了，请原谅，我把精力都倾注到画上了，所以冷落了张小姐，结完账好好请你和两位画家吃喝一顿。"洛德麦克道。

"行！没事没事！"张辛梅捂住乐得要笑出声的嘴巴，向沈小燕做了个鬼脸。

时针正指着下午三点，洛德麦克提着密码箱，和沈小燕、肖忠文、张辛梅一齐来到宾馆的办事处，把美金兑换成人民币给肖忠文，互相办理了手续后，洛德麦克高兴恳切地邀请他们三人一同进宾馆的西餐厅。

肖忠文和沈小燕长这么大，还是第一次吃西餐，见桌上摆的刀刀叉叉盘盘碟碟，心里有些愕然。幸好张辛梅吃过不少西餐。食品上来后，最先动刀叉的就是张辛梅，她慢慢地做出动作给他俩看，只要她轻轻一点，当然他俩就利利索索，不会在老外面前出丑，不到几个动作，两人就熟练得如西餐厅的常客一样。

现在不谈沈小燕和肖忠文卖了画后的心情如何，先看看洛德麦克把张辛梅请上房间的一幕吧。

洛德麦克心满意足，得意扬扬地对张辛梅说："你知道我今天又做了一笔大生意吗？"

"一百多万呢，当然是大生意！不过在先生心目中就算不了什么。"张辛梅心中也理解一点，别说他们三人的一百多幅画，光沈天泉教授夫妻的书画他带回国去，起码也能赚好几百万，没有成倍成倍的，他不会远涉重洋来我国买画的。

"张小姐，你知不知道我为什么不全部买下他们的画？"洛德麦克显出一副神秘的面孔对张辛梅说道。

"你问我，我还没问你呢，他们的画不好吗？本来要全部买下才对。"张辛梅这样说完全是出自对老乡之情为目的。

"亲爱的张小姐，这个你就不懂了，对沈、肖的画本来我一幅都不买，专买沈先生的作品，想来还是不对，如果不买点，有可能沈天泉的作品一幅都买不到。我的本意就是买到沈先生的作品，买他俩的作品是为了开路，就是买了也当一般的商品出售，或者送送朋友。"麦克诡秘地道。

"啊！原来如此，那你就送两幅给我行不行？"张辛梅听了，恍然大悟，但又有些吃惊，这个外商也是奸猾之人。

"送两幅给你，哈哈哈！"

"怎么？不舍得，看你还是位赫赫有名的英国皇家艺术商场的大老板，连送两幅只值三百美元的画给中国姑娘都不肯，你说小气不小气呢？这个不说，说说这次生意不是我给你牵线搭桥，你能碰上这样的好事么，你不肯，我不要，但你付给我中介费。"张辛梅正正经经毫不客气地说。

"中介费！我当然会考虑，不过你还要继续设法给我搞到沈教授的画，我估计他家里还有不少，原因是他的夫人懂得艺术的价值，不会轻易卖掉。"洛德麦克微笑着道。

"为什么只买沈教授的画，其他名家的就不买？"张辛梅奇怪地问道。

"当然要以沈先生的为主，其他名家的也要，原因是这是我公司总裁的使命，……"

前两月的一天，公司总裁把洛德麦克叫到办公室，满脸笑意地说："你在公司里已干了三十多年了，全世界一百多个国家和地区都留有你的脚印，为公司采购了成千上万件价值连城的书画和文物，给公司带来了美好的前景，立下了汗马功劳，现在还有一项极其艰巨和复杂的任务需要你去完成，本来你应该在公司里好好地休息的，可是这个任务非你去不可，也只有你才能完成。"

"中国大陆你是很熟悉的，你看看身后那对中国景德镇产的大花瓶，是你在五八年从中国买进的，还有对面墙上那幅《鹰击长空》……"

"你的意思是要我去中国景德镇买大花瓶？"

"不！我是要你去买画花瓶那位画的画。你看这画是谁画的？"总裁笑着道。

洛德麦克自然起身去看花瓶里《花开富贵》和《鹰击长空》的作者，都是沈天泉，所以回道："沈天泉。"

"没错，你马上起程飞往广州，无论如何都要设法找到沈天泉的作品，先

257

在民间着手，没办法的时候再找中国艺术界，民间价钱可能更便宜。"总裁严肃道。

洛德麦克想：花瓶是在景德镇买的，作者一定还在那里，到景德镇哪有找不到的道理，因此他说道："没问题，按照花瓶产地我去一定能找到。"

"可能没这么简单啰。"总裁说完站起来在办公室里慢慢地踱着步子。

"总裁，他的作品对我们有这么重要吗？"洛德麦克不解地问。

"近来有很多巨商愿出百万美金买他的画，你看墙上挂的两幅有人出五百万美金，我哪能卖掉，只答应过段时间再说。现在还有两位巨富预付了二千万美金放在公司里，这就可想而知他的作品的价值了。如果在四五十万美金一幅能够购进的话，我可如偿奖励你。"总裁洋洋得意地笑着道。

洛德麦克一到广州就迫不及待地通过邮电部门，和景德镇有关单位取得了电话联系。可是对方称没有沈天泉这个人，其实接电话的是位三十多岁办公室主任，沈天泉去世时他还是个七八岁的一年级小学生，当然他不了解。洛德麦克又去广州美术馆和省美术馆及美协等单位了解，也没有了解到沈天泉和他的作品，只听美术界一位人士说厦门好像有这么一位画家，因此他就匆匆来到厦门，一打听得知鼓浪屿有所工艺美术学校，所以就下榻鹭江宾馆，当他走在海滨公园览胜时，正好遇上了张辛梅。她见他一人在东张西望，估计是第一次来厦门的，她就上前用英语和他交谈，在谈话中洛德麦克说要找一位姓沈的画家，他的话一出口，张辛梅就敏捷地联想到前天晚上那位老乡沈小燕说她父亲就是位有名的画家，因此她说："我可以帮你找到那位有名的画家，不过今天你得请我当导游到鼓浪屿玩一天。"洛德麦克听了万分高兴满口答应了她的要求，结果这条路一走就对了，今天竟顺顺利利地廉价买到了他的作品，真是天助我也，张小姐这姑娘有功劳，要好好地招待她一番，而且还要继续利用她，捞取更多更好的作品。

洛德麦克想到这里，起身从密码箱里拿了六百美元递到张辛梅手里，说道："明天我要去景德镇了……"

"麦克先生，最起码你也得给两个六百，一个六百太少了！"张辛梅有些生气的样子，没有接他的钱。

"好吧，再加四百，请张小姐原谅，下次我再重赏，好吧。"洛德麦克见她不同意的样子又拿出四张，共一千美元再递给张辛梅。

张辛梅心想：管他呢，一千就一千吧，也够我两三个月的工资。接过又道："一位堂堂的大老板，两百元都看得这么重。"

"这次我是急急忙忙来贵国的，带的钱也并不多，还要去景德镇买些瓷器精品回去，请原谅。今后还有更多的事烦请小姐帮助的，你和沈小姐、肖先生接触频繁，还望你给我再弄到沈天泉教授的作品，一幅两幅都好，你打电话告诉我，我会专程来提货，到时候会给你重赏的啊！"洛德麦克以这次只买到沈天泉四幅作品，和他的要求相距甚远，且时间太匆促为借口说道。

张辛梅此时想起了书画、文物走私的事，难道洛德麦克是搞名家书画走私的，因此问道："先生你买的画能出口吗？"

"没问题，我会到海关办理出关手续，不过属国家保护的文物古迹，在办出关时会卡住不准出口，普通的字画和工艺品只要缴关税就可通行。"

"在文化艺术、经济科技发达的国家里，一切艺术品都值钱的。"洛德麦克说。

"好吧，今后我就专门给你介绍中国的书画和工艺美术品吧，那你就得多付点介绍费给我才行。"张辛梅有所悟道。

"张小姐，你跟我合作，用不了几年就能成为中国的女富翁了，到时你就可以到我们英国伦敦来玩玩，我会好好地接待你。"洛德麦克很诚恳地道。

"我可没这么好的命运，根本没想到当富翁，也没想出国旅游，我祖国的名胜风景这辈子都游不完，还想出国。"张辛梅摆出一副满足又自豪的心情道。

"中国地大物博，名胜固然很多，但别国的也各有千秋。"

"其实哪个不想出国去观光观光，从内心说也曾做过出国留学的梦，就是钱不够，如果有很多钱，还可以自费出国读书，花的钱才有价值。"

"原来张小姐还抱有远大理想，很好，如果你想到我们英国去留学的话，我可以支持你，我们可以常常见面……"

"我可没那个福分。"

这边，肖忠文和沈小燕捧着卖画的巨款换乘的士回到招待所后各自的心情及今后的新动向如何呢？

他们把个人的钱分开，为安全起见，到工行办理了牡丹卡，孟川涛的钱就由肖忠文保管。

两人经过一番细细的讨论后一致认为明天还要付一万元给张辛梅，再留一些零用钱，沈小燕提出没必要再在厦门住下去，肖忠文也同意。沈小燕要他先回南昌住几天，然后一同去肖忠文家，把款亲自带给孟川涛。肖忠文则认为没必要送款，可以马上打电话叫孟川涛来，因为孟川涛在省城上班，每星期六才回春晖，星期日或星期一乘早班车回单位上班。再说到那也不好玩，还是一道去北京度国庆，其实南昌他只待了几个小时，只到了几个地方，对他来说还是座陌生的城市，肖忠文在提出各种理由不让沈小燕到他家里去，款必须各送各的。事后，肖忠文又考虑一个严重的问题，孟川涛亲自来春晖旅社最好不过，自己和沈小燕的关系，这还没问题，怕的是，他泄露自己与刘素华的关系。如果秘密一旦被孟川涛无意中告诉了沈小燕母女的话，沈小燕将如何对待自己！这个问题一直藏在肖忠文心底里成了一块心病没得治疗，日子越长交往的人际关系也就来越广，信息也会越来越灵，这事该怎样处理呢？这使他越来越头痛。有时碰上问题只是设法避开，但这样避来避去也始终不是个办法，这样过一天算一天，不考虑长远安排，事情会越来越严重。这次如果让孟川涛亲自来提款，必须预先设法和他通好气，防止他在沈小燕面上全盘托出。如果把款汇过去，也只能避开这些。过得了初一也过不了十五，有朝一日会真相大白。他想到这里心里一紧，不行，还是早做准备为宜。肖忠文想打电话跟孟川涛说一说，但又觉得电话里说不清楚，再说旅社的电话在值班室里，弄得不好，被刘素华听出苗头，也不好交代。他左思右想，只有找个机会单独和孟川涛好好地说清楚才行。对，有了，就趁送款的机会，沈小燕送款回家，自己送款回春晖给孟川涛，这样就有机会和他说明自己与沈之间的关系了，还能趁机和孟川涛商量日后如何安排这三角关系。想到这里他认为此法是两全其美的好办法，因此向沈小燕说："小燕，我认为还是你带你的卡回家送款，我带孟川涛的款回春晖旅社，然后我和孟川涛再来你家休息几天。"

"分开走不干，一定要一起回到我家，一起出来一起回去，妈妈更高兴。回到家后再打电话叫孟川涛速来领款，我们一起将款递给他，我也好到你那里玩上几天。"沈小燕道。她一直都想到肖忠文家去一趟，也能了解了解他家的真实情况，现在只是听他所言，不管怎么说，还得亲自看看更放心，她还在猜测着为他经营的旅社的那位妹妹和自己一定谈得来，但近来肖忠文老是拒绝自己去他家中，又引起她不少的怀疑，难道是他的未婚妻还是老婆？

肖忠文没有马上回答，他在思考，焦点在让孟川涛还未和沈小燕母女俩见面之前我找机会和他谈清楚。对，有了，设法单独一人去公共汽车站接他，然后，找机会和孟川涛谈妥。至于到北京旅游的事可以改变计划，现在有了一笔比较厚实的经费，心胆更加壮了，要好好地利用这笔将资金更进一步去实现自己的写生计划，到西藏、新疆、青海、甘肃等大西北去写生……，他呆呆地思考着。

沈小燕见他默默地待着，不回答她提出的意见，不解地问："你为什么不说话？是害怕我会把你的钱抢走什么的？"

"不不不，对，我们去北京不是时候，天气太冷……"肖忠文忙把话题岔开说道。

"怕什么冷，东北更冷也要生活，现在还未下雪，回去再说吧，钱的事是否可以照我说的安排？"沈小燕再次问道。

"可以，叫孟川涛来你家领款。他来了我们可以一起研究和探讨今后的发展方向等等问题。"

"卖画有钱了，认为是船到码头、车到站了，原定的写生计划可以到此结束了，是不是？"

"哪里哪里！万里长征还刚走出第一步，就能搁下来吗？千万不能因此而削弱我们的意志，应该是再扬帆破浪远征，再加足油往前驰，前进！再前进！哪有就此结束的道理。"肖忠文一鼓作气地说道。

经过一番认真地讨论之后，两人一致认为休息两天乘车回南昌。

第二天晚上，肖忠文和沈小燕在思明酒家宴请张辛梅，并在席间付给她一万五千元的介绍费。张辛梅捧着一大堆钱也乐得开怀大笑，她这回也赚到买卖双方的报酬合计两万多元。她把洛德麦克希望下次能买沈教授更多的作品，并长期保持联系的想法说了。然后她又谈到洛德麦克对孟川涛作品的看法，他认为下次交易时可多些，肖忠文先生和沈小燕也要做好一定数量的作品准备，等等。

肖忠文听了，心里暗暗高兴，他萌发着一个想法"临摹"，当然还要取得罗敏梅母女的同意，想到这里他自信地对张辛梅道："张小姐，洛德麦克先生还要购沈教授的书画作品的话，只要价钱高一点，完全有货，总之他愿出高价就行。"

沈小燕听了心中不踏实，我都不敢答应，你能取而代之吗？她明明知道父亲另有一百余幅画在母亲手里，还进了保险箱，这是传家宝，谁也别想卖，难道你肖忠文能说服我妈拿出来卖吗？她心里明白，他在吹牛，在这里不能明去阻拦，让他去吹，反正有货没货也无妨。所以她附和地说："是的，我爸爸的画是最有价值的，没有高价谁也别想买到。"

张辛梅听了沈小燕的话更为高兴，到时又可以得到双方的报酬，因此道："只要两位帮忙把作品拿到手，我会立即打电话通知洛德麦克先生马上来提货，至于价钱吗，你们面谈，当然也已有先例了。"

"行，我们尽力而为，到时还得烦劳张小姐看在老乡的情分上继续做出努力。"

"是啊！只要我们合作得好，方方面面都有利可图。"张辛梅得意地说道。

他们的酒宴风风趣趣，浓浓烈烈。这时，张辛梅为了在他俩人面前证实她说的话真真实实是洛德麦克的原意，她急忙用刚买来的手机拨通了上午乘飞机到了景德镇的洛德麦克的手机。她一番祝贺和谢意后，也带上几分思念之情的话，然后就把能买到沈教授的书画和其他名家作品的事说了一遍，要他回国后，早早来厦门找她，同时还让肖忠文、沈小燕和他简略地说了几句感谢的告别话等。

晚宴直到凌晨一点多才在情意绵绵的气氛中结束。

两天后，肖忠文和沈小燕带着工商行的牡丹卡于下午一点半乘585次列车离开厦门，于次日上午九点半回到南昌沈小燕家里。

肖忠文在南昌出站后速即打电话给孟川涛，要他明天九点星期日在八一公园门口等他。

孟川涛听到好消息后，乐得一夜未眠。

肖忠文和沈小燕回到沈家后，罗敏梅万分高兴地听着他俩那眉飞色舞地叙述和外国画商交易时的情景，不时乐得哈哈大笑。又听说明天孟川涛来拿画款时，心情更喜悦，说道："孟川涛是个好人，好人一生平安，可是他在二十多岁至现在在经济上受尽苦头。幸好又在省农科院上班。好了好了，现在不是谈这个的时候，也算是先苦后甜吧，苦尽甜来嘛，好日子就到了。"

"好，下午你和我们到市工商银行去所把这些钱提出来，爸爸的三幅画和你的四幅书法的钱由你去安排，我的也存起来。孟川涛十二幅的钱，他明天就会来领。"沈小燕把各人卖得的款也一一向罗敏梅报了数字。

"孟川涛的《梅》没留出来？"罗敏梅问道。

"带回来了。"肖忠文把画放在台上。

"画商有没有作价？"

"我没带给他看，我不想卖掉。"沈小燕道。

下午沈小燕、肖忠文、罗敏梅三人在市工商银行办了提款转存手续，回到家后，罗敏梅心情沉重，回想起沈天泉生前苦情，甚是怀念，不觉眼泪模糊了视线。

沈小燕见妈妈此情此景，当然理解她的心情，她急忙蹲在罗敏梅面前，劝道："妈，别难过，我会继承爸爸的事业，并要发扬光大，你就放心好了，我们的事业一定能取得成功，到时在家好好护待你。"

"伯母，小燕说的没错，你就放宽心吧！"肖忠文也急忙接话劝说道。

"小燕，你要知道，如果你爸爸在世的话，你就有进美院深造的机会，你爸爸去世后家中生活一直很紧，所以没让你去复读，否则你去年就进美院了。你爸爸离开我们后，也没卖过一幅画，十七八年来第一次卖画，我想这些钱留着你去读美院，几年后也可取得一张文凭，现在单位用人处处都要大专文凭，文凭越来越重要了。"罗敏梅道。

"你，你还想我去读美院？我还没想过呢，要我去考吗，恐怕很难考上，因为数理化几科都忘了，去复读可能也读不进了，还不如按我们'万水千山总是情'的写生计划走下去更有价值。现在处处用人都片面地重视文凭，这个我知道，可是我不去什么单位工作，不去应聘，一心一意在艺术道路上，在艺术海洋里取得相应的成绩。没有大学文凭，我们的画同样卖到国外去。有大学文凭的人在我们国家里多得惊人，有的人就如温室里育出的牡丹，在室内美丽鲜艳，放到野外风吹日晒，反而枯萎无艳丽。千千万万高层学府有文凭的人，真正有创造，有发明的人并不多，有的躺在文凭的逍遥椅上享受福禄，对事业平平淡淡，毫无起色，还不如普普通通的没进过大学门的人，片面去追求文凭也是不必要的。妈，我对文凭的认识就是这么简单。"沈小燕道。

罗敏梅听了女儿的表态后，也表示赞同她的想法。"既有对的一面，也有不对的一面。要从时代的发展来看问题，文凭是证明一个人的知识深度和学历尺度的依据，也是个人身份和出身的证明，到时就有用处。真才实学不能完全凭文凭，要凭实际的能力和成就，有的死抱文凭，把在学校学的知识生搬硬套，浮在面上，不去深研，不去发挥，不按当时实际情况和变化去推陈出新，只停留在原来的水平上，结果永远落在别人的屁股后面，白费力气。这样的人，文凭再硬也是没光彩的，我们当然不能如此。"

"伯母说的没错，书本知识是重要的，在某种情况往往代表人的价值，我不反对文凭的作用，文凭对一个人来说确实有它特定作用和地位。"肖忠文道。当他听到罗敏梅打算让沈小燕去美院深造时，心里突然咯噔一下，如吞下一块沉重的铅，想：糟了，如果朝暮不离的小燕真的去美院就读了，两人之间的爱情会受到一定的影响，不但写生计划受到挫败，有可能还会落空。想着想着，一股心酸的泪水从心头往上涌，正当时，幸好沈小燕发表了不去美院读书想法，也表态了对文凭的正确认识，而且要坚决把写生计划坚持到底的决心，和自己的思想保持一致，此时才顿觉云开雾散，心情豁然开朗。

"没错，书本知识固然不能少，但实践更为主要，书本知识也可以自学，但理论要联系实际。我们更不能就因为卖了几幅画有了点钱就放弃原来的计划，去过安逸的日子，有了本钱更要去奋斗，去搏击，不到长城非好汉嘛！"沈小燕道。她已察觉出肖忠文不安的心情，因此重申自己的心意和对文凭的看法，来安慰他的心。

"对了，伯母，我们还计划去北京过国庆节，你跟我们去北京旅游一次，我们还没去过自己的首都呢！"肖忠文道。他听了沈小燕的话，心情舒畅，忙把话岔开，他不愿把这个话题深入下去。

"离国庆节只有两三天了呢，你们不如在家里多休息几天，再说明天孟川涛又会来，也留下来陪他好好地玩几天。去北京我也离不开这个家，家里虽然没什么值钱的东西，也不能没有人看管。近来时不时都有上门买字画的，在铁门外面叫喊，我都不开门，见没人应答，自然就走了。虽然家境贫寒，但人们以为沈天泉留下了不少价值连城的收藏品和他自己的作品。如果没人在家，真怕坏人撬门扭锁呢，我在家见动静不对可以报警，没有在家就由他们翻箱倒柜，三楼展厅的画就会被人掠去，家电什么的也会席卷而去，造成因小失大，损失就难于弥补，平时我去亲朋好友家也不敢久待，更不敢过夜，更谈不上去旅游！你们要去就去，到了北京多画几幅画，多拍几张照片回来看看，没去也等于去了。"罗敏梅说道。

"妈妈不能去，其实我们还未决定，一回来就好像有很多事要做似的，还是在家里画几幅画好，外面的写生稿也没整理好。"

肖忠文听了小燕的提示，认为很正确，自己应该乘机在这座艺术宝库里好好钻研一番，这里有他读不完的书，临摹不尽的画，结合外面的写生稿，在这很好的条件下，慢慢整理自己的画，小燕的话说得好，因此赞同道："说得对，去北京就放在下一步吧。"

肖忠文在书架上拿到一本厚厚的名家画论集，他认真地阅读着老画家们的画论文章，文章对古人画的言论，有全新、深刻的检验。王肇民先生说："开是一切，一切是形，形以外的神是不存在的，所谓神，是形的运动态，是形的活的反映。不是形神兼备，而是形是一切，形备神全，写形而神自来。"当肖忠文读到这里时，心中豁然明确了画国画是形大于一切，不是神重大于形，神再多，而形浅陋，也是悲也。形是绘画中唯一注意之所在。神形兼备，但无形，神落何处？神只有落实到形，否之，根本无神。他又读到了："人当物画，物当人画，画人物，皆应赋予生命，赋予性格，赋予身价，人物之间，相互引喻，以据身价。情有比，画亦有比，其意义即在于此。"

"艺术，内容决定形式的说法是错误的。内容是有层次性的，形式是没有层次性的。内容是作者根据一人一事，一时一地，甚至一刹那之间具体生活的感受形成的，形式是自然规律和生活规律的抽象的概括，是艺术工作者世世代代集体创造的，是千百年形成的。内容是一个一个不同的，是随时变化的，甚至是昨是而今非的。形式是民族的，全民的，是长期不变的，甚至是几个时代所共同使用的。一种内容，可以用各种各样的形式表现，一种形式可以表现各式各样的内容，所以内容和形式的关系是有矛盾的统一，就是具体的内容和抽象的形式相结合，而没有相互决定的可能性。"王肇民又说："我所见过以下几种意见：一、只要是一个中国人，他的作品，就有中国民族风格；二、只要画中国画的人，画中的事物，就有中国的民族风格；三、只要用毛笔宣纸作画，他的作品就有中国民族的风格；四、只要不用明暗，而是用单线平涂的方法作画，就有中国的民族风格；五、只要是中国人民所喜闻乐见的作品，就有中国的民族风格。"

总而言之，以上的五种意见，都是认为民族风格，本是凭借某种外在的条件，而本能产生的，这就错了。

其实民族风格是学来的，是作者立足于现实，在传统中学来的，在传统的发生、发展、交流、演变的过程中学来的，不学便不了解民族风格，其作品中也不可能有民族风格出现。

人皆喜校报，盖新中有美，但新中也有丑。人皆好奇，盖奇中有美，但奇中也有丑。人皆务真，盖真有美，但美中也有丑。新奇中之丑在于怪，真实中之丑在于俗，不可不辨。

肖忠文认真地反复阅读王肇民对画的论点，对他来说这是在艺术上有了一个新的天地，进了深层次的启发。以后在他创作中就特别注重了这点，也是他成功的重要因素之一。

休息片刻之后，肖忠文在沈小燕的陪同下，急忙去画厅，他在书架上找到一部《古今名家论道》，认真地读起来。

第二天中午，罗敏梅办了一桌很丰盛的中餐，欢聚一堂，边吃边谈论着这次和美国画商交易的过程。肖忠文谈到洛德麦克那副沉默认真的样子，连哪年生产的纸质都能认出来，确有不凡的本领时，罗敏梅惊道："说明这位老外对艺术有很高辨别能力，在生意场上积累了丰富的经验，并且一点不马虎，真伪分明，这也难怪，一幅画要花上那么多钱，如果真伪不分，不是亏大本了吗！你们也要养成认真创作、认真办事的良好习惯，特别是创作，更要一丝不苟，科学和艺术同样来不得虚假。"

肖忠文听了罗敏梅的话，打消了临摹卖给外商的念头。说道："洛德麦克的鉴别力能就是从漫长的艺术生意生涯中磨炼出来的，是值得我们学习了。"

"我认为他对中国画很了解，很有研究，也可能是采购最多的项目之一。"沈小燕道。"他不是一般的艺术品经销商，而是一位对各种画都精通的专家。"肖忠文补充道。

沈小燕谈到老乡张辛梅时，罗敏梅又道："人生在外，老乡之情如兄弟姐妹，当然像张辛梅这样热情有心计为老乡办事的人也不少，我们也应该感谢她。你们知道她家的住址吗？"罗敏梅看着肖忠文问道。

"只知道她是吉安人，可惜当时没问清她家的详细地址。"肖忠文惋惜道。

"这还不容易吗，我有她的手机号码，随时都可以和她联系，一问就知道了。"沈小燕道。

他们谈论得畅快，吃喝得舒心。

沈小燕因多喝了几盅家乡甜酒，醉意和倦意同时袭来，就回房休息去了。

肖忠文趁小燕入睡之机，向罗敏梅说了声去车站接孟先生，就急急出门，乘公共汽车到八一公园，这回他感觉非常庆幸，心情格外好，心想：真是酒助我也，否则小燕非来不可。这回沈小燕不在身边，可以详细地和孟川涛谈清楚他们三者之间的关系，防止孟川涛无意中把我同刘素华的关系捅出去。肖忠文见孟川涛，举手大声喊道："孟老师！"

孟川涛笑呵呵地快步来到公园门口，高兴地道："肖老板，你好！"

两人见面分外热情，并肩出了公园路，肖忠文赶忙找了个较为安静的小食店坐下来，趁此良机好好地向孟川涛交代清楚。肖忠文叫老板炒了两个菜，一瓶啤酒和一盆三鲜汤，因自己吃过不久，目的是要交代自己的要事而已。首先他简略地介绍了一下卖画的事后，重点把自己和沈小燕如何萍水相逢，结伴直至产生深厚的感情，瞒着小燕说自己还没女友，只有一位妹妹在帮他经营旅社等，向孟川涛说了一遍。如果在沈家谈起我的家庭情况，请他千万别说主营旅社的刘素华是我的未婚妻，就说是我妹妹，如果让沈小燕母女知道了，那就完了，同时也会使小燕受不了。这些关系一一向孟川涛全盘托出。

孟川涛听了大吃一惊，这事非同小可，弄得不好对三方都没利，一定要想办法叫肖忠文别一手抓两条鱼，当然肖忠文和沈小燕结合是最合适不过的了。可是刘素华也不错，那么肖忠文和刘素华的事又如何解决？如果沈小燕知道肖忠文家里有个老婆，虽然没办结婚手续，但已经同居又以夫妻名义生活在一起了，周围人人皆知的事，又如何对得起罗敏梅母女呢！心暗想：你这个肖忠文真荒唐，就是暂时帮你过了这个关，以后你三人一见面又不是真相大白了吗。孟川涛想到这里待了很久哑口无言。肖忠文见状，心急如焚，不断追问他，这事如何是好，并求他帮忙出主意。孟川涛在心里盘算了下，好一会才问道："上次你回来拿画时为什么不说一声，你想想多险，如果你没来接我说明情况的话，肯定会露马脚的。"

"近来我对这事一直挂在心里，成了精神上的一只沉重的大包袱。本来沈

春晖梦

小燕要和我一同到旅社送钱给你，哪能让她去，所以我急忙打电话要你到她家来领，我就只好趁接你机会先给你通好气。"肖忠文有些沮丧地说。

孟川涛想："这不是长远之计，日子久了沈小燕总要回家来看看，多次提出，你不让她来，就会引起她的怀疑。这个问题非同小可，你一定要早拿主意，总要解决一方，拖是不行的，将会影响三方的前途，趁两方都还没办手续，丢哪个爱哪个，还不需通过法律解决，但是会受到良心的谴责。这也是我们从事文学艺术工作本身的道德水平问题，事关重要，不能得过且过。你说对不对？"孟川涛严肃认真地分析道。

"孟老师，这事到底怎么办才好？"肖忠文听后心无主张反问孟川涛道。

"你到底最爱谁？"

"孟老师，说实话，素华，小燕我都喜欢。"

"我是问你最爱的是谁？"孟川涛又严肃认真地问道。

"她俩比较，当然是沈小燕，她的知识水平比刘素华高几倍，在事业上志同道合，在绘画水平上也比自己高。刘素华也幼稚可爱，为支持我的事业，掌管旅社生意，生意做得红红火火，是生意场上的一把好手，哎呀！真该死！"肖忠文双手抱住头不断叹气，真是爱时难丢时更难。

"是呀！两位姑娘各有千秋，爱情，爱情，要认真对待，不能想爱就爱，想丢就丢，更不能爱得越多越好。天下间有本事的漂亮姑娘多的是，总不能见一个爱一个，搞得不好人家会告我们是爱情骗子。当然，爱美、迷美人人有之，你必须认真选择，尤其是在性格上俩人要合得来。"孟川涛往利害关系上说道。

"这个严重性我也考虑到了，事到如今，究竟怎么解决才会合情理？"肖忠文希望孟川涛帮他出个两全其美的主意。

"依我看，两位你都爱，都舍不得丢，现在你只能爱一位，另一位也要妥善安排，或做妹妹，或做朋友，仍然可以保持来往，但要明确关系，使对方有个着落，如你不表明关系，女方会一直真诚地把你当未婚夫，最好你要早早定下来，越早麻烦越少，也好放下包袱，一条心去搞创作，双方都有利，你要问怎么办，我的想法就是这样比较妥当。"孟川涛说道。

"孟老师说的对，我最爱的是小燕，素华又该怎么办，做妹妹她会同意吗？如果会同意，旅社照样给她开，还可以资助两三万资本给她。"肖忠文这时才算说出了心里话。他心里想反正在沈小燕面前说是妹妹给他经营旅社，现在就顺理成章，弄假成真了。

"唔！这样也好，沈小燕对你的帮助更大，但刘素华也对你事业做出了不少的贡献。前者是高层次的，广泛的，后者是热烈真诚的，选择前者对你的事业更有帮助。但对后者也要认真谨慎付出安排好，一定要在良心上过得去。"孟川涛道。他说到这里又心里咯噔一下，为刘素华的爱情创伤担心分忧。这事也不能完全怪肖忠文，因为对人生任何事情人们都有自己选择的自由。特别是爱情婚姻更加如此，谁不希望找到称心如意的配偶，只是机遇和条件能否合适罢了。肖忠文如果没外出写生就不可能和沈小燕有相逢、相识、相伴、相爱的机遇了，甚至一辈子也不认识。这就是实实在在的有缘千里来相会，无缘隔墙不相逢的道理了。她和肖忠文一见面就有一种默契，一交谈就投机，又逢他们的理想和事业息息相关，长时间的朝夕相处中，就到了如胶似漆的热恋程度。特别是此两次卖画和她母亲的关怀，艺术之家的熏陶更加深了两人的恋情。对肖忠文和沈小燕的结合人们是赞许的、羡慕的。

后来肖忠文买了一部诺基亚，在当时是名牌货，买好手机后第一个电话就是打给刘素华，问店里的生意如何，随时可以打他的手机。接着是打给梅竹的李正雄书记及桃源乡王书记，问了四个项目的基本情况。肖忠文听了各方的情况都良好后，心中万分高兴，他在计划着在不久时间里抽出一定时间到梅竹去看看，然后回春晖旅社和刘素华团圆几天，把近来情况告诉她，让她思想稳定，努力再努力把店里生意做得更活更好。除此之外还要鼓励所有店里的工作人员好好干，准备按季度评优授奖活动，并每月加五十元工资。

一天接到沈小燕妈妈打来的电话，说要沈小燕速回南昌参加中央美术学院招生考试，要肖忠文亲自把她送回家。

肖忠文送沈小燕回了南昌，小燕要肖忠文一同参加考试，肖忠文根本没有这种打算，婉言拒绝了她的要求。他知道自己没有这个条件来参加考试，何必白白浪费时间。罗教授也表示要她自己女儿无论如何必须为此一搏，鼓励沈小燕要集中精力考取中央美院才有好前途，又安慰肖忠文要在现有的基础上更上一层楼，"你的基础很好，读不读也无关紧要，由你自己决定。"

沈小燕则不同，一定要肖忠文同她一块参加考试，肖忠文不去考她也不去考，情愿跟他去写生，要么一起考，要么都不去考，总之都不离开。

肖忠文完全理解沈小燕对自己的感情，有难分难舍的深厚情爱，他只好安慰她，今年你考，明天我安排好店里的生意后再来参考，万一不能参加考试也一定会来北京看你。

经过罗教授的耐心劝解后沈小燕终于同意去考试。两人恋恋不舍、互相拥抱多次，千言万语吐不尽心中的真情。

下午三点肖忠文热泪盈眶挥手告别了沈小燕，回到春晖旅社。刘素华喜出望外，拉着肖忠文的手上楼进了房间。

刘素华把肖忠文拦腰紧紧地抱着，兴奋地说："今天回来正好，如你未回来还要打电话让你回来呢。"

肖忠文转身问道："回来有什么要紧的事？"

"再过三天妈妈和孟川涛办结婚。"刘素华道。

"在哪里做酒？"肖忠文又问道。

"回我们这里做酒，你高兴吗？"

"高兴，当然高兴，两位老人成双成对，应该好好地庆贺庆贺，我看呀，做酒还应该我们出钱才对，一切操办由我们来负责。"肖忠文认真地说道。他心里明白：刘素华才是自己的终身伴侣，她的妈妈是自己岳母娘。通过长时间相处他发现沈小燕很多观点和自己不同，这是由于她出生在名人世家，从小娇生惯养，有着天然的优越感。古话说的："门对门，户对户"才能相配。如果沈小燕被中央美术学院录取了，就变成了一个楼上楼，一个地下走。前些日子不同，费用不需负担，走到哪里玩到哪里，虽然互相产生爱情，也是那种条件下一时冲动所致……肖忠文对爱情来了个大转弯，刘素华才是他最爱的人。

"我要把妈妈和孟川涛的婚礼办得风风光光，请亲戚或朋友喝喜酒，请乐队、电影、演唱歌舞团来'春晖旅社'庆祝婚礼。"肖忠文对刘素华高高兴兴地说。

一切准备工作都按肖忠文的计划进行，两天来店里的全体工作人员都忙个不停。

里里外外都准备就绪了，只等张秀兰和孟川涛从南昌回来了……

正是：

> 两载情深今分明，专心致志爱一人。
> 捐款支援贫困村，人人称赞得好评。
> 自学成才有实力，决心获得大收成。

第十三章

艺术传媒

　　肖忠文结束张秀兰和孟川涛婚礼酒后，接到了沈小燕从她家里打来的电话，说她已被中央美术学院录取了，录取通知书今天上午才收到。沈小燕还对肖忠文说："我要你送我去北京，你一定要早点过来，最好是明天，还有两天就要上北京到美院报到了。"肖忠文没有答应她，就说店里的事还未安排好，要她自己去报到，到了院校后打电话，好好学习，最后互相说了很多恋恋不舍的情语……。

　　肖忠文接到沈小燕的电话后，一股爱流从心里涌来，他被沈小燕的爱涌满了全身，真恨不得生对翅膀飞向沈小燕身边，他左思右想之时，刘素华进来了，见肖忠文一脸苦相，究竟发生了什么事呢？她急忙上前心痛地坐到他身边亲切问道："忠文！亲爱的，你怎么苦着脸，哪里不舒服？刚才我还听见你在打电话，跟谁打电话？发生了什么？"

　　肖忠文见刘素华这样关心自己，心一下子静了下来，反手搂着她笑道："没什么，电话是一位同学打来的，说她考取了中央美术学院，要我送她上北京入学，我没答应。然后就想起自己出身贫寒，没钱供自己读大学，如果家庭条件好的话，都快毕业走上工作岗位了呢，想来想去自然会苦呢。"

　　"唉！亲爱的，这些事早就过去了，现在不是很好的吗？我们也不比别人差，你的画参加省画展多次得奖，还被外国画商买去不少，卖画的钱还支持贫困山村发展多种经营，受到各级政府的好评，这就是你的自学成才的重要表现，我听了心里乐开了花，我乐得上楼笑下楼笑，半夜醒来也在笑……。"

　　正当刘素华开开心心之时，邮递员把一封从北京中央美术学院寄来给肖忠文收的信送到了，此时肖忠文去市郊看望父亲了。刘素华用手机打通了他的电话，告知中央美术学院来了一封信。然后她把信掐了一下，里面有一块硬硬的东西。她感到奇怪，就拆开来，一看是一位姑娘的照片，背面还写着：

"亲爱的，想我就看看吧"。她就展开信，小心地看着内容，这时张秀兰也在一旁，她拿起相片仔细看了看，对刘素华说："你看肖忠文在外面一点也不老实，两年多又谈了一个，信中怎么写的？"刘素华看了信中的内容后气得简直要哭了，特别看到"我俩的感情是深如海洋，自分开后睡不安，吃不香，时时刻刻盼你来北京……""妈，你看我该怎么办？"她把信推到张秀兰面前。张秀兰拿起信仔细地看了一遍，又看了一下相片后，气愤地说："没错吧，早就叫你在钱上做准备，现在好了，一切都交给他了，一分都没留下来，看信中的内容他俩已定下来了，肯定不会要你了。"刘素华被她妈这么一说，如晴天霹雳，全身凉了半截，心想肖忠文呀肖忠文，等你回来看怎么向我解释。

此时孟川涛从楼上走下来，到了服务台前见到刘素华一脸愁容，因此问道："你母女俩在讨论什么？"

张秀兰忙把相片给他看，他一看惊道："这姑娘真漂亮！"说后又问刘素华："是你的同学吗？""是肖忠文的未婚妻！"刘素华回后又把信给他看。

孟川涛接过信一看，心里完全明白了。沈小燕呀！沈小燕，你为什么要写这样的信？这回闹出事来了，搞得肖忠文怎样向刘素华解释。你肖忠文也不把她安排好，电话、手机都好表达，为什么偏要写信，也这么巧，人不在信先到，这事看你怎么解决……。

正在此时肖忠文从老家里回来了。

"你未婚妻写信来了。"刘素华把信和相片往他身上扔去。

肖忠文急忙从地上捡起信和相片，他一听心中全明白了，他二话不说上前拉着刘素华轻声道："上房间里去给你说清楚。"

刘素华怒气冲冲地用力把手抽了回来，说道："你自己看看，叫孟老师说说，是不是你未婚妻，在我面前口口声声要同我结婚，到了外面又搞了个姑娘，已两年了，也要跟她结婚……。你爱她，我呢，常常说爱我，要和我结婚，骗了我，没良心的……。"

"上楼去，我给你讲清楚。"肖忠文拉着刘素华往房间走去，一进门就闩上，他好言好语地说："素华，你听我慢慢跟你说清楚，这位姑娘是和我们一起写生的，我是下了决心只爱你一人，对沈小燕没有说要和她结婚，她妈妈是大学教授，自己又考取了中央美术学院，怎么会同我这个农民结婚呢！她信中说的只是开开玩笑，她可能有这份心，说来试试我对她的看法如何。"

"你怎么回复她？"刘素华听了有几份相信，因此放下脾气问道。

"我已结婚了，只能做朋友，不能做夫妻。"肖忠文说道。

"我们还没有结婚，还是同朋友差不多，还不是进退两可，一定要办好结婚手续方可以，你打算什么时候去办？"刘素华道。"一星期内。"肖忠文说。

"说话算数！"刘素华半信半疑。"当然算数。"

在楼下看信时孟川涛说了句："婚姻自由，自主，要男女双方同意。"说者无意，听者有心。

当时张秀兰就抓住他这句话，骂起孟川涛来了，说他有鬼。

一句话就惹火了疼爱女儿的张秀兰，她立刻火冒三丈冲着孟川涛发脾气。她一发不可收拾，哪像刚结婚不久的老夫妻呢。

孟川涛无奈只好上楼躲避，哪知她也边骂边跟上楼来。

刘素华无奈，只得去探个究竟。她回到服务台冷静地理顺自己的情绪，对她妈的急躁行为有些埋怨，因为不能肯定事情是孟川涛暗地里搞的鬼。一位男人在外面可能遇上比自己更漂亮更有本事的姑娘，难免会见异思迁。前几天归来拿画的情形，几个月没有在一起了，没那么热情，应付应付似的。多次向他提出春节回来办理正式结婚手续，他都以事业为重，不要急着办什么手续，一所旅社都放心让你去经营，这么多的收入都放心让你去掌管，难道这些还不可靠吗，非要办手续不可，等等理由来搪塞。刘素华想起这些话，一直不安心。今天这事的出现并不是偶然的，凡未办结婚手续就意味着迟早会有这么一天的。

刘素华正在思前想后之时，三楼就传来了她妈妈骂骂咧咧的吵闹声，也听二楼也有很多人咯咯咯地往三楼跑，又听李小翠的劝解声："阿姨，什么事这么急？不要激动，小声讲大事，有什么解决不了的事，再说孟老师也是通情达理的人，天大的事可以坐下讲啊！何必众人面前大骂大叫，何必伤了和气。"

"李小翠，你不知道，平日里看他文质彬彬，假装一副通情达理的样子，可背地里不安好心，挑拨肖忠文和素华的夫妻关系。肖忠文听信他的胡言乱语。（面向众人又数落道。）大家说这事该不该骂？（三楼走廊里挤满了人，大家听了都窃窃私语。）真气死我啦！"张秀兰捶胸跺脚大声道。

"事情不会那么严重吧？阿姨！真有此事吗？你又怎么知道是孟老师搞的鬼？"李小翠问张秀兰道。她对这突然而来的事觉得定有蹊跷，根据张秀兰说的她半信半疑，难道孟老师会做这等伤天害理的事吗？

"小李，你想想，肖忠文前几天回来拿画时，他对素华还是恩恩爱爱的，感情没丝毫变化。肖忠文打电话要孟川涛去领卖画的钱，前几天肖忠文还给我俩办结婚酒。肖忠文就变了，不是孟川涛在肖忠文面上说了刘素华的什么坏话还有什么呢？"张秀兰忿忿地说道。

"阿姨！这事不能这么理解，你只看表面，没深入调查、分析，没有调查清楚，怎么能肯定，别人说的只是表面上的现象，也很可能是一种巧合，万一有什么原因呢？"李小翠好言道。

"秀兰，现在你说的都说完了吗？我于心无愧，我没有做对不起你母女的事，更没有做有害你们的事，也没有在肖忠文面前说素华的半句坏话，谈起素华来，我句句都说素华是个好姑娘，是个能干的姑娘。"孟川涛说到这里李小翠插话道："张阿姨，你别错怪好人，孟老师说的一点不错。"

"小李说的还合乎情理，刘素华和肖忠文的事很快就会搞个水落石出，我孟川涛不做对不起别人的事，你母女对我如此厚待，已经是感恩不尽了，只有千方百计撮合他们的婚姻，哪里会挑拨离间。"孟川涛说完进房去了。

张秀兰听了李小翠的解释和孟川涛的自白后，心里的气也消了许多，头脑才慢慢地清醒过来，暗想：可能太冲动了，不该在众人面前失他的面子，当想到和孟川涛的感情时，她才感到有点后悔。

众人也纷纷离去。

李小翠来到孟川涛房里，安慰道："孟老师别与她计较，看来这人藏不了事，心直口快，说话不注意场合。刘素华可不会像她这样。"

"刘素华会不会来闹了还不知道，按理说她应该比张秀兰更理智些。"孟川涛一边和小翠说话一边拿出一大把百元票放到台上，准备还钱给张秀兰。

"哇！孟老师这么多钱啊！得了稿费是不是？"李小翠惊奇问道。

"卖了十二幅画。"孟川涛笑着道。

"十二幅画卖有这么多钱呀！起码也有……"还未待李小翠说出数字来，孟川涛火速伸手捂住她的嘴巴，小声地说："别说给外面的人听见。"然后伸出四个指头比比。

"四千？"李小翠小声地猜道。

"不，是它的十倍。"孟川涛附在她耳边轻声地道。

"了不起！了不起！十二幅能值这么多钱啊！"李小翠兴奋地跳起来，又道："孟老师发财啦！今天要请我的客了吧？"

"好，你想吃什么？我就买什么。"

"其实我什么也不想吃，买点糖果就行了。"李小翠心想，如果炒菜什么的，这么多人，不请大家光请我，难为情还是小事，又会生出是非来，所以干脆买糖果利索。

"太简单了吧！""不，这是表表心意，也是一种祝贺，买高级点的就行了。""有多高级就买多高级的。"

"我说了别急，就是不听，我追出去叫你回来，你就上楼去了。这下好了，把孟老师得罪了。常言道：得忍且忍，得耐且耐，不忍不耐，小事成大。你只知道讲我，你这个老脾气也改不了就是。……"刘素华和肖忠文谈好后，心情安定了。

"老板娘不要说了，张阿姨本来心情就不好，你这样说使她更难受。孟老师是很开通的人，相信他不会计较这点说小又大，说大又小的事。"张小兰在一边说道。

"当着众人的面骂人，再开明的人也会受不了，谁人没有自尊心呢？再说事情还没弄清楚，这样骂人家，旁人听了认为是真有此事，不明真相的人就会责怪孟老师。我妈啊！平时只会讲人家做事要三思而行，到了自己头上就不冷静冷静地思考一下，匆匆忙忙就去责怪人家。"

"事情如今到了覆水难收的时候，只好等几天互相都消了气，张阿姨和孟老师是夫妻，说点气话也无妨。说几句道歉话，不就解决了。"张小兰道。

孟川涛和李小翠在门外听了一会，基本了解她们说话的内容，找着机会才直直地进了值班室。

刘素华见孟川涛进来急忙起身招呼道："孟老师！请坐！请坐！来得正好，你不来，下了班我还会来找你的……"

"相信我，素华，我绝对没有在肖忠文面前说你不是，我绝不会做挑拨离间的事，不管你相信也好，不相信也好。昨天我回的时候，肖忠文要我到店里休息几天再去上班，所以就来了。我来你旅社已经住六七个月了，感谢你母女对我的关心照顾，现在我想把账清一清。"孟川涛和和气气将记账的笔记本递给刘素华道。

"孟老师，我没有怪你，我有自知之明，每月寄给他万多元，一个人难道要那么多来花销吗？这是有原因的。还有就是他开始走和前几天回来拿画时我都恳切地向他提出办结婚手续，他都毫不在意，说旅社给我全权经营还不可靠，还不放心吗，特别八月十二晚发生的那件事后，使我经常提心吊胆，总有一天，肖忠文会把我赶出门外去，现在还好，如果肖忠文会实现他的诺言，过几天就办结婚手续，就不计较以前的事，可以一笔勾销。这就好了，可以安安心心地把生意做好。"

"素华，你说得对，你考虑的问题基本符合事实。你还年轻，面对现实，用自己的聪明才智驾驭美好的人生。其实好好地做生意，自己有了钱，再生孩子也不迟。你妈怪我，不要紧，我不怪她。我知道她是个性急的人，又因为只有你一个宝贝女儿，心疼你，谁伤害你，她都会挺身而出据理力争来保护你，这是每位做母亲的天赋，这样的母亲才是好母亲，你也不要去责备她。这些账与你妈责骂我无关，她说不说我都应该要付清的，这是两码事，无论如何你都要接收。"孟川涛和和气气地说道。

"孟老师，如果你还看得起我，平时吃一餐两餐饭就别去计较了。也没必要急着还钱，你需要用，还是你留着用吧。"刘素华推过孟川涛递过来的日记本说道。

"我不能枉吃你们的。今天我上班了，有了工资，应该付清，我和你妈做结婚酒，都是你和忠文操办的。只有清了这些账我心里才踏实，才安心。你妈她在哪里？"孟川涛道。

"我妈在里面。"刘素华往值班室内房一指。

"我去找她。"孟川涛转身往内房走去。门已经关得紧紧的。

"秀兰，秀兰！"孟川涛边向里喊边轻轻敲了几下门。房内没有反应。

"秀兰，秀兰！"还是没有动静。

这时刘素华过来，轻轻地拉了一下孟川涛小声道："我妈可能睡着了，孟老师你回去休息休息，有事过明天再说吧。"

孟川涛只好回房去了。

张秀兰对孟川涛一场泄愤不但触动全旅社的客人，而且也伤害了她本人和孟川涛。孟川涛的心将会伤得难以愈合，就是愈合了也会留下深深的伤痕。她感到一阵阵晕眩，心如针扎似的痛，她倒在床上后悔极了。孟川涛和刘素华在值班室的对话，她句句都听得一清二楚，特别她听到素华说肖忠文要办结婚手续了，他俩的感情一下就出现了预想不到的好结局。她心里暗暗地高兴，孟川涛上楼去后张秀兰也立即起来开门上楼去了。

孟川涛房内，他对李小翠说："没有什么好糖，只有朱古力巧克力和人参糖。除此之外，还送一颗一辈子也吃不完嚼不尽的珍世巨糖《辞海》给你。"孟川涛微笑着对李小翠说。然后把厚厚的《辞海》放到她的面前。

"啊！这么重的礼物，我承受得了吗？"李小翠双手捧着发出印刷油墨香味的《辞海》激动地说道。

"这是助你写作的资料宝库，有问必答，应该好好地阅读。来，先吃糖。"孟川涛说完又从食品袋里拿出一对炸鸡腿、几包五香牛肉干，麻辣炸小鱼和两瓶啤酒、两瓶可乐放满一茶几。

"这就太浪费了，不要买这么多么！"李小翠吃惊道。又说："张阿姨呢？她来了会骂你呢，这些东西不要摆在这。"

"这才有点像请客的样了。来，吃鸡腿。"孟川涛递过一只鸡腿给李小翠。"我要拿到一楼去。"

"好，装起来，你拿走。"

本来孟川涛要在房里请小翠的，但又怕秀兰说怪话，同意把糖果及所有的食品拿走。

"你们年轻时有过热恋，早就播下了爱情的种子，现在正逢春风化雨，条件相当，应该珍惜她。"李小翠临走时安慰道。

孟川涛经历了各种各样的事情，他这个人从不记仇，三天气消，云开雾散。总认为人生就如一场梦，几十年的时光，一眨眼就过去了，能和所有在一起的人和睦共处、诚实守信、以礼待人，生活学习和工作才能过得像百花争艳、百鸟争鸣的春天一样暖悠悠的，人就要多增十几二十年的寿命。如果在我们工作、学习、生活周围处处是嫉妒、粗野愚昧、失礼难谐、恶语伤人、结怨惹灾、三天两斗不得安宁，好似过的严寒酷暑，这样的日子有钱有势，也会命短三秋。再说个人的婚姻爱情是缘分，是男女双方共有的，单相思不等于爱情，到头来是一种苦情。就是交个普通的女友也要在性格上合得来，能在一起谈人生谈创作，也是一种缘分，不是爱情，是友情，也是来之不易的，也要互相尊重和爱护。和和气气在一起，心情舒畅，精神愉快，工作轻松，一切都和谐，命就可长十年以上，该多幸福呢！

这是真理，但事往往不如人意，因为生活在我们周围什么人都有，你想这样做，他偏不这样做，左边吵口的，右边隔三岔五有打架的，三天两日生是非，摔三拉四不安宁，你不惹他，他找上门说不是，那你怎么办？各人自扫门前雪，不管他人瓦上霜，走开是上策。

也可做和事佬调解。还有一个，我认为最重要的忍和耐，从来不与人结仇，骂我不还口，打我不还手，要做到这一点，务必有忍的气度，别人怒气冲冲，我就笑逐颜开，对方见状怒气渐渐退去，除忍与耐之外，攻心、感化也是一种方法，总之要根据当时的人和事而论。当然我们希望在生活的周围空气四时新鲜，能天时地利人和。有很多人把我当成书呆子，也不把我当回事，但我没关系，不计较，所以我做什么事也没得人注意。当然不是做坏事，也从不做坏事，只有坏事做我。比如张秀兰骂了我，我不怪她，仔细想想她的出发点是为了爱护自己的女儿，说明她是一位会护羔羊的母羊。如果她能反思过来认错，我会和往常一样什么事都没发生，夫妻嘛，何必计较这么多。孟川涛翻来覆去地想着。

好吧，管他恰不恰当，暂时把友善和谐这个词放在这里，看发展吧，最好现在不要去讨论它，任其自然吧。

时针正指深夜十二时，月亮在薄薄的云层里穿来穿去，好似和地球里的人们笑着捉迷藏。孟川涛房里的窗外梨树上，一对白头翁不时通过叶隙间伸头瞧瞧明亮的房内，也因冬季的寒风吹来，它们紧紧地靠在一起，然后把头伸进温暖的翅下，安安静静地睡着。

张秀兰经过两天的反复思考后，心想：骂了就骂了，没什么了不起的，要我低三下四去向你姓孟的赔不是，我不姓张。和你结婚几个月了，算是前生的冤逆，前世欠你的今生还你。现在画画的，写文章的算得了什么！大学生遍地开花。我要告诫素华，凡是以画啊、写啊为生的人不能信，肖忠文和孟川涛都是一路货色，到处拈花惹草，这山望到那山高。今天抱着漂亮的，明天见的更漂亮，就丢掉张三抱李四，再过几天就丢李四抱王麻子。这样的人千万爱不得，说实话还是做生意的好，天天钱进钱出，一心为钱，也不会想这么多，思想更单纯，最好是坐地做生意的，开店摆摊的最可靠。素华的婚事，她决意由自己帮忙物色最可靠，不信我就为她找不到如意郎，别人的媒我都做一对成一对，对对都一竿子插到底，没有中途反悔的，今年结婚热热闹闹，明天生儿育女闹闹热热。像肖忠文这样花心的男人就是办了结婚手续，也难维持几年，又得闹离婚。幸好素华还没怀小孩，完完全全有把握找个如意的帅小子。张秀兰想到这里，接着又想到旅社。也好，你姓肖的小子把旅社转让给素华经营，其实也是赔偿素华的损失，如果不给点好处，怕素华给他闹得下不了台。我母女有这座旅社，每年也可赚十几万，十年不是成了百万富翁了吗？张秀兰越想越开心，越想越得意，哈哈哈，哈哈哈……这才是一棵摇钱树，一块剥皮黄金，哈哈哈。她在素华的卧室里自个儿笑得前合后仰，好似百万钞票已经到了她手里了。她按捺不住内心的兴奋，一骨碌站起，跑下楼去，走到素华跟前，笑朗朗地一把拉住刘素华说："素华，告诉你一个好消息。"

"什么好消息？妈，看你高兴成这个样子。"刘素华莫明其妙地问道。

"姓肖的小子不是把旅社给我们经营吗，我刚才略微估算了下，开十年可以成百万富翁了，你今年才二十多岁，我给你找一位会做生意的帅小子。别人的媒我都做一个成一个，个个称心如意，难道我女儿就找不到比姓肖的更好更能干的小伙子，我就不信。"张秀兰得意地说道。

"我以为什么好消息，我无所谓，一切随缘吧。我明天跟肖忠文去登记结婚！"刘素华一副毫不在乎的样子说道。

"明天登记结婚？要考虑清楚，不能马马虎虎，北京那个还未搞清楚，就办手续，太急躁了。素华，常言道：有钱走遍天下，无钱寸步难行。我们赚到了钱在城里买一套高级房子，等你结婚有了孩子我就可以安安乐乐给你带孩子。就是结了婚，赚的钱也要用你的名字存钱，可别用男人的户头存，也要防着点，万一男人变心，人要走钱可带不走。"张秀兰一股劲地道。

"妈！你说这些干什么吗？现在的问题都没解决，就讲到五百年前五百年后的事了。以后的事到时再说吗！真烦死人！"刘素华不耐烦地道。她心里只有要和肖忠文结婚的事，凡是说他怪话都听不进去。有了肖忠文这样真心爱她的男人，已经很满足了，心平浪静，平平安安地干他的事业，我做店里的生意，好好过日子。

李小翠趁这段时间张秀兰不到孟川涛房来的时机，除了值班之外就在孟川涛房内静静写稿，作完一首诗后为孟川涛泡茶、点烟、削水果皮。夜夜都谈创作、论社会、讲生活、话爱情直到午夜。她那温柔和开朗的性格给孟川涛带来了不少温暖和乐趣，在孟川涛的耐心帮助和启发下，她的诗越写越好。《作品》编辑部刊登了她的处女作《静静的冬夜》，当她兴高采烈从邮递员手中接过寄来的赠刊和稿费通知单时，笑得合不上嘴，一气跑到孟川涛身边，兴奋地说："好消息！好消息！"

"什么好消息乐成这个样子？""最好的消息，你猜猜！"

"家里来信了？""不对。"

"你男朋友……""别胡说！"

"加了工资？""更不是。"

"那我就猜不着了。"

"你看！"李小翠把刊登有自己作品的《作品》杂志和稿费通知单递给他道："这才是最好最好的好消息呢！"

"啊！好，好！恭喜、祝贺你的成功！"

"开端的第一回，成功的第一回，是你帮助的结果。不是你的鼓励重新点燃了我写作的火焰，哪有今天的成功，功劳是属于你的。"李小翠激动地说。

"不，是你自己刻苦学习的结果。今晚要好好地庆贺庆贺。"孟川涛喜悦地道。

"怎样庆贺？"

"还是我请客，不是在我房内，到餐厅里请大家的客，炒几个菜，买几瓶酒，请你的全体同事和刘素华母女。我拿两百块钱给你，要你出面请，我来出席，大家一起热闹热闹，也可以提高你的知名度。"孟川涛说着从口袋里掏出两张百元钞票递给李小翠又道："要办得像样点啊！"

"你出钱，我请客，行吗？"李小翠没接他递过来的钱，心情激动地说道。

"你的喜事也是我的喜事，你这点稿费要请客相距甚远，你的成功也说明我没有白期望，对我也有荣誉，快拿去办！"孟川涛又把钱塞到她手里。

"好，就照你的办！"李小翠喜滋滋地下楼去了。

"小张，不不不，小兰，替我去买八菜一汤的菜票。"李小翠将一张菜单和钱交给了张小兰。

"这是你的？"张小兰接过钱和菜单奇怪地问道。

"是我的，不是旅客的。"李小翠正经道。

"你请谁啊？这么客气！"

"请你和大家，怎么样？"李小翠微笑道。

"有什么喜事请大家的客？"

"喜事大大的，吃饭的时候再告诉你。"李小翠神秘地道。

"是找到男朋友了吗？请客向大家公布！"张小兰猜测道。

"男朋友？哈哈，晚饭时告诉你吧，你一定要给我办好，别误了大事啊！"李小翠说着蹦蹦跳跳转身就走，刚走了几步又回头道："食堂不要另煮菜了。"

"这个怪人，好，吃晚饭时准能知道你有何喜事要请大家的客。"张小兰呆呆地望着她走出餐厅，站在那里自言自语道。

张小兰不敢怠慢，拿着菜单和钱急忙走到值班室把单和钱交给刘素华道："老板娘，这是李小翠请大家吃饭的菜单，你照单发票，我把票交给李萍萍，让她去准备。"

"啊！李小翠请客，她请谁的客？"刘素华拿着菜单奇怪地问张小兰道。

"她说是请我们大家的客，她交代伙食堂就不要再煮菜了。"张小兰道。

"莫非她生日？所以请大家的客。"

"我也不知道，问了她几遍，她都说到了吃饭的时候自然知道。"

"什么事要这样神秘，真是怪人做怪事。"

"管他什么事，到赴宴时就明白了，她总不会无缘无故请大家的。"张小兰道。

刘素华想：反正是内部人请客，比成本略高一点就行了，六荤二素一汤共计陆拾贰元，啤酒、可乐 22 元，合计 84 元。然后将票和剩余的钱交给张小兰。

张小兰接过一看，奇怪地问："怎么只收 84 元，是不是算错了？"

"没有错，我是按内部人请客特别优惠算的。"当她见张小兰出了门又把她叫回来问道："为什么李小翠自己不来买票？"

"不知道，看她好像很忙，有很多事要办的样子。"

"啊——！"

八菜一汤团团圆圆放满一大桌，有清蒸猪蹄、白斩鸡、红烧全鱼、糖醋排骨、猪肚煲白果、红椒炒鸡杂、麻辣豆腐等，围着一盆三鲜汤，即鲜肉丝、鲜鱼片、鲜香菇。

"世上只有妈妈好……"梅小红唱着歌来到小餐厅见状惊道："哇，谁请客啊？"

"一位很帅的小伙子请你！"张小兰道。

"小伙子请我！哼，我啊，没那么好的福气呢！"梅小红说着转身进了厨房。

李小翠见小红进来，忙说道："请你去叫孟老师、张阿姨和老板娘马上来吃饭，人到齐了，只等他们三人。"

不知情的梅小红道："我们的菜都还没煮，哪有这么快吃饭啊！"

"都在桌上了，你快去，还啰唆什么？"李小翠催促道。

"啊！原来有人请我们的客。"梅小红说着转身往外跑去，随着留下一串"世上只有妈妈好"的歌声。

席间，大家都只知道是李小翠请客，究竟因什么好事请客，仍然是个谜。张小兰提起酒瓶时发问道："小翠，我们还不知你今天有什么喜事这么客气请我们吃喝，是不是你生日？还是找到男朋友了？如果找到男朋友也要请来和大家见见面。"

"是啊！我们还不知道李小翠因何事请客呢？"

"还有一位主要人物没请来，是肖老板。啊！对，都忘了，我该自己去请。"李小翠跑上画室，把正在作画的肖忠文拉下餐厅。

"好吧，我来告诉大家，今天不是我生日，也不是找到男朋友，而是我有生以来获得第一个最有意义的成绩，因心里高兴有余，也是为感谢在座的同事和老板娘、张阿姨的支持，还要特别感谢孟老师的指教，我写的诗《静静的冬夜》在《作品》杂志上刊登了！"李小翠心情激动地说到这里时，孟川涛拿着《作品》展开翻到《静静的冬夜》作者李小翠的名字展现在大家眼前。

李小翠激动地继续说道："这篇是我的处女作，也是我迈出写作道路的第一步。今后在孟老师的指教下、大家的支持下，利用业余时间继续发奋坚持写作，争取更大的收获。今晚，简简单单地设便餐，只表感谢之心意，请大家莫怪！"

"小翠，让我衷心祝贺你的写作成功，我怀着万分的高兴今生第一次赴这样的宴席。你的成功，也给我增添了信心和力量，我们春晖旅社的姐妹们中有高中学历的，包括我本人在内就有三位，今后在小翠的带动之下，在做好本职工作之余，积极利用业余时间，充分发挥各人的爱好，争取自学成才。"李萍萍兴奋地说。

大家鼓掌，肖忠文带头鼓掌说："我们小旅社还出了女诗人，应该祝贺祝贺。"

"萍萍说的没错，什么生日华诞、婚姻喜酒都赴席过，但没赴过文学创作取得成功的喜宴。今天，这一喜事出现在我们春晖旅社，不但是小翠本身的荣誉，也是旅社的名誉和骄傲，一所小小的旅社里，服务员是诗人就奇怪了。旅社住有作家、画家、诗人并不奇怪，可是服务中有诗人可能全国也是罕见的。在此，我祝贺李小翠的成功，希望她再接再厉更上一层楼，取得更大的成功。"刘素华满怀喜悦地道。

人人都为李小翠在诗歌创作上迈出成功的第一步而高兴。只有张秀兰的脸绷得紧紧的毫无笑意。她之前不知是李小翠请的客，也不知其内幕。现在见孟川涛和李小翠如此亲热，帮她教她写什么诗，更是一气未平，一气又起，她坐在那里如坐针毡，设法赶快离席。想来想去才找出个离席的理由，她对李萍萍说道："我是农村人，不懂这些，我去换小青来听，青年人的事，青年人听了才有味。"起身急忙往大餐厅走去。

张秀兰的离席而去的因由在座的谁也不理解，只是李小翠和孟川涛才理解。

李小翠忙说："张阿姨，酒没喝，菜没吃，小青的饭菜我早已留着，吃了再去吧！"当然李小翠也知道叫她不回头的，只是当着大家的面做个样子罢了。

孟川涛只是笑了笑，一言不发。

"好吧，既然张阿姨要走我也没办法，可能嫌我的酒菜太简单了吧。请大家不要嫌，随便吃吧！"李小翠招呼大家道。

"我看呀！今晚的餐席够丰厚了，小翠太浪费了，你拿菜单和钱要我帮你买菜票时我还蒙在鼓里，知道的话，我会劝你不要炒那么多菜。"张小兰说道。

肖忠文拉着刘素华高高兴兴地进了雅座。

"肖老板和老板娘请坐！"李小翠忙招呼，大家起立让座。

肖忠文拿出相机拍了几个镜头，又把小翠的诗拍了下来。

"也好，大家聚一餐热热闹闹，欢欢喜喜。一同祝贺小翠在创作道路上取得第一次成功，也是自学取得的显著成绩。"刘素华说道。

"请小翠朗诵你的佳作给我们听听吧！"梅小红道。

"对，小翠你就朗诵一遍吧！"孟川涛赞许道。

"好！我就朗读一遍，大家别笑啊！"李小翠的心情一下子回到读书时老师为她举办的诗歌创作朗诵会时的感受，她清清嗓子拿起《作品》朗诵道：

静静的冬夜

繁星密布，

静静悠长。

醉心的月色，

映缀出迷人的人间天堂。

星空月色的树下，

双双对对情侣窃窃私语。

播出一集集爱的诗篇，

唱出一曲曲情的歌谣。

"啊呀！了不起，了不起啊！小翠，你真是位女诗人了。"李萍萍惊讶地赞许道。

"平时哪里知道李小翠会作诗呢！"

"真是女才子。"

"继续努力，争取出版小翠诗集，我一定买一本。"

……

大家你一言我一语，以敬佩、羡慕的心情说个不停。

"这是小翠的天分，我是可望而不可即啊！连想都不敢想。好吧！大家快点吃吧，时间不早了，吃了饭各就各位！"刘素华说道。

孟川涛心里暗暗地充满喜悦，这是他辅导出来的第一朵文学之花。

这一夜张秀兰想了很多很多，她认为孟川涛早就瞒着自己暗地里和李小翠勾搭上了。这首诗哪里是李小翠写的，她有这个本事吗？我不信，还不是你孟川涛想出来的，只是用她的名字刊登罢了，想满足小妖精的虚荣心，换得她的欢心。再说今晚请大家吃饭，完全是为了张扬、鼓吹、显耀她的本事，在大家面前出风头。写这几句话有什么了不起，我只是少读了几本书，否则我早就赛过你了。一念间张秀兰又想到孟川涛身上来了。她琢磨，姓孟的肯定看中小翠生得年轻漂亮，妖气十足，诱人可爱，算了吧，让他去抱她，看你能抱多久。再过两天你也去上班了，我不跟你去，要陪女儿去办结婚手续并定下做酒时间。看你姓孟的还能带她到何时？！这样才解我心头恨呢！她想到这里，忍不住心里的满足，暗暗地捂着嘴巴笑了起来。当她想到和孟川涛结了婚，又很后悔，早知道有今天你嘴巴说出血我也不和你结婚。张秀兰想到这里又暗自高兴起来，因此急忙走到值班室对刘素华说："这两天你和肖忠文办了结婚手续，旅社就真正是你的了，到时李小翠这样的人应该退掉，我给你招一名好的。"

刘素华听了她妈妈的话后很不耐烦地回道："妈，这为什么这样讨厌李小翠，我和肖忠文都认可小翠工作负责，勤勤恳恳，不要人家吩咐，哪里忙不过都自觉地帮着干，不管干哪一行都熟悉，何必要退掉她，你招一名来不见得有比她更好，我不同意。"

女儿的一席话使她泄了气，心想：真倒霉，女儿不听指挥了。

"秀兰，你去南昌吗？我要去上班了，你是不是要在店里帮素华。"孟川涛提着行李问道。

"你先走，我要等素华办好手续再来。"张秀兰说。

孟川涛走后，肖忠文从画室里下来问素华："孟老师走了多久？""刚走。""我想送送他，不声不响地就走了。"肖忠文说后又上楼画画去了。

两天后，正是双十二（即十二月十二日），肖忠文叫来李小翠，要她多值半天班，他要和刘素华去办点事。安排好后，俩人打扮得漂漂亮亮，走进了民政局婚姻登记所，办了结婚证。

俩人出了办公室后，互相拥抱了一阵，欢笑着，手挽手回到了春晖旅社。

服务员见两人进来，大家鼓起掌来。李小翠拿来预先准备好的鞭炮，噼噼啪啪炸开了花，乐得肖忠文和刘素华心花怒放，肖忠文乐得把刘素华抱起上楼去了。

正当肖忠文抱着刘素华放到床上时手机响了。他忙一看，是厦门张辛梅打来的，叫他后天要带画来，英国画商要买画。他对刘素华说明天要去厦门，外国画商在那里等呢，你也跟我去厦门玩玩。乐得刘素华跳起来，两人商量好后，决定店里的生意由李小翠负责。

第二天下午，肖忠文、刘素华上了去厦门的列车。刘素华还是第一次坐火车，一路上看着窗外的景色，又新鲜又高兴，每到一个城市，肖忠文都滔滔不绝地介绍着。她累了就倒在肖忠文身上安安心心地睡一觉。

肖忠文带着刘素华进了民政招待所，放下行李，洗了澡后就打电话给张辛梅，张辛梅让他俩到海滨原餐馆，她在那等候。

肖忠文和刘素华乘公共汽车到了海滨公园，张辛梅一下就看到肖忠文，急忙上前招呼："肖先生，我在这里。"

肖忠文拉着刘素华向她走去，张辛梅见肖忠文拉着手的那位姑娘不是沈小燕，因此问道："这位是……""啊，她是我的老婆。"

"肖先生好福气呀！有这样漂亮的老婆真使人羡慕啊！"张辛梅想问沈小燕怎么没来，听他说这位是老婆，急忙咽回要问的话，火速道："肖夫人贵姓？""姓刘，名素华。"刘素华自我介绍道。

肖忠文忙对素华介绍道："这位张小姐是老乡，她高中毕业后就来厦门打工了，她多才多艺，做生意很灵活，宾馆、酒店、餐厅帮拉客，还给外国客人做导游，我们的画完全是张小姐联系到一位英国画商买去的，张小姐本事可大了，真有超人的魅力，今天我们又要劳烦张小姐了。"

肖忠文向刘素华介绍了一番。

"吃完早餐，九点去鹭江宾馆洛德麦克先生那里谈生意。"张辛梅道。

早餐后三人来到宾馆，张辛梅拨通了麦克先生的电话。麦克请肖先生一同来商谈交易事宜。

三人来到了麦克先生房门口，此时他正站在那里等候着，刘素华第一次见到外国人，嘴里没问，心里想，又高又尖的鼻梁，金黄色的头发，真奇怪了，和电视里的一模一样。

张辛梅忙用英语解释道：沈小姐去北京了，这位是肖先生的夫人，要麦克不要问沈小姐的情况。麦克表示理会。

"啊，这么漂亮的肖夫人，敬佩，敬佩！肖先生真是有福气。"麦克先生赞道。

一番介绍后，张辛梅向麦克说肖先生的画带来了。肖忠文打开一大卷画，其中有十多幅是梅竹风景，共计二十八幅，又从包里拿出一只龙腾形象的小型根雕放到麦克桌上。

麦克还没来得及观画，见那小巧玲珑玩意儿，惊呼道："这种艺术品也是肖先生的作品吗？"

"不是我的作品，是我同学的工艺作品，她送给我的，如果你喜欢就送给你。"肖忠文道。

"喜欢，当然喜欢，只不过太贵重了。"麦克先生托在手里左看右看，心想：这是一种独特的工艺品，世界上并不多见，他能送给我把它带回去，可以开拓一个艺术项目，就怕产品少，供不应求。因此问道："肖先生，这种工艺品多吗？"

"并不多，是我的一位女同学自己上山，亲手采集原材料亲手制作的一种工艺品，生产速度慢，比画画难得多，因此在国内也有很高的价钱。"肖忠文见麦克很感兴趣，所以故意抬高它的身价。

"我想在皇家艺术馆里开设一个新的根雕工艺品专柜，就怕产品供不上，产品一旦购空没有库存。成了空柜就不好了，至于价钱嘛，好商量，能否在这三天内答复？你的画不用说了，有多少要多少。"麦克先生很迫切地说。原因是上回购进他的画，一星期就卖完了，来时公司经理要他多购些肖忠文的画回来，所以才这样说。

"好呢！今天下午答复你，我还要去电话和我同学商量，有现存的产品有多少，至于我的画你做个价吧。"肖忠文道。

"好，我们一幅一幅地作价。"麦克先生打开计算机，一幅幅认真仔细地欣赏和审定，并作价。当他看完十二幅梅竹风景时问道："肖先生，这十二幅是一个地方的实地写生，还是幻想作品呢？"

"全部都是一个山村的实地写生画出来的，根雕工艺品也在那里。"肖忠文介绍道。

"好，这个村子有这么好的风景，一定是国家风景区啊！"麦克道。

"不，是一个很贫穷，很落后的山区，我已经向政府提议先开路，然后发展旅游业。政府会不会采纳我的意见，还是未知数。现在交通不便，靠步行上二十里，下二十里，翻过一山又一山，走的是羊肠小道，否则我可以带你去亲入其境呢！"

"好，好！先把你的画做好价，再细细谈。十二幅给二十八万人民币，也是给你最高的价钱了，还有十六幅，给你二十万，肖先生行吗？"麦克抬头对肖忠文道。

"麦克先生，总计给我五十万人民币，上次《梅竹全图》你卖了吧？"肖忠文问道。

"挂出两天就被一家公司买走，折合人民币一百二十万，很可观。好，就照肖先生说的五十万人民币。"麦克从保险箱里点出五十万人民币给肖忠文。

刘素华在一旁看得目呆口张，心里高兴得无法形容，想：我老公的画有这么值钱，这个外国佬也是有钱没地方花。

肖忠文打开一只皮箱，叫素华把钱装好。然后请麦克先生去酒店吃西餐。由张辛梅带去。她经常带客的鹭江大酒店西餐厅。由麦克先生点菜，张辛梅不断地介绍，一共点了五千三百元的西餐。当然是肖忠文出钱，所以她就尽量不点太贵的菜。

一会服务小姐端来刀叉盘子等餐具，刘素华还是第一次进西餐，见没有碗筷，都是刀叉盘碟，轻声问肖忠文道："没碗没筷怎么吃？""看他们怎么吃，学着用，有样看样呢。"

中餐后各自回去休息，下午三点再到麦克那里谈下次的生意。

刘素华是第一次出远门，第一次见老外，第一次吃西餐……凡事都是第一次，感到一切都是那么新鲜，那么奇怪，特别第一次见到自己有这么多钱真是万分兴奋，她急忙上前紧紧抱住肖忠文，往软软很有弹性的床上倒去，火辣辣的嘴唇在他脸上不停地亲吻，心想：我老公多伟大，幸好没被别人抢去。

肖忠文带着几分酒意，双手抱着她，俩人都入睡了。

一觉醒来，肖忠文才想起打电话给梅竹村的李正雄书记，急忙拨通了他的手机，问刘山凤的根雕产品有多少，有一个外国朋友要买一批想看看。李书记说正开公路，路基开到了梅竹坳，如果老外要来可以请一匹马（这山区结婚时新娘骑马接到男家）。不到二十分钟，刘山凤打来了电话说，她的成品根雕有九十多件，到处去打听都未找到销路，听肖忠文说有他外国朋友要买，而且都在上万一件，叫他不要说低了价钱。

再说李正雄得知外国朋友要来梅竹，高兴之余即打电话给乡里的王书记，他同时打电话给肖忠文。肖忠文接电话说，英国一名画商说要来看看根雕艺术品，因为把刘山凤送给我的《龙腾》工艺品送给画商，他极感兴趣，回去准备搞一个专柜，就怕产品少，供不应求等等事项说了一遍。

李正雄接到肖忠文的电话后除了跑到刘山凤家里去通知她有外国人要买你的产品，并把肖忠文的电话号码告诉了她，要她立即和他联系，接着又去联系养马户，做好准备，随叫随到，紧接着和乡里王书记联系，把这一消息向他汇报，尽管是冬寒地冻，也赶得全身热乎乎的，如六月酷晒，回到办公室刚要坐下，电话又响了，是村长打开电话说，修路那里要派两名劳力带刀斧砍树。李正雄把衣服一翻又跑步去调动修路劳力……

肖忠文和刘素华来到鹭江宾馆时，张辛梅在门口等候。

三人上到麦克先生那里，见他拿着《龙腾》根雕仔细地欣赏着，脸上出现满意的微笑。见三人进来，忙站起："请坐！请坐！"

肖忠文说梅竹村正在修公路，路不好走，只有骑马，问麦克行不行？麦克高兴地表示 OK，根雕产品有一百多种，大中小都有，并且还在生产中。"你感不感兴趣？"肖忠文问道。

"OK，很好，一定要去，我能骑马，骑马比坐车好。"麦克的表情可以看出很喜欢骑马。

一块商量妥当，第二天麦克、肖忠文、刘素华三人从厦门去了南昌。本来张辛梅也想去看看，她考虑到这里的生意，决定下次去，这次就免了。

麦克来到桃源乡，下车抬头四望时，见四面青山环绕，云峰插天，蓝蓝的天空，清清的河水，绿绿的森林，红红的枫叶……连连赞叹：多美啊！江西真是个好地方，山青水绿，处处好风光……

从南昌出发时肖忠文就打电话给李正雄一定准备好马匹，李正雄等一伙牵了四匹马在下车的路口等候着。肖忠文一下车，一眼就看见李正雄书记和乡里王书记等候在那里，互相走上前来一一握手，肖忠文向大家介绍了麦克先生是英国的艺术专家。大家寒暄了一阵后趁早上马赶路。麦克、肖忠文、刘素华、王书记四人骑马向梅竹村而去。

一路上肖忠文、麦克、王书记笑呵呵地谈论着如何发展乡村旅游、乡村文化等。

麦克："你们中国改革开放了，有很多外国人到你们国家来投资做生意，这是很好的政策，没有这个政策我也不可能买到肖先生的画，更不可能到你们这美丽的梅竹来。"

王书记高兴地回道："麦克先生说得对，我们欢迎您的到来。"

一路上人们见一位黄头发、高鼻子、蓝眼睛，骑着马的外国人都放下手中的活，好奇地看着，感到特别新鲜。

刘素华第一次骑马，上马都是肖忠文扶她上去坐好，不要怕，叫牵马的不要走这么快，马刚走时有些慌张怕跌下来，走了一段路才心情稳定下来，全身才放松，挺着腰，抬起头，看四周风景，慢慢地轻松起来，她也有骑马比坐车要舒服得多的感觉，空气新鲜，四周景物一目了然。

四个钟头才到达梅竹村委会。村委会四周的人群挤得水泄不通，附近十多里路的男女老幼都赶来看那位外国人，这也不足为奇，在这偏僻的山沟里很多人县城都没去过，怎么能见到外国人呢。

刘山凤早早就来到了村委会，等待着肖忠文和外商，她心情激动，希望自己产品能被外商看好，一齐买走。想着想着，忽听一阵马的鸣叫声，外面围观的人们也喊着："来了，来了！"她急忙跑出办公室，见肖忠文下了马，她挤开人群，上前握手招呼："辛苦了！""不，骑马不辛苦，真正辛苦的是马和牵马人。"肖忠文笑着道。

"沈小燕怎么没有来？"刘山凤问道。

"她上北京读美院了，这是我老婆。"肖忠文指着刘素华介绍道。

王书记、李书记陪着麦克进入村委会办公室，村长忙于泡茶。当麦克接到这香气满庭的梅竹毛尖茶呡上一口时，顿觉清香盖世，心旷神怡，连喝几口，全身舒畅轻松，连连叫好，问道"这么好的茶叶是什么地方产的？"

"是我们梅竹最原始最传统，不用化肥农药，无水及空气污染，纯尽的绿色茶叶，它受梅竹高原的灵气，特有的清泉，自然的气候生长而成，再加上千年流传的手工制作工艺而成。"李正雄书记介绍了一番。

"要多少钱一斤？"麦克先生问道。

"有四个等级，特级一万五千一斤，产量不多，年产只有四五百斤。一级每斤一万二千元，二级一万元，三级八千元不等。"村长作了补充。

"好！这样的好茶叶每个等级给我一斤，带回我国去，我有一个朋友是做茶叶生意的老板，他从各国进口的茶叶也可能无法和梅竹的茶叶相比，明年我带他来这里考察。现在我要去看看根雕艺术品，这是我职业内的生意。"麦克说道。

大家一齐出了办公室。

由刘山凤走前，接着是肖忠文、刘素华、麦克、王书记、李书记及村长一行，随后就一长队人，往刘山凤家走去。

李正雄、王书记、麦克、肖忠文夫妻一行在刘山凤带领下来到了她的根雕陈列处（山凤接到肖忠文电话后才打扫好一间，把一百来件产品排好，以前堆放在一间小房里）。麦克进去一瞧既兴奋又惊讶说道："真是高超的艺术造诣！"抬头向四周人群寻找什么似的问肖忠文道：

"肖先生，这些艺术品的创作者呢？"

"啊，就是这位刘山凤小姐。"肖忠文指着身边的刘山凤道。

"啊，是刘小姐，是你一个人创作的吗？"麦克看是出自一位青年姑娘之手，真不敢相信，紧接着又问："刘小姐，没有人帮你吗？"

"就我一个，上山采料、取材、成型等等五十多套工序都是一人亲手完成。"刘山凤道。

"了不起，了不起啊！你这里有多少件？"

"一百零五件，没有完工的有二十件。"刘山凤道。

麦克先生指着如飞马、奔马、骑士战马，还有猛虎下山、虎啸、卧虎、球星、赛跑、游泳、海浴等二十多件要卖多少钱时，肖忠文轻轻地在刘山凤耳边说了声"两"，刘山凤才回答："二万五千元人民币一件。"

"唔，是贵了点，有五件可以按这个价。飞马、战马、猛虎下山、海浴、玫瑰。还有十五件值二万，其他每件八千元，不分大小，总计人民币（麦克拿电子计算机一件一件计算完），说道：一百二十二万五千元人民币。"麦克说后又重新一件一件地再审核一下质量，又对刘山凤、肖忠文等在场人员说："这些木根选材千万要没腐烂的。"

刘山凤认真地点头道："我做到了一丝不苟，不但没腐烂，连一粒虫蛀孔都不能要，除此之外还要特别干燥才不会变形，这是最起码的常识。"

"刘小姐说得很正确，买你的作品我放心，不过数量不多，以后要加倍，再加倍，每月货最少也要五百件，否则供不应求啊！"麦克很有把握地说道。

王书记对李正雄说："请几名雕刻老师傅来。"麦克一听："不行不行，不能雕刻，它是另外一种艺术品，价钱不高，我们那里不喜欢，因为它是刻出来的，很呆板，没有自然的美和幻想感，真正的一件根雕，会有多方面的感受，越看越不一般，百看不厌。一件产品只能一个样，千万件就千万个形象，很难创作出第二件相同的产品来。"他说着随手拿猛虎出山向大家说："这件猛虎出山，要再做一件完全相同的就难了，雕刻就不同，要相同的成千上万都容易，所以它就不比根雕值钱。"

"对！这是另立山头的艺术品，创作者要有很高的想象能力，不是任何人都能完成的。"肖忠文说道。

"还有包装问题，不能用软包装，用木箱一个一个装好。空隙要用干而新鲜的稻草填满，使产品不会滚动。这些产品我可现在就付给你钱，但出山运费、包装费要刘小姐自己负责，一星期内运到我们下车的地方，我会叫车来装。当然你要提前两天打电话给我。"麦克说。

为了保证产品供应，麦克向刘山凤、肖忠文、王书记、李书记表示要订供销合同，要保证货源不断，每月不少于三百五十件合格产品。

订合同就得到乡县工商部门去，要合法，起法律效力的，不是随便的事。

目前最紧要的任务是包装箱。李书记村长分别去各户寻找木板，如果找不到现成的木板，就连干木头也可，有三名会做木工的都请来，连夜加工，没有机械全靠手工劳作，叮叮当当，由于大小不一，必须一个产品一个规格来做，按这样的速度需要三天三夜方能完成。

第二天王书记、李书记、肖忠文夫妻陪麦克考察了梅竹的茶园、橘园及青松红枫、百丈飞泉瀑布、河水鱼虾处处游，河两岸芙蓉、桂花草花、村口千年古松及柏树林……麦克一处处都用相机拍了下来。又对肖忠文说："肖先生，你的画中都有这些景致吧！"

"没错，基本都有，你亲临此地就更明白了吧！"肖忠文笑笑道。

麦克心想：这里的确是个风水宝地，旅游度假的好去处，真是山美水美万物美，更美的是人，这里的人心诚老实，而且很有智慧，在英国找不到这样美的地方了，只可惜交通不便，如果中国政府同意我投资的话，我愿意投资开发这个美丽的梅竹……

王书记和李书记、刘山凤、麦克、肖忠文等人在村办公室一起研究和外商订合同手续事宜，王书记打电话到县工商局问如何办，县局说要到那里来商量，什么产品、规格等等，反正我们也没办过，可能要通过外贸，手续是比较麻烦的。但必须甲、乙双方要具备同外商订合同的条件，必须来县里再说。

王书记说："我们一同去县里，到了县才知道如何办，总之不管到哪一级，我都自始至终一直到办好为止，按目前的政策来看，只能以乡的名义才可签订出口合同。

王立辉书记心里有一盘棋，桃源是个特困乡、十二个村全是特困村，梅竹更为突出，虽然改革开放二十多年来，仍然没有什么明显改变，现在外商亲自找上门来要工艺品，又有刘山凤这样的好人才，可以变废为宝，不是吗，人家烧柴都不喜欢的杂树根，到了她手上就值万元或几万元一个，还有她家的茶叶，特级一斤也上万元，在肖忠文的资助下现在也发展到三四十亩，年年产量俱增，还有橘园、养猪场等，都向前发展，不但如此，桃源风景，清新的空气，清澈的水，真是绿水青山，金山银山，要梅竹做重点，带动其他村及全乡的发展。这盘棋在他心里一一展现，一定要做好，做赢。他知道此次合同非同小可，绝不能轻视，不管到哪一级单位都要办好，还有肖忠文的事迹也要宣扬，是党基层干部应有的责任……

此时肖忠文接到李小翠打来的电话，说张秀兰要赶她走，没经任何商议又招来一名服务员，现在我还未走，一定要到你回来我才会离开春晖。肖忠文告诉她说，没有我的调动，谁也没有权利调换和随便招收人员，我明天就会回来。肖忠文向王书记、李书记、麦克说明缘由，和刘素华回"春晖"去了。

正是：

政策开放传五洲，一带一路情抒抒。

画笔绘出新天地，百业兴旺必有求。

第十四章

三喜临门

自从肖忠文带刘素华去厦门后，春晖旅社的一切都交给李小翠负责管理，他夫妻俩才走得安心。

李小翠在服务台前仍然和往常一样和大家有说有笑，对客人态度更好，工作也更认真，她知道肖老板最相信自己，不能辜负他对自己的信任。

我要比以前把工作做得更好，更认真，这样一来也引起了张秀兰的不满，每天收的钱都没到张秀兰的手，一分不少地照肖忠文的吩咐统统存入银行。

其他服务员和李小翠更有说有笑，时不时走来喊声"老板娘您好"什么的笑话，弄得李小翠哭笑不得，她们都是有事无事来开开玩笑，没有客人在的时候还会打闹一阵，常常都洋溢着热热闹闹的气氛。李小翠虽然日夜忙个不停，但心里比往常更感到高兴和快乐。

一星期过去了，突然间张秀兰带来一位姑娘来到"春晖"，带着她这走走那看看。张秀兰也不断地向姑娘解释，并把各人的姓名介绍给她，又带她从一楼到、三楼各个房间的等级及各等的设备，哪个服务员负责管理等等事项都详详细细地说个清清楚楚，使那姑娘能听得明明白白才放心，有时还带考核的口气要她说一遍。使姑娘听了也感到厌烦，但又不敢表现出来，心想：由她去说吧。张秀兰那颠三倒四的话，姑娘没法忍下去，只借说要喝水，才回到张秀兰的住房，这时张秀兰又不断地唠叨着，说自己和孟川涛结婚是一时冲动，他现在到南昌上班去了，在那里生活过不惯，吃的用的他都很节省，我在这里要吃什么，餐厅厨房里会给我做好，多自由呢！张秀兰带来那姑娘到底是谁呢？大家都不知道。

原来这位姑娘是叫张春梅，瓜子脸，樱桃嘴，大大的眼睛黑亮黑亮，闪着迷人的光。时时用迷人的眼神向你瞟瞟，逢人则献三分笑，甜言蜜语打动人心，她的一举一动都带着青春的音韵。她那一眨一眨的眼神有强烈勾人魂魄的魔力。她今年二十三岁，已是瓜熟蒂落性感非凡，风华正茂。她在家乡由张秀兰做媒有了男朋友，他在广州番禺一家玩具厂打工，原先双方商定今年春节办喜事。春梅留在家里农忙时帮双方老人干干农活和家务，张秀兰要招服务员，首先就想到了她，所以她特意来到张家，在双方老人面前说了不少好话，才取得同意。春梅本人听了就如关在笼中的鸟要回归大自然一样，高兴得跳了起来，几年来她都想随村里的大群姑娘外出打工，因家父母不允，无机会达到目的。她想去打工其目的不是为了赚钱，而是想去花花世界开开眼界，见识见识高楼大厦、灯红酒绿的大城市，特别是在外打工的回来称赞她这么漂亮，这样漂亮的姑娘一进工厂就会被老板看中，好运就来了，用不着上班做工，调到老板身边，陪着他上酒楼住宾馆，每月几千上万的钞票，吃不尽的山珍海味，穿不完的高档服装，戴不完的金银首饰，住的是高档套房，坐的高级轿车，只要你还没结婚，就有足够的条件享受用不完的钱，送你出国，享尽花花世界。满脑子金钱和享受的张春梅心痒痒的，恨不得马上飞到那里去，要尽千娇百态勾上这样的老板。在家憋得真苦，今年春节男方又催结婚，她想：姑娘只要结了婚就如串了鼻的牛，一切都得听男方的安排，哪还有外出的机会，外面再好的世界也看不到，再好玩的也玩不上。今天张秀兰上门来请她到城里当旅社服务员，每月有三百元工资，不受风吹日晒雨淋，不用手提肩挑，不要烧水做饭，拿着钥匙开开房门，扫扫地，多么轻松，这样的好差事谁不干，虽然比不上她们讲的灯红酒绿、高楼大厦那么理想，但总比在家强百倍。她一听心里顿时乐开了花，满脸喜悦地笑着拉住张秀兰的手恳求地说："姑姑，我去，我去，一定要照顾侄女啊！千万千万啊！"

张秀兰心里暗想，我是特意来要你的，我还怕你不去呢，见她如此迫切要求，也乐得嘿嘿地笑着说："我那里只要一个人，我当然会照顾你，就怕你爸妈不让你走！"

"不怕不怕，请你劝说劝说他们，做做老人家的思想工作，万一他们不同意我也要去。"张春梅诚恳地说。"好，我去跟他们说说看。"

张秀兰在他们父母面前鼓动三寸不烂之舌，要出一副关照亲友和自己人的好心肠，说道："哥哥嫂嫂，素华旅社生意好，缺服务员，原先她要在城里招几名，为了关照自己人，我不同意招城里人，特意来老家，当时我就想到了春梅最合适，到外面去路途遥远，家里有什么事回一趟也不容易，素华的旅社就在自己城里，好比就在门槛下，一天来回能走好几趟，既挣到了钱，又可以照顾家里。再说都是自己人，你们也尽管放心，包吃包住每月工资三百元，月月兑现，全城旅社的服务员就算素华旅社的工资最高，其他的只有二百元呢，很多人想来，我们都不要，亲不亲故乡人，别说我们还是亲戚，自己人都不照顾还照顾别人吗？所以我特意来和哥嫂俩说说，看你们的意见如何？"

"姑姑是好心肠，自己人总归自己人，有这样好差事照顾春梅我们做父母的还有不同意的吗？还求之不得呢。再说素华在城里开旅社，年纪轻轻地就当了老板，已经发了大财，名扬四海了呢，谁不知道，今后有什么合适的门路，能用得上自己人的地方，尽量关照我们农村无门无路的人。行！行！有姑姑、表妹的关照那就好了，打着火把也难寻到这么好的工作。姑姑啊，你还不知道呢，春梅见左邻右舍的姑娘统统到外面打工去了，只剩她一人在村里，都想死了要外出，特别是见她们回来从头到脚都穿戴一新，个个大把大把的钞票拿回家来，更加心痒痒的，多次闹着要去打工，我们都不同意。现在是在自己人手下做事，我们就一千个放心一万个放心，让她去，一定让她去，我去叫春梅回来。"春梅的母亲乐呵呵，满心喜悦地说着就要起身到外面去叫春梅，春梅已站在门口了。

原来春梅一直在门外细细听着她们的谈话，当听到她妈连说行行时乐得自个儿笑了。

"春梅过来，妈有事告诉你。"

"什么事啊，妈！"春梅明知故问道。

"姑姑请你到城里素华旅社当服务员，这是好差事，你去不去？"她妈问道。"好，去，当然去。"张春梅高兴地说。

"对对对，就在城里，素华开的春晖旅社。"

"什么时候去？"张春梅问道。"下午跟我一起去。"张秀兰道。

"下午就走？要带什么东西？"张春梅问。"包吃包住，带点少量的日常用品就行。"

因此，张春梅随张秀兰来到了春晖旅社。

张春梅的到来使春晖旅社的全体人员，都添上了一层迷雾，多一个人来干什么呢？本来人员就够了，多一人就得走一人，到底谁留谁走呢，大家都在为自己是留是走猜测着，李小翠可没有去想，因为肖老板亲自要她负责的，老板娘也一贯来对她很好，要换也轮不到自己，就在她觉得稳坐钓鱼船之时，张秀兰带着张春梅来到了值班室服务台前向李小翠说："小翠，你一个人上日夜班很辛苦，我招一名帮你忙的，你先带她熟悉熟悉。"

李小翠根本没有想到"帮忙"的背后潜伏着阴谋。她还千感谢万感谢张阿姨关心自己，应该好好带会她帮自己上班，可以轮流，一人日班，一人夜晚，那就轻松了。小翠教她如何登记住宿卡，餐厅收付账如何做，如何做交接班手续等等。张春梅也很认真地学，经过两天的带班，她就可以独立上班了。

此时张秀兰心里暗暗高兴，这回我就可以找借口叫你滚出春晖旅社了。其他服务员见张春梅在服务台上班后，悬着的心才放下来。

三天后的一天，张秀兰见张春梅可以独立工作了，更迫不及待地叫李小翠休息休息，不要上班了，旅社不需要这么多人了，你可以另找工作，你的工资也一分不少地付给你。

李小翠做梦也没想到，这究竟是谁的主意，是肖老板放不下面子，当面不说，走后指使张秀兰或老板娘……她想来想去都不对，肖老板和老板娘一贯来都是光明磊落，如果不相信自己走时不会把重任交给她，不对，一定是那个鬼鬼祟祟的张秀兰干的了，为了安排她的亲人趁女儿女婿外出之机，把我赶走。李小翠想到这里，对，你要我走我偏不走，我要打电话告诉肖老板，是不是要我走，不要我？

肖忠文接电话后，感到莫名其妙，"是谁要你走，千万不能走，今天没车，明天我就会回来，天大的事都要等我回来。"

李小翠接到肖忠文的电话后完全明白了，她安心地等待着肖老板回来，就能真相大白了。

张秀兰暗暗高兴，这回李小翠也要乖乖地离开春晖旅社了，不管她有多么聪明，会写诗会讨男人喜欢，也要不知不觉地把她赶走。

肖忠文问刘素华道："你知道谁有这么大胆，不经过我们就敢炒掉我的服务员呢？"

刘素华心里早就明白，但又不好说，现在肖忠文问上来，不说不行了。"还有谁，还不是妈，她真是老糊涂了。"

肖忠文和刘素华回到春晖旅社，头等大事就要见到李小翠，此时李小翠正在厨房帮忙洗菜，张小兰急忙跑去告诉小翠肖老板回来了。小翠并没有丢下手中活赶去见肖老板，继续做事。

刘素华也没有马上去见她妈妈，急忙下楼寻找李小翠，其他服务员告诉她，小翠正帮厨房里洗菜。刘素华进去把她叫到房间，此时的小翠心情相当复杂，她知道他们的利害关系，不敢说任何一方不满的话，只是说张秀兰阿姨也是出于好心，照顾自己的侄女，谁也有亲人朋友，亲不亲故乡人，别说是自己的至亲侄女。她叫我带春梅两班，等她熟悉就可以一个日班，一个晚班，不会这么辛苦了，我耐心教她，两天后就可单独值班，谁料到张阿姨叫我捡好行李到别处去找工做，春晖旅社不要这么多人了，因此就打电话给你，实在对不起肖老板和老板娘了，请谅解。

肖忠文明白了，说道："小翠，你是我亲自招来的，你从进店之日起，一直勤勤恳恳，把店里的工作当自己的事，是我最相信得过的人，最放心的人，我没叫你走，谁也没权利叫你离开春晖旅社，你安心上班，今天你休息吧，工资照发，而且还要加工资。"他说完又问刘素华："招来那姑娘是你娘家的什么人呢？"

"我不认识，不知道是我妈的什么人。"刘素华道。

"既然招来了就算了，素华就不要上班了，你可以这走走那看看，全面看看，最好是休息，你也辛苦几年了，人家都叫你老板娘，可是你还要上班，还顶一名服务员的工作，你说辛苦不辛苦，现在是真正的老板娘了，就不要再上班了。"

"我可以享福了啊！"刘素华一阵激动，火速抱住肖忠文吻了吻。

"也并不是享福，你还要管理经济，和往常一样，收付都由你，卖画的钱去银行存二十万，寄二十万给梅竹再发展生产，一旦根雕合同订下来就得建厂房。钱要准备好，什么时候要用就什么时候拿去。梅竹一旦开发，我准备在那里建一栋宾馆和几栋别墅。当然是若干年后的事，这只是一个设想。能不能实现，就要看此次的合同订得如何。"

"我看呀，不要想得太多了，这么多深山的地方谁会去旅游啊！不知何年何月。"刘素华说道。

"今晚下班后要开会，重新宣布李小翠为负责人，全体人员每月加50元工资，新来的张春梅也要使她安定下来，让她管理二楼房间，把梅小红调到服务台，你看如何。"肖忠文对刘素华道。

再说张秀兰知道小翠打了电话给肖忠文，小翠也没走，还要感谢她帮忙，知道自己的计划落空了，肖忠文和女儿回来也不好交代，只有走为上策。店里的事不管，一早到了车站，买票到南昌她老公孟川涛那里去了。刘素华问遍了全店人都说不知道，最后问到张春梅，才说去南昌了。

当晚肖忠文召集了全体人员开会说："大家辛苦了，马上过新年了，这期间工作会更加忙，更辛苦。一年即将过去了，新的一年马上来临，希望大家再接再厉，把春晖旅社的生意做得更旺，更上一层楼，从本月起每月加五十元工资。新来的张春梅每月三百元，工作好了，诚诚恳恳半年后再加。服务台和店里的总负责人是李小翠，我和素华不在的时候一切听她的。还有梅小红也到服务台上班，新来的张春梅负责二楼客房。从今以后大家要更加团结，更像亲姐妹一样，互相帮助，互相学习……"

"老板说得好，大家欢迎！"张小兰带头鼓起掌来。

年终，饮食服务公司和市各单位进行总结，并评选出席全市先进模范单位和个人时，春晖旅社评为先进单位，刘素华为市劳动模范，并出席省授奖大会。刘素华领回一面市政府奖给春晖旅社的"先进单位"的大旗和授予刘素华个人的"劳动模范"的奖状和证书，全体工作人员都高兴地鼓起掌来，这些光荣称号的获得，与全体工作人员积极工作、服务周到是分不开的。

肖忠文接到刘素华兴奋地把她抱起来高兴举起来又放下，又举起，连续几个回合，就把她紧紧地搂在怀里，亲了又亲，吻了又吻，说道："亲爱的，这是你辛辛苦苦为'春晖旅社'争得来的荣誉，我要好好感谢你！"说后又一把抱起往楼上走向房间……

在房间里，肖忠文和刘素华亲热了一会后，肖忠文提出元旦办结婚酒，刘素华一千个同意，一万个同意，离元旦没几天，要通知妈妈和孟老师，还有王立新及家里爸爸等亲朋好友。桌数不要太多，酒菜办高档的。两人商量好后，立即打电话给南昌的妈妈和孟川涛。张秀兰接电话时说要请舅舅等亲戚，刘素华拒绝了，说不能像给我做生日那样大吹大擂，太浪费，这次一切从简，我们计划，最多六桌，也不搞任何形式，用写请柬的方式，要谁来就请谁。张秀兰听了也就算了，不好再插手了，只说会提前两天回来。

离元旦还有两天，眼看办结婚酒就在眼前了，可是肖忠文还在市政府开会未回，刘素华心里很着急，开了三天会，今天应该结束了，快吃中饭还未回来。就在她着急之时，肖忠文骑着新买回来的永久牌摩托车回来了，刘素华见崭新的车，高兴得忙跑上去喊道："啊，真漂亮的新车！""这种车马上就会全面普及了，我肖忠文都能买的，说明市面多过小菜了，不要几年买小轿车的人比买单车的还多，单车将会被摩托车代替，摩托车又会被小轿车代替，小轿车普及到每家每户的时候，我肖忠文可也有份了。"

"素华，还有一项会使你高兴的事！"肖忠文从摩托车坐包里取出一本鲜红的本子和一张盖有两枚大印的奖状来，"你看看！"肖忠文笑呵呵双手送到素华手里。

"好消息！肖老板得奖呢！先进文艺工作者！"站在一旁的李小翠高兴得跳起来大声喊道。

"真是好消息！"刘素华也兴奋地说道。

此时全体人员都围上来鼓掌道："真是模范夫妻啊！"

李小翠打开奖状念了起来，念完后带头鼓起掌来，在这热烈的掌声中肖忠文挥手向大家招手致意后，拉着刘素华的手上楼去了。

正是：

三喜临门春晖楼，宾客满座钱不愁，

百花齐放争斗艳，改革开放快步走。

三喜出在本春晖，喜气盈庭龙凤飞，

你追我赶创业绩，勤奋育来果累累。

三喜门庭中国梦，春晖楼上披彩虹，

画笔绘出新天地，致富路上志不穷……

这是李小翠写的一首诗，热情洋溢地歌颂了三喜临门的春晖旅社的光辉业绩，同时也赞扬了肖忠文和刘素华夫妻的先进模范事迹，也表达了她本人对他俩的敬佩之心。

二〇〇〇年元月一日春晖旅社张灯结彩，由孟川涛做了一幅长联：

春风吹开百花争艳万物迎春春光明媚舞鸳鸯

辉映耀彩三喜临门一对英模模范夫妻结良缘

对联贴在大门两边，门帘"三喜临门"四个大字。

张秀兰见女儿女婿双双评为先进人物，心里更是乐开了花，逢人就说女儿女婿有本事。十多个县的代表都选举他俩为劳动模范，多么光荣啊，同时也不断显示自己，如何养育女儿教育女儿等等的功劳，她回来急忙找到张春梅说："我给你介绍的工作是不是很好啊？"

"很好，素华姐和肖老板都很好，姑姑呀，你不应该叫小翠姐姐回家，她在这里威信很高，大家都称赞她，老板开会都表扬她，你为什么要辞退她，这样好的人，真是难找，带我教我诚心诚意。"张春梅说到这里时，转头一看不知何时张秀兰走了，春梅想：姑姑，你什么意思，当我说到小翠很好时，就走开不听，奇怪，奇怪，真奇怪……什么地方得罪了你呀，时间长了我总要弄个水落石出。

大餐厅的正中贴了个大的红双喜字，左右两边各贴一个较小的双喜字，合起来即三喜的意思。也是孟川涛设想的，他说：他从来都没有听过这么好，这么巧的喜事，真是值得庆贺。

结婚对联一贴出，引来路人驻足观看，一会儿就围拢一大群人，有的读到三喜临门时很不理解，再往卜读到一对英模模范夫妻结良缘时，才恍然大悟，原来结婚之人是双模范先进人物。对联作得好。

"我还没有喝过三喜临门的喜酒呢，得去庆贺庆贺！"

"是啊，难得一喝的喜酒啊！"

大家你一言，我一语，说个不停。

肖忠文藏在他温暖的画室里，两耳不闻门外事，一心专研绘画功。他把室外的一切都托付给刘素华和李小翠，还有孟川涛负责外联事务。孟川涛把肖忠文结婚的事看得比什么事都重要，特别是沈小燕、刘素华之间的关系算是圆满、顺利地处理好了。前一段日子在八一公园旁的一家餐馆里肖忠文还要他出主意，说两位姑娘都要。问他最爱的是谁，他说当然是沈小燕，她条件好，是出自名人世家，她本人艺术水平也比自己高，很懂绘画知识和理论水平都很值得学习，但也没忽视刘素华苦心经营旅社，支持他外出写生，在大自然里磨炼自己才取得这样的进步。正当他进退两难之时，幸好沈小燕考取中央美院，此时肖忠文的心灵深处才来了个三百六十度的大转弯，果断地和刘素华办了结婚手续，年终评比又双双被评为全市模范先进人物，今年元旦办结婚喜酒，已经可以说一锤定音了。

肖忠文在画室里尽情而清静地作画之时，手机铃声打断了他的思路，放下画笔，一看是沈小燕打来的，沈小燕向他问好后，祝他新年快乐，互相说了几句客套话之后，沈小燕说：寒假她回家后要肖忠文去她家玩，到时她会打电话，接电话后再等候他，一定一定，亲爱的。等候你，沈小燕恋恋不舍地说个不停……。肖忠文被她柔柔情深语言，像一潭静静清水被一颗石头打落在中央，一下掀起一层波浪，久久不能平静。和她一幕幕、一件件的往事，在肖忠文的脑海里如放影视一般展现出来，她那一句句情深似海的誓言、美妙的神态是他一辈子也忘不掉的。

一阵雷鸣般的爆竹声打断了肖忠文的思绪，他才意识楼下在接待来贺的客人。刘素华怕打乱肖忠文的兴致，因此轻轻地走进了他的画室，见他坐在那里发呆想着心事的样子，带几分惊讶地叫道："忠文，你怎么啦，下面来了很多喝酒的客人，你也应该出去招呼招呼呀！"

"我吩咐了孟老师呢？"

"不行，要你亲自去，这是我们的大喜日子，应该亲自去招呼客人，一辈子只有这一回呢。"刘素华边说边上前拉起他的手下楼了。

肖忠文走到服务台，在货架上拿了包三五牌香烟往餐厅走去，里面坐满了客人，有认识的，有不认识的，认识的人一见他就站起来，不认识也跟样站了起来。肖忠文一边打招呼一边递着香烟，大家寒暄了一阵，有的说着恭贺的话，有的说着生意兴隆的商业口语，真是各有千秋……

一会服务员忙于摆设台椅，放上酒和杯，然后汤匙酱碟、碗筷等……一切就绪后按十人一桌坐好，酒宴就开始了。

孟川涛为新娘、新郎披了红，戴上大红花，双双走到台前一一倒酒，之后也简单得没举行任何传统的仪式了，这是按肖忠文自己设想，一切从简的做法进行的，宴后客人即散。

肖忠文和刘素华在画室里讨论着在新的一年里如何发展旅社和餐厅的生意，肖忠文心里有个比较大胆的设想，想把这楼拆掉重新建一栋高楼，但毕竟是服务公司的地盘，如何改变还得和公司商议。他把自己的想法和刘素华商量，刘素华听后，认为计划是好的，如果公司同意的话，先把餐厅部分拆建，旅社照常营业，这样就不会停业，最好是把地盘买下来，总之还得听公司的意见。

事后肖忠文特意去服务公司找到经理，经理说："你来得很是时候，公司开会决定要把百分之九十的旧房及门面都卖掉，当然也包括你承包的那栋，价钱吗，合同人买优惠百分之三十。空地只要一百九十五元每平方米。总面积合计约五百八十平方米左右，要二百多万元左右。肖忠文对经理说自己没有那么多钱，经理也理解肖忠文的意思，说可以分期付款，不过只能分三期，每期七十万元上下。"

肖忠文听了，心里踏实了，心胆壮了。迅即和经理去银行办了转账手续，事情就这样顺利地定下来了，他兴高采烈地回去和刘素华仔细地计划着。

刘素华提议先拆餐厅后和空地一起建，这里正住在前街后街的三角地带，可以三面开门，三角地可以建半月形，目前再在附近租一间店面做餐厅，服务员也好安排。肖忠文听了也完全同意她的想法，正好围墙对面有一间店面出租，他速即租了下来。

工程承包给市建公司，计划正在实施之中。

一切就绪后，肖忠文按惯例回到画室，夜以继日地作画，他要准备明年开春供应麦克的作品和今年省举办的春节画展，决心把长 10 米，高 1.8 米梅竹全景搬上展厅。争取一举拿下一等奖。打破年年得三等、二等奖的局限。于是他不分昼夜地全力以赴在创作中。

一天，肖忠文接到桃源乡王立辉书记打来的电话，说刘山凤的根雕工艺品已运出交给了麦克先生，并由省外贸订好了明年的出口合同，折合人民币三千八百多万元。预付款五百万元人民币。国家大力支持，所以决定给刘山凤办个厂。

　　肖忠文听到这一振奋人心的消息后，乐得一人跳起舞来，又火速跑到楼下去把这消息告诉了刘素华。她听了后高兴地说："你那位女同学赛过你啦，但也是你的一份功劳，不是你投资帮助她，又给她找到外商，在这深山沟里谁知道，搞得不好当柴火烧也嫌麻烦，就一钱不值了。"

　　"很多东西在大家眼里认为一文不值的，到了有能力人手里变宝贝了，我认为梅竹山上有彤红彤红的石头，也可以生产手链、戒指、项链什么的，搞得好也可出口，可以办个小厂，只要肯发现，肯钻研，肯开发，一定有前途，同样能走向世界。"肖忠文对刘素华和李小翠说道。

　　"你啊！不要想得太多，与你画画无关的事尽量不要管或者少管，最好是专心致志，研究你的事业，不要分散精力，要多画画，画好画，画出高水平的作品，这才是你本分的。"刘素华说道。

　　"对对对，你说得很对。"说完，肖忠文上画室去了，他觉得刘素华说得很有道理，但也有点自私的味道。我的事业不完全是为了自己，当有了成绩之后，就要把眼光放远，把目标放大，把理想由单一变为全面。起初是以商养艺，到艺有了成就，就要艺商共同发展，艺成商，就要把艺术品商品化，这样才有艺术的发展前途，如把艺术禁锢在某狭小的条条框框里，不让它蹦蹦跳跳，就如绑住手足的魔术师，再高超的艺术，也无法把戏法变好。绘画艺术不比表演艺术，不需要舞台，更不需求灯光布景，绘画的舞台是自然界，是广阔的天地，是来自万物，是万物的灵气。一幅成功的作品是物，看起来是静的，不动的，其实是有动，无声胜似有声，无神赛过有神，一切精灵气韵神色都在其中……

　　肖忠文想着想着，突然又想起了梅竹村的老同学，刘山凤、刘贤俊他们在做什么呢？这样的天寒地冻，山上一定有雪，那里的雪景一定很美，如果能抽出时间来的话，一定要去那里画几幅梅竹雪景！

　　说起梅竹来，真是比两个月前发生了翻天覆地的变化，遍地银装素裹，雪风刺骨，此时的刘山凤并没有躲在室内烤火取暖，而是带锄带刀和两位年轻妇女上雪山，寻找做根雕材料，每天必须寻找到二三十只可以制作的有用之材，否则就完成不了出口任务。乡党委书记王立辉接到五百万定金后，召开了全乡村书记、村长会议，专题讨论了如何才能保质保量地完成这一任务，技术是刘山凤的，引进的经济也不是她一个人所有，而是全乡人民，当然受益最多的是梅竹村群众，乡里准备拿出三十万来改造梅竹的电，五十万建一栋简单厂房并购进锯板机、烘干机、喷漆机等，所有原材料光靠梅竹也有困难，要各村协助，大家回去可以发动群众上山挖杂木根。除此之外党委决定拿出一百万来发展茶叶生产，特别是靠近梅竹的周边村，更要放在重点，明年老外会把经营茶叶的老板带来，如果梅竹的茶叶能订出口合同的话，是不够供应的。除了梅竹为重点外，其他村也要大力发展，扩大面积之外，高峰、清溪、白石等三个村，各村五十亩，今冬就要选地，平好种植带，究竟怎样，书记和村长要亲自去梅竹看看……

王书记做了全面的布置之后，就进入了讨论。

有的说："那位青年画家对我们山区乡村，的确做了不小的贡献，自己首先投资开发了四个项目，事后又要为项目产品找销路，一举成功出口，还要卖高价钱，这还不算，还订了一年三千多万元的出口合同，这样一来，穷得叮当响的梅竹村，很快就可以富裕起来。"

有的说："肖忠文虽然只是画画，他对党的改革开放一系列政策理解得又深又透，看事物很有远见，一看就准，办事有步骤，下一步，又有新的计划……"

梅竹的李正雄书记从乡里开会回来后，马不停蹄地组织劳力建工棚，砍树的砍树，平整土地的挑沙石的，请四五匹马，运水泥，打地板。

李正雄打电话给王立辉书记，这样进展太慢，又费时又费力，不如再拿一部分钱来，赶快把公路铺好沙石，一切材料就可以用车辆运输。王书记采纳了他的建议，速即去电话给交通局商量并要求他们尽快铺好沙石，好装材料进梅竹。

只两三天后，交通局把所有的工程车调往梅竹公路铺沙、铺石，十来天时间全部铺到了梅竹村委会门口，简易工棚的旁边。

当第一辆汽车开进梅竹村时，几百村民高兴得跳起来，打锣打鼓放鞭炮，还在车头披了红布。

通车后不到一个月，工棚就完工了，各种要用的机械设备全部安装完成，供电线路和设备也相继安装完毕，只等工人上班生产了。

刘山凤见明亮宽敞的厂房，乐得喜笑颜开，速即请人把全部材料搬进了厂房。没几天工夫，各机器陆续投产，生产包装箱的锯板机，轰轰隆隆响彻梅竹，梅竹群众的脸上个个挂着微微的笑容。

刘山凤的根雕工艺厂就胜利地投产了。

"春晖旅社"的餐厅部的拆建工作也已经开工。

各种机械也在忙碌着，租来的餐厅已正常营业，这些所有事务都是刘素华和李小翠两人负责，肖忠文仍然在画室里埋头画画，除了吃饭就不下楼。

一天，李正雄书记打电话给他说：根雕艺术厂已经完工投产了，梅竹公路铺好沙石，也已经可以通车了。彻底改变了步行赴街（赶集）两头黑（未天亮动身，天黑才回到家）的历史。这是党中央和人民政府英明领导所取得的光辉灿烂的成就，充分体现了要想富先开路的正确决策。公路开进了梅竹，汽车进了村，真是山欢水笑，人人变面貌。沉睡了千千万万年的山山岭岭，一草一木也一梦惊醒，不久的将来，梅竹村会以崭新的、响亮的面貌走出国门，奔向世界……

肖忠文想起这一切急忙下楼和刘素华说声自己去梅竹了，两天后回来。带着写生夹、相机等赶到车站往桃源乡去了。下车后拨打王光辉书记的电话。王书记告诉他，请在下车的路口等他，一起去梅竹。

王书记开了辆小面包带来了县里扶贫办主任、县公路局的副局长等一共五人来到了交叉路口，招呼肖忠文上车一起到了梅竹村委会门口，李正雄书记从办公室出来，相互介绍后进了办公室。王书记泡了当地一级毛尖香茗，初来梅竹的扶贫办主任一闻，连连叫好，喝后来了精神，就滔滔不绝地谈起了山区搬迁的政策，像梅竹这样的山区，交通不便，穷山恶水，政府为了改善村民的居住条件，和提高生活水平，以现在的条件，完全可迁到县、乡去住……还未待他讲完，交通局长打断了他的话说："我来的目的就是研究公路硬化的问题，要村调十个劳力协助我们搬东西、浇水等工作。二十天之内要完成全线工程，春节前要通车，上面有人来考察、检查，正好这一段时间天气晴朗。"

扶贫办主任也紧接着说："乡、村书记都在这里，看能有多少户可以搬的，每户补助三万元……。"

"搬到县里除了补助三万元之外，有没有工作安排？"李正雄问道。

"有新房住了，条件很好，自己可以去打工。"扶贫办主任回道。

"补三万，可以吃三年，三年过后怎么办？"

"补的三万元，不是做生活费，是购房费。"

"最好是给我们扶扶产业，现有的两个种植，一个猪场，一个工艺厂，不要多，每项给我五万元，行吗？"李正雄书记说，又想：打工，住在家里也可以去打工。

"搬迁是上级的指示，我只能按照上级指示办事，至于你们四个项目，上级没有这个指标，我也没有这个权利，我回去向上级反映反映。"扶贫办主任回道。

"这样看来还不如肖画家。"李正雄书记有些生气道。

"区区小事，李书记不要这么说了。"肖忠文起身出了办公室，往根雕棚走去。

当他走近工棚一看，四面是塑料板围的，盖的山上的杉树皮，外表看谁也不知道这是一栋简易工艺品生产厂，还认为是座柴棚呢，肖忠文仔细地瞧了一阵，才进了棚里，只见刘山凤拿着一个树根，认真地审视着，在她身边站着两名中年妇女，也随着指指点点，说说笑笑，她们正在选材、定型。肖忠文慢慢走上前去，轻声喊道："山凤！"

刘山凤见肖忠文来了，高兴得连话都未说出来，匆匆忙忙快步上前伸出双手摆出拥抱的架势，如久别重逢的恋人，她的举动惊呆了肖忠文，他连退了两步，忙说："山凤，你老同学来看你的简易厂房和产品。"并同时伸手握住她的手，此时刘山凤才清醒过来，一阵哈哈大笑说道："肖忠文老同学，谢谢你，帮我找到一条光辉大道，支持我在光辉灿烂大道上迈出前进的步伐，由一间不足十平方米而光线暗的小房子发展到现在，幸好在鼓浪屿遇上你这位好心的老同学……"。刘山凤滔滔不绝地说。

"老同学，别说了，只要我能帮得到的，都没得说的，现在都订了一年三千多万元的出口产品了，就好好地干吧。"接着又说："你这位山凤凰，飞翔全世界啦！"

"这一切都是你给我的帮助和支持，在我感到搞根雕没出路的时候，是你带来外商一口气把我的产品销售一空，几个钟头由一名贫穷落后的山妹子，成了全乡百万妹子，又在各级政府的重视和帮助下，和麦克订了三千八百万元的产品……"山凤说着说着，激动得流出了热泪。

肖忠文见状，忙伸手在她脸上轻轻擦一下，"我来看看你这些什么机器。"说后到烘干、喷漆、包装三个工作间，只见每个车间都有人在忙碌着，还有一个大棚堆满着从山上找回来的原材料，又有一间是粉得雪白，木板铺满了地面，放着百来个成品的"仓库"，走进去看了看，山凤介绍道："这些产品，就这几天做的。"

肖忠文不断地一一欣赏着，又说："一定要保证质量，现在是艰苦些，明年就可以建一栋正规的像样的厂房了。"

他们正在说着，王书记、李书记带着扶贫办的主任、交通局长等一行也进来参观。山凤和肖忠文出去了，事后情况如何暂且不谈。

肖忠文见梅竹山山岭岭的雪，在火红的冬阳下溶化得所剩无几了，也未画下梅竹雪景，只好乘乡里的车回春晖去了。

刘素华见他回来了，急忙跑来画室道："忠文，怎么样？这么快就回来了。"

肖忠文心情愉快，忙放下画笔，上前抱起素华小心翼翼地放在沙发上，他把公路铺了沙石可以通车及刘山凤的根雕工艺简单生产车间等等说了一遍后，又把县扶贫办主任及交通局长同去梅竹也说了一下……

刘素华听了，一方面为梅竹的快速变化而高兴，一方面为自己的事业赶不上他们而担忧，人家一份合同订下来就三千八百多万，她还是个女的，我们十年也赶不上山凤一年的收入。她站起来问肖忠文道："他们用什么招待你？"肖忠文听了马上明白老婆的意思，回道："我不希望任何招待和任何回报，扶贫捐款就是贡献。这样的贡献现在出了成效，自然他们也不会忘记我，这也是我们的骄傲，难道不好吗？"

刘素华被肖忠文这么一说，自然就心情舒畅，也就无非分之想了。一会两个下楼去临时租来的餐馆看了看，认为卫生条件都还可以，又检查厨房，并要他们各种蔬菜一定认认真真洗干净，绝对不能马虎，又在新建筑工地看了看，和工人们谈谈材料的质量等问题，最后强调的是安全问题。

当他回到旅社值班室问李小翠："你现在有没有写诗的时间？"李小翠说："准备写一首十颂共产党员的诗，现在脑子里正在酝酿，成不成还不知道，现在还没动笔呢。"

"好，题材很好，祝你成功。"肖忠文道。

"肖老板，你什么时候去梅竹，带我去看看，开开眼界。"李小翠用期待的眼神注视着肖忠文。

"可以，完全可以，让刘素华代你一天班，下次去会告诉你，不过春节前去不了，一来没几天过春节，二是那里的天气很冷，最好三四月吧。"肖忠文道。

"好，我盼望着那天的到来。"李小翠微微地笑道。

肖忠文说后又拉着刘素华回房间了。

第二年农历二月，肖忠文接到张辛梅小姐从厦门打来的电话，说麦克先生已来到了厦门，希望他带画来，有多少带多少，还有孟川涛先生的也带些来。

肖忠文接电话后，清理了自己的作品，大小只有三十多幅，又忙拨通了孟川涛的电话，他回说："由于天天上班，只利用星期天画，现成的只有六幅，但不怎么满意，如果可以，明天星期六可以带上来。"

孟川涛把画拿来后，第二天肖忠文就急急忙忙和刘素华说声去厦门了，带着画和张辛梅一起进了洛德麦克房间，一番寒暄后，肖忠文把一卷三十二幅自己的画和孟川涛的六幅画给麦克先生审核。麦克一看数量太少，为什么不多带些来时，肖忠文说："怕麦克先生不需要这么多，电话中未说要多少，再说我们又没订合同，今年是第一次交易，我们还是订合同好。"肖忠文道。

"我们是老朋友了，肖先生。"麦克说道。

"是的，朋友归朋友，生意归生意，这事你是清楚的。"肖忠文说道。

"对，肖先生，你既是画家，也是懂生意的行家。"麦克道。说完就仔细地看起画来，当他审到《松涛虎啸》这幅画时，暗暗地高兴，但不露声色，他一口气把肖忠文的三十二幅阅完了，说道："肖先生平均给你一万五千元，可不可以？"

肖忠文听了说道："其中有一幅可不够，那就是《松涛虎啸》，这幅要二万八千元，其他三十一幅可按你说的价。"

麦克听了，很是惊讶，心想：那位肖先生真的胸有成竹，那也不得不答应，说道："肖先生，一幅都不让一些，好吧，我们都是老朋友了。"

事情就这样定了，接着就看孟川涛的六幅了，麦克草草阅了一下说："每幅八千。"

肖忠文点点头，默认，最后肖忠文的画总款定的五十万，孟川涛的画总款定的五万元。

麦克先生打开皮箱，把现金点完后，又道："肖先生，你刚才说订合同的事，我回去和公司经理商量后，下次再定吧。"

"梅竹根雕的产品交了没有？合同总金额多少？"肖忠文明知故问道。

"啊，这是一笔小小的生意，靠刘小姐一双手可能很难满足我们，年前的产品，一家公司老板就买了八十件，我来时只剩二十多件，经理要我多购些这样的工艺品，我把情况向经理反应，说了刘小姐那里太穷了，生产条件太差，不能大量生产。这次一定要带一批回去，还有茶叶，过几天我的朋友也会来考察，符合卫生条件的话，也要进口，并长期订合同，他很愿意同中国做生意，中国的开放政策很好，我已拨了王立辉书记的电话，休息几天，等我朋友来了一起前往……。"麦克说道。

"谢谢，麦克先生，明天我要回去了，画的问题是否可以订合同，请你考虑，下次要多少画是否可以预先说个大概？"肖忠文问道。

"肖先生，我早就说过，只要你画的画，有多少要多少，无可非议。合同的事，下回再定。"麦克道。

"好吧，再见！"

肖忠文碰了一下张辛梅，并转身做了一个吃饭的手势，她会意地点了点头，当他出到宾馆门口时，张辛梅也来了。两人来到海滨公园进了包厢，和往常一样点菜，他要她点一些最好吃的菜，张辛梅说："白斩鸡一盘、龙虾一对、三鲜汤一盆，啤酒一瓶。"服务员送上下酒料，肖忠文拉来张辛梅坐在身边，边吃边谈。张辛梅笑着问道："肖老板，每次都两人来，为什么这回就一个人来？"

"店里新建，老婆事务多，沈小燕在北京，所以只好一人来，她们没来无关系，还有老乡你在一起，不是一样吗？"肖忠文风趣地说。

"肖先生开玩笑了，我哪能和沈小姐、刘小姐相比呢，她俩多漂亮。要文采有文采，要人才有人才，样样皆能。肖先生今天独自请我吃喝也是我今生的缘分。"张辛梅说。

饭后双方道别，肖忠文回了春晖旅社。

刘素华在餐厅里等候着肖忠文回来，她把汤菜饭摆在桌上，摆好椅子，再倒了一杯从梅竹带回来的毛峰绿茶，一切就绪后，正好肖忠文进了餐馆门。"快吃，天气冷，趁热。"素华关切道。

饭后，肖忠文心想：要抓紧时间，保证质量的情况下多画几幅，过了春节麦克来了好卖给他，最好有四十幅。此刻又想到了梅竹全景，上次虽然雪已融化，但景不变，就将相片里《梅竹全景》加雪就是了。因此他摆好宣纸，作起了《梅竹雪景》，两个小时全图轮廓画好了。这幅长八米、宽两米，一个下午再加三个小时的夜班，一幅长卷的《梅竹雪景》成功了。这一幅最少也值十万元。

肖忠文趁春节前打了沈小燕的电话，问她有没有回到家，沈小燕说已回来两天了，本来要打电话给你的，还未来得及你就电话来了，祝你一切顺利，新年愉快……对于情感的话也少说了，肖忠文想：这下好了，和我的感情渐渐淡了，可以减少一个思想负担。"肖老板，我有事请教！"李小翠蹦跳着进了画室。

"哟，小翠，有什么事呀！"

"我写了一首不成功的诗，请你帮我改改。"李小翠说着将诗稿送到肖忠文手上。

肖忠文接过一看念道：

《歌颂建筑工人》

建筑工人真坚强（志如钢）

心血铸成万根梁

汗水拌浆层层楼（节节高）

质量安全讲第一

造就世界新面貌

城乡差别无两样

筑起繁荣昌盛梦

去旧换新喜洋洋

建筑工人日夜忙

万户欢歌住新房

栋栋高楼平地起

日新月异现代化

幸福日子万年长

千家万户奔小康

时刻不忘共产党

肖忠文读后问小翠："你从哪里来的灵感？"

"我天天见着工人给我们建新楼，有感而发。"小翠道。

"这首诗写得真好！叫我是写不出来，这是按我的水平说的。"肖忠文说道。

"肖老板太谦虚了，你的画都卖到国外去了，真的给我修改修改吧。"李小翠恳切地说道。

"好，第一句最后三个字：真坚强，改为坚如钢，好像更好，你认为？"

"好，改得真好，真是一字值千金啊！"李小翠高兴得跳起来。

"小翠，我建议把这首诗用红纸写好，贴在建楼工地的醒目处，对工人一定有很大的鼓舞，肯定会有立竿见影的作用。"

"肖老板，我的毛笔字写得不好，请你帮我写，我来贴，好吗？"

"行，你到文具店买两张红纸来，说干就干。"

《歌颂建筑工人》的诗写在大红纸上后，李小翠心想：立即把它贴到既醒目又淋不到雨的地方，要赶在上班前贴好。

诗的落款是：春晖旅社餐厅部。

工人们上班了，见工棚门上贴着一张大红纸，一名技术员赶忙上前读。

"来，大家都听着！"

工人们都围了上来。

李小翠、刘素华、李萍萍、张小兰等春晖的全部工作人员都在门前听着，看着工人们的反应。

当那位技术员朗读完后，鼓起了热烈的掌声。

"春晖旅社有这么好的人才，了不起。"

"我还是第一次听到这样歌颂我们建筑工人。"

"质量、安全第一！大家加油啊！"

李小翠见对面的场景，心里乐滋滋的，刘素华拍着她的肩膀说道："我们春晖人才辈出，有画家，有诗人，特别是你这位女诗人呢！"

正是：

> 三喜门庭耀春晖，
> 百花齐放响春雷。
> 一带一路通全球，
> 百业兴旺唤春归。

第十五章

日新月异

春节后，肖忠文哪里都未去，一心一意画他的画，室外龙灯、歌舞热闹非凡他也不闻不听，真是两耳不闻窗外事，一心专攻绘画。他除了三餐吃饭会下楼外，连喝茶都是刘素华送上画室。他决心在新的一年里，来个开门红，直等到张辛梅来电话说麦克已到厦门，过来谈生意。肖忠文清理好四十多幅画后，告别妻子刘素华，乘火车去了厦门。

张辛梅和肖忠文准点到达了麦克的住所。

肖忠文把四十幅画交给麦克，他接过画后，按部就班地一一审视了一遍后，没有什么异议，就平均以一万八千元价计算，互相无出入后定了数，接着肖忠文又把《梅竹雪景》打开，是一幅八米长两米高的长卷大幅。桌上展不开，只好放在楼板上，也没法展开，只好看一半，卷一半。最后麦克提出到会议厅去全部打开，之后惊呆了麦克，赶忙叫出和他同来的茶叶商，叫哈浪的老板来欣赏。哈浪先生看后，顿觉心胸宽广，一片寒冬腊月，一阵寒意袭来，但又不觉有凉，连连赞道："好，好画，要卖多少钱呢？"（英语问）麦克用英语回道："少也可能三十万。"

肖忠文听不懂英语，张辛梅听后知其内容，向他伸出三个指头，肖忠文会意地点了头。

麦克卷起画一起回到了他的住房后，问肖忠文道："这画你准备卖多少钱"时，肖忠文说："四十万人民币。"麦克摇了摇头道："太贵啦，三十万行吗？"肖忠文接着回道："三十八万元可以吗？"几个回合后，定为三十五万，肖忠文心想：算啦，三十五就三十五吧。

四十幅画七十二万加三十五万，总计一百零七万人民币，麦克打开皮箱付了钱给肖忠文后说："肖先生，去年你提到订合同一事，我和公司经理说了，经理同意你的意见，不是现在，而是在下次，他准备和我一起来，也就是四月份吧，你要准备好一百幅好画，到时可能和经理一起到你春晖旅舍去交易，肖先生意见如何？"

"欢迎欢迎！到时我的新'春晖宾馆'也可能建成开业了，迎来第一批高贵的客人'英国皇家艺术商场'经理及他的随从人员。"肖忠文高兴地说道。

麦克又向肖忠文指着和他一同来的茶叶商人介绍道："这位就是我的朋友哈浪，他就是茶叶商老板，去年在梅竹讲的，我带回去的茶叶，经严格的检验后，各项指标都符合标准。所以明天请你们随我们一路同行，肖先生行吗？"

"行，当然行。"肖忠文回道。

肖忠文接着去电话给王立辉书记和李正雄书记及刘山凤同学，把这消息告诉了他们。随后又打电话给刘素华，告诉她去梅竹了，过几天才回来。

下午肖忠文把钱到工行转账回"春晖"自己账号上，和张辛梅回海滨餐馆吃饭去了。饭后肖忠文留下五万现金送到辛梅手里说："这些是给你的中介费。"

"谢谢！"张辛梅感谢地说着。

手机响了，肖忠文打开手机一看是桃源乡书记王立辉打的，他问共有几人去梅竹。肖忠文才问辛梅去不去，她还不想去，等天气暖和点再去。肖忠文回复王书记只有三人。并告诉他要准备一批好茶叶，也和根雕一样要订好出口合同。这是肖忠文的提议，当然王立辉也有上次的经验了。

麦克、哈浪、肖忠文三人到桃源乡政府时，王立辉书记、李正雄书记、乡长、村长都在门前迎接。休息片刻后，就乘乡政府面包车，约一小时就到了梅竹村委会。

此时梅竹村村长、刘山凤、刘贤俊等人及一批村民都在办公室，烧好水，摆好各种土产品、水果等，还放了几包茶叶，等候客人的到来。

嘀嘀！一阵汽车的喇叭响后，车停在村委会门口；麦克、哈浪、王、李书记、肖忠文下了车进了村办公室。首先是泡茶，一阵阵茶的清香弥漫了整个办公室。新来的哈浪先生做了三十多年茶叶生意，走遍了一百多个国家和地区，也没闻到这么香的茶叶，他忙端起轻轻呷上一口，品味着清香味，又喝上两口，顿时觉得头脑清爽，心旷神怡，连连点头赞道："好茶，好茶，这茶世上难找啊！这样的茶叶，年产量有多少？"哈浪问道。

王立辉书记马上答道："现在年产量大约一吨左右吧，我们正在发展中，一年多过一年。"

李正雄书记接着说道："我们的茶叶是天然绿色食品，是受我们梅竹高山碧水特有的自然条件和灵气生长的，不用化肥和农药，不用任何机械制作，全部用千年传统手工制茶工艺，精心制作而成，所以产量不高，但质量算得上顶级之顶了。"

哈浪心想，不要说一吨，十吨我也要，他从乡政府出来一路向车窗外眺望，也认为这里是茶叶生产的好地方，特别是到达梅竹村以后，见这里的山山水水更为惊奇，的确是种植名茶的优良基地，如果把这里的茶叶带回去，会变成镇市之宝，无论如何都要和他们订好合同。然后说："我这次来是我的老朋友麦克先生带回你这里的茶叶，又经他介绍后所以才来的，像你们这偏僻的山区，没人介绍，哪怕你的产品有多好也很难走出去。"

"哈浪先生，说得很对，很有眼界，目前可能数量不多，新茶还没这么快，如合同订好后，今年的新茶一斤都不外卖，全部供给你。"王立辉书记说。

茶叶生意就这样谈妥了，只待到省外贸订合同了，当然又得要乡党委书记王立辉同志去办了。

接着就是麦克先生的根雕产品了，哈浪先生、刘山凤、王书记、李书记、肖忠文等人往工棚走去，麦克一行进工棚后，一眼就望见一排排整整齐齐摆放着大小不同各种产品有二百八十余件，包装箱也全部做好了，这就是今年首次交货的第一批产品，麦克小心地、仔细地检查了这批产品。基本还满意，只待运输了。

历时二十多天，终于办好茶叶出口合同，以后的产品包装和运输也是不用产地负责了，一切都由省安排……。王书记这才松了口气。

王立辉在回桃源乡的路上就想着目前要如何发展种养和其他有长期效益的产业，当然他心中有个全面的规划，除了抓好现有的工艺、茶叶两个订了出口合同的产业外，还要打造一个梅竹为中心的旅游业，养殖业除养猪外，发展梅竹的土鸡在果园里放着养。想到这里，他立即打电话给李正雄，说果园的刘贤俊可不可以在他的果园里办个土鸡养殖场。李正雄接电话后，心中特别高兴，忙回道："可以，可以，刘贤俊家里有父母，才五十多岁，完全可以管理。"王立辉听了急忙叫李正雄赶快动手，说干就干……王立辉接着又拨打其他村书记或者村长的电话，逐个逐个地落实，反正是每个村都抓住发展一个或多个产业。然后他就召开党委常委会研究扶贫必须扶产业的计划。

麦克和哈浪走后，肖忠文没有离开梅竹，叫来刘贤俊陪他去趟五指山山脚的小河中捡一些红红的石头，带回去研究，是不是可以生产手链什么的。刘贤俊说："要这种红石，不远的山坳里有的是，不必走这么远。肖忠文随刘贤俊到附近一个山坳里捡了几斤，才回春晖去了。

　　肖忠文带着几斤红石头回到了春晖旅社，瞧见餐厅九层大楼建得快封顶了，再过几天可以外装修了，工人们日夜繁忙，工程进度很快。肖忠文又和工程负责人说了，四月份就要开业，希望能按时交付使用。再说他从梅竹带回来的红石头，他赶忙拿到一家做玉石首饰的店，请老板识别它是一种什么石头，可不可以做一副项链和一对手链。当老板拿在手上小心认真地转来转去地看了又看，又用放大镜仔仔细细地再次分辨道："这红石有些半透明，石质坚硬，像鸡心石，又非鸡心石，更不是玉石，究竟是什么石，我是第一次见到，不知叫什么石，如果要搞清楚就得交专家辨别了。"

　　肖忠文听后暂时不管它，说："先打四条项链，四副手链，六只戒指，三对耳坠，要多少钱加工费？"

　　老板小心、仔细地算了算说："共计一万两千元，如果真的要做，先付五千元定金。"

　　"可以，不过加工费太贵了，可不可以少一点，一万行不行？"肖忠文说道。

　　"这种石头不好做，少了做不成。"老板说道。

　　"好吧，什么时候才能做成？"肖忠文问道。

　　"一星期吧。"

　　肖忠文把三斤红石交给老板，又付了五千元定金。

　　老板开票时问及姓名，听到肖忠文三个字时，惊道："你是'春晖旅社'的肖老板？"

　　"对！"

　　"真是，面前站着位赫赫有名的大老板都不认识，惭愧惭愧呀，一定早日给你做好，到时来取就是了。"

　　肖忠文回到店里把这事跟刘素华说了，她很高兴，过一星期就有红项链戴了。

　　肖忠文又日夜不停地作画，他想把外出的时间找回来，再说麦克四月份又带经理来，如果真的要和他们订合同，就得多画些，画得更好些，不要说能多卖钱，对他们的影响也更深刻。

　　一星期到了，肖忠文和刘素华去了首饰加工店，肖忠文拿出加工收条，老板笑着将加工精美而红光闪亮的项链拿出来时，刘素华惊呼道："多好啊！比金子的还好看呢！"

　　肖忠文又付了七千元钱，和刘素华拿着加工好的红光闪亮的首饰回到春晖。回房后，他拿出一条红光闪闪的珠子项链给刘素华戴上，接着戴上红戒指、红手链、红耳环，肖忠文看着刘素华又更漂亮了，忙上前抱起她在房子里转了两圈后，放到床上亲吻了一阵。一阵轻轻的敲门声响起，刘素华赶紧转身起床开门，原来是李小翠，她来叫肖忠文，说是建房的老板有事找他，当她见刘素华戴着红项链、红耳环、红手链等，惊道："老板娘什么时候买了这么多金红闪亮的全套首饰？肖老板多么爱你！"接着对肖忠文又道："肖老板，有人找你！"

原来设计在楼上正中要安装"春晖楼"三个金色大字，如果要，就一定在外装修时一并搞好。

肖忠文对建房的老板说："一定要安装'春晖楼'三个大金字。"

四月中旬，新楼竣工，"春晖楼"三个金光闪闪的大字在新建成的大楼上高高挂着。装修完成的宽大餐厅里摆放着崭新的现代餐桌、椅和餐具，现代化的厨房和一切用具应有尽有，服务员们穿着洁白的卫生服进进出出。二楼是歌舞厅，三至九楼是装修如星级宾馆一般的客房……

四月十八日那天中午，肖忠文接到了张辛梅打来的电话，说麦克和他经理已到厦门，请速来。肖忠文答应明天动身，后天早上到厦门，辛梅说，会在车站接他。肖忠文整理好四十幅画后，于四月二十日早上到了厦门站，张辛梅穿一身海蓝色的夏服，站在出口处，望着出站的旅客，当肖忠文一出现，她忙喊道："忠文，我在这里！"

他们一起到了麦克下榻的房里。

双方和往常一样看画作价，结账，付款，完后麦克叫来了经理，经理名叫哈克，六十出头，高高肥胖的身材，戴一副金丝眼镜，穿一身古铜色的高级西服，结一条深蓝色的领带，显得高雅而庄重，据他自己介绍是第一次来中国（他不会说中国话，麦克做翻译），前三天就来到了北京，住在大使馆，北京玩了两天才随麦克来厦门，特意来拜访中国年轻画家肖忠文先生。订合同的事宜一切由麦克先生全权办理，因为自己明天就要回国了。哈克又对麦克说："我们照相留念吧！"麦克拿出相机，肖忠文也拿出相机。麦克提议到门口去拍，大家一致认为可以，四人来到鹭江宾馆大门处，他们三人都站好了，肖忠文把相机拿给张辛梅，这时哈克说："要那位女士一起照。"麦克叫保安帮忙照下，这四人站在一起照下了。然后哈克又将自己带来的相机递给保安，又连照了几张。

照完相后，英国皇家艺术馆的经理哈克和肖忠文、张辛梅一一握手后上楼了。麦克对肖忠文说，明天去南昌，后天去办理合同一事，下午他要送经理到机场。

肖忠文只好和张辛梅提着款去银行办理了转账手续，留下五万元现金作为机动用。

一切按照麦克的安排，肖忠文请张辛梅和他一起去，她高兴地答应了，两人和麦克三人乘火车去南昌。到了南昌商务厅一问，到下属文化艺术进出口办事处办理。又到那一问，说要到市商务局办理许可证方能和外商订合同，这样一来，还得回到春晖去。

因此三人乘火车回到了肖忠文的"春晖楼"，麦克是首位来他的新楼的客人，肖忠文把麦克安排在606房住下，张辛梅在旧三楼302号房，和他的画室只隔一间。安排客人住下后，他告诉刘素华，要餐厅办一桌像样的菜招待客人。

麦克放下行李，仔细审视房内的一切设备，比厦门那些宾馆差不了多少，而且全部是崭新的，感觉特别舒服。

刘素华见张辛梅，此次见面分外亲切，急忙泡了梅竹绿茶，又拿来各种食品，陪着她问寒问暖。肖忠文也进来问辛梅，坐一天的车很累吧，好好休息一下，并要李萍萍搞几个好菜招待客人。

李萍萍第一次招待外国客人餐菜，因此和李小翠商量，李小翠也没有见过，又问小红、小兰和老板娘，个个都不知道，没办法做，最后只好问肖老板。肖忠文稍微想了下，"干脆一个白斩鸡、红烧全鱼、香菇肉丝、三鲜汤，其他菜你去安排，八菜一汤就是，他来中国，当然是吃中国菜啊。"李萍萍心中就有数，大胆做起菜来。

肖忠文在画室作画。

此时，李小翠拿着一叠钱进来了，忙喊道："肖老板，交给你，还是交给老板娘？""啊，交给素华。"

吃晚饭时间快到了，小餐厅的餐桌上放着八菜一汤，肖忠文到新楼请麦克下来吃饭。

麦克进入小餐厅，见那装修豪华的高级小餐厅，全新的桌椅，洁白的餐桌上放满了中国味的美味菜汤后说："谢谢！肖先生！老朋友！"

"别客气，麦克先生，这些是中国风味的汤菜，可能不合你的口味，随便吃，别客气！"肖忠文说道。

"很好，太客气了！"麦克道。

张辛梅忙拿起"江西名酒"先倒满麦克的酒杯，说："这是我们江西的名酒。"

"OK，好酒好酒！我国也有进口。"麦克闻到酒香味赞道。

这时张辛梅给每人的酒杯满了酒后，肖忠文举杯道："来，为欢迎麦克先生来我们小店，为我们合作得更好，生意越来越红火，干杯！"

第二天，肖忠文、麦克和张辛梅三人前往市文联和市对外商务局贸易办事处开了出口艺术品、国画证明后，回到了春晖旅社。下午乘火车去南昌，省商务厅艺术品外贸出口处订合同，办得很顺利。甲方：英国皇家艺术馆（买方），代理人：洛德麦克；乙方：中国江西省吉安市中国画画院（供方），代理人：肖忠文。按每三个月交一次货，每次二百幅中国传统技法的正宗中国画。作价：见画时临时评定。

交货方式：由甲方代理人亲自办理。

合同手续办完后，肖忠文和张辛梅回春晖旅社，麦克住宿南昌江西宾馆，后天去景德镇。

话说张辛梅回到厦门后，很久都不习惯，一直感到冷冰冰的和孤独，但毕竟是高中毕业，有知识、有抱负的姑娘，心想：不能完全依靠肖忠文的安排，要自己创出一条路子来，做拉客生意是一种低档的生意，不但人辛苦，反而挣不到钱。她睡在床上，左思右想，当她想到梅竹村的刘山凤会做根雕，几个月就成了百万富妹，左思右想，一直没有想出一条好路来，想着想着，就迷迷糊糊地睡着了。

第二天早上起来急忙打电话给肖忠文，诉说了她的痛苦：不想干拉客的低级生意了，要创业，要走出一条好路子来，可是一直没想出门路来。希望能帮她出个主意，想个什么产业？……

肖忠文接到她的电话，听到她诉说的内容，认为是件好事，有志气，一定要帮助她闯出一条路子来。带她到梅竹去看看梅竹的红石头原料，和已加了工的首饰，没错，但是要学会这种加工手艺也不容易。因此打她手机，把这事跟她说了，和她说，加工方法并不难，不过要买几件小型的车、磨、钻、刨光机械，经过几个月的试做，各种首饰一定能做出来。她决定，趁热打铁，明天乘火车回南昌，要肖忠文带好已生产加工好的项链等去南昌接她，然后到梅竹去看原料。肖忠文和刘素华说了声去梅竹了，赶往南昌，第二天一早就到车站接辛梅，忙把红石首饰给她看，辛梅见了心中有多高兴不用说了。

肖忠文和张辛梅来到了梅竹。

张辛梅一路暗想：这项工艺一定能成功，而且也很赚钱，搞得好也可以出口，怕就怕资源不足，初来几十斤，百来斤还没问题，数量大了，肯定梅竹人就知道了它的作用，现在还没人知道，不管怎么样，只要能成功，什么都好办，现在不能想得太多。

张辛梅还是第一次来梅竹，对于什么风景也不放心上，一路上都想着生产红首饰的各项问题。下车后，只跟随肖忠文走，当走进刘山凤的工艺车间时，才清醒过来惊道："这么简单的工棚能生产出这么值钱的东西，真不可思议，没来之前，我还以为是一栋有几十个工人的现代化机械的工厂呢，原来还是一栋这么简单棚子。"

刘山凤见肖忠文突然来到，忙放下手上的工作，亲热地喊道："忠文，什么时候来的，也不先打个电话。"说到这里时又见他身边跟着一位漂亮的姑娘，又问道："这位是？"

"啊，这位是我的老乡，她从来没有到过梅竹，特意要跟我来看看你的工艺品。"

"好，请吧！"刘山凤说后就带他俩从头到尾看了一遍，肖忠文不知看了多少遍，但张辛梅还是第一次，见到这个工艺看起来如此简单，但为什么就这么值钱呢？

肖忠文对刘山凤说："我来找刘贤俊，不知他在不在。"刘山凤急忙泡了茶，叫他俩喝茶等候，她拨打贤俊的手机，说："肖忠文在我棚下等你，快点来，他一定有什么事要找你。"刘贤俊接电话后，速即来到了工艺棚，肖忠文高兴地把红石一事讲了一遍，"现在天气晴朗，我们再去采一些，上次的不够坚硬，搞更好的。"贤俊听了急忙带肖忠文和辛梅去山上采石去了。

一个小时之后，就在山上采了十多斤红石回来了，此时肖忠文急着要回去，刘贤俊用新买来的摩托车送他俩到了乡里，正好赶上去县里的客车，肖忠文和张辛梅回到春晖旅社。

刘素华把张辛梅当姐妹一样，亲亲热热，问寒问暖，特别关心，说起红石做项链时，解开衣扣给她看，辛梅看了忙称道："刘姐戴上更漂亮，红光闪闪，运气好，生意更好！"

第二天八点半，忠文和辛梅带着红石来到上次的首饰店，老板见肖忠文来了，心想：财来了。高高兴兴、恭恭敬敬地递烟泡上茶，把他俩请进厅里。肖忠文说："这次除了再给我加工项链外，还请你带个徒弟，这位是我表妹，我特意要她来向你学，你看要多少钱学费？"

"肖老板！我还没带过学徒，学费的问题好说，不过要很长时间才能掌握机器性能，要靠学者的聪明。"

"啊，一年或半年能学会吗？"肖忠文说道。又道："学多少时间不赶，要她学会为止，现在的事就是学费，先开个数目。"

"我说过，从来没有收过徒弟，没个底。"

"问题是收不收，你不好说我来说，一万元可不可以？"

"那我就看在肖老板的面子，再加两千。"

"好！"肖忠文打开包点了一万二千元递给首饰加工老板，并把带来的红石也交给了他，又说："这些原料就给我妹练习用，请师傅多费点心。"

"多谢肖老板了，我会尽力而为，相信辛梅也会用心学。"

"师傅，我会虚心学，多多指教！"张辛梅说。

"师傅，要买些什么工具？"

"现在不要，学得差不多的时候我会告诉你。"

肖忠文和张辛梅回到了春晖旅社，第二天肖忠文又在不远的地方租了一套房让张辛梅安心学习，有什么困难就打电话，一切问题肖忠文会解决。

张辛梅在学徒时间特别注重使用各种机器的时间，又会留心生产厂家和地址，每次了解的情况都打手机告诉了肖忠文，同时好好地用心使用。

那位姓陈的师傅获得了一万两千元的学费，也很满意了，确实专心专意，毫无保留地教辛梅，只要她提出不懂的地方，就会告诉她。三个月下来，在辛梅的努力下，整个生产工序都掌握了，基本上可以独立加工生产了。

后来肖忠文在不到四个月的时间里把红石加工机械和工具全部购齐了，就在春晖餐厅后面，租来做了临时餐馆的那间店面，从梅竹采运100多斤原料，并和王立辉、李正雄两位书记商议从梅竹村调一名姑娘帮助辛梅，以梅竹村的名称办了采矿许可证，开始了以张辛梅为师傅的红石首饰加工店。

肖忠文如愿地完善地办起了首饰加工店的同时，新建的九层楼也全部装修完毕正常营业，原三层老住宿部的拆建工作也在进行中，预计年底可以竣工。这些事安排好后，肖忠文就跑到文联要求是否可以成立国画院，文联同意后，又经市委宣传部批准让全市十二个县中有国画基础的人员报名参加（一县一名）。一星期后，报名人数达到了二十名，又在其中挑选了十名。国画基础较好的到画院作画，其余四名在原地作画，画好作品交来，由外商挑选，报酬由外商定价评议，除百分之十五交画院作公共积金外，其百分之八十五归作者。很快由市委宣传部及文联领导亲自挂牌祝贺。一块"市国画院"的牌子挂在"春晖楼"前。接着就在二楼装修了六个房间安排六名作者住宿。

几项主要的事情搞定后，肖忠文就重新投入绘画之中，其六人也各显身手，全心全意认真选材，积极作画。他们人人都想：这画国画的有出路了，幸好肖忠文（任国画院长）把一切售画合同订好了，才把我们招来，这是毫无私心，一切为大家着想，为发扬国画优良传统做贡献，使中华民族优良传统保持原汁原味的传统国画，散发无限光芒走向全球。

李小翠亲眼看着"春晖旅社"日新月异的变化，心潮澎湃，诗意顿发，她利用休息时间写了一首诗：

正是：

春晖二字闪金光，
去旧换新披新装；
日新月异遍大地，
改革开放好主张；
乘风破浪追日月，
马不停蹄打胜仗；
艺术传媒百花开，
朵朵花儿向太阳。
全面实现现代化，
高速公路成了网；
汽车穿梭如流水，
高铁也将出国疆。
全民创业结硕果，
万众创新国富强；
脱贫致富是国策，
一带一路百业昌。

李小翠拿着诗稿来到肖忠文国画院作画室，把诗稿递给他，和往常一样说道："肖老板，请你给我修改修改。"

"啊！小翠，请坐！"肖忠文接过诗稿认真地读了一遍，说："小翠，这首诗写得好，从小到大，从我们的春晖楼写到全国各地的翻天覆地的变化。"

"真的可以？""真的可以，不过是以我本人的水平说的，高水平的人可能不同，你上回说的准备写一首十颂共产党的诗，开始了没有？"

"还没有，不过我一定要写，写好了也要请你修改。"

"好！我等待早日看到你的作品，啊！小翠，你今年多大了？"

"你也要去找个男朋友，好成家了，不要在我这里做事，误了你的青春啊！"肖忠文关切地说。

"肖老板说哪里话，我还年轻，再过两年也不迟。"

"我有位当兵的同学，下个月就要退伍了，他在部队里也经常写一些短小精悍的作品，也在解放军报上发表过，等他回来，我给你俩说说，如果双方没意见，我给你介绍介绍，两人可以回家去见见双方父母，增进互相了解和交流感情，好吗？"

"谢谢肖老板的关心，到时再说吧。"李小翠说后，脸上显出两片红晕，又站起来道："谢谢肖老板！"转身下楼去了。

李小翠走后，他心里又想去张辛梅首饰加工店，一进门见辛梅聚精会神地为珠子钻孔，工作既细致又小心。

不到一月时间红石项链就生产了120条，戒指300多只，手链50多对，耳环100多对。只两个人生产，这样的加工也只能二到三人工作，人多没事做。对于销售问题，估计国内价钱不高，还是靠出口，等麦克来提画时看有没有销路，如有出口的话，那收入一定可观。

眼看交画的时间就快到了，肖忠文把六个人的画一幅幅初审了一番，据自己多年来售画经验有了初步的尺寸。画的数量是够了，质量就要麦克来定了。为确保数量上、质量上有足够保证，他又打电话通知其在家作画成员的画速即交来，一切准备就绪，就等甲方验收了。

肖忠文同时又想起梅竹刘山凤的根雕，去电话问了她合同后交了几次货，价钱如何，又问及茶叶交了货没有？刘山凤说，根雕交了三次货，共700多件，收到货款一千九百八十五万元，在村多种经营合作社专业账户里。茶叶收入五百八十八万，只有橘园收入不大，只有十多万，也未出口，当地或少量在市里水果市场出售，主要原因产量少，但价钱比其他同类产品高，村里准备扩大种植面积，由合作社投资等等，并且要肖忠文来梅竹玩玩……

肖忠文打完电话后，心情特舒畅，因为自己的扶贫产业成绩不错。

实践证明，要充分发挥所有人的聪明才智，不怕一穷二白，就怕思想守旧，不动脑筋，就难于改变。富裕的小康生活不是喊出来的，也不是日思夜想就可以从天而降的，是靠人去挖掘，去钻研，只要你看准的事，就要抓住它，死死不放，哪怕是上刀山下火海，也要去奋斗，去动脑筋，不要怕失败，失败是成功之母，但要找出失败的原因，找出了原因就要有解决的方法，这种方法就是成功的一方面，更不能因一次失败就垂头丧气，失去信心。一定要重整旗鼓，策马舞刀再向前冲杀，天下无难事，只怕有心人……

这是肖忠文经常告诫自己的，也同样用这种理论来告诫自己的朋友们，所取得的成效是很明显的。

麦克按合同约定的时间，准时来到了春晖楼，肖忠文和画院的全体人员（包括在家作画的共 11 人）都聚精会神地注视着麦克。麦克一幅一幅地认认真真地审验，有时一幅画都要反复几次审验。他把一人的分成四组，一个人的画要两三个小时才能审完，再一幅一幅地论价。一天时间只审核了四个人的 150 幅画，最高的只有 1200 元，最低的 1000 元，没有选中的 19 幅。马上就吃中饭了，饭后大家又围着他，见他仍然一丝不苟地认认真真地、反反复复地看了又看，审了又审，最后翻到肖忠文的 60 多幅画时，只用了一个小时就全部审完，平均价一万八千元。画总算验收交完。

国画院成立后第一次顺利地获得第一桶金。

然后肖忠文和张辛梅拿来红石项链和各种首饰给麦克看，并送一套给他。麦克看了惊喜道："这么珍贵的东西送给我，太感谢二位了。"

"哪里哪里，还请给找个销路。"肖忠文道。

"没问题，有多少？"

"现有的项链 100 多条，300 多只戒指，还有耳环、手链等，我还在生产呢！"张辛梅说。

"啊，是张小姐生产的，我们都是老朋友了，你说说它的价钱。"麦克道。

"国内卖八千至一万元人民币的项链，戒指三至五百不等，手链一千五百元一条。"张辛梅道。

"不算贵啊！"麦克来了兴趣，笑笑地说："张小姐，如果全部给你买下，可以优惠点吧？"

"少不了多少"，张辛梅道。肖忠文心想：你只要给我找长期要货的老板，优惠点也可以。因此说："我们都是老朋友了，当然可优惠，我看呀，项链六千元一条，手链一千，戒指嘛，二百元一只，其他都是小事了。"

"肖先生说得对，我可以按这个价全部买下，下次给你找个销路，可以长期合作。"麦克道。

"麦克先生，你知道吗，这种石头很昂贵呢！"张辛梅道。

"不管它什么石，总之是红光闪闪，戴上它显得高贵，在我国还没人带过这么高贵的首饰呢。"

说着张辛梅把全部成品拿了来，一一摆在台上。麦克一件件地点好，并记在本子上，项链一百二十条七十二万元，戒指三百只六千元，手链一百条十万，耳环一百对三万。总计人民币八十多万元。然后麦克点了钱，把全部首饰装进皮箱。他想：这批首饰带回国去，最少也可赚到二三百万呢。张辛梅的首饰生意也算首战告捷。

国画院也有了第一笔收入。

肖忠文又在计划把餐厅改为酒楼，招收两名高级厨师，购进现代化的厨房设备。这样以后就有一百多套高级客房，有会议室、歌舞厅、图书馆等设备。

一日上午，肖忠文接到孟川涛从南昌打来的电话，内容是：他和农研站的同志们一起精心培育、反复研究，终于成功培育出高产杂交水稻良种，经大田种植，现场验收，亩产稻谷达一千八百多斤。政府决定明年在省内大力推广。孟川涛为农业专家由发展委调往非洲帮助他国发展农业。

肖忠文把这一大喜讯告诉了大家后，全"春晖"的员工们都高兴得欢跳起来，特别是李小翠，更加兴奋地鼓起掌来，心想：我的老师，今天成了农业专家走出国门，为全世界人民做贡献。她高兴之余顺口念道：

春到人间百花开，桩桩喜事接着来。
吾师心愿终实现，艰苦创业传万代。

五月一日国际劳动节，肖忠文和刘素华、李小翠、张辛梅等人一行到梅竹旅游。他们坐的是一辆崭新的东风小轿车。当他们来到梅竹坳时，大家下车，望着前面的重峦叠嶂，山峰尖尖如插天，古松古柏古枫成林成片，杜鹃花、映山红红彤彤，大片大片，河边路旁处处盛开着五颜六色的花朵，山村里各种各样的鸟飞来飞去，歌唱这美丽的风景，也好似欢迎远道而来的客人。这美丽的风景使人迷途忘返，半小时之后他们到了村里，只见路边停着一长串的二十多部小轿车，有电视台的摄影组的车。肖忠文一下车，就明白了几分，除了电视媒体外，还有省市有关领导。肖忠文刚走到村委会门口，王立辉书记就对记者介绍说："这位就是肖忠文同志。"各个镜头争先恐后，咔嚓咔嚓地拍个不停，"我们要采访您，肖忠文同志。前几年是怎么来到梅竹的？"肖忠文回答说："我是画画的，梅竹有我的同学，听他们说，他的家有美丽的风景，因此就同他们一起来到了这确实很美丽的地方……想把这些美丽风景用画笔介绍给没有来过的人们……"，他把自己的想法一一做了简单的介绍。最后他又说："希望媒体和上级领导给予重视，尽早开发这个美丽的山村。"

记者们和有关领导又去刘山凤的根雕艺术工棚，记者问刘山凤："你的根雕产品是怎样销到国外的？"刘山凤把肖忠文支持资金、找到外商等工作进行了全面的介绍，然后指着正在用钢筋水泥建筑的房子，说将是现代化的厂房等。

记者们接着又去茶园、果园等处采访，都说是肖忠文捐款办起来的，茶叶也是走出了国门，而且深受外商欢迎……。他们又把梅竹的山山水水、层层梯田拍了个够。

随来的省扶贫办、旅游局、交通局、商务厅等机关单位的领导，和县乡村的领导也进行了全面的实地考察，事后请肖忠文谈谈他的设想。

肖忠文毫不客气地说道："请各位领导发表你们是以什么眼光去安排、去规划梅竹村的，对于我个人的设想，不可能代表各级领导的意见，更不能指手画脚来做梅竹的规划，我是一个画画的，只要我能做到的，我会尽自己的能力去做。在座的领导更是胸有成竹，我相信不久，梅竹会在各级政府的规划和领导下，早日走向全国和走向世界。我期待着，以后来梅竹时道路会更宽敞，接客会更周到，停车更有场所，客人来了有吃住，公共卫生有去处，古老石径有清理，山沟小溪和中心小河保持着自然的水质，村民居住也得到改善……"

大家听了都点头称好，这新鲜的说法，就是规划，也是他心中的规划。记者们听了他那含蓄的表达，高兴地鼓起掌来。

扶贫办、旅游局、县乡领导一同回到乡政府，一项一项地认真研究了发展的道路。

乡党委书记王立辉提出说干就干，不能纸上谈兵，上面资金来到之前我们贷款先建接待站、餐馆、招待所、商店等……

三天后，推土机、压土机、挖掘机轰轰轰地开进了梅竹。山里的人们沸腾了，老人小孩纷纷前来观看。紧接着就是运水泥、钢材、砖块的车辆日夜不停，建筑工人们搭建住宿工棚，架设照明和路灯，工地里一派繁忙的景象。

再说肖忠文等回到"春晖"后，李小翠利用业余时间着手写十颂共产党那首诗，张辛梅埋头制作红石首饰。刘素华管理整个"春晖"的各项事务。肖忠文除了检查新建十二层宾馆的质量和进度之外，就是画画。他想：千行万行，不能离本行，这是自己的本职专业，其他的都是附带，有时也到其他成员那里去看看他们作画。也会抽出一点时间和张辛梅聊一会，谈加工首饰的问题，只要麦克能有较大的销路，这又是一件小而精又值钱的一项事业。现在原料不用钱，以后发展了，需要大批原料的时候就要付钱了。

一星期后，李小翠满腔热情地写就了一首《十颂中国共产党》的诗稿。对肖忠文说："肖老板，请给改改。"

《十颂中国共产党》

一颂中国共产党，
半夜升起红太阳。
照亮黑暗指明路，
八一起义在南昌。
前进路上洒热血，
举起红旗上井冈。

二颂中国共产党，
万里长征美名扬。
建立抗日根据地，
打败日寇野心狼。
蒋家王朝全消灭，
宣告成立新中国，
全国人民得解放。

三颂中国共产党，
人民翻身有主张。
领导建设新中国，
抗美援朝保家乡，
三面红旗处处扬。

四颂中国共产党，
军队建设坚如钢。
现代武器自己造，
飞机火箭响当当。
中国军队震全球，
原子核武来武装。

五颂中国共产党，
航母炮舰保海防。
卫星飞船空间站，
建设强军信息化，

陆海空军火箭军，
跨洋过海起巨浪。

六颂中国共产党，
全国人民奔小康。
农业实现现代化，
粮食高产谷满仓。
农副产品超历史，
一年更比一年强。

七颂中国共产党，
农村面貌大变样。
城乡建设无差别，
人人住进新楼房。
小车进入农家院，
脱贫致富百业旺。

八颂中国共产党，
高速公路成了网。
四通八达造天桥，
港澳海桥天下无。
龙王笑着跷拇指，
中国技术当当响。

九颂中国共产党，
一带一路互通商。
工业农业军工品，
海陆空运出国疆。
全球喜爱中国造，
强国强军永富强。

十颂中国共产党，
高铁运输是栋梁。

四通八达快又好，

安全可靠技术高。

国威民贵扬全球，

党的领导永富强，

世世代代不能忘。

肖忠文读完这首诗后对李小翠说："诗写得好，共产党的恩情是无法用文字来表达完全的……"

"肖老板说得很对，没关系，这也只是我的爱好。"李小翠说道。

十月一日，肖忠文的十二层新建宾馆开业了，"春晖宾馆"四个金光闪闪的大字挂在中央，又是旭日东升的时候，阳光灿烂，金色的太阳照在"春晖宾馆"四个大字上，更加辉煌……

第二年五一劳动节长假，肖忠文接到桃源乡王立辉书记打来的电话，邀请他来梅竹参加茶叶节活动，活动范围广，有各种农副产品，竹木手工制品、工艺品等二三十种，还说红石首饰也可带来展销。

前一天麦克和哈浪来到了"春晖"，正好住在春晖宾馆。肖忠文把这一消息告诉了王书记。王书记立即打电话，请他俩来参加梅竹的茶叶节，麦克和哈浪高兴地应邀。

五月一号那天一早，肖忠文请了几部小轿车，自己那辆有刘素华、张辛梅、李小翠四人，还带了少部分红石首饰品，还有画院成员四人，麦克二人，一行十人，三部小车往梅竹而去。

来自全省各县市的各机关单位、学校、农村、工厂等上千人来观看。活动期间除有文艺演出外，还有当地山歌对唱、舞龙灯、武术、体操表演等节目，整个梅竹热闹非凡，唱呀，跳呀，锣鼓喧天，歌声嘹亮，飞越梅竹的山山岭岭，坑坑垅垅。

麦克见张辛梅摆了一台面红光闪闪的红石首饰，急忙叫来肖忠文说道："肖先生，这些首饰不要卖了，我全要，我老婆在伦敦开了家首饰店，上次带回的全部卖完了，这次要我多带点。"因此当场敲定。

麦克又到刘山凤的工艺棚，见全是一堆树根，人们告诉他，人和机器搬到新厂房去了。因此赶到了新厂房，刘山凤和她的男朋友接待了他，并谈到了产品数量和质量等问题。

这年国庆节，肖忠文带着刘素华和父亲肖太善乘高铁上北京旅游……。

正是：

艰苦自学开新花，
以商养艺成一家。
艺商双双结硕果，
艺术成就新中华。

年轻的肖忠文和所有创业的青年人一样，在光辉灿烂的道路上，胆壮心雄地为实现自己的梦想而奋勇前进！